Seduzindo a Princesa Pirata

Piratas de King's Landing

Book Dois

Lauren Smith

ISBN: 978-1-958196-27-7 (versão e-book)

ISBN: 978-1-958196-98-4 (versão impressa)

PRÓLOGO

– Meu Deus – o Capitão Thomas Buck ofegou enquanto enxugava a chuva do rosto e afastava seu cabelo molhado.

Ele espiou através do mar devastado pela tempestade em direção à avultosa silhueta de um galeão preso nas rochas de um recife. Era um belo prêmio com conveses imponentes e uma popa feita de madeira dourada. Relâmpagos cortavam o céu, reluzindo acima da embarcação em perigo.

– Capitão? – Joseph McBride, um rapaz escocês, apareceu no parapeito do navio de Thomas, a *Serpente do Mar*.

Aos vinte e cinco anos, Buck era jovem para ser um capitão. Apesar disso, sua curta vida já lhe dera bastante experiência em assumir posições de comando. Todos os homens a bordo do seu navio sabiam que, se fosse necessário, ele se sacrificaria para salvá-los.

A *Serpente* era o saveiro mais rápido a navegar nas Índias Ocidentais e sua tripulação se orgulhava de saquear sob suas velas. Mesmo sendo piratas, o Capitão Buck e seus homens se mantinham fiéis ao código dos marinheiros, que incentivava que ajudassem qualquer navio em situação de perigo. Eles só eram incisivos quanto à carga que tomavam como forma de agradecimento pelos seus esforços em prestar auxílio à outra embarcação.

– Solte um barco a remo na água, Joe, e chame voluntários. Um navio como aquele deve ter algumas riquezas. Os sobreviventes podem ser trazidos a bordo como tripulantes ou, se não quiserem servir, levados ao porto mais próximo.

– Sim, capitão.

Joe reuniu parte dos marinheiros e Thomas verificou a cimitarra e a pistola em seu cinto antes de ajudá-los a abaixar o barco. Eles remaram pelas ondas furiosas enquanto Buck estreitava os olhos, tentando ver a distante ilha tropical atrás do recife, que estava envolta pela chuva. Talvez os passageiros da embarcação condenada tivessem conseguido levar um barco a remo até a terra firme. Se este fosse o caso, seus homens poderiam vasculhar a ilha para ajudar os sobreviventes. Caso não houvesse nenhum, recuperariam quaisquer mercadorias de valor do navio assim que a tempestade diminuísse – assumindo, é claro, que ele não acabasse afundando por ter o casco perfurado por alguma rocha pontiaguda.

O Capitão Buck não era como a maioria dos piratas. Ele era um britânico com a típica honra de um cavalheiro, portanto, não deixaria ninguém morrer em uma ilha solitária e esquecida.

Thomas pegou um remo e se posicionou ao lado de Joe, juntando-se aos outros quatro homens que lutavam contra as ondas para chegarem até o galeão. Assim que o alcançaram, notaram que o casco da embarcação estava quebrado e pendurado nas rochas. O navio balançava perigosamente à medida que as ondas o atingiam. Eles tinham pouco tempo antes que o galeão afundasse. Usando arpões, o grupo prendeu seu pequeno barco a remo junto à embarcação maior.

– Tenham cuidado! Procurem por sobreviventes e voltem o mais rápido possível. O navio vai afundar em breve. – Thomas agarrou uma das cordas que pendiam de um mastro quebrado em um dos lados da embarcação e escalou até o convés.

Ele pulou no tombadilho superior, vendo pedaços dos mastros que rolavam para frente e para trás e colidiam em alguns dos corpos que estavam no local. Buck se aproximou de um deles, rolando o homem para cima. Havia um corte sangrento em sua cabeça. Parecia que ele tinha sido atingido por uma viga ou colidido com algo duro o bastante para matá-lo após ter sido levado pelas ondas. Todos os mastros haviam se rompido. O pirata podia facilmente imaginar a onda que tinha varrido o convés e derrubado os homens que estavam ali. Sem dúvida, muitos dos tripulantes tinham sido levados pelo mar.

– Encontraram alguém vivo? – Joe perguntou.

– Aqui, não. Verifiquem abaixo do convés. – Thomas se levantou, atravessou a meia-nau e abaixou a escada que levava ao interior da embarcação. – Tem alguém aqui embaixo? – chamou.

Um grito distante veio de dentro:

– Socorro!

O capitão correu na direção da voz. Na extremidade do navio, encontrou a porta de uma cabine trancada.

– Olá? – Thomas bateu na porta.

– Ajude-nos, por favor! – uma voz rouca e masculina disse do outro lado.

O pirata recuou antes de se jogar contra a porta. Com o impacto, a madeira se quebrou e ele entrou na cabine. Havia uma pequena cama. Nela, uma bela mulher estava deitada de costas, com a cabeça apoiada em travesseiros. Ela estava mortalmente pálida e os cobertores ao seu redor estavam úmidos. Suas pernas se dobravam à medida que ela soltava um grito de dor.

Ao seu lado, um homem segurava uma de suas mãos, observando seu rosto com preocupação. Ao estudá-lo com mais atenção, Thomas percebeu que ele estava em um estado muito pior do que o da mulher. Com sua outra mão, o sujeito segurava um dos lados do corpo enquanto sangue escorria entre seus dedos, vindo de uma ferida onde uma lasca de madeira se encontrava profundamente alojada.

O capitão se ajoelhou ao lado do homem, examinando o ferimento.

– O que aconteceu?

– Eu estava ajudando os homens no convés quando uma onda nos atingiu e... quebrou nosso mastro principal. Ele se despedaçou diante dos nossos olhos. Acabei sendo atingido. – O sujeito acenou fracamente na direção da ferida. – Os outros... foram levados pelo mar. Voltei para ajudar minha esposa... O bebê está nascendo. – Ele deu um aceno de cabeça para a mulher na cama.

Thomas a fitou. Subitamente, a dama convulsionou e mais um grito deixou seus lábios.

Quando ela voltou a cair sobre o colchão, o pirata pôde ver um pequeno bebê coberto de sangue deslizar de seu corpo e pousar nos lençóis. Buck correu até a extremidade da cama e pegou o recém-nascido, limpando parte do sangue com os cobertores. O bebê se remexeu e soluçou antes de soltar um choro agudo que reverberou pela cabine.

Era uma menina. Seus olhos verdes se abriram brevemente entre um berro e outro e ela o encarou profundamente – *através* dele. Seus minúsculos dedos enrugados se fechavam e se abriam enquanto a criança lutava por suas primeiras respirações. Que criatura forte a garotinha era, enfrentando corajosamente o futuro incerto que se encontrava diante de si. A cena o lembrou de quando ele era um garoto e costumava gritar para o vento, desafiando-o a tentar pará-lo.

– Por favor – a mulher choramingou. – Meu bebê...

Thomas pegou sua lâmina e habilmente cortou o cordão umbilical, exatamente como, alguns anos atrás, vira uma parteira fazer em *Port Royal*. Ele rasgou um pedaço dos lençóis e enrolou a garotinha nele. Tinha que entregá-la à mãe – uma mulher sabia melhor o que fazer com um bebê. O conhecimento do pirata sobre crianças era escasso e, quando se tratava de recém-nascidos, era ainda menor.

Assim que Buck estendeu os braços para a mulher, o marido dela falou:

– Por favor... leve nosso filho para um local seguro. – O rosto do homem estava extremamente pálido, mas seus olhos verdes estavam brilhantes e quase febris. – Temo que não tenhamos muito tempo nesse mundo. – Ele juntou as mãos e tirou um anel de sinete do mindinho. – Leve isso com você. Dê para nosso filho. É a prova de quem nós somos.

O capitão pegou o anel e o colocou no bolso do seu colete. O peso da joia o advertiu de que o homem e a mulher diante dele eram pessoas importantes. Ele não os deixaria aqui.

– Voltarei para resgatá-los – Thomas prometeu antes de correr até o convés. O galeão balançava de forma sinistra sob seus pés. Estranhamente, a bebê ficou em silêncio em seus braços. Era como se ela conseguisse sentir que estavam em perigo.

– Capitão, não encontramos ninguém vivo. A maior parte dos tripulantes deve ter sido arrastada pelo mar. Também não há muitos pertences de valor que possamos levar. – McBride se aproximou, sobressaltando-se ao ver o pacotinho precioso em seus braços. – Isso é um bebê?

– Sim. Leve-a para o barco para mim. Os pais ainda estão no interíor da embarcação. Ambos se encontram feridos. Preciso ajudá-los. – Buck colocou a recém-nascida nos braços do outro antes de retornar para a cabine abaixo.

Ele só parou quando viu o olhar sem vida do pai da garotinha, fixo na porta por onde, momentos antes, Thomas desaparecera. Na cama, a mulher soltou uma respiração trêmula e o pirata se moveu em sua direção, pronto para carregá-la para o barco a remo. Assim que ele se inclinou, ela ergueu uma mão frágil e tocou a bochecha do pirata.

– É um menino ou uma menina? – a mulher perguntou em um sussurro.

Surpreso pela pergunta, o capitão se forçou a recordar o que vira antes de envolver a criança nos lençóis.

– É uma menina. Uma garotinha forte.

A expressão preocupada no rosto dela desapareceu, mas o cansaço em seus olhos o alertou de que a dama não duraria muito tempo.

– Então, será Brianna... em homenagem à minha mãe. – A mulher sorriu. – Um nome forte para uma filha forte.

Buck passou os braços ao redor das costas e das pernas dela, mas a mulher empurrou fracamente seu peito.

– Deixe-me ficar com meu marido. Por favor. Não vou conseguir... Há muito sangue. – A mãe de Brianna se remexeu sobre os lençóis e, para o horror do capitão, ele viu que o sangue continuava a se acumular na cama.

– Mas, milady... – Thomas não queria deixá-la morrer ali sozinha, não quando ela tinha uma criança para cuidar; uma criança pela qual viver.

– Está tudo bem – a dama falou gentilmente. – Prometa-me que a amará como se ela fosse sua. Encontre o tio dela. Ele cuidará... – A mulher não conseguiu terminar a frase.

O pirata estava perdido em seus deslumbrantes olhos azul-acinzentados. Naquele momento, não havia como ele negar o pedido daquela bela desconhecida.

– Eu a amarei como se fosse minha – Thomas jurou.

O capitão não sabia por que havia concordado. Ele não era casado e nunca tinha considerado ter filhos, contudo, não ousaria quebrar a promessa que havia feito à mulher e ao homem que morrera tentando proteger sua esposa e sua filha. No momento em que o pirata havia pegado a recém-nascida em seus braços, fios invisíveis tinham se enrolado em torno do seu coração, conectando os dois de uma maneira que nunca poderia ser quebrada. Ele faria qualquer coisa pela garotinha.

A mãe de Brianna fechou os olhos, estendeu a mão até a do seu marido e a segurou antes de soltar um último e lento suspiro. Então, ela se foi.

Thomas vasculhou a cabine, procurando por qualquer coisa de valor que pudesse identificar o casal, caso o anel não fosse suficiente. Um maço de cartas e alguns vestidos adoráveis foram tudo que ele conseguiu encontrar. O capitão não soube por que pegou um dos vestidos. Ainda assim, enfiou-o junto com outros itens pessoais em uma bolsa revestida com alcatrão – onde ficariam protegidos da água – antes de sussurrar uma oração pelas pobres almas do navio.

Ele retornou para o convés e jogou a bolsa no pequeno barco que o aguardava logo abaixo. McBride o ajudou a descer e eles remaram de volta para a *Serpente do Mar*.

– Onde está a criança? – Buck perguntou ao seu primeiro imediato.

O escocês pegou o pacotinho. Ele tinha colocado a bebê

em uma cesta de vime que encontrara em algum lugar do galeão.

Thomas a examinou.

– Ela está bem?

– *Ela*? – McBride se engasgou. – Estamos levando uma menina para a *Serpente*? Traz má sorte.

– É uma bebê, Joe. Que mal ela pode fazer? – Buck perguntou.

Thomas nunca dera atenção às superstições tolas sobre mulheres a bordo de navios. O verdadeiro problema não vinha delas, mas, sim, dos homens ávidos pelo toque feminino, o que, muitas vezes, acabava gerando ciúmes e levando a brigas entre a tripulação. Má sorte? Isso era bobagem.

– Bebês crescem e se tornam *mulheres*, capitão, e elas sempre são sinônimo de problemas.

– Ela não será um membro da minha tripulação, Joe. Encontraremos uma babá para a menina. Ela terá uma boa vida em São Cristóvão. Talvez até se case com um produtor de chá ou algum outro sujeito decente. – Enquanto dizia isto, Buck não pôde deixar de notar o rosto franzido da garotinha, que parecia protestar com uma expressão feroz e poderosa demais para alguém que acabara de vir ao mundo.

– Ah, bem, isso é bom. Com uma boa vida à sua frente, ela não nos trará problemas – Joe concordou, parecendo aliviado com a resposta do outro.

Thomas olhou para a criança e se pegou sorrindo. Brianna bocejou – seus pequenos lábios rosados formando um *O* – e semicerrou os olhos para a tempestade ao redor deles, parecendo adoravelmente furiosa. O capitão usou a ponta do lençol para limpar os restos de sangue que ainda estavam no rosto dela. Gotas de chuva caíram sobre as pequenas bochechas da menina, fazendo-a soltar um pranto tão primitivo que assustou o resto dos homens no barco.

– Continuem remando, rapazes! – Joe ordenou. – Precisamos fugir dessa tempestade.

Atrás deles, o casco do galeão rangeu e deslizou do recife, indo lentamente de encontro às ondas imponentes que logo engoliram a embarcação. A bebê soltou outro choro estridente, como se soubesse que havia perdido seus pais.

Porém, ela não estava sozinha no mundo. Agora, Brianna o tinha. Buck jurara que a criaria como se fosse sua filha e já não podia deixar de se apaixonar pela garotinha.

– Uma menina – McBride murmurou mais uma vez com seu pesado sotaque escocês. – Péssima ideia.

– Ela não é qualquer menina. Brianna será minha filha. Eu jurei que cuidaria dela.

Sua *filha*. A filha de um pirata. E que bela garotinha ela era.

Dizia-se que os piratas sempre estavam em busca de tesouros, contudo, naquele momento, o Capitão Thomas Buck percebeu que nem todo tesouro era feito de prata e de ouro.

UM

P*ort Royal, Jamaica*
1741

– Desejando ter uma vida diferente, moça? – uma voz com um pesado sotaque escocês perguntou.

Brianna Holland afastou o olhar do trio de belas mulheres usando vestidos finos que desfilava pelo mercado de *Port Royal* nos braços de seus respectivos cavalheiros. Suas sombrinhas estavam perfeitamente posicionadas, mantendo o sol longe de suas peles pálidas.

– Não.

Sim, ela acrescentou mentalmente.

Joseph McBride – ou Joe, como ele normalmente era chamado – tinha quarenta e oito anos, enquanto Brianna só tinha vinte. Ele era três anos mais velho do que o pai da jovem, Thomas. Os dois homens eram como irmãos, portanto, Joe acabara se tornando um tio para ela. E ele a conhecia tão bem que, muitas vezes, percebia quando Brianna estava mentindo.

– Não é errado querer ter coisas para si, moça. Até mesmo as que são *bonitas*. Como uma *bela* mulher, é um direito seu. – O escocês cutucou o braço dela com o cotovelo e deu um aceno de cabeça para o trio que a mais nova estivera observando.

– Mas eu não sou apenas uma bela mulher, Joe.

– Você é uma bela de uma dor de cabeça para mim, isso sim. – Ele riu ao ver a carranca que ela lhe deu.

– Eu sou *mais* do que isso.

Brianna passara toda sua vida provando que não era apenas uma criatura tola. Ela era uma força e tanto. Uma pirata, a filha do rei pirata.

– Sim, moça, você certamente é mais. Nenhum homem que a conhece contradiria tal afirmação. Agora que resolvemos isso... que mal pode fazer ter um vestido bonito se ele a agrada?

A jovem ajustou seu colete de couro e suas calças, mais consciente de seu disfarce masculino do que estivera em muito tempo. Tornara-se usual para ela se vestir e agir como um homem. Quando era mais nova, fora difícil. Brianna tivera que fazer tudo duas vezes melhor do que qualquer indivíduo do sexo oposto faria. Porém, com o tempo, isto acabara se tornando natural e ela ficara cada vez mais confiante diante dos desafios da vida – como, por exemplo, agora, enquanto caminhava por um mercado fingindo ser um rapaz.

A curta peruca castanha que cobria seu cabelo estava firmemente presa em suas tranças loiras, escondendo sua aparência feminina. A peruca coçava, mas ela tinha que lidar com o desconforto, pois não tivera coragem de cortar seu cabelo para completar o disfarce. Se não tivesse que fingir ser o Capitão Bryan Holland ao redor de todos que não faziam parte de sua tripulação, poderia ter deixado a peruca de lado. Contudo, em um porto tão público como este, era imprescindível que passasse despercebida. Se a jovem não disfarçasse sua silhueta passando ataduras ao redor de seus seios ou escondesse suas mechas, seria descoberta. Afinal, uma mulher com roupas masculinas *sempre* era notada.

Brianna possuía alguns vestidos simples em seu navio, mas raramente os usava. Sem falar que não tinha nada tão fino e belo quanto as vestimentas que aquelas mulheres usavam. Ela não pôde deixar de se perguntar como seria passear pelo mercado de braços dados com um cavalheiro. Sem dúvida se sentiria tão elegante e bonita quanto uma borboleta. Imaginou que seu atraente acompanhante estaria usando um casaco com bordados dourados e que se curvaria ao oferecer seu braço para ela. Brianna riria, piscaria adoravelmente e abriria sua sombrinha para se proteger do sol brilhante do Caribe. Ele a fitaria com admiração e com desejo, então, a jovem se inclinaria e...

Ah, mas que tolice. Quem iria querer ser uma criatura enjaulada cujo único propósito era viver à sombra de um homem enquanto dava à luz aos seus filhos e aliviava suas necessidades físicas? Não, esse tipo de vida não era para ela. Brianna amava a liberdade que possuía como filha de um notório pirata. Podia ir aonde quisesse e fazer o que bem entendesse. Não importava que não tivesse um cavalheiro a observando com esperança em seu olhar, pois, se desejasse, poderia ter o amante pirata de sua escolha. Eles ao menos entenderiam sua vida ao mar, algo que os cavalheiros extravagantes certamente não fariam.

— Se quiser escolher um, pode visitar a loja de vestidos, moça. Você tem o ouro necessário. Por que não se dar tal presente? — Joe sugeriu. — Estarei logo ali, resolvendo a questão dos nossos mantimentos. – Ele gesticulou na direção dos armazéns de comida e de água.

Os dois tinham entrado sorrateiramente em *Port Royal* em um barco a remo logo antes do amanhecer, objetivando garantir suprimentos para a *Serpente do Mar*, o saveiro de dezoito canhões mais belo a navegar pelos mares espanhóis. Sim, a embarcação já tinha mais de vinte anos, mas seu pai cuidara muito bem dela antes de repassá-la à jovem. E, no que lhe dizia respeito, o velho navio ainda era o melhor.

Brianna lançou um olhar pelo mercado, observando as várias barracas e os vendedores de frutas e de legumes frescos. Tudo na ilha era brilhante e belamente colorido. O aroma das especiarias, das carnes salgadas e o perfume natural dos buquês de flores nas barracas tinham feito dali o local preferido da jovem em *Port Royal*. A estrutura de pedra das casas e as lojas atrás do mercado aumentavam a sensação aconchegante do lugar. Na porta de uma delas, uma costureira dava adeus a uma mulher rechonchuda que usava um vestido creme cheio de pérolas.

Enfiando uma mão no bolso de sua calça, Brianna apertou sua bolsa de dinheiro, que estava cheia de dobrões espanhóis. Era a sua parte do saque que haviam feito a um navio mercante espanhol na semana anterior. O cozinheiro da *Serpente*, um homem chamado John Estes, tinha reivindicado alegremente a comida pertencente ao capitão e aos oficiais da embarcação para a sua tripulação pirata. Após levarem o que queriam, eles tinham deixado que os marinheiros encontrassem seu próprio caminho até um porto. Na opinião de Brianna, essa era a melhor forma de piratear. Leve o que quiser, mas deixe a tripulação viva e com os meios necessários para que consigam chegar em casa. Era por isso que seu pai era considerado um pirata cavalheiresco.

– Suponho que ele não me negaria um vestido – Brianna murmurou.

Thomas nunca insistira que ela seguisse seus passos como pirata, contudo, também não a desencorajara. Em vez disso, permitira que a jovem se tornasse o que quisesse ser – quer fosse mulher, pirata ou os *dois*.

Brianna atravessou o mercado, esquivando-se de uma galinha e de uma cabra que tinham fugido de um quintal próximo. Endireitando os ombros, ela entrou na loja de vestidos. Duas mulheres estavam na parte de trás, avaliando um par de finas luvas de couro de bezerro. A costureira as observava com claro interesse, já que ambas estavam vestidas com roupas caras.

A mais nova suspirou, passando uma das luvas contra sua bochecha.

– Ah, sinta a suavidade desse material, mamãe.

– Luvas de couro de bezerro sempre são assim, querida – a outra disse.

Dada a forma como se tratavam, Brianna supôs que elas deviam ser mãe e filha. A jovem devia ter a sua idade. Ela usava um vestido verde-gelo com uma estomaqueira bordada com crisântemos e folhas de cores vivas. O corpete da vestimenta era fechado por um lindo cordão dourado que se cruzava em cima da estomaqueira. Não era uma roupa excessivamente elaborada, embora remetesse à classe e à riqueza. O vestido da mais velha fora feito no mesmo estilo. Suas saias bufantes de tafetá eram iridescentes e criavam uma aura de esplendor típica de um conto de fadas quando as duas se moviam pela loja. Brianna nunca tivera uma vestimenta como as que elas usavam. Seus vestidos sempre possuíam uma silhueta reta, mais adequada a uma corrida animada do que a ficar graciosamente à deriva como as damas estavam.

– Posso ajudá-lo? – Uma voz afiada interrompeu as ponderações da jovem. A costureira, com as mãos nos quadris e um dedo tamborilando impacientemente, estava encarando-a com uma expressão que dizia que ela claramente não pertencia ali.

– Eu... – Brianna pigarreou e engrossou a voz para que soasse como a de um homem. – Eu gostaria de comprar um vestido para a minha irmã.

– Entendo. – O olhar afiado da mulher analisou as mãos bronzeadas da pirata e a sujeira acumulada embaixo das suas unhas.

Por Deus, Brianna deveria ter tomado banho na noite anterior, mas não imaginara que estaria entrando em uma loja como esta hoje. A jovem pegou algumas moedas da bolsa de dinheiro. Quando abriu a mão, quase riu com o ofego que a costureira soltou. A luz refletiu nos galeões de ouro, fazendo-os brilhar. Não havia uma pessoa na terra capaz de recusar o brilho do ouro.

– Sua irmã? – A carranca da mulher se suavizou, transformando-se em uma expressão de frieza educada. – Imagino que você não saiba... as medidas dela.

Brianna gesticulou para si mesma.

– Mais ou menos do meu tamanho, só que com seios. Nós somos... hã... gêmeos. – Ela colocou as mãos na frente do peito, mostrando como seus seios ficavam quando estava usando espartilho. No momento, eles estavam achatados e presos pelas ataduras, o que permitia que permanecessem escondidos embaixo da camisa branca solta e do colete que usava.

A costureira bufou baixinho ao tirar suas medidas. Ela trabalhou rapidamente, cutucando e movendo a fita métrica em torno de Brianna enquanto murmurava sobre o ato heterodoxo de medir um rapaz para saber as medidas do vestido de uma dama. A pirata sabia que a mulher assumira que sua suposta irmã não existia e que ela provavelmente só gostava de usar vestidos. Brianna não seria o primeiro homem a fazer isso por trás de portas fechadas.

Subitamente sentindo um olhar sobre si, ela se virou e notou que a jovem de antes a espiava atrás de um mostruário de chapéus. A dama corou e arregalou seus olhos castanhos ao perceber que havia sido pega. Devido à sua boa aparência, Brianna estava acostumada com o fato de que as mulheres a viam como um belo rapaz.

Esta era, contudo, a primeira vez que uma jovem a observava com um desejo tão inocente, o que só fez com que Brianna se sentisse ainda mais sozinha. A atenção que gostaria de receber não era a de uma dama distinta, mas, sim, a de um homem. As raras ocasiões em que encontrara amantes se deram bem longe do alcance protetor de seu pai e de Joseph. As noites calorosas tinham sido breves, contudo, enquanto quisesse permanecer livre, não podia pedir mais de nenhum homem.

– Venha ver as opções de seda, senhor. – A costureira gesticulou em direção à parede na parte de trás da loja, que exibia uma variedade de tecidos em diversas cores. – Temos um lindo tom de laranja e um belo azul...

Ela colocou dois rolos de seda no balcão. Brianna os examinou, mas não se atreveu a tocá-los com suas mãos sujas. A mulher tirou alguns esboços de um portifólio de couro.

– O que a dama acharia de um *robe à volante* azul, uma estomaqueira e saias de baixo laranjas?

– Acho que ela gostaria deste. – A pirata apontou para o desenho de sua preferência, que estava rotulado como *robe à l'Anglaise.*

– Excelente escolha, senhor. Posso entregar o vestido de sua irmã em duas semanas.

– Obrigado. – Brianna pagou a mais para que a costureira o guardasse por mais um tempo caso ela não pudesse estar de volta dentro do prazo estimado. – Meu cronograma de navegação é um pouco imprevisível – explicou.

– Sim, sim. É compreensível. – A outra assentiu, aceitando a explicação prontamente. Com o ouro em suas mãos, a mulher estava mais do que feliz em fazer o que a jovem lhe pedira.

Brianna continuou a ignorar o olhar de interesse vindo da cliente com as luvas de couro de bezerro nas mãos. Porém, a dama logo se moveu em direção à porta e artisticamente jogou uma das luvas no chão, perto do caminho que a pirata pretendia tomar para sair da loja.

Tendo toda a intenção de não dar atenção ao óbvio ardil, Brianna se viu obrigada a parar quando a outra se jogou em seu caminho.

– Ah, obrigada por pegar minha luva, senhor. – A dama disparou um olhar para a peça de roupa entre elas ao ver que a pirata não tinha dado nenhum indício de que a apanharia. Era óbvio que ela acreditava que estava flertando e que queria que Brianna interpretasse o papel de cavalheiro cortês.

A pirata soltou um suspiro longo e sofrido antes de se inclinar e pegar a luva. Ela a jogou para a moça, que se atrapalhou ao tentar pegá-la. Para que pudesse seguir em frente, tirou a jovem do caminho com um movimento pouco cortês.

– Onde já se viu! – a dama bufou e Brianna quase riu.

Ela voltou para o mercado, avistando Joe do outro lado. Porém, assim que passou pela barraca de cebolas e de batatas, parou abruptamente. No pedaço de pergaminho pregado no poste de madeira à sua frente, havia o desenho de um rosto que

Brianna conhecia muito bem – o de Joe. O aviso dizia: "*Procurado por pirataria. Prender imediatamente.*"

– Inferno – ela sibilou.

Naquele momento, uma pequena patrulha de soldados britânicos em uniformes vermelhos marchou pelo mercado, indo em direção à distante fortaleza naval que se erguia na paisagem como um lobo em posição de defesa. Eles logo cruzariam caminho com Joe, sem falar que o rosto do pirata provavelmente também estava estampado na fortaleza. Brianna voltou a caminhar calmamente, não querendo atrair atenção até que fosse o momento certo. Agora, Joe também estava cortando a distância entre eles, o que significava que logo estaria frente a frente com os soldados. Ela precisava agir rápido.

Brianna passou por uma barraca de frutas e pegou um tomate suculento, testando o peso em sua mão. Era um movimento arriscado, mas tinha que fazer algo. A pena por pirataria era o enforcamento e a jovem não deixaria que isso acontecesse com Joseph.

Ela aguardou até que os soldados estavam a alguns centímetros de distância. Então, moveu o braço para trás e jogou o tomate, mirando no peito de um dos homens que estava na frente. Infelizmente, seu arremesso atingiu o rosto do oficial.

A reação foi instantânea. Os soldados começaram a gritar em alarme. Ao perceberem que não estavam sendo atacados e que o projétil era, na verdade, um tomate que havia sido arremessado como um gesto de insulto, passaram a berrar com raiva. O homem atingido limpou a sujeira do rosto, fazendo-a deslizar pelas lapelas brancas de seu uniforme. Furioso, ele rosnou.

Brianna teve apenas um segundo para encontrar o olhar assustado de Joe antes de ter que fugir.

– Peguem-no! – o oficial coberto com os restos do tomate gritou.

Para sua tristeza, ela tinha atingido o *capitão* que liderava a patrulha.

A jovem moveu os pés rapidamente enquanto atravessava o mercado, obrigando os casacas-vermelhas a segui-la em uma agitada perseguição na direção oposta à de McBride. Brianna acabou indo de encontro à dama que vira na loja de vestidos e, sem pensar, empurrou-a na frente dos soldados, que correram para segurá-la antes que a moça caísse e fosse pisoteada.

A pirata pulou sobre uma carroça cheia de legumes e deslizou para dentro de uma taverna próxima. Conhecia *Port Royal* bem o bastante para conseguir planejar uma rota de fuga. Ela se esquivou das mesas e dos bêbados para chegar à escadaria. Então, subiu de dois em dois degraus até encontrar a primeira porta destrancada.

– Ei! – reclamou um homem corpulento que estava em uma banheira.

– Desculpa!

Brianna escancarou a janela do banheiro, notando a corda robusta que pendia entre a taverna e o prédio ao lado. Era um varal. Felizmente, nenhuma roupa estava pendurada nele.

A jovem já podia ouvir os gritos vindos do andar de baixo, provavelmente gerados pelos soldados que vasculhavam o local. Sem tempo para pensar, ela pulou pela janela para pegar a corda. Pendurada a alguns metros de altura, moveu suas mãos até que conseguiu balançar o corpo, passar as pernas pela janela do prédio seguinte e pousar agilmente no chão.

Brianna atravessou o cômodo vazio e correu pelo corredor à procura de outra janela que pudesse abrir. O edifício ao lado só tinha um andar. Ela passou pelo peitoril da varanda e pulou no telhado da construção.

Pousando agachada, a jovem precisou recuperar o fôlego antes de voltar a correr. Um grito soou logo atrás dela. Ao lançar um olhar por cima do ombro, Brianna viu os rostos de dois homens na janela pela qual atravessara.

– Lá está ele!

A pirata saltou do telhado em direção a uma carroça com feno, sendo engolida em segundos. O som dos soldados se aproximando a fez ficar imóvel. Ela tentou não respirar e seus batimentos diminuíram, contudo, o retumbar em seus ouvidos continuou tão alto que mal conseguiu distinguir o que estava acontecendo fora do seu abrigo improvisado de feno.

– Ele se move rápido, capitão. Deve ter ido por aquele lado.

Brianna esperou até que as vozes e o barulho das armas se distanciaram. Então, afastou o feno para ver se estava segura. Ela pulou da carroça, rindo enquanto retirava os resquícios que tinham ficado presos em sua peruca.

Tudo ao seu redor parecia calmo à medida que contornava a esquina do prédio, porém, logo teve que parar subitamente. Cinco soldados estavam com seus rifles apontados na sua direção. Eles estavam esperando que a jovem saísse de seu esconderijo.

Maldição.

Brianna deu um passo para trás, pronta para correr novamente, mas outros seis homens cercaram a saída atrás dela. Um deles, o capitão, ainda tinha pedaços de tomate espalhados pelo rosto e pelo peito. Ele a encarou à medida que se aproximava.

– Tudo isso por conta de um tomate? – ela murmurou, atordoada com o empenho da patrulha em algo que eles deveriam ter visto como nada mais do que uma brincadeira inofensiva.

– Quem é você? – O capitão tirou o último resquício de tomate do seu uniforme.

Ele era belo, contudo, havia uma crueldade presente nas linhas ao redor da sua boca e de seus olhos que a alertou sobre o tipo de pessoa que o sujeito era. Brianna conhecia muitos homens como ele.

– Não sou ninguém – ela respondeu.

– Um ninguém que joga tomates em um oficial britânico? Duvido muito. – O sujeito ergueu um pedaço de pergaminho. – Disseram que você estava olhando para isso logo antes de nos atacar.

Era o aviso de procurado de Joe.

– Atacar? Diga-me, você foi ferido por aquele mísero tomate? – Brianna retorquiu. – Se o poderoso Exército Britânico pudesse ser derrubado por tomates, os franceses e os espanhóis já estariam no comando das Índias Ocidentais – concluiu com um sorriso zombeteiro.

O rosto do capitão ficou tão vermelho quanto o tomate com o qual ela o acertara e uma veia passou a pulsar ameaçadoramente em sua têmpora.

– Tudo não passou de uma brincadeira inofensiva – a jovem acrescentou fracamente. – Não tive a intenção de atingir seu rosto. Pensei que não faria mal se sujasse seu uniforme, já que poderia ser lavado facilmente...

– Uma brincadeira? Acho que alguns dias em uma cela será o tipo de *brincadeira* que você não conseguirá aguentar, garoto. – Ele deu um aceno de cabeça e alguns soldados se aproximaram de Brianna.

A jovem ergueu os punhos.

– Então, vai ser assim, não é mesmo? Tudo bem. – Ela era melhor em lutar do que em correr. Afinal, aprendera com os melhores homens em *Tortuga*.

O oficial que estava mais próximo tentou agarrá-la, mas acabou recebendo um golpe certeiro na mandíbula que o levou ao chão. Depois disso, os outros dois ficaram mais cautelosos.

– O que estão esperando? – o capitão disparou. – Ele é só um garoto. Peguem-no.

Eles se entreolharam, em seguida, jogaram-se contra a pirata ao mesmo tempo. Brianna se abaixou e se moveu para frente, passando entre os braços deles. Os soldados colidiram de cabeça e caíram para trás, gemendo. Ela riu, então, chutou seu próximo oponente, que tinha vindo pela direita, bem na virilha. O sujeito colocou as mãos sobre suas partes íntimas e se encolheu, arquejando de dor.

A jovem rodopiou para enfrentar o soldado seguinte, mas o capitão apareceu no meio do caminho e a golpeou com sua pistola antes que ela pudesse se esquivar. O ataque a atingiu na têmpora.

Brianna piscou, seus ouvidos zumbiam enquanto ela balançava a cabeça. Quando a luz do sol pareceu escurecer logo acima de si, a pirata ergueu o olhar, dando de cara com o rosto do capitão. O sorriso frio que ele lhe deu fez seu coração afundar.

– Agora, você verá o que *eu* considero como brincadeira.

No segundo seguinte, sua bota atingiu o rosto dela e tudo ficou escuro.

———

Quando Brianna voltou a si, sentiu uma dor infernal em seu rosto e em sua cabeça. Ela gemeu ao se sentar e cuidadosamente tocar sua testa. O local estava inchado e quente. Ao seu redor, podia ouvir vozes vindo das outras celas, o barulho das barras de metal e os gritos dos soldados. O pavor tomou conta de seu peito quando percebeu que estava em uma prisão do Exército Britânico.

Seu pai ia matá-la. A pirata caiu de volta no colchão de palha, olhando para o teto da cela. Ao menos McBride estava bem. O problema é que ele podia não saber que ela tinha sido capturada e estar esperando no barco a remo, o que o deixaria exposto. Joe precisava voltar para a *Serpente do Mar*. Brianna não valia o preço da vida de sua tripulação ou da de seu pai.

Maldito inferno!

Endireitando-se, a jovem se pôs de pé. Havia uma pequena janela em sua cela. Casualmente, a pirata testou as barras de ferro para ver se elas cediam. Nada aconteceu. Ela abriu a boca, movendo levemente a mandíbula, e estremeceu de dor.

– Ah, você finalmente acordou. Que bom – uma voz fria disse.

Ao se virar, Brianna viu que o capitão que havia atingido a observava. Ele ainda usava seu uniforme vermelho e branco com manchas de tomate nas lapelas. Seu cabelo escuro estava preso para trás em uma trança e amarrado com uma fita na nuca. Se não fosse por suas vestes manchadas, o sujeito seria a imagem de um capitão britânico perfeito. Ele brincou com o cabo da bela lâmina do Exército Britânico que estava enfiada em seu cinto, como se desejasse usá-la contra a jovem.

Brianna o odiava. Sentia um tipo de aversão instantânea, como um mangusto enfrentando uma cobra pela primeira vez. Em Cádis, vira uma luta entre essas duas criaturas e nunca mais se esquecera da cena. Nenhum dos dois poderia viver enquanto o outro estivesse por perto, pois tal era o destino dos inimigos naturais. Ela e o homem à sua frente também eram assim.

A pirata o encarou de volta com uma expressão abertamente desafiadora. O capitão não era o primeiro homem a fitá-la com uma promessa de dor em seus olhos. Certa vez, enfrentara o olhar de um pirata em *Tortuga* que estava literalmente louco. O oficial britânico não era capaz de chegar perto do medo que a moça sentira diante do sujeito enlouquecido empunhando uma cimitarra afiada.

– Tudo isso por conta de um maldito tomate? – Brianna bufou. – Você não deve ter nada melhor para fazer.

O homem ignorou seu comentário sarcástico e ergueu o pergaminho com o rosto de Joe.

– Acho que está na hora de conversarmos sobre o seu amigo. Ele é um conhecido pirata, um que se associou com Thomas Buck. E, a meu ver, isto também faz de *você* associada ao sujeito.

Por um segundo, Brianna não conseguiu respirar. Thomas Buck era o nome de pirata de seu pai. Ele mantivera o sobrenome Holland em segredo, sendo ela e Joe as únicas pessoas que sabiam a respeito. Fora por isso que a jovem tinha sido batizada de Brianna Holland em vez de Buck. Seu pai dissera à sua tripulação que fizera isso apenas para dar à moça a proteção de um sobrenome falso. Era irônico que, na verdade, fosse seu verdadeiro nome que a estivesse protegendo.

Brianna teria que pensar rápido para contornar as perguntas do capitão sobre Thomas.

– Hã? De onde tirou isso, capitão? – Com o intuito de antagonizar o oficial, ela propositalmente usou um sotaque que, se seu pai tivesse escutado, a teria castigado por utilizar.

– Eu *tirei*, como você diz, ao perceber que quando se encontra um rato comendo o que não deveria, sempre há mais deles por perto. Piratas não passam de ratos e qualquer um que anda com eles provavelmente também faz parte do bando.

Brianna não pôde deixar de sorrir.

– Então, já que está comigo, isto faria de você... um pirata. Ou, melhor dizendo, um *rato*.

Ele tinha se colocado em um patamar tão alto que não estava esperando por uma resposta como essa. A única evidência de sua raiva era a dilatação de suas narinas.

– Vou lhe dar uma chance. Apenas uma. Conte-me o que sabe sobre Joseph McBride e Thomas Buck ou será enforcado, arrastado pelas ruas e esquartejado.

– E se eu contar? – ela perguntou, mesmo não tendo nenhuma intenção de abrir a boca.

Os lábios dele se curvaram em escárnio.

– Você ainda enfrentará a forca, mas nós ao menos o deixaremos inteiro.

Brianna teria que enfrentar um destino muito pior se o sujeito descobrisse que ela era uma mulher. *Sempre* era pior para as mulheres.

– Muito obrigado, mas acho que ficarei calado, capitão. – A jovem deu as costas ao oficial.

– Em breve, você mudará de ideia. – A voz dele ecoou à medida que se afastava, deixando-a sozinha.

Brianna encarou a janela, percebendo, com um pavor crescente, o que falhara em ver quando estivera testando as barras. Uma forca se encontrava no meio do pátio da fortaleza, em plena vista de todos que estavam na prisão. A corda vazia balançava com a brisa da ilha. A morte e o paraíso sempre estiveram entrelaçados em sua vida, contudo, a pirata nunca desejara que estivessem *tão* próximos assim.

Brianna estremeceu. Estava na hora de encontrar uma maneira de sair desta cela. Do contrário, teria que convencê-los a enforcá-la antes que decidissem torturá-la, pois não permitiria que os soldados descobrissem que ela era uma mulher. Era melhor enfrentar a forca. A jovem segurou as barras e inalou o aroma da ilha enquanto fechava os olhos.

Por Deus, sentia saudade de sua cabine na *Serpente do Mar*. Sentia saudade de seu pai, de sua tripulação e da sensação da brisa do oceano contra a sua pele, intocada pelos odores da cidade e do pátio da prisão. Enquanto observava o nó da forca balançar, a moça abriu a boca e cantou uma canção que Thomas lhe ensinara quando ela ainda era criança:

"Venham, jovens marinheiros, escutem-me,
Cantarei uma canção sobre os peixes do mar,
E sobre seus ventos e suas tempestades, rapazes,
Quando o vento sopra, nós estamos no mesmo barco, rapazes."

Dois

A porta da cela bateu bruscamente, acordando Brianna. Antes da interrupção repentina, ela estava no meio de um sonho maravilhoso. Encontrava-se de volta ao tombadilho superior da *Serpente do Mar*, que se aproximava da Jamaica. A água brilhava em um tom de azul cristalino. À medida que o navio chegava à costa, a jovem podia ver o fundo do oceano e os peixes coloridos que nadavam por lá. Pequenos tubarões e raias flutuavam preguiçosamente logo acima do fundo arenoso. À sua frente, a Ilha Esmeralda parecia uma joia cintilante.

– Fique em pé, pirata – disse uma voz fria que ela reconheceu com pavor.

Brianna piscou e, lentamente, se sentou em seu colchão de palha. Ela bocejou, esticou os braços sobre a cabeça e, por fim, se levantou. Não podia deixar que o homem soubesse que o temia. O capitão a fitou com desprezo. Então, o dia da tortura tinha chegado. A jovem mal dormira nos últimos três dias e, agora, tinha que enfrentar o que quer que viria a seguir. Só podia esperar que conseguisse esconder seu gênero deles. Por mais que não quisesse que seu pescoço acabasse na forca, tinha que admitir que isso seria melhor do que ser descoberta como mulher.

A pirata notou os dois soldados que ladeavam o capitão.

– Suponho que eu não possa ter um pouco de comida e de água para acabar com meu jejum, não é?

Sua última refeição fora o pão mofado da noite anterior, após rejeitar a água oferecida de um balde com uma camada visível de sujeira. Não seria seguro tomar aquilo. Agora, seus lábios estavam ressecados.

– Com sede, não é mesmo? – A voz do capitão soou quase sedosa.

Brianna não era tola. Esse não era um tom em que podia confiar.

– Não, obrigado. Estou bem – a jovem respondeu de modo indiferente.

– Levem-no para o pátio – o homem disparou, já seguindo pelo corredor à frente.

Então, o enforcamento já ia começar? Uma onda de nervosismo revirou seu estômago. Ainda assim, ela seguiu os soldados sem lutar. Se houvesse uma chance de escapar, Brianna a abraçaria de bom grado. Agora não era o momento de desperdiçar sua energia.

– Mantenha o queixo erguido, garoto – um prisioneiro falou ao passarem pelas celas.

– Isso mesmo! Mostre-lhes como um verdadeiro homem enfrenta seu fim – outro gritou.

Ela quase riu ao ouvir o incentivo.

– Ergam a bandeira pirata! – um terceiro disse antes de cuspir nos rostos dos soldados que passavam.

Um dos oficiais bateu sua arma contra as barras da cela do sujeito, fazendo o prisioneiro recuar com preocupação.

– Não se preocupem comigo, rapazes! – Brianna disse aos seus companheiros de prisão. – Deixarei o Capitão Morgan orgulhoso.

Esse era o código. O Capitão Morgan tinha morrido há cerca de cinquenta anos, mas sua lenda continuava a correr de navio em navio. *Port Royal* fora sua terra até que um terremoto poderoso afundara dois terços da cidade no mar. Agora, os britânicos estavam no comando. A referência ao homem era o gesto final de desafio a qualquer um que desejasse a morte de um pirata. Ninguém se importava com o fato de que o próprio Morgan tinha imposto leis antipirataria quando servira como governador da Jamaica, pois ele sempre seria visto como um herói para seu grupo.

Sentada no colo de seu pai, Brianna crescera ouvindo as lendas sobre os grandes piratas e corsários. Fora apenas anos depois que ela percebera que Buck era um deles. Thomas Holland ou Thomas, o Bucaneiro, tornara-se o Rei Sombrio das Índias Ocidentais. Imparável pela Marinha, ele enganara a morte inúmeras vezes. Agora, a jovem o deixaria orgulhoso e enfrentaria seu destino, sem nunca o trair.

Ela piscou diante da luz brilhante do pátio da fortaleza. O capitão estava esperando perto de um cocho de água usado para saciar a sede dos cavalos militares. Quando Brianna parou, um dos soldados a empurrou para frente, fazendo-a cair de joelhos aos pés do capitão.

– Se não me engano, você disse que estava com sede – ele zombou.

Esse foi o único aviso de Brianna. O oficial a agarrou pela nuca e a arrastou em direção ao cocho. Então, enfiou seu rosto na água. A jovem teve apenas um segundo para respirar antes de ficar submersa. O pânico e o instinto fizeram seus membros se agitarem, mas suas mãos logo foram amarradas atrás de suas costas.

Pouco depois, o homem soltou sua cabeça. A pirata ofegou por ar assim que veio à superfície.

– Está gostando dessa brincadeira? – A risada do capitão era tão afiada quanto um chicote.

Meio segundo foi tudo o que ela teve antes que ele a empurrasse mais uma vez na água gelada.

Manchas brancas e pretas dançaram atrás de suas pálpebras fechadas. Brianna lutou contra as amarras e a mão inflexível que segurava sua nuca em um aperto vil, contudo, sua única escolha parecia ser aturar tudo isso. A tortura não era diferente dos momentos em que tivera que prender a respiração durante furacões, quando os ventos agitavam os mares em fúria. Durante as tempestades, ela também tinha apenas um mísero instante para respirar antes que as ondas tirassem seu fôlego, tentando afogá-la.

A jovem foi puxada para cima novamente, ofegando. Seus lábios sentiram o ar doce e quente do Caribe. Ela piscou para afastar a água e encarou o rosto escarnecedor do capitão do exército enquanto seu corpo tremia de medo e de raiva.

– Agora... voltemos a Joseph McBride. Procuramos em todos os lugares. Onde ele está se escondendo?

Brianna tentou organizar seus pensamentos. O quase afogamento fizera com que sua mente se agitasse igual a um navio atingido pela tempestade.

– Eu não sei o que...

Sua cabeça foi empurrada na água novamente. Mais uma vez, ela lutou contra as ondas de pânico e tentou parar de se debater. Deixando seu corpo amolecer, concentrou-se nos últimos momentos de seu sonho sobre a Ilha Esmeralda e suas águas límpidas. Brianna relaxou. Agora, apenas seus pulmões se apertavam. Subitamente, compreendeu o que alguns marinheiros queriam dizer quando imaginavam a morte como um tranquilo mar escuro acompanhado de um lampejo de dor ao inalar suas águas. Ela não queria ter tal morte. Segurando a respiração, a pirata lutou contra a necessidade de abrir a boca e de respirar.

Então, Brianna foi tirada do cocho e jogada no chão. Ela ficou tão atordoada com o súbito indulto que não respirou de imediato.

– Você o matou – uma nova voz rosnou. – Eu disse que este não era o caminho, Capitão Waverly.

– Perdoe-me, almirante, mas ele se recusou a falar – o outro respondeu friamente. – Métodos interrogatórios como este são necessários.

A pirata conseguiu voltar a si e lentamente puxou uma respiração, aliviando a dor gritante em seus pulmões. Nenhum dos homens pareceu notar. Ela manteve os olhos fechados e o corpo mole.

– Ele era nossa única pista sobre Buck e você o afogou. Estamos a serviço da Sua Majestade. Não afogamos garotos como se fossem ratos. Nós mantemos nossa honra.

– Perdoe-me, Almirante Harcourt – Waverly disse de forma sarcástica –, mas piratas não merecem receber um tratamento *honroso*. Eles matam nossos homens, estupram mulheres e escravizam crianças. Como pode querer tratá-lo com honra quando ele não tem nenhuma?

Suas palavras fizeram Brianna se eriçar internamente, pois possuíam uma pontada de verdade. A maioria dos piratas eram criaturas sem lei que se guiavam pelos seus instintos mais básicos, porém, isto não se aplicava ao seu pai e à tripulação dele. Eles só matavam quando precisavam, não mantinham prisioneiros ou escravos e respeitavam as mulheres. Sem falar que

Brianna escolhera a dedo sua própria tripulação, selecionando apenas pessoas em que podia confiar e que sentia que seriam tão honradas quanto um pirata poderia ser.

Os demais piratas não eram, é claro, assim. Ela não era ingênua a ponto de acreditar nisso. Todavia, o fato de que esse homem jogara todos eles na mesma categoria que cães vis era...

– O mel atrai mais abelhas do que o vinagre – o Almirante Harcourt falou. – Se tivesse me deixado tentar lidar com o rapaz... Infelizmente, agora é tarde demais.

– Pegue o corpo e pendure-o na gaiola de ferro junto às docas – Waverly ordenou. – Os pássaros podem se empanturrar com sua carne. Ele servirá de lição para todos os piratas que se atreverem a entrar em *Port Royal*.

Brianna quase tensionou os músculos diante da chance de liberdade, tendo que se forçar a continuar relaxada. Os soldados cortaram as amarras de seus pulsos para que pudessem içá-la pelos braços e pelas pernas.

A jovem manteve os olhos fechados enquanto a levavam, contudo, pouco antes de chegarem aos portões, o capitão gritou:

– Esperem! Quero ter certeza de que ele está morto.

O som de uma lâmina sendo retirada de sua bainha foi a ruína da pirata. Ela não permitiria que o homem a esfaqueasse apenas para satisfazer sua curiosidade.

Brianna sacudiu o corpo rapidamente, fazendo os dois soldados que a seguravam gritarem e a derrubarem. Ela pousou com um baque e grunhiu ao sentir o ar se esvair de seus pulmões.

– Rá! – Waverly rosnou, colocando a ponta de sua espada na garganta dela e pressionando o bastante para fazer uma gota de sangue deslizar pelo pescoço.

– Capitão! – o almirante gritou com uma voz de comando

tão natural e afiada que o outro hesitou. Foi uma reação tão sutil que Brianna não teria percebido se não estivesse olhando diretamente nos olhos do capitão.

– É a *minha* vez de questionar o rapaz – Harcourt afirmou. – Por favor, leve-o para o meu escritório.

Waverly recuou quando os soldados se aproximaram e colocaram a pirata em pé. Ela deu um sorriso presunçoso para o capitão enquanto era escoltada até o espaçoso escritório do almirante. O local estava repleto de móveis de aparência cara. Havia uma fina mesa de carvalho, cadeiras de brocado de seda e um grande globo em um suporte. A luz do sol vinda das janelas iluminava seus continentes coloridos e o oceano. Parecia o cômodo que se encontraria na propriedade de um produtor de chá, não em uma fortaleza naval.

– Por favor, sente-se. – O almirante acenou com a cabeça para uma cadeira de couro com braços dourados.

Incerta, a jovem fitou seu corpo enxarcado.

– É melhor não, senhor – respondeu respeitosamente.

Este homem não se divertiria ou se irritaria com suas retóricas inteligentes e sarcásticas. Porém, certamente apreciaria o respeito. Brianna mostrou as mangas de sua camisa, que ainda pingavam, e gesticulou para suas costas, por onde a água ainda escorria.

– É só um pouco de água, rapaz. – O tom do sujeito era calmo, quase suave.

Agradecida, a pirata afundou na cadeira. Ela era infinitamente mais macia do que o colchão em sua cela.

– Qual é o seu nome, rapaz? – o almirante perguntou.

Era melhor ela seguir com a maré.

– Bryan Holland, senhor – disse.

Era tolo permitir que a esperança surgisse em seu peito. Ainda assim, a jovem se perguntou se este homem poderia desistir de enforcá-la se ela pudesse ganhar sua confiança enquanto lhe alimentava com informações falsas.

– Suponho que esteja com fome e com sede, não é? – ele perguntou, acenando para alguém atrás dela.

Brianna quase deu um pulo quando um sujeito que ela não tinha visto antes surgiu e colocou uma bandeja com carne fatiada, pão e alguns pedaços de fruta na mesa que estava entre ela e o almirante. Ele também trazia uma jarra de água e um copo. Harcourt acertara ao assumir que a pirata estava faminta e sedenta. O almirante era um homem inteligente, talvez até mais do que Waverly. Era fácil imaginar quantos prisioneiros abririam a boca diante de uma oferta como essa.

– Por favor, coma e beba o quanto quiser. O Capitão Waverly pode controlar os prisioneiros nas celas da guarnição, contudo, aqui, posso tentar restaurar a sombra de um tratamento justo. Esta é uma fortaleza naval, portanto, cabe a mim dar a palavra final sobre o seu destino.

Com seu estômago grunhindo alto, Brianna percebeu que mentir sobre sua fome seria tolice. Ela pegou uma fatia fria de presunto e mal conseguiu conter o gemido que ameaçou escapar de seus lábios diante do doce sabor da comida. A jovem se permitiu consumir vários pedaços antes de limpar a garganta com um copo de água.

– Tome seu tempo – Harcourt disse. – Não há pressa.

Quando a pirata já tinha comido e bebido a ponto de sua barriga parecer querer espocar, o almirante se inclinou para trás em sua cadeira.

– Sr. Holland, infelizmente, nós nos encontramos em uma posição difícil. Você agrediu o Capitão Waverly no mercado...

– Com um tomate *mortal* – ela interpôs. – Eu não sabia que se enforcava pessoas por conta disso.

Os lábios do homem tremeram.

– Sim. Por mais inofensivo que tenha sido, não deixou de ser uma agressão contra um oficial das forças de Sua Majestade. Quando vasculhamos o mercado à sua procura, várias testemunhas disseram que você foi visto conversando com Joseph McBride. Você nega isso?

Brianna teve que pensar rápido.

– Eu o conheci naquela manhã. O homem apareceu no mercado e me perguntou onde poderia comprar suprimentos. Ele parecia ser um bom sujeito, contudo, eu nunca o tinha visto antes daquele dia.

– E quanto a você? É óbvio que não é nativo de *Port Royal* – o almirante adivinhou com astúcia. – Você se porta e fala bem. De onde veio?

– De *Cornwall*. Meu pai possui um navio mercante, a *Dama Holandesa*. A embarcação me deixou aqui naquela manhã. – A jovem se lembrou de ter avistado o navio deixando o porto quando ela e Joe estavam remando para a baía.

– A *Dama Holandesa* não retornará por alguns meses.

– Sim, senhor. Meu pai queria que eu ficasse para trás e tentasse fazer algumas conexões. Ele espera contratar homens para nos proteger dos piratas. Se eu soubesse que o sujeito que estava ajudando era um deles, teria o entregado para as autoridades.

– Então, por que não disse isso ao Capitão Waverly?
Brianna fingiu estremecer.

– Já que tem me tratado de forma tão justa, serei sincero, senhor. Quando cheguei na cidade, alguns dos seus soldados foram rudes comigo em uma taverna perto das docas. Havia bebida envolvida, os ânimos se elevaram e eu fiquei mais do que dolorido depois do evento. – Assim que chegara, a moça vira alguns soldados brigarem com um cliente de uma taverna. Contudo, mesmo que não tivesse testemunhado tal conflito, sabia que eles eram comuns. – Portanto, quando vi o capitão marchando pela rua com uma aparência tão imaculada, acabei deixando que meu temperamento levasse a melhor sobre mim. Sei que foi errado e sinto muito pelo que fiz. Todavia, diante de Waverly, percebi que ele ignoraria tudo que não fosse o que desejava ouvir, se é que me entende, senhor. O homem já decretou que sou culpado. Qualquer coisa que eu dissesse só seria distorcida e usada contra mim. Não há como convencer alguém como ele de que o céu é azul se o capitão já tiver decidido que não é.

– Entendo. – Uma expressão preocupada surgiu no rosto de Harcourt. – Bem... Eu gostaria de acreditar em você, Sr. Holland, mas não é algo fácil. Você atacou um oficial. Por mais que tenha sido com um tomate, não deixa de ser uma ofensa. Tentarei determinar se o que disse é verdade, porém, se não conseguir encontrar nenhuma evidência, teremos outra conversa sobre o seu destino.

Brianna engoliu em seco. Por mais que sua história soasse verídica, não haveria ninguém para confirmá-la.

– Eu compreendo, senhor.

– Agora...

A porta do escritório do almirante se abriu e uma mulher incrivelmente bela, vestida com um arco-íris de cores, surgiu.

– Papai, o que você...? – Ela parou ao lado da jovem. Seu cabelo ruivo estava arrumado no topo de sua cabeça. O elaborado vestido verde e rosa-claro listrado que usava sussurrou no tapete quando a dama se virou para encarar Brianna. Ela parecia tão bonita quanto uma iguaria em uma padaria. Seus olhos não demonstravam medo, apenas curiosidade.

– Roberta, querida, como entrou aqui? Os soldados estavam na porta. É possível que este homem tenha conexão com os piratas. Você não deveria estar aqui.

A recém-chegada estudou a moça com pena.

– Ah...

– Sim. Por favor, volte para Dominic, minha querida. Você precisa ser mais cuidadosa. Não pode andar pela fortaleza sem proteção.

– Muito bem. – Roberta soltou um suspiro longo antes de beijar a bochecha do almirante. Ao passar pela pirata, ela a encarou. – Boa sorte – murmurou tão suavemente que apenas a outra pôde ouvir.

Por uma fração de segundo, Brianna viu algo nos olhos da mulher; algo que era... bem, não tinha muita certeza.

Boa sorte? O que diabos ela queria dizer com isso?

– Bem, pense sobre o que falamos, Sr. Holland. Eu farei o que puder para verificar sua história.

Harcourt pediu que uma dupla de soldados escoltasse a pirata de volta para a sua cela, onde, sem cerimônia, ela foi jogada no chão. Sem dúvida, *esses* homens davam mais ouvidos ao seu capitão do que ao almirante, o que era de se esperar já que usavam uniformes vermelhos e não azul-naval. A porta se fechou com um baque, trancando-a no lugar.

Brianna caiu de joelhos, exausta por conta da tortura sofrida e também por estar com a barriga cheia. Seria um longo dia, sem falar que ela precisava pensar. Tinha que haver uma forma de escapar. Todo sistema possuía falhas, a jovem só precisava descobrir onde elas estavam. Porém, primeiro, precisava descansar. Depois, planejaria os próximos passos.

O Almirante Harcourt encarou a porta de seu escritório, sentindo uma onda de culpa o percorrer. Holland era jovem, *muito* jovem. Ele não passava de um mero garoto e estava enfrentando uma sentença de morte, porque fora visto na companhia de Joseph McBride. Se a história do rapaz sobre a *Dama Holandesa* fosse verdade, ele poderia salvar seu pescoço, porém, se não fosse...

A porta do seu escritório se abriu novamente e um soldado enfiou a cabeça dentro do cômodo.

– Hã... temos um prisioneiro que afirma possuir informações sobre Holland.

– O quê? Que tipo de informação?

– Ele disse que só irá falar com o senhor – o oficial respondeu.

– É mesmo? – Harcourt suspirou. – Muito bem, traga-o aqui. Qual é o nome dele?

– Joshua Gibbons, senhor. – Ele fez uma reverência e saiu para buscar o prisioneiro.

Pouco depois, o almirante se viu na companhia de um velho enrugado com olhos astutos e alguns dentes faltando. Pela sua aparência desgastada e suas roupas esfarrapadas, ele certamente tivera uma vida dura ao mar.

– Sr. Gibbons?

O homem sorriu.

– Sim, esse sou eu.

– Pode esperar do lado de fora – Harcourt disse para o soldado. Assim que estavam sozinhos, voltou-se para Gibbons. – Você disse que possui informações sobre Bryan Holland?

– Sim, mas não as direi de graça.

– Entendo. – O almirante tamborilou seus dedos na mesa com impaciência. – E o que quer pela informação?

– Ficar livre e não ser enforcado.

– É claro – Harcourt murmurou suavemente. – Porque sua informação é *tão* valiosa assim, não é mesmo?

O pirata lhe deu um sorriso amplo.

– Exatamente.

– Muito bem. Se, e *somente se,* sua informação se provar crível, você será libertado. – Harcourt redigiu uma ordem, permitindo que o homem a lesse.

Gibbons encarou o documento.

– Não sei ler, mas confio em você, almirante.

– Então, diga-me o que sabe.

O pirata lançou um olhar ao redor do cômodo, como se temesse ser ouvido.

– Aquele homem... é o braço direito de Buck, ainda mais do que o velho Joe McBride. Holland não é um membro da tripulação do capitão, mas ainda é um dos favoritos dele.

Isso certamente não era o que Harcourt estava esperando ouvir.

Gibbons sorriu ao ver sua reação.

– O rumor é de que ele e Buck são próximos.

– Mas... Buck tem quarenta e cinco anos e o rapaz sequer pode ter vinte. Nunca tínhamos ouvido falar de Holland até hoje. Ele não faz parte da tripulação do navio de Buck, o *Falcão do Mar.*

O sujeito tocou na ponta do nariz e piscou.

– Sim, e não seria inteligente da parte do capitão esconder e proteger... digamos, uma criança?

– Está me dizendo que Holland é filho de Buck? – O almirante estava perdido. Teriam eles pego um prisioneiro tão valioso por acidente?

– Se ele é o filho do homem ou não, é apenas um rumor. A única certeza é de que Holland é um dos homens de Buck. Vi isso com meus próprios olhos quando estava em Cádiz. Eles eram hábeis como ladrões. – O pirata fez uma pausa. – Você vai me libertar agora?

– Somente quando atestarmos a veracidade de suas declarações – Harcourt falou antes de pedir que o homem fosse escoltado de volta para sua cela.

Se Thomas Buck tivesse um filho, certamente guardaria sua existência a sete chaves. E se Holland fosse esse filho, não trairia voluntariamente seu pai, o que significava que ele teria que ganhar a confiança do rapaz. O problema é que nenhum homem de uniforme conseguiria tal feito.

Rapidamente, o almirante escreveu um bilhete para o Tenente Nicholas Flynn, um homem ao qual confiaria sua vida. Flynn era honrado, portanto, não gostaria da tarefa. Ainda assim, ele a faria se Harcourt pedisse. Selando o envelope com o anel de sinete de sua família, o almirante o entregou para um dos oficiais navais em quem confiava.

– Entregue-o para o Tenente Nicholas Flynn. Ele está em *King's Landing*.

– Sim, senhor.

Quando seu subordinado saiu, Harcourt começou a planejar seu próximo passo. Flynn era o melhor amigo de seu genro, Dominic, um ex-pirata que também era o futuro conde de Camden. Dominic e Nicholas eram inseparáveis, portanto, se alguém poderia conquistar a confiança de um pirata, era Flynn.

Em pouco tempo, o tenente cairia nas boas graças de Holland e os dias de Buck como o Rei Sombrio das Índias Ocidentais chegariam ao fim.

Três

Um dia inteiro se passou até que Brianna ouviu o som sinistro de passos vindo na direção de sua cela. Ela endireitou os ombros e se preparou para enfrentar outra rodada de interrogatórios.

As celas da guarnição eram completamente feitas de pedra, as únicas exceções sendo a janela com barras voltada para o pátio e a pequena janela na porta. Isso lhe dava a privacidade de que desesperadamente precisava para manter seu disfarce masculino. A baixa iluminação natural também a mantinha escondida dos soldados. O que os olhos não veem, o coração não sente. Essa era sua estratégia até conseguir arquitetar um verdadeiro plano.

Uma briga vinda do lado de fora de sua cela fez ela se apressar contra a parede.

– Deixem-me ir, seus malditos bastardos! – gritou um homem.

Uma chave foi colocada na fechadura de sua porta e ela se abriu.

– Cale a boca e entre! – Um soldado empurrou alguém para dentro e o chutou nas costas.

O homem caiu de joelhos com força no chão. Ele proferiu uma maldição quando a porta se fechou. Estreitando os olhos na semiescuridão, o novo prisioneiro voltou sua atenção para janela à sua frente, a única fonte de luz natural do cubículo. Ele ainda não a tinha notado, mas logo notaria. De seu canto na cela e graças à luz esparsa, Brianna tinha uma visão decente dele. A jovem o estudou, tentando avaliar o nível de ameaça que o sujeito representava.

O recém-chegado estava na casa dos vinte anos ou, talvez, fosse mais velho. Ele tinha cabelos loiros e olhos azuis, além de ser alto e musculoso. Suas calças de camurça se moldavam às suas grandes coxas à medida que se endireitava e encarava a janela.

Ele se moveu e a garganta da pirata ficou seca. Ela notou que a camisa branca dele estava aberta próximo ao pescoço, revelando uma pele bronzeada e leves pelos dourados. O colete do sujeito era como uma segunda pele em seu peito largo, que afunilava até chegar em seu quadril estreito. O prisioneiro parecia um cavalheiro, um verdadeiramente másculo e capaz de encantar qualquer mulher que quisesse, incluindo Brianna. A jovem apertou suas coxas, sentindo um súbito florescimento de desejo por aquele completo estranho. O que diabos ele estava fazendo em uma prisão?

A pirata engoliu em seco. Precisaria se agarrar à sua fachada masculina o máximo que pudesse. Se qualquer indício do seu desejo transparecesse, o homem poderia descobrir que ela era uma mulher.

Endireitando os ombros, Brianna disse em um tom profundo:

– Quem diabos é você? – Ela manteve a voz calma,

demonstrando uma leve apreensão, mas não tornando sua pergunta abertamente ameaçadora.

O recém-chegado disparou um olhar em sua direção, parecendo ligeiramente surpreso por descobrir que não estava sozinho.

Ele se levantou, tirou a poeira de suas calças e lançou um olhar para os colchões em cada um dos lados do cubículo.

– Eu? Minha identidade não é da sua conta. – Ao ver que ela já estava sentada em um dos colchões, escolheu o outro e se acomodou nele.

– Se vamos dividir essa cela, ela é sim. – Brianna falou com ousadia, inclinando-se para a luz. Talvez, em vez do antagonismo, uma abordagem mais ousada fosse a maneira de chegar ao homem. – Eu sou Bryan Holland. – A jovem estendeu uma mão.

O sujeito a encarou por um momento. Seus olhos azuis eram penetrantes. Ela ficou feliz por ele estar olhando para sua mão e não para o seu rosto. Aquele era um belo e perigoso olhar. Assim como um florete recém-forjado, ele brilhava e, se a jovem não fosse cuidadosa, abriria caminho diretamente até seu núcleo.

O prisioneiro finalmente apertou sua mão e seu coração deu um salto violento dentro de seu peito. Era como se algo selvagem tivesse disparado entre eles. Os olhos dele a mantiveram no lugar, hipnotizando-a da mesma forma que as serpentes treinadas que vira no mercado exótico de Cádiz tinham feito. Seu foco mudou, indo dos olhos para boca do recém-chegado. Um homem não deveria ter uma boca como aquela; uma capaz de fazer uma mulher ficar obcecada, imaginando como ele a beijaria. Por Deus, fazia seis meses desde que Brianna sentira o toque de um homem e, agora, estava muito consciente do quanto sentia falta desse tipo de intimidade.

– Flynn. Nicholas Flynn.

Desta vez, os olhos perigosos do sujeito a derreteram por dentro, fazendo-a esquecer quem era. Por um momento, Brianna se tornou apenas uma mulher desesperada pelo ardor masculino. Ela começou a se inclinar na direção dele, mas, então, sua mente gritou em alerta, lembrando-a de que não poderia se trair desta maneira. Como já fizera inúmeras vezes, a jovem endureceu suas feições.

Por favor, veja-me como um homem.. como um mero homem, a pirata rezou. Se ele descobrisse a verdade, poderia usar isso para barganhar sua própria liberdade. Brianna precisava encontrar uma maneira de distraí-lo.

– O que você fez para acabar aqui, Flynn?

– Pirataria. Bebi um pouco demais quando meu navio atracou no porto e abri a boca para as pessoas erradas. Os malditos casacas-vermelhas pularam em cima de mim antes que eu me desse conta do que estava acontecendo. Aqueles bastardos – ele murmurou.

– Isso eles certamente são – concordou. – Eles me pegaram roubando algumas coisas no mercado – ela mentiu automaticamente, não tendo nenhuma intenção de mencionar Joe ou seu pai. Qualquer tipo de informação em um lugar como este era moeda de troca. – Então, jogaram-me aqui para apodrecer – concluiu.

A pirata se levantou e se aproximou da janela com barras que dava para o pátio, tentando evitar olhar para Flynn. As celas ficavam em uma espécie de porão, de modo que as janelas eram niveladas com o pátio, onde os prisioneiros podiam andar quando lhes era permitido. Lá também era o local onde a forca fora erguida. Sua visão era um constante lembrete para os fadados ocupantes da prisão.

Nicholas a estava fitando novamente, a jovem sabia disso,

pois o calor inundava todos os tipos de lugares que não deveria, tornando difícil pensar.

Cantar... ela devia cantar. Isso a distrairia ou, ao menos, era o que esperava. Brianna começou a entoar suavemente uma música que seu pai costumava cantar quando ela era criança. Então, a jovem deixou as palavras fluírem, cantarolando em um tom profundo, como fazia há anos:

"Para o cais da execução eu devo ir, eu devo ir,
Para o cais da execução eu devo ir.
Enquanto milhares se reúnem,
Devo suportar o choque e morrer.
Escute o meu aviso, eu devo morrer, eu devo morrer,
Escute o meu aviso, pois eu devo morrer,
Escute o meu aviso e evite as más companhias,
A não ser que queira ir para o inferno comigo, pois eu devo morrer."

Ela sentia que Flynn continuava a observá-la mesmo após a música ter terminado.

— O que você roubou? — ele indagou.

— Humm? — A jovem fingiu não ter escutado.

— Você disse que tinha roubado algo no mercado. O que roubou?

— Um tomate — respondeu, dando de ombros em um gesto casual de desafio juvenil. Depois, afundou de volta em seu colchão. Ela se esticou, ignorando as palhas que perfuravam a camada externa do tecido e se jogou em uma pose de relaxamento que vira muitos homens fazerem ao longo dos anos.

— Eles a jogaram em uma cela por conta de um tomate?

– Pode ter tido mais a ver com o que eu *fiz* com ele. – Pela sua reação intrigada, Brianna pôde ver que o homem precisaria de uma explicação completa. E, bem, a jovem iria gostar de contar a história.

A pirata cruzou as mãos atrás da cabeça e olhou para o teto, ignorando o fato de que o foco dele continuava sobre ela.

– Joguei-o naquele imbecil que eles chamam de capitão. Eu o atingi em cheio. O tomate salpicou por todo o seu rosto e também sobre seu belo uniforme. – Brianna riu com a lembrança. Talvez, este acabasse sendo seu último pensamento quando estivesse na forca. Morreria rindo, o que não era uma perspectiva tão ruim assim.

– Você não fez isso – Flynn respondeu, incrédulo.

A jovem se ergueu um pouco, apoiando um braço no colchão enquanto o fitava.

– Sim, eu fiz. Ele ficou furioso. Pensei até que seus olhos explodiriam das órbitas.

– Por que faria algo assim?

– Eu estava tendo um dia ruim, sem falar que alguns soldados tinham me agredido em uma taverna. Eu não estava pensando claramente, ainda assim, valeu a pena. – Estava contando a mesma mentira que dissera ao almirante. Era sempre melhor se ater a uma única história.

A expressão solene de Nicholas se transformou em um sorriso.

– Eu adoraria ter visto isso.

Brianna riu.

– Foi perfeito. Simplesmente perfeito.

O silêncio pairou sobre eles por cerca de uma hora. De vez em quando, Flynn se remexia de forma inquieta e, mesmo estando a um metro de distância, a pirata sentia como se ele a estivesse tocando. Ela não o fitou, exceto com o canto dos olhos, quando tinha certeza de que ele não notaria.

O homem arregaçou as mangas de sua camisa, expondo seus grossos e musculosos antebraços. Eram armas de um marinheiro, sem dúvida. Quando Nicholas ajeitou seu colchão, Brianna teve que fechar os olhos, tentando não imaginar como seria ter aqueles braços a prendendo no lugar, envolvendo sua cintura ou...

Por Deus, quanto mais pensava nele, mais as ondas de calor continuavam a aumentar. Era impossível ignorá-lo.

– Fiquem em pé. – A jovem estava tão distraída que sequer ouvira o guarda se aproximar. – O almirante ordenou que os prisioneiros passem um tempo no pátio.

Só havia um soldado. A pirata ponderou sobre suas chances de deixá-lo inconsciente e de escapar, mas com a guarnição cheia de tropas, chegou à conclusão de que precisaria angariar mais informações sobre suas posições antes que pudesse fazer uma fuga adequada.

Ela se levantou e Flynn gesticulou para que fosse na sua frente. Eles atravessaram o corredor, seguindo para a porta que levava ao pátio da prisão. Vários prisioneiros estavam andando sob o sol brilhante. Nicholas estudou o local, não se afastando dela.

– Todos esses homens foram presos por pirataria? – perguntou.

– Suponho que sim. Vê algum conhecido? – A indagação de Brianna era uma mera provocação, contudo, ele a levou a sério.

– Felizmente, não – Flynn respondeu. – Parece que minha tripulação foi mais inteligente do que eu.

– Qual era o seu navio? – Ela tinha que admitir que estava curiosa sobre o sujeito. Ele era tão alto quanto havia imaginado, tinha uns bons seis ou sete centímetros a mais do que a jovem, o que era considerável visto que, com seu um metro e setenta e três de altura, Brianna não era considerada baixa.

Nicholas lhe deu um olhar afiado.

– Procurando por informações minhas para trocar com os soldados, rapaz?

– Não, não. – A moça ergueu as mãos em rendição. – É só que, bem... eu posso ter alguns *amigos* em comum com você. – Estava começando a sentir que ele realmente poderia ser um pirata igual a ela, não alguém como essas pobres almas que haviam sido capturadas e que não tinham laços diretos com a pirataria.

Os olhos azuis do homem pareciam um pouco mais duros sob o sol brilhante. Novamente, Flynn observou os outros prisioneiros, que esticavam suas pernas, antes de falar. Desta vez, sua voz não passou de um sussurro.

– Recentemente, naveguei no *Dragão Esmeralda*, sob o comando de Dominic Grey, antes de ele dar seu navio para um homem chamado Reese Belishaw. Belishaw é um bom homem, mas eu o coloquei em risco. – Seu olhar caiu para o chão.

Ela reconheceu a culpa e a vergonha imediatamente. Brianna estivera fazendo um trabalho fantástico ao ignorar seu destino e o de seu pai, contudo, agora, não conseguia escapar das garras da culpa que sentia por ter sido capturada.

– Mantenha o rosto erguido – a jovem disse. – Talvez eles o enforquem rapidamente e você não tenha que dizer nada.

Nicholas suspirou, movendo os ombros de modo inquieto. A pirata se viu atraída pelos movimentos leoninos dele. Ela tinha crescido ao lado de homens barbudos, desgrenhados e endurecidos pelo trabalho ao mar. Flynn não era como eles. Ele se parecia mais com seu pai e com Joe. Havia uma grandiosidade libertina e cortês nele que fazia seu lado feminino aflorar.

À luz do dia, o homem lembrava os cavalheiros extravagantes que às vezes entravam nas tavernas tarde da noite à procura de uma mulher para levar para cama, embora não fosse tão polido quanto eles. Havia uma dureza nele, uma severidade na tensão de sua mandíbula. Além disso, seus braços eram bronzeados e podia-se ver fracas cicatrizes sobre seus músculos. O sujeito parecia estar pronto para lutar, mas com quem seria?

– Então, Reese Belishaw – Brianna falou –, como ele é? Nunca conheci alguém da tripulação do *Dragão*. Eles não se misturavam.

Isso era mentira. A jovem conhecera tanto Dominic quanto Reese através de seu pai, porém, queria ouvir Flynn falar sobre eles. Thomas Buck orquestrava diversos saques nas Índias Ocidentais, embora muitos navios não estivessem sob seu comando direto. Na maioria das vezes, outros capitães e tripulações coordenavam ataques junto com os navios de Buck.

– Belishaw é um homem sensato. Ele é capaz de pressentir tempestades antes que qualquer outra pessoa perceba que elas estão chegando. O sujeito também conhece bem o mar, como se tivesse criado cada onda com suas próprias mãos. Ele é um capitão habilidoso. – Os lábios de Nicholas se suavizaram em um leve sorriso. – Ainda bem que Belishaw e os outros partiram.

– Eles o deixaram para trás – a pirata adivinhou. Era isso que sua tripulação deveria fazer.

– Sim, eles precisaram. É o nosso código. Se um for pego, os outros devem partir. Uma vida em nome das outras.

– Humm...

Brianna esperava que Joe tivesse feito o mesmo. Se fosse qualquer homem no seu lugar, ele teria ido embora, mas para a filha de seu capitão? Por ela e pelo próprio Buck, o pirata poderia correr o risco de ficar. Ou, então, iria direto para o pai dela, o que significaria que ambos viriam libertá-la e arriscariam suas vidas. Ela precisava encontrar uma forma de sair da prisão antes que eles fizessem alguma tolice.

– Eu posso estar à procura de oportunidades. – A jovem sabia que não deveria confiar nele, mas queria fazer isso. Talvez fosse por conta da dor que vira em seu olhar enquanto ele falava sobre seu navio e seus companheiros ou, quem sabe, fosse simplesmente porque Flynn era bonito demais para ela resistir.

A pirata já havia gostado de homens elegantes, mas nunca deixara que eles se aproximassem emocionalmente. O prazer físico, contudo, era uma questão completamente diferente. Para a maior parte do mundo, *Bryan* era sua identidade; apenas seu pai e sua própria tripulação sabiam que ela era uma mulher.

Nicholas deu um aceno de cabeça sutil, indicando que deveriam andar pelo pátio.

– Oportunidades?

– Sim, estava pensando em...

Antes que Brianna pudesse continuar, o Capitão Waverly apareceu, marchando pelo lugar. A moça se preparou, esperando que ele estivesse vindo atrás dela novamente.

– Garoto! É a *minha* vez de novo – o sujeito zombou com um deleite maligno.

– O que ele quer dizer com isso? – Flynn perguntou baixinho.

– Esse é o homem que eu atingi com o tomate – a pirata respondeu alegremente, apesar de seu coração estar batendo como um pássaro frenético preso a uma gaiola. Normalmente, teria utilizado a bravata para lidar com a situação, porém, não estava em uma taverna. Estava em um lugar onde seria açoitada, possivelmente torturada e, por fim, enforcada.

– Entendo. – Nicholas se moveu, tirando Brianna de vista e cruzando os braços por cima do peito. – Fique atrás de mim. Pode ser que você não sobreviva ao que esse homem quer fazer – sussurrou cautelosamente.

Em vez de se sentir perturbada por ele a estar protegendo, a jovem se sentiu feliz. Ainda assim, não pôde deixar de se odiar por tal momento de fraqueza. Ela estava fora de seu elemento neste mar de fúria gerado por Waverly. Flynn estava certo. Brianna podia ver a loucura espreitando no rosto do oficial. Ele a *mataria* se tivesse a chance.

– Saia do meu caminho – Waverly ordenou ao se aproximar de Nicholas.

Flynn era um centímetro mais alto e tinha ombros ligeiramente mais largos, mas o capitão era musculoso e possuía um físico quase brutal quando comparado ao porte mais esbelto do outro. Se o quesito fosse golpes, seria uma luta mais justa do que a pirata desejava que fosse. Ela preferia que Waverly não passasse de um pequeno sapo gordo, incapaz de desferir um mísero soco.

– Flynn – Brianna alertou suavemente.

– O que há para questionar ao menino? Ele roubou um tomate e arruinou um uniforme. Que dano real foi causado? – Nicholas indagou em desafio.

Os olhos do capitão se estreitaram ao se inclinar para esquerda e espiá-la atrás dos ombros de Flynn.

– Esse garoto também é acusado de pirataria. Ele é um dos homens de Buck.

– Pode provar isso? – o outro demandou.

A raiva de Waverly caiu sobre o homem.

– E quem é você para estar me questionando, *pirata*?

– Desafie-me e descobrirá – Nicholas afirmou.

Havia uma aura tão perigosa em sua voz que, instintivamente, Brianna deu um passo para trás. Ela se perguntava como o sujeito poderia ter ficado tão bêbado a ponto de ser capturado por uma patrulha. Não conseguia imaginá-lo fazendo algo tão imprudente assim.

O capitão soltou um assobio brusco e dois soldados, que estavam nas proximidades, agarraram Flynn com firmeza.

– Levem-no para o poste. Tragam meu chicote. Esse homem precisa ser lembrado de qual é seu lugar aqui.

Nicholas se libertou de um dos homens e desferiu um golpe, derrubando-o. Ele girou, dando um chute no peito do outro oficial. O sujeito agarrou suas costelas, grunhindo enquanto se encolhia.

A alegria que Brianna sentiu logo foi silenciada, pois Waverly a agarrou por trás e o metal frio de uma pistola foi pressionado contra sua têmpora. Flynn rodopiou com os punhos erguidos, congelando no lugar ao vê-los.

– Pare ou colocarei uma bala na cabeça do garoto!

Ele abaixou os punhos e fitou o capitão. Os homens que Nicholas havia derrubado lutaram para se levantar, então, agarraram-no.

– Amarrem-no ao poste – Waverly disse.

Desta vez, o outro não lutou. Eles o arrastaram até um grande poste perto da forca, que tinha manchas de sangue seco e enegrecido pelo sol por toda a madeira. O capitão empurrou Brianna para longe.

O colete de Flynn foi removido e sua camisa foi puxada sobre sua cabeça antes de seus pulsos serem presos por cordas grossas e amarrados a um aro de latão no topo do poste, forçando seus braços a ficarem acima de sua cabeça. Suas costas largas ficaram completamente expostas. O coração da pirata parou ao notar as cicatrizes fracas que cobriam sua pele. Nicholas já tinha sido chicoteado antes. Ele sabia a agonia que estava prestes a enfrentar e tudo era culpa *dela*.

– Pare! Sua briga é comigo, não com ele! – Brianna gritou, mas dois guardas agarraram seus braços, mantendo-a no lugar.

Waverly abriu um sorriso sombrio.

– Ah, sua vez logo chegará, eu lhe garanto.

– Seu bastardo! – ela explodiu.

Ele girou, golpeando-a no rosto. A dor a atordoou. Os homens que a seguravam quase a deixaram cair quando seu corpo vacilou e um gemido escapou de seus lábios.

O capitão tirou seu casaco e arregaçou as mangas da camisa. Ele pegou o chicote que um dos soldados jogou em sua direção.

– Pare! Não faça isso. – A jovem se libertou dos dois guardas, que claramente pensavam que ela havia desmaiado. Então, correu em direção a Waverly e agarrou seu braço no momento em que o homem estava desenrolando o chicote gato-de-nove-caudas.

Assim que sua mão tocou no braço dele, o homem rodopiou, dando-lhe um tapa com tanta força que, desta vez, a pirata caiu para trás e perdeu a consciência momentaneamente. Brianna voltou a si ao ouvir o som do açoite contra a carne.

O grito de dor de Nicholas disparou por seu corpo enquanto a moça lutava para ficar de joelhos. Seu rosto doía como o inferno, mas ela não se importava.

Flynn estava pendurado fracamente contra o poste. Sangue escorria por suas costas e sua pele estava marcada pelos cortes profundos do chicote. A raiva a atravessou em um rompante; era uma fúria tão poderosa quanto o terremoto que engolira parte de *Port Royal*. Waverly lançou um olhar em sua direção e, ao ver seu rosto, seu sorriso frio e sombrio se ampliou. Ele jogou o chicote no chão, tirou uma pistola de seu cinto e a apontou para as costas de Nicholas.

– É melhor sacrificar um cão raivoso – o capitão disse para Brianna. – Ele não tem nenhuma informação que valha a pena ser ouvida. É *você* quem me interessa. – O sujeito se voltou para Flynn, mirando em sua cabeça.

A jovem se levantou, voando pelo chão arenoso do pátio da prisão. Os anos que passara apartando brigas entre seus tripulantes haviam lhe ensinado algumas coisas. O bastardo sequer a viu chegando. Ela se inclinou para frente e, com os ombros tensos, mirou em sua cintura. Brianna o atingiu de lado antes que o capitão pudesse atirar. Waverly grunhiu, caindo, e sua pistola deslizou para longe. A pirata pousou em cima dele e, repetidamente, seus punhos foram de encontro ao rosto do homem.

Meia dúzia de mãos a agarraram, arrastando-a e atirando-a no chão. Uma bota atingiu suas costelas e ela sentiu algo quebrar. Brianna tentou se afastar do chute seguinte, mas percebeu que estava cercada por todos os lados e que não havia para onde correr.

Era isso – iria morrer aqui. Nunca mais veria seu pai ou Joe novamente. A dor tomou conta de seus sentidos, fazendo tudo ficar escuro...

Então, o barulho de um tiro congelou todos no lugar.

– Parem! – uma voz, vinda do outro lado do pátio, berrou. – Parem agora mesmo!

A pirata estremeceu. Cada respiração que dava parecia acabar ainda mais com sua caixa torácica. Ela tentou erguer a cabeça e olhar em volta. Os outros prisioneiros estavam amontoados em alguns pontos na sombra. Seus rostos pareciam sombrios enquanto se mantinham fora da luta. Vários guardas estavam ao redor de Brianna. Flynn, caído e ensanguentado, encontrava-se contra o poste. Waverly, por sua vez, estava muito perto dele.

O almirante Harcourt ainda mantinha sua pistola apontada para cima.

– Levem o garoto de volta para sua cela. E tragam um cirurgião para cuidar desse homem. – Ele apontou para Nicholas. – Capitão, espero vê-lo no meu escritório assim que as coisas se acalmarem, entendido?

Waverly limpou o sangue de sua boca. Seus olhos estavam escuros e cheios de ódio. Seu nariz estava quebrado. Apesar de seu corpo estar gritando de dor, a pirata sorriu em desafio.

– Você está *morto*, garoto, *morto* – o capitão sibilou, apanhando seu casaco e passando por ela.

Brianna lançou um olhar na direção de Flynn, cujo corpo continuava pressionado contra o poste. Seu coração deu um pulo. Os olhos do homem estavam fechados e sangue continuava a escorrer pelas suas costas. Sua pele esfolada brilhava em escarlate. O suor que se acumulava em seu cabelo estava transformando-o em um tom escuro de bronze.

Harcourt se aproximou de Nicholas, falando algo suavemente. Seus olhos estavam cheios de dor. Mais uma vez, Brianna pensou que o almirante tinha um coração muito grande para um oficial da Marinha Real.

– Venha. Você já causou muitos problemas – um soldado rosnou, começando a arrastar a jovem do chão.

Tomada pelo súbito medo de que poderia não voltar a ver Nicholas, ela enfiou as unhas nos braços do homem, tentando se libertar para chegar até ele.

– Flynn! – Brianna gritou uma vez. Depois, outra.

Os guardas a forçaram a seguir em direção à saída do pátio. Ouvindo seu chamado, Nicholas lutou para ficar em pé. Antes de perdê-lo de vista, a pirata viu os pés dele falharem.

Um buraco se formou em seu estômago quando ela caiu sobre seu colchão e a porta de sua cela se fechou com força. Agora, Flynn se encontrava associado à jovem. Independentemente do que viesse a acontecer, Brianna se manteria leal ao homem que salvara sua vida, mesmo que ele tivesse lhe dado apenas alguns dias a mais. Ela queria rasgar Waverly em pedaços, soltando sobre ele a raiva que sentia crescer dentro de si desde que o vira chicoteando Nicholas. Era tudo sua culpa. Se Flynn não sobrevivesse...

Não, não podia pensar nisso. Ele era forte. Nicholas não deixaria que este fosse seu fim.

Brianna esperava que existisse algum deus do mar que pudesse cuidar dos piratas.

Seja forte, Flynn. Encontrarei uma maneira de nos tirar daqui.

Quatro

– F*lynn!* – O grito ainda estava enterrado na mente de Nicholas. O terror na voz de Holland só havia aumentado a agonia de seus ferimentos.

– Não foi com isso que eu concordei, almirante. – As palavras escaparam de seus lábios quando sua força sumiu e suas pernas cederam. – Eu deveria ter ficado em *King's Landing* com Dom e aproveitado o resto da minha licença. – Era isso que ele estivera fazendo antes de toda essa bagunça começar, tirando algumas semanas de um merecido descanso e contemplando seu futuro na Marinha. – Em vez disso, quase fui morto pela pistola daquele louco.

– Eu sei, meu rapaz. A culpa é minha. Eu não queria ter aquele homem na minha fortaleza, mas não tive muita escolha. A família dele possui boas conexões e, infelizmente, estão tão cientes de sua loucura quanto eu, já que o mandaram para bem longe da Inglaterra. Qual seria a melhor maneira de se livrar de alguém assim? Mandando-o para cá, onde o mal que ele causa dificilmente chegaria aos ouvidos londrinos.

O tenente tentou processar a informação, mas ainda não entendia por que Waverly o havia atacado.

– Você contou a ele sobre mim?

Harcourt balançou a cabeça.

– Não tive a chance de dizer que você é um oficial e que nós temos um plano. Ele deveria estar ocupado patrulhando a ilha, não aqui, indo atrás daquele menino.

Daquele menino. Flynn estava fraco demais para rir.

– Aquele menino não é um *menino*, almirante.

Harcourt acenou para que um par de soldados se aproximasse e soltasse as mãos de Nicholas.

– O que diabos está querendo dizer? – perguntou.

– Bryan Holland não é um homem. Ele é uma *mulher*. – O tenente confiou a informação ao almirante.

Harcourt tinha uma filha a qual amava mais do que tudo, uma que possivelmente tinha uma idade similar à da pirata. Nicholas acreditava que o homem faria todo o possível para proteger a jovem dos atos de homens inescrupulosos e para provar que ela era inocente. Todavia, se Holland fosse considerada culpada, ela seria, é claro, enforcada. Afinal, uma pirata era uma pirata. O fato de ser mulher não a salvaria da forca, a não ser que a moça engravidasse. Ainda assim, a gravidez só lhe daria alguns meses, pois sua pena seria cumprida após o bebê nascer.

– Está me dizendo a verdade? Holland realmente é uma...

– Mulher, sim. – A visão de Flynn girou e sua cabeça ficou pesada.

– Por Deus, alguém traga um maldito cirurgião. – O berro de Harcourt fez as orelhas de Nicholas zumbirem antes de, por fim, desmaiar.

Ele acordou em uma cama na enfermaria da guarnição.

Estava esticado de bruços e cada um de seus músculos gritava de dor.

– Fique quieto, tenente – o almirante disse suavemente.

Os eventos que o tinham levado até aquele momento de agonia física subitamente surgiram em sua mente.

– Holland...

– Ela está bem e de volta à sua cela. Enviei um dos meus soldados de confiança para vigiá-la. Ele não deixará que ninguém chegue perto da moça, não sem meu consentimento. Minha patente ainda está acima da de Waverly, portanto, duvido que ele me desafie abertamente.

Nicholas manteve seus olhos fechados enquanto inspirava dolorosamente. Toda vez que seus pulmões se enchiam de ar, suas costas se expandiam e suas feridas ardiam. Um gemido agonizante escapou de seus lábios.

– Tenha calma, Flynn. Você levou uma chicotada e tanto. Levará um tempo até que as feridas cicatrizem. O cirurgião precisará aplicar pomada com frequência para evitar que os ferimentos se abram e inflamem.

Ele adormeceu enquanto Harcourt continuava a falar, só voltando a acordar muito tempo depois. Agora, estava sozinho na enfermaria. Seu corpo doía tanto que era difícil continuar respirando. A porta se abriu e o cirurgião se aproximou.

– Como se sente, tenente?

– Como se o próprio diabo tivesse me esfolado vivo – Flynn murmurou.

O homem sorriu.

– Isso é um bom sinal. A falta de sensações indicaria danos graves.

Nicholas não respondeu, apenas fitando o cirurgião, que se mexia perto da sua cama.

– Ah, beba isso. Vai entorpecer a dor.

Ele engoliu o líquido e, em poucos minutos, a dor começou a desaparecer.

Flynn estava entre a consciência e o sono quando o Almirante Harcourt retornou.

– Como ele está?

– Felizmente, o tenente é jovem e está em forma. As feridas não são superficiais, mas o Capitão Waverly não teve tempo suficiente para causar danos duradouros; ao menos não piores do que os que outro homem já fez nele. Notei algumas cicatrizes mais antigas. Os golpes de Waverly estavam começando a perfurá-las. O garoto interveio no momento certo. O tenente certamente está em dívida com ele.

Apesar da dor que sentia, Nicholas estava lúcido o bastante para perceber algo.

– Almirante – ele disse, interrompendo a conversa dos dois.

– Sim?

– Coloque-me de volta na cela de Holland.

– O quê? Não, você precisa ficar sob a supervisão de um cirurgião – Harcourt argumentou.

– Ele disse que eu ficarei bem. Deixe Holland cuidar de mim. Ele me deve isso. Esse tipo de coisa gera confiança, se é que entende o que quero dizer.

Flynn precisava voltar para aquela cela. A jovem precisava de proteção – da sua proteção. Ela era selvagem e impulsiva, o que significava que acabaria se matando se ficasse sozinha por muito tempo. Mesmo estando praticamente inválido por conta de seus ferimentos, ele tinha certeza de que, se pudesse descansar e ficar de olho em Holland, melhoraria dentro de alguns dias. Com sorte, poderia convencer o almirante de que ficar aos cuidados da moça era uma boa ideia, assim como uma forma de protegê-la.

Harcourt ficou em silêncio por algum tempo.

– Ainda deseja continuar com a missão?

As chicotadas que levara hoje tinham, de alguma forma, aumentado sua determinação de encontrar uma maneira de proteger a pirata. Ela confiara nele – ou, ao menos, estava começando a confiar – e atacara Waverly para salvá-lo. Para golpear um homem com o dobro do seu tamanho, alguém que claramente queria feri-la, a jovem tivera que colocar seu segredo e sua segurança em risco... *por ele*. Agora, Nicholas também estava em dívida com Holland e, se pudesse, encontraria uma forma de fazê-la desaparecer quando tudo isso acabasse. Se a moça tivesse a chance de começar uma nova vida longe dali, evitaria ser condenada à forca.

– Sim, desejo continuar – Flynn respondeu. – Peça que o cirurgião instrua Holland sobre como cuidar de mim.

Os olhos de Harcourt se aguçaram em compreensão.

– Sim, você pode estar certo. Muito bem. Doutor, peço que instrua o prisioneiro Holland sobre os cuidados que deverá ter com o tenente. O garoto não sabe que este homem é um oficial. Precisamos que Flynn ganhe a confiança dele a qualquer custo.

O cirurgião assentiu.

– Sim, almirante.

Nicholas descansou por mais algumas horas na enfermaria. Ao anoitecer, ele foi cuidadosamente levado de volta à cela por dois soldados. O cirurgião os acompanhou. Quando a porta se abriu, a pirata se levantou e correu em sua direção. Ela estava tremendo de preocupação ao estender a mão para ajudá-lo.

– Afaste-se, garoto – um dos soldados ordenou.

A jovem obedeceu, mas seu olhar ansioso não deixou o rosto de Flynn.

No momento em que os dois homens o soltaram, o

tenente não precisou fingir tropeçar, pois ainda estava fraco e grogue devido ao que o médico lhe dera para aliviar a dor. Ele se ajoelhou em seu colchão e, lentamente, se deitou de bruços.

– Você – o cirurgião disse, entrando na cela.

Holland deu um passo à frente.

– Sim?

– Não tenho tempo para brincar de babá. Você terá que limpar as feridas dele duas vezes por dia e aplicar isto antes de enfaixá-las. – Ele lhe entregou um pote de vidro com uma pomada marrom e várias ataduras limpas. – Água fresca e comida serão trazidas para que possa cuidar dele. – Isto foi dirigido mais aos soldados do que à jovem.

– Por quê? – ela perguntou com suspeita.

– Porque este homem precisa ser interrogado pelo almirante e eu prefiro não ser responsabilizado por sua morte. Se valoriza sua vida, é melhor mantê-lo vivo.

O cirurgião deu um aceno de cabeça para os soldados, que colocaram um balde com água fresca na cela antes de fecharem a porta com força. Nicholas soltou um suspiro e fechou os olhos. Já sentia falta do conforto da cama da enfermaria.

– Está bem, Flynn?

A voz suave da pirata quase o fez sorrir, mas ele resistiu. Mesmo com o cabelo curto e masculino, ele podia ver que ela era linda. Estava surpreso por ninguém mais ter descoberto a verdade, embora soubesse que a maneira como a moça normalmente se comportava provavelmente dissipara quaisquer suspeitas. Era apenas em momentos como este que ela abaixava a guarda.

– Sim, garoto.

Holland pigarreou, engrossando a voz.

– O que você fez por mim... Obrigado.

– De nada. – Nicholas abriu os olhos, notando que ela

pairava logo acima dele. – Será que pode me trazer um pouco de água? – Ele lançou um olhar para o balde.

Ela usou o copo de madeira que flutuava dentro, enchendo-o. A jovem o encostou em seus lábios e o tenente bebeu tudo.

– Mais? – ofereceu.

– Sim, um pouco mais. Depois, pegue um copo para si mesmo – Nicholas disse, sabendo sobre o tipo de água e de comida que a pirata vinha recebendo. Ele fechou os olhos, fingindo dormir.

– Não se preocupe, Flynn. Cuidarei de você. Eu lhe devo isso. – A ternura transpareceu na voz de Holland.

Ela não deveria estar passando por isso. Qual era sua ligação com o infame Rei Sombrio das Índias Ocidentais? Seria a moça sua filha? Uma amiga? Uma amante, talvez? A jovem tinha que ser valiosa para ele. Um pirata como Buck devia ter algum tipo de afeição e, provavelmente, também algum uso para alguém como ela. Independentemente disso, o tenente faria o que pudesse para ajudá-la a escapar desta vida, mas, primeiro, precisava descobrir o que pudesse sobre Thomas Buck.

Quando Holland começou a cantarolar, o feitiço de sua voz o fez adormecer.

———

Brianna estava aflita com o quanto se preocupava com Flynn. Ela era uma pirata imperturbável e selvagem, contudo, aqui, enquanto agia como sua babá, começava a se angustiar com cada pequeno movimento que o homem fazia durante o sono.

É só porque ele levou uma chicotada por mim.

A jovem nunca causara uma dor como *essa* a alguém. Sim,

já tinha atingido alguns mercadores e seus tripulantes na cabeça com a coronha de uma pistola durante o embarque de um navio, bem como participara de lutas com os punhos e brigas em tavernas usando facas.

Todavia, tais situações tinham sido diferentes. Os olhos de Waverly haviam cintilado com o brilho característico da morte. Se Nicholas não tivesse se colocado entre eles, Brianna não estaria mais no mundo dos vivos. A esta hora, seu corpo já estaria pendurado em uma das gaiolas de metal que o capitão mencionara, enquanto os pássaros se aproveitariam de sua carne.

E tudo por conta de um tomate. Já vi vulcões com um temperamento melhor do que o de Waverly.

Flynn gemeu e se moveu no colchão, tirando a pirata de seus pensamentos.

Ela soltou uma respiração que não percebera que estava prendendo.

– Preciso de ajuda – ele murmurou.

Brianna se posicionou ao seu lado.

– O que quer que eu faça?

– Ajude-me a chegar até aquele balde. – Nicholas acenou para o balde no canto da cela, que não continha água.

– Você precisa...?

– Preciso me aliviar – ele concluiu com uma risada áspera e cheia de dor.

– Ah, certo. – A moça o ajudou.

Flynn colocou um braço na parede da cela enquanto caminhava em direção ao balde. Suas costas estavam cobertas por ataduras. Ele sibilou de dor ao abaixar suas calças. A pirata se virou, tentando lhe dar um pouco de privacidade. Um lampejo de pânico a atravessou quando percebeu que *precisaria* usar aquele mesmo balde muito em breve na frente do homem. E que não estaria urinando em pé como ele.

– Obrigado – Nicholas disse, voltando para o colchão.

Brianna segurou sua cintura, tentando ajudá-lo a se deitar. O corpo dele parecia duro e quente em seus braços. Estar tão perto e o abraçando fez com que uma vertiginosa corrente de excitação a atravessasse.

Flynn se deitou de bruços e inclinou o rosto na sua direção. Em seguida, fechou os olhos.

– Cante para mim, rapaz. Irá me ajudar a dormir.

– Temo ter chegado ao meu limite de canções – ela respondeu.

– Então, conte-me uma história.

– Uma história? – A moça pensou em todos os contos que seu pai lhe contara quando era mais nova. – Conhece a da Rainha Pirata Artemísia de Halicarnasso?

– Você disse "rainha pirata"? – Ele riu. – Não acho que tenha ouvido falar sobre ela.

A jovem se sentou em seu colchão e olhou para o teto.

– Bem, de acordo com as *Histórias* de Heródoto e os *Estratagemas de Guerra* de Polieno...

– Você leu as obras de Heródoto e de Polieno? – O tom duvidoso dele a fez franzir o cenho.

A pirata disparou um olhar em sua direção.

– Quer ouvir a história ou não?

Os olhos azuis de Nicholas estavam abertos e tão intensamente fixos nela que Brianna tremeu.

– Primeiro, responda o seguinte: como um garoto pirata acabou lendo Heródoto?

– Nunca afirmei que eu sou um *pirata* – ela o lembrou.

– Você está aqui, portanto, ou é um pirata ou fez amizade com um.

Era um bom argumento, a moça tinha que admitir.

– Ou talvez eu tenha jogado um tomate em um oficial excessivamente dedicado que gosta de chicotear pessoas por diversão.

– Touché. – Ele riu. – Então, como você acabou lendo obras acadêmicas?

– Meu pai as lia para mim quando eu era mais novo. Quando fiquei mais velho, eu as reli por conta própria. Ele queria que eu tivesse uma educação clássica. Meu pai é um cavalheiro e queria que eu também fosse um.

Flynn assentiu em compreensão.

– Tive uma educação similar, mas fugi quando ainda era muito jovem. Nunca cheguei a terminar Heródoto. – Ele piscou.

Uma risada escapou dos lábios de Brianna antes que ela pudesse contê-la. A pirata pigarreou.

– Certo, bem, o que se sabe sobre a Rainha Artemísia é limitado, mas eis o que me lembro: ela era filha de um funcionário do governo em Halicarnasso, uma cidade costeira em Cária.

– Cária? – Nicholas se moveu sobre o colchão, tentando se acomodar.

– O que chamamos de Império Otomano. Ela se casou com o rei de Halicarnasso e, antes que ele falecesse, os dois tiveram um filho. Artemísia governou no lugar de seu marido. Ela frequentemente ia para guerra e navegava como capitã de seu próprio navio. Como sempre estava lutando contra as cidades-estados próximas, muitas vezes assumia o leme de seu navio. Consegue imaginar? – Brianna sorriu melancolicamente.

– E o que aconteceu com ela?

– Bem, as mulheres em Halicarnasso podiam viver em

sociedade em vez de serem escondidas do mundo, portanto, Artemísia pôde governar e vagar com uma liberdade inimaginável. Sua primeira aventura como pirata deve ter lhe dado um gostinho da glória.

– Um gostinho da glória? – Flynn bufou.

– Silêncio. Estou contando uma história – ela avisou. – Artemísia decidiu saquear a cidade rival de Latmus. Ela e seus homens acamparam do lado de fora das muralhas e organizaram um festival completo, cheio de dança e de música. Naturalmente, o povo de Latmus saiu para ver o festival. Porém, quando os portões da cidade foram abertos, Artemísia e sua tripulação invadiram e tomaram o local.

– E o que essa rainha esperta fez depois disso? – Seu tom entretido e curioso fez algo que a jovem raramente sentia crescer dentro dela.

Ele estava realmente a escutando. Apenas o pai da pirata prestava atenção quando ela começava a falar sobre narrativas acadêmicas. Às vezes, Joe também parava para escutá-la, embora, frequentemente acabasse se distraindo com assuntos do navio.

– Bem, ela desapareceu dos registros históricos após a grande batalha marítima de Salamina, quando os gregos derrotaram os persas. Alguns alegam que o governante dos persas a enviou a Éfeso para que cuidasse de seus filhos como uma mãe substituta, onde Artemísia supostamente viveu até o fim de seus dias. Porém, eu não acredito nisso.

– Por que não?

A moça hesitou por um momento, ponderando se devia dar voz aos seus verdadeiros sentimentos. Afinal, que homem compreenderia sua posição acerca do lugar das mulheres no mundo? Ainda assim, havia uma parte de si que desejava ser honesta com Flynn; que queria lhe mostrar quem ela verdadeiramente era, tanto por dentro quanto por fora, e descobrir o que ele pensaria. Será que Nicholas fugiria? Será que iria rir? Zombaria dela com nojo? Ou a *escutaria*?

Brianna arriscou, falando com sinceridade:

– Porque todas as histórias escritas por homens sobre mulheres são as mesmas. Elas sempre terminam com a personagem principal retornando para o seu *verdadeiro* lugar na sociedade, o lugar imposto pela opinião masculina. – Ela não conseguiu manter a amargura longe de sua voz. Contudo, percebendo que poderia ter dito muito sobre o único segredo que realmente tinha que esconder além do seu gênero, mentiu – Minha mãe se sentia infeliz com seu lugar, mas meu pai dizia que ela sempre estava chateada porque não tinha permissão para viajar com ele. Por que apenas os homens podem explorar ilhas selvagens ou sentir a brisa do mar em suas buscas por novos horizontes? Não seria o próprio mar e os navios femininos? Tudo sobre o oceano remete às mulheres, desde sua beleza até sua ira. Portanto, é justo que elas possam explorá-lo. Sempre me senti um pouco zangado por tais coisas terem sido negadas à minha mãe sem uma boa razão.

Ele riu.

– Uma rainha pirata... Eu gosto disso. A ideia é... emocionante, não acha? – O olhar em seu rosto fez a jovem virar para trás, impedindo que ele a visse corar. – Então, não possui um lar? Ou uma esposa, talvez? – Flynn continuou a observá-la intensamente, deixando-a desconfortável. Não era um olhar indesejável, mas certamente a fazia se perguntar se ele suspeitava de mais do que estava deixando transparecer.

A pirata ficou em silêncio por algum tempo.

– Quero ser livre e gostaria que a pessoa que eu viesse a amar também fosse, mas esse não é o tipo de mundo em que vivemos, não é mesmo? – Ela se virou para encará-lo. – E quanto a você? Tem uma esposa lhe esperando em algum lugar?

Os olhos do homem escureceram.

– Não. Perdi um amigo quando era muito novo e parti para o mar para poder encontrá-lo. Passei tanto tempo procurando por ele que... – Nicholas fez uma pausa – me perdi. – Suas palavras estavam cheias de dor.

A aflição em sua voz se enterrou no coração de Brianna. Estar perdido e sem senso de direção não era algo que desejaria a ninguém; exceto, talvez, àquele maldito Capitão Waverly. A moça queria que ele fosse diretamente para o inferno.

– Meu pai diz que, no mar, ou você se encontra ou acaba perdido. Porém, para mim, estar perdido ou se encontrar geram o mesmo sentimento. Ambos são libertadores.

– Seu pai parece ser um homem inteligente. Ele mora aqui, na ilha? – Flynn fechou os olhos mais uma vez. Sua pergunta era suave e sonolenta, como se ele estivesse à beira do sono.

– Meu pai mora... – Brianna parou no meio da frase. Após um momento, ela ouviu a respiração de Nicholas se aprofundar, indicando que ele estava dormindo. Um sorriso surgiu em seus lábios enquanto o ouvia ressoar.

———

Três dias se passaram, mas a condição de Flynn só pareceu piorar. Suas feridas tinham formado uma casca superficial, possibilitando que ele se deitasse de costas, mas o homem estava pálido e quente. Além disso, vinha adormecendo em um sonho febril. Brianna ficara de olho, aplicando ataduras limpas, colocando um pano molhado em sua testa e lhe contando histórias sobre piratas como Mary Read e Anne Bonny, que pareciam diverti-lo.

Na terceira noite, ele estava tão quente ao toque que a jovem temeu que pudesse vir a falecer. Ela pediu que os guardas trouxessem o cirurgião que, ao chegar, examinou Nicholas, colocou a orelha nos seus lábios e empurrou seu peito para sentir sua respiração.

— Ele está com febre.

— Pode ajudá-lo? – Brianna perguntou.

O médico lançou um olhar afiado em sua direção.

— Se é febre, não há nada que eu possa fazer. É melhor mantê-lo aqui e esperar que ele melhore. Você está dando o seu melhor, rapaz. Continue assim.

A pirata colocou seu colchão ao lado do de Nicholas. Ela passou a noite cuidando dele, motivo pelo qual, eventualmente, acabou caindo de exaustão.

— Vamos, Flynn, você precisa melhorar. – A jovem tocou o antebraço dele, acariciando a pele. Ele devia estar doente demais para sentir seu toque.

Ao menos, foi isso o que pensou.

— Não pare.

Ela afastou os dedos como se o homem a tivesse queimado.

— Não pare o quê?

— De me tocar. Faz muito tempo desde que uma mulher me tocou assim.

O coração da pirata parou ao ouvir a palavra *mulher*.

— Você realmente está com febre.

— Por favor – Nicholas pediu mais uma vez.

Brianna o encarou.

— Eu *não* sou uma mulher.

As pálpebras dele tremeram e, por fim, se abriram. Flynn virou o rosto para poder fitá-la.

— Pode parar de fingir. Eu soube, no momento em que a vi pela primeira vez, que você era uma mulher e não um garoto. –

Ele soltou um suspiro e suas pálpebras voltaram a se fechar. – Sem falar em toda aquela conversa sobre rainhas piratas e a raiva que sente sobre o lugar das mulheres na sociedade...

A moça queria protestar, mas percebeu que, se fizesse isso, só estaria se enfiando em um buraco mais fundo.

– Pude ver através de seu disfarce e tudo em que pensei foi: *como sou o único capaz de notar a bela mulher por trás dessa fachada masculina?*

Flynn a achava bonita?

Ele moveu a mão e agarrou a dela, entrelaçando seus dedos juntos. Sua respiração ficou superficial.

– Conceda um desejo a um homem moribundo.

Brianna se inclinou sobre Nicholas, colocando um pano molhado novo sobre sua pele e limpando seu rosto e seu pescoço.

– Que desejo?

– Um beijo... – Flynn descansou suas mãos unidas sobre o peito e seus lábios se separaram. – Por favor. – Seus cílios tremeram e seus olhos azuis brilharam na luz fraca da cela.

A jovem o encarou.

– *O quê?*

– Você me escutou. Um beijo. Deixe-me morrer sabendo qual é seu sabor.

Como ela poderia lhe negar isso? O quadro pecaminoso que as palavras do homem pintavam não deveria tê-la afetado, mas era isso que estava acontecendo. Nicholas arriscara sua vida por ela e fora ferido. Se ele estava morrendo, um mísero beijo não faria mal.

Brianna apertou a mão que ele segurava antes de se inclinar sobre Flynn.

– Apenas um beijo.

No segundo em que seus lábios tocaram os dele, ela soube

que tinha sido um erro. A moça havia beijado muitos homens bonitos, mas Nicholas era diferente. Por um momento, a pirata sentiu seu corpo queimar com um tipo diferente de febre, que aumentou quando ele tocou o seu cabelo. Ao sentir os dedos de Flynn começarem a se prender em sua peruca, Brianna se afastou, assustada.

Ele soltou um suspiro suave.

– Melhor do que nos meus sonhos.

– O q-quê?

– *Você*. O doce beijo de uma princesa pirata.

– Eu não sou uma pirata – a jovem sibilou, temendo que os guardas pudessem ouvi-lo.

– Sim, você é. A princesa pirata mais bela que eu já vi...

Aquelas palavras fizeram com que uma onda de alegria e de medo a percorresse. Ambos estavam condenados à morte e, mesmo assim, Brianna temia que um pequeno erro pudesse fazer com que sua conexão com seu pai fosse revelada. Estava determinada a não permitir que isso viesse a acontecer, porém, agora... percebia, com um crescente pavor, que ter permitido que Flynn a beijasse havia não só colocado seu segredo em risco, como também a vida de Thomas Buck.

A pirata observou o rosto de Nicholas enquanto este dormia, ainda sob a influência da febre. Será que ele se lembraria do que acontecera quando acordasse? Será que se recordaria de alguma coisa sobre esta noite? A parte mais assustadora era que ela queria que o beijo deles fosse algo importante.

Cinco

O beijo tinha sido um erro.

Nicholas percebera isso assim que o pedira à jovem, mas não conseguira se conter. A febre que sentira durante os últimos dias não era tão ruim quanto a fizera acreditar. Ele passara todo esse tempo a observando, o que acabara fazendo com que sentisse a necessidade de tocá-la – não como seu paciente, mas como um homem. No final, Flynn acabara cedendo à tentação e provocando a pirata. Contudo, nunca mais seria o mesmo depois do resultado.

E não era só isso. O beijo mudara a dinâmica entre eles. A camaradagem que surgia entre os dois quando a moça se sentia segura de seu disfarce tinha desaparecido. A confiança que ele conquistara enquanto ela se passava por menino teria que ser repensada agora que Holland sabia que Nicholas via a verdade por trás de sua fachada masculina; o que dificultava as coisas para o tenente, já que a confiança de uma mulher era algo muito mais difícil e delicado de se conseguir. A evidência disso estava logo à sua frente. A pirata tinha se afastado dele e se envolvido naquele manto misterioso que todas as damas possuíam, protegendo seus pensamentos e suas emoções de Flynn.

– Não direi a ninguém – ele disse suavemente. – Eu nunca exporia seu segredo aos guardas ou a qualquer outra pessoa.

– Dizer o quê? – Sua resposta demorou a ser pronunciada. Cada palavra parecia se arrastar para fora de seus lábios com muita relutância.

Nicholas se deitou no colchão, estremecendo ao sentir suas costas gritarem em protesto. Ninguém sabia o quanto realmente usava os músculos das costas até que estivesse precisando deles.

– Que você não é um homem.

Ela não olhou em sua direção. Em vez disso, deitou-se de costas, encarando o teto. Enquanto o tenente dormia, a moça arrastara seu colchão de volta para seu lado da cela. Flynn gostara mais de quando Holland estava ao seu lado, pois pudera sentir seu calor e o toque de seus dedos. O conforto que sentira com aquele gesto o ajudara a superar sua febre.

– Você devia estar com uma temperatura muito alta. Eu, uma mulher? – a pirata riu.

– Por favor, Holland, sei que eu não imaginei seu doce sabor e a sensação de seus lábios sobre os meus. Nenhum homem é capaz de delirar com um paraíso tão bom assim.

Nicholas esperava que suas palavras a afetassem – o que, talvez, tivesse acontecido, embora ela não houvesse demonstrado. A jovem permaneceu em silêncio.

– Planeja me ignorar para sempre? – ele perguntou.

– Sim.

– Ao menos me diga seu nome verdadeiro. Presumo que Holland seja um nome falso ou seu sobrenome. Não vai me dizer quem você realmente é?

– Não.

Flynn riu. Sempre se dera bem com as mulheres. Sua boa aparência e seu comportamento reservado muitas vezes atraíam o sexo oposto, porém, a pequena rebelde à sua frente fugia à regra. Ela não gostava dele ou, talvez, não quisesse admitir que sim.

De qualquer forma, ele tinha que reconhecer que Holland era corajosa para viver da maneira que vivia, principalmente em um mundo dominado pelos homens. Estava claro que ela havia se inspirado nas piratas das histórias que lhe contara, possivelmente até mais do que sequer imaginava, o que significava que acabar expondo seu verdadeiro eu só havia impulsionado sua rebeldia. Isso não era bom. O tenente precisava que a jovem confiasse nele para poder salvá-la da forca.

— Bem, é uma pena que continue a me ignorar, porque planejo escapar e pensei que poderia levá-la comigo.

Por um segundo, a pirata prendeu a respiração. Então, inspirou dramaticamente, enchendo o peito.

— E se fosse eu que estivesse planejando escapar? Talvez *eu* o leve comigo — ela desafiou.

Meu Deus, Flynn adorava a bravata da jovem. Ela era, sem dúvida, um espécime raro.

Holland o lembrava um pouco de Roberta, a esposa de seu melhor amigo. Ela era forte e corajosa, embora um pouco mais feminina do que a criatura à sua frente. Não que isso o incomodasse. Nicholas gostava da visão de sua pequena pirata, independentemente de ela estar usando calças ou vestidos finos. A jovem era fascinante. Em um momento, estava citando Heródoto como um estudioso faria e, no outro, estava cantarolando uma música marítima obscena. Era uma combinação e tanto.

— Muito bem, *permitirei* que você me resgate. — O

tenente se levantou, encostando os antebraços na janela com vista para o pátio. – Qual é seu plano astuto para nos tirar daqui?

– Por que eu deveria lhe dizer? – ela sibilou.

Ele lançou um sorriso em sua direção.

– Se devo ajudá-la, preciso conhecer seu plano. Ou pretende fazer todo o trabalho sozinha?

Holland o fitou e seus olhos brilharam. Flynn queria beijá-la novamente, tirar suas roupas e ver suas curvas. Ele desejava passar as mãos pelo verdadeiro cabelo da pirata. Ela usava uma peruca que parecia um esfregão, o que o intrigava. Nicholas descobrira que se tratava de uma quando a tocara durante o beijo. A moça havia recuado no segundo em que ele colocara uma mão sobre os fios, sem dúvida temendo que fosse descoberta.

Seus lábios se separaram e ela bufou.

– Meu plano é...

Passos vindos do corredor a calaram.

– Guardas – Flynn murmurou, vendo-a assentir.

Incerto sobre o que poderia acontecer, ele se colocou na frente dela. A porta da cela se abriu e o Capitão Waverly apareceu. Seu uniforme vermelho e branco estava perfeitamente passado e seu cabelo se encontrava puxado para trás em uma trança rente à nuca.

– Vim para ver Holland, não você. Saia do caminho – o homem ordenou.

Nicholas cerrou os punhos. Agora, o sujeito sabia que ele era um oficial e que estava trabalhando para ganhar a confiança da pirata. Torturá-la para obter informações seria contra-produtivo.

– E se eu não sair?

– Então, será lembrado do que aconteceu em nosso último

encontro. – O sorriso frio que Waverly lhe deu levou o tenente à beira de seu autocontrole.

– Aposto que, em uma luta justa, o resultado não seria do seu agrado. Diga-me, o almirante sabe que você está aqui?

As narinas do capitão se dilataram.

– Você está andando em um terreno perigoso, Flynn.

– Assim como você. – Nicholas pressentiu o ataque de Waverly um segundo antes do sujeito se mover. Ele empurrou Holland para a segurança de um dos cantos do cubículo, tirando-a do caminho.

O capitão se lançou em sua direção e o tenente se esquivou. Waverly tropeçou, entrando na cela. Flynn o chutou nas costas assim que o outro passou por ele. Girando, o sujeito evitou a queda e levantou os punhos. Ele deu um soco, conseguindo atingir a mandíbula de Nicholas, que logo se recuperou. Os nós dos dedos de ambos ficaram ensanguentados à medida que cada um deles golpeava o rosto do outro, tentando deixar seu oponente cansado.

– Renda-se! – Waverly rosnou.

– Não – Nicholas grunhiu. Sangue vindo de seu lábio partido encheu sua boca, deixando-a com um gosto salgado. Ele cuspiu no chão. Suas costas doíam como se o diabo tivesse enfiado suas garras em sua pele, mas o tenente não desistiu.

– Maldito seja, Flynn! – Waverly se jogou nele, contudo, um grito fez com que ambos congelassem.

– O que você está fazendo? – A voz afiada de Harcourt atravessou a pequena cela.

– Almirante Harcourt, ele...

– Na minha sala, capitão. Agora. – O rosto do mais velho estava duro e muito mais assustador do que a expressão usualmente cruel de Waverly.

– Senhor, eu...

– *Agora.*

O capitão lançou um olhar venenoso para o tenente ao sair.

– E você, Sr. Flynn, também virá comigo. Se consegue lutar, pode muito bem responder a algumas das minhas perguntas sobre suas atividades a bordo do *Dragão Esmeralda.*

Nicholas fitou Holland de forma tranquilizadora antes de seguir o almirante até o corredor. Ela lhe deu um aceno de cabeça, como se quisesse dizer que estava bem. Então, a porta se fechou atrás deles.

Ninguém falou até chegarem no escritório de Harcourt. O almirante encarou Waverly com todo o seu poder.

– A cadeia de comando não significa nada para você, capitão? Eu lhe disse que Holland era minha responsabilidade.

– E eu falei que é preciso fazer uso da força com aquele garoto – o outro rebateu. – Ele... – Waverly apontou um dedo acusador na direção do tenente – *interferiu.*

Flynn ignorou sua tentativa de atraí-lo para outra luta, dirigindo-se ao almirante como se o capitão não estivesse lá.

– Senhor, tenho um novo plano; um que exige sua confiança.

– Estou escutando – Harcourt disse.

– Acredito que a informação que recebeu está correta. Holland está, de alguma forma, ligado a Thomas Buck. Talvez seja algum tipo de relação familiar. Acredito que, se o deixarmos escapar, ele nos levará diretamente ao pirata.

– Deixá-lo escapar? Como diabos você descobriria o rumo do garoto? – Waverly argumentou.

– Eu escaparei com ele, tentarei me juntar à sua tripulação e enviarei um relatório com a localização de Buck. Podemos montar uma armadilha e prender todos os seus homens de uma vez só. Ou melhor, podemos descobrir quais atividades Buck orquestrou e impedi-lo de colocá-las em prática.

O almirante tamborilou os dedos na mesa enquanto considerava a proposta.

— É um plano de alto risco — falou, em parte para si mesmo.

— Com uma recompensa igualmente alta — Nicholas replicou.

Waverly bufou.

— É uma tolice. Se quebrarmos o garoto, teremos toda a informação de que precisamos.

Harcourt o ignorou.

— Se acha que isso irá funcionar, tenente, podemos providenciar para que um dos portões fique desprotegido em um momento oportuno. O prisioneiro Black Barney será enforcado amanhã e tenho certeza de que ele tentará lutar. Farei com que apenas um guarda o leve até a forca. Quando o homem resistir, você e Holland poderão escapar em meio ao caos que certamente se seguirá.

— Isso é loucura. É uma ideia terrível — o capitão disse.

— Apesar do que você parece acreditar, eu ainda controlo esta fortaleza. Flynn, terá sua chance amanhã. As tropas de Waverly serão enviadas em patrulha. É isso o que você dirá a Holland para assegurá-lo de que a fuga é possível.

— Obrigado, almirante. — Flynn se virou para seguir o soldado que o esperava do lado de fora até sua cela. Ele escondeu o alívio que sentia quando passou por Waverly, cujo rosto se retorcia em uma carranca.

Essa não era apenas a melhor maneira de rastrear Buck — era a *única* forma de obter êxito em sua missão e fazer com que Holland escapasse da morte.

O problema era que teria que enganá-la, fazendo-a trair Buck.

———

– Flynn! – Brianna quase pulou em Nicholas quando ele foi colocado na cela. Felizmente, ela se conteve.

– Estou bem, moça. – Seus lábios se curvaram em um sorriso libertino. – É bom saber que você estava preocupada comigo.

Uma carranca surgiu no rosto da pirata.

– Eu *não* estava preocupada, seu tolo. – Ela não estava. De verdade. Era só que, bem... Ah, inferno, estava preocupada. E se ele tivesse sido chicoteado novamente ou algo pior tivesse acontecido?

Flynn fez uma careta ao se mover e a jovem se perguntou se suas feridas tinham reaberto. Uma pequena parte de si queria passar seus braços em torno do pescoço dele e sussurrar palavras de consolo enquanto verificava os cortes, mas isso era ridículo. Brianna não era uma enfermeira.

– Você está...? Você se...? – Ela apontou para as costas do homem.

Nicholas deu de ombros.

– Vai se curar novamente – respondeu com uma risada irônica, que logo se transformou em um estremecimento.

– Waverly?

– Quem mais seria? – ele murmurou, sentando-se em seu colchão. – Soube o que vai acontecer? – Flynn limpou o sangue seco de seu rosto com a manga de sua camisa, depois, bebeu um copo de água.

A moça o observou, sentindo o pavor surgir na boca de seu estômago.

– Do que está falando? – Ela tentou soar indiferente. E se eles tivessem encontrado Joe? E se, de alguma forma, seu pai tivesse sido capturado?

– Black Barney será enforcado amanhã.

– Ah. – Brianna se sentiu culpada por estar aliviada. Barney era um bastardo, mas ainda fazia parte da irmandade. O sujeito não era uma pessoa particularmente boa, contudo, continuava sendo um pirata.

– Imagino que eles nos forçarão a assistir. – O tom sombrio de Nicholas fez o estômago da jovem revirar.

– Sim – ela respondeu em um sussurro.

Testemunhara um enforcamento um dia antes de Flynn ter sido colocado em sua cela. Todos os prisioneiros tinham sido escoltados até o pátio e obrigados a assistir.

A pirata já tinha visto homens morrerem bravamente, no calor da batalha, e estupidamente, durante brigas em tavernas, mas padecer em um enforcamento era diferente. Você deixava de ser o mestre de seu destino e tudo sobre a cerimônia era feito para reforçar isso. A forca o fazia se sentir pequeno. Impotente.

Sem falar que esse enforcamento específico não havia ocorrido bem. A corda não tivera folga suficiente para que o pescoço do prisioneiro se quebrasse. E havia algo verdadeiramente aterrorizante em ver um homem balançando no ar à medida que seu rosto ficava roxo.

– Ouvi dizer que eles consertaram a forca. Vai acabar rapidamente – Flynn falou.

Infelizmente, Brianna não conseguia tirar a imagem do último prisioneiro de sua mente.

Nicholas pigarreou, desviando sua atenção do destino de Barney.

– Pensei que, se você realmente estiver planejando uma fuga, poderíamos ter uma chance durante a execução.

A pirata inclinou a cabeça.

– Você acha que sim? Pensei que eles aumentariam o número de guardas.

Ele balançou a cabeça e seu cabelo loiro caiu sobre os olhos.

– Ouvi rumores de que vão estar patrulhando o lado sul da ilha à procura de Thomas Buck. A maior parte dos homens estará fora durante a execução. Isso pode nos dar tempo para escapar. Se for necessário, podemos acabar com um guarda ou dois.

– Parece mais arriscado do que eu tinha em mente. – Na verdade, a jovem não tinha um plano formado, mas imaginava que, se conseguisse sair de sua cela, poderia fazer uma fuga à noite. – Contudo, meu plano era mais adequado para uma única pessoa. Suponho que, se você for me acompanhar, essa poderia ser uma oportunidade tão boa quanto qualquer outra. Ainda assim, por que iria querer se arriscar e escapar comigo? – Era da sua natureza, tanto como mulher quanto como pirata, desconfiar das pessoas.

Flynn se aproximou e Brianna quase deu um passo para trás quando ele invadiu o seu espaço. Por Deus, não havia muitos homens mais altos do que ela, principalmente com um físico como o dele. Força e poder bruto irradiavam de Nicholas de uma maneira que a fazia tremer, embora não fosse de medo. A moça não pôde deixar de se perguntar como seria se entregar a ele, deixá-lo tomá-la com paixão e assumir o controle enquanto se sentia segura sob seu corpo. A pirata se libertou de seu devaneio tolo. Nunca poderia deixar um homem no controle – era perigoso demais para sua liberdade.

Flynn estendeu uma mão, roçando as costas de seus dedos na bochecha dela.

— Eu *gosto* de você, Holland. Gostei muito de beijá-la. E parece que preciso de uma tripulação até que eu possa encontrar meu caminho de volta para o *Dragão Esmeralda*. Além disso, imagino que nenhum de nós queira ficar aqui, esperando para ser enforcado, não é?

Suas palavras faziam sentido, mas a parte sobre ele beijá-la... passaria muito tempo girando na cabeça da jovem. Brianna também *gostara muito* de beijá-lo. E olha que só fora um maldito beijo. Como ela se sentiria se o homem fizesse mais do que isso?

— Então, o que me diz? Eu a ajudo a escapar e você convence seu capitão a me deixar navegar com sua tripulação.

A pirata mordeu o lábio inferior, muito distraída com a forma como a mão dele ia de sua bochecha até seu pescoço, acariciando sua pele e obscurecendo seus pensamentos. Ela se afastou, sentindo-se manipulada.

— Quer dizer que só está procurando alguém para compartilhar noites solitárias em alto mar?

Nicholas riu.

— Admito que considerei as vantagens de tal acerto. Contudo, garanto-lhe que nada acontecerá sem sua permissão.

— É claro que não aconteceria, porque, se você tentasse, acabaria pendurado e, acredite, não seria pelo seu *pescoço*. — Brianna rebateu sua carícia com um rápido aperto, deixando seu ponto bem claro. — Entendeu?

Flynn estremeceu e sua voz soou mais aguda ao responder:

— *Perfeitamente*.

Ela o soltou.

— Bem... suponho que você possa vir junto, mas não tenha ideias sobre tentar assumir o controle do navio.

– Juro que obedecerei ao seu capitão, independentemente de quem seja. Além disso, eu dificilmente conseguiria tomar o controle de um navio sozinho, não acha?

A jovem quase riu. Ele teria uma surpresa e tanto quando descobrisse que *ela* era a capitã.

Brianna se afastou, voltando a se sentar em seu colchão.

– Eu me lembrarei disso. Agora, por que não me conta uma história?

Eles tinham uma longa noite pela frente.

– Eu? – Nicholas riu suavemente. O som de sua risada era profundo e decadente. Pecaminoso até. E a pirata sabia uma coisa ou outra sobre o pecado.

– Sim, conte-me algo divertido. É a sua vez.

– Lamentavelmente, não conheço histórias sobre rainhas piratas selvagens como você.

Ela sorriu e mordeu o lábio.

– Não tem problema, pois já conheço todas as histórias que existem.

– Que tal um conto sobre contrabandistas de tesouros de *Cornwall* que são descendentes dos próprios vikings?

Brianna se deitou de lado, apoiando o queixo na mão enquanto o observava.

– Parece divertido.

– Dizem que há uma família, que vive na costa de *Cornwall,* com sangue viking puro correndo em suas veias. Altos, ferozes e astutos, eles espreitam no escuro os navios que caem sobre as rochas durante as tempestades. Então, começam sua caçada...

———

Antes do amanhecer do dia seguinte, os prisioneiros da guarnição de *Port Royal* foram escoltados até o pátio e cada um deles se viu algemado ao seu companheiro de cela. A mão esquerda de Brianna e a mão direita de Flynn estavam acorrentadas, apenas trinta centímetros os separavam. Não fora isso que eles haviam feito com os prisioneiros na última execução.

– Deve ser para compensar a falta de guardas – Nicholas ponderou.

Contudo, pelo olhar no rosto do capitão Waverly, a pirata adivinhou que isso tinha sido sua ideia. Apesar de seus homens estarem patrulhando a ilha, o sujeito ficara para trás para assistir ao enforcamento.

– Ainda está comigo, Holland? – Flynn sussurrou quando eles se juntaram às fileiras de prisioneiros.

– A pergunta é: *você* ainda está *comigo*?

As algemas dificultariam sua fuga, mas se Nicholas soubesse o que estava fazendo, eles conseguiriam lidar com isso.

Um oficial da Marinha em uniforme azul-escuro e com uma peruca empoada parou ao lado da forca, desenrolando um pergaminho.

– Vocês estão reunidos aqui para testemunhar a execução de Barnabas Black. Ele foi acusado de pirataria e de roubo, motivo pelo qual foi condenado à forca.

Quatro soldados com uniformes vermelhos deram um passo à frente. Tarolas encontravam-se amarradas em suas cinturas. Eles começaram a tocar em um ritmo constante e sinistro, anunciando o condenado.

Black Barney foi o último prisioneiro a ser escoltado das celas. Ele passou por Brianna, por Flynn e pelos outros, a caminho da forca. Os olhos do pirata estavam vermelhos e selvagens à medida que jogava a cabeça para frente e para trás, como se fosse um cachorro louco à procura de sua próxima vítima.

A moça ficou tensa.

– Calma – Nicholas murmurou. A qualquer momento, Barney começaria a lutar. Eles só tinham que esperar pelo momento certo.

Brianna observou cada um dos pontos de entrada e de saída da guarnição. Ela viu apenas sete guardas. Havia dois conversando no portão atrás deles, que era o mais próximo. Nenhum dos homens parecia interessado no enforcamento do prisioneiro. A saída ao sul era a única que levava à densa área de vegetação da ilha. Esse era o local mais fraco da fortaleza.

– O portão sul – a pirata sussurrou para Flynn.

– Estou vendo. – Os olhos dele voaram para a saída antes de se voltarem para Black Barney, que havia chegado na base da forca.

Sem aviso, o sujeito rodopiou sobre o soldado que o escoltava, atingindo-o com tanta força que ele bateu em uma parede próxima. A paz e a ordem se transformaram em um completo caos.

– Lutem por Barney! – alguém gritou.

Os prisioneiros ao redor de Brianna e de Nicholas se lançaram contra os guardas que estavam mais próximos. A pirata mal pôde acreditar em sua sorte. Ela deu um puxão na algema, levando-os para o portão sul.

– Vamos!

Flynn saiu correndo, não tendo outra escolha senão manter o ritmo dela. Os dois soldados levantaram seus rifles. Contudo, como estavam focados em Barney, viraram tarde demais para enfrentá-la. Brianna derrubou o primeiro homem, socando-o com sua mão livre. Os olhos do sujeito reviraram assim que o segundo guarda pousou ao seu lado, nocauteado por Nicholas.

Flynn se agachou, vasculhando os homens à procura da chave do portão. Quando a jovem a encontrou, jogou-a para ele. Nicholas destrancou a saída e eles correram em direção à liberdade, mergulhando na densa vegetação que os protegeria durante parte de sua rota de fuga.

– Então, qual é o próximo passo? – Nicholas perguntou enquanto a seguia. A mistura entre as palmeiras e as árvores de mogno fornecia uma barreira decente da guarnição naval. – Está me ouvindo, Holland? – demandou ao diminuírem a velocidade.

Agora, a fortaleza não passava de um distante pico pedregoso sobre o topo das árvores.

– Deve haver um barco a remo me esperando lá na frente, ou assim *espero*... – ela disse em um sussurro dirigido mais para si mesma.

Se Joe tivesse sido esperto, teria deixado-a para trás. Porém, ele nunca tomava a decisão mais inteligente quando se tratava dela. Agora, Brianna se via esperando que o homem tivesse aguardado em vez de navegado de volta para o navio.

Eles seguiram por uma trilha até que a pirata encontrou o caminho familiar que os levaria ao local secreto de desembarque. Era o trajeto que seu pai havia feito por vários anos e que ela aprendera quando ainda era criança. O espaço era estreito, desgastado, usado apenas pelos homens de Buck e, agora, também pela jovem.

– Você só pode estar brincando. Não poderemos despistar a Marinha em um barco a remo.

Por favor, esteja aqui. Por favor, Brianna rezou silenciosamente.

– Pensei que confiava em mim – disse em voz alta.

– Não se você navega em um maldito barco a remo.

– É claro que não – ela retrucou ironicamente. Não tinha tempo de explicar tudo para ele. Precisava se concentrar. Se Joe ainda estivesse ali, provavelmente teria arranjado algum tipo de esconderijo.

A trilha ficou ainda mais estreita quando a enseada entrou em vista. O local não era visitado com frequência, já que não havia como navios maiores atracarem. Barcos a remo e botes salva-vidas eram as únicas embarcações capazes de passar sobre os recifes nas águas rasas. Contudo, por ser uma caminhada muito longa até a cidade, o ponto de desembarque era inconveniente para qualquer um, exceto para os piratas.

Brianna parou ao chegar no final da vegetação e estudou a praia deserta. Não havia sinal do barco ou de Joe. O pânico a atingiu. Estivera esperando desesperadamente que o homem tivesse ficado.

– Maldição. Pensei que ele poderia estar me aguardando.

– Quem? – Flynn perguntou, frustrado.

– Eu. – Uma voz profunda ressoou atrás deles.

Nicholas girou sobre os calcanhares, erguendo os punhos em defesa. Brianna, levada pelas correntes, gritou para que ele parasse, mas já era tarde demais.

Seis

– Quem? – Nicholas perguntou, observando a praia vazia.

Holland ficou pálida enquanto procurava pela pessoa que esperava encontrar. Parecia que a fuga dos dois ia acabar mais cedo do que o esperado. Estavam expostos na faixa de areia, com a densa vegetação da ilha atrás deles. Os soldados de Waverly poderiam facilmente se esconder ali, algo que não agradava Flynn nem um pouco.

– Eu. – Uma voz ressoou.

O instinto e o reflexo fizeram o tenente voar sobre o homem que estava escondido atrás deles, trazendo a jovem consigo. O sujeito atacou ao mesmo tempo, mas Nicholas se moveu um segundo mais rápido. Ele atingiu o desconhecido na mandíbula ao passo que o golpe deste passou raspando pela sua bochecha.

– Parem, seus tolos! Parem com isso!

Flynn se viu sendo empurrado para longe antes que pudesse voltar a colocar suas mãos no homem.

– Joe, pare! – Holland berrou em um tom de comando.

O sujeito deu um passo para trás.

– Quem é ele? – Nicholas rosnou.

– Quem é esse? – Joe falou ao mesmo tempo.

– Joseph McBride, esse é Nicholas Flynn. Apertem as mãos. Somos todos amigos, não somos? – O tom da jovem indicava que não aceitaria ouvir qualquer argumento.

Joe grunhiu e, com grande relutância, estendeu a palma na direção do tenente. Nicholas analisou o outro enquanto apertava sua mão. O sujeito tinha o porte de uma fragata. Ele era armado com grandes músculos e tinha um comportamento de aço que combinava com sua aparência. Joe parecia estar na casa dos quarenta anos. Sua pele era bronzeada devido aos anos de exposição solar. Sem dúvida, outro pirata.

– Flynn – Joe disse.

– McBride – Nicholas respondeu.

Eles soltaram as mãos, ainda se encarando.

– Ótimo. Agora que somos todos amigos, vamos sair daqui antes que os malditos casacas-vermelhas nos encontrem.

– Casacas-vermelhas? Quão perto eles estão?

– Não tenho certeza, mas não temos tempo.

– Vamos levá-lo conosco? – Joe apontou o polegar para Nicholas.

Flynn não pôde deixar de notar o olhar que Holland lançou para o pirata.

– Sim. – Ela moveu as mãos algemadas no ar. – Explicarei depois.

A moça não queria compartilhar informações na frente dele.

– Certo. Então, por aqui. – McBride começou a descer pela praia, parando em um local onde dezenas de folhas de palmeira haviam caído sobre a areia.

Nicholas teve que acompanhar o ritmo de Holland, já que

ainda estavam algemados juntos. Joe afastou algumas folhas com o pé antes de colocar a mão em um buraco que havia exposto. A areia se moveu e mais folhas de palmeira caíram, revelando uma grande abertura que seguia em direção às árvores, afastando-se da água. Um barco a remo estava escondido no amplo espaço. O tenente fitou o esconderijo, maravilhado. A caverna era impressionante.

– Como diabos...? – falou, sem palavras.

– Ela foi construída há anos – Joe disse, arrastando o barco para fora. – As paredes foram fortificadas e fixadas às raízes subterrâneas das árvores, longe o suficiente para que a maré alta não venha a tocá-las.

Os três levaram o barco para a beira da água. Então, Holland e Joe cobriram a entrada da caverna com areia e folhas.

Quando entraram na embarcação, McBride colocou um par de remos no mar e começou a remar, navegando para fora da enseada. Assim que estavam em águas mais profundas, eles içaram uma pequena vela enquanto o pirata guardava os remos. Nicholas rezava para que passassem despercebidos por qualquer outro barco que estivesse pelos arredores.

– Onde está a *Serpente*? – a jovem perguntou.

Joe moveu a cabeça em uma direção vaga.

– No lugar de sempre. Ela está esperando por nós.

– Graças a Deus. – Holland voltou sua atenção para o leme, parecendo perdida no controle da pequena embarcação.

Nicholas ficou ao seu lado, já que a corrente que os ligava não permitia muita distância entre eles.

– Então... Flynn, não é? Como foi que vocês dois escaparam da guarnição?

O tenente sabia que o homem o estava testando, querendo ver o que ele diria.

Nicholas moveu suas mãos acorrentadas.

– Fomos algemados e forçados a assistir a uma execução no pátio. Todos os prisioneiros foram acorrentados em duplas.

– Quem foi enforcado?

– Black Barney – Holland informou. – Eu não gostava do sujeito, mas ele não era um vilão ou alguém que merecia ter morrido dessa forma.

– Sim. Que ele descanse em paz – Joe falou. – Imagino que vocês não tenham conseguido sair pelo portão da frente enquanto ninguém estava olhando, não é? – Ele fitou Nicholas mais uma vez.

– Barney lutou contra os guardas e causou um pequeno tumulto. Aproveitamos o momento para escapar pelo portão sul. Holland me levou direto até você.

Joe fitou a pirata, incerto.

– Ele sabe...?

– Aparentemente, Flynn notou imediatamente. Ele não é como os outros. – A voz da jovem ficou mais suave ao dizer a última parte.

Nicholas não soube dizer por que, mas o olhar firme de McBride pareceu endurecer ainda mais.

– Ah, sim, ele não é como os outros. – O homem estreitou os olhos, encarando-o. – Vou lhe dizer o mesmo que digo à tripulação. Se tocá-la, perderá a mão. Se machucá-la, perderá sua vida. Entendido? – Após uma pausa, ele continuou – Então, Flynn, com quem você navega?

– Sou um dos homens de Belishaw. Navego no *Dragão Esmeralda*.

O reconhecimento cintilou nos olhos do pirata.

– Belishaw? Então, costumava navegar com o Capitão Grey, o antecessor dele?

– Sim, Dominic é um velho amigo.

– Foi triste vê-lo se juntar a esses tolos com roupas pomposas.

– Ele fez isso por amor – Flynn afirmou. Era verdade. Grey não pudera permanecer sendo pirata. Fora somente por conta do perdão do rei que sua vida fora salva.

McBride deu um sorriso afiado.

– O homem foi um maldito tolo por ter escolhido se casar com a filha de um almirante. Eu ainda o admiro, mas não confio nele. Não quando ele vai para a cama com o inimigo.

O tenente cerrou os dentes, não gostando de ouvir Roberta sendo tratada como o inimigo. Ela era uma mulher maravilhosa que salvara tanto a vida de Dominic quanto a de Flynn. Os três estavam ligados de uma forma que ele nunca conseguiria explicar a ninguém. Nicholas chegara até a prometer a Dominic que se casaria com Roberta e tomaria conta dela se eles não tivessem conseguido salvá-lo. Felizmente, seu amigo não morrera. O pai dele, o conde de Camden, tinha literalmente cavalgado até a forca, trazendo um perdão real pelos crimes de pirataria que o filho havia cometido. Então, Dom ficara livre para se casar com Roberta e viver uma vida condizente com sua posição.

– Na verdade, se casar com a filha de um almirante foi um movimento bem inteligente – Flynn argumentou. – Isso lhe deu proteção e acesso às informações da frota naval. Agora, ele pode alertar Belishaw e a tripulação do *Dragão* sempre que precisar.

Embora Nicholas estivesse ciente disso, o Almirante Harcourt não parecia ter considerado a possibilidade, pois estava convencido sobre a transformação de pirata para cavalheiro pela qual seu genro havia passado.

– Eu não tinha pensado nisso – Joe admitiu. – Ainda

assim, é melhor evitar o homem. Ele pode acabar mudando de ideia e trair a irmandade.

Holland estava na proa do barco a remo, com os olhos fixos no horizonte e na sombra crescente do mastro de um navio à distância. Parecia que a embarcação estava escondida à beira de uma enseada um pouco mais à frente da costa.

As algemas que os mantinham próximos faziam com que uma expressão de desaprovação surgisse no rosto de Joe. Nicholas não podia deixar de rir com a visão. Ele não sabia bem o porquê, mas gostava de irritar o outro homem. Normalmente, não era do tipo que apreciaria uma situação como essa, mas a jovem parecia fazer com que um lado diferente de sua personalidade viesse à tona. Ela fazia com que se sentisse... selvagem. Cada necessidade e cada desejo que o tenente havia reprimido durante sua educação para ser um cavalheiro britânico íntegro se tornavam quase que avassaladores. Ele queria jogar a jovem por cima do ombro e carregá-la como seus ancestrais vikings teriam feito. Em vez disso, Flynn aproveitou aquele tempo para admirar a forma como a luz do sol iluminava o rosto da pirata à medida que ela fechava os olhos e inspirava o ar salgado.

Não demorou muito para o barco deles chegar até a *Serpente do Mar*. Nicholas ficou impressionado com o que viu. Era um belo navio; um que o fazia lembrar dos esboços que vira da embarcação do Capitão Kidd, o *Adventure Galley*, que havia cruzado os mares cerca de cinquenta anos antes.

Seu casco inferior fora pintado de preto e o superior de verde, dando-lhe a impressão de um monstro marinho que deslizava pela água. Remos podiam ser usados para mais velocidade ou destreza, sem falar que os três mastros davam vantagem à *Serpente do Mar*. Os dezoito canhões que Nicholas conseguiu contar eram mais um benefício da embarcação.

Rostos apareceram sobre o parapeito. Dado o tamanho do navio, ele estimou que a tripulação devia ter cerca de sessenta ou oitenta homens, embora eles, sem dúvida, pudessem operar com muito menos.

Uma escada de corda foi jogada em um dos lados. Holland puxou a corrente que os prendia, chamando sua atenção.

— Você terá que me acompanhar durante a subida — ela disse.

Foi uma empreitada estranha subir os degraus. Não havia muito espaço entre seus pulsos. Por mais de uma vez, Flynn teve que segurar a escada com o corpo dela entre ele e o navio. A pirata estava quente e o aroma do mar se agarrava à sua pele. Ao se inclinar e ajustar a mão na escada, ele não pôde deixar de inspirar e fechar os olhos. Seus corpos não paravam de esbarrar um no outro, o que era uma distração e tanto.

Na cela úmida da prisão, fora fácil manter a distância entre eles. Contudo, agora, com a moça tão perto dele, sentindo seu aroma natural misturado com a brisa oceânica, tudo parecia diferente. O mundo estava cheio de possibilidades e a maioria delas a incluía.

— Eu acho que você está gostando dessa situação — Holland murmurou, movendo-se sob ele, o que só piorou a tentação que ela representava.

Incapaz de resistir, Nicholas pressionou seu quadril contra o traseiro dela com mais firmeza.

— *Você* não está?

— Tsc. Vocês, homens, são todos iguais — ela grunhiu, batendo o cotovelo em seu estômago em resposta. Contudo, o tenente notou a sugestão de um sorriso em seus lábios.

Seu aperto se afrouxou, fazendo com que os dois quase caíssem nas ondas abaixo. Felizmente, ele se apressou e se segurou a tempo de salvar ambos. Valia a pena passar por um inferno físico como aquele para estar perto de uma mulher fascinante como Holland.

Eles chegaram ao topo e desceram na meia-nau do navio, onde um grupo de homens os cercou, falando ao mesmo tempo como meninos.

— Bem, parece que ela conseguiu juntar os trapos... hã... ou seria juntar as mãos? — Um sujeito corpulento riu e suas calças com listras pretas e vermelhas ondulou ao vento.

— Você está falando do Atar-de-Mãos celta, não é isso, Joe? — outro pirata perguntou assim que McBride pulou pelo parapeito e caiu no convés.

— Sim, essa é a cerimônia de casamento feita na Escócia.

— Então, ela está casada? — um terceiro indagou, confuso.

A maioria da tripulação gemeu e revirou os olhos.

Nicholas tentou suprimir o riso ao notar o rubor que cobria o rosto e o pescoço de Holland. A reputação da jovem a bordo tinha sido comprometida.

— Chega disso, rapazes. Eu sou casada apenas com o mar. Parem de fofocar e se preparem para navegar — ela ordenou em um tom de comando natural.

— Sim, sim, capitã — várias vozes disseram. Os homens se espalharam, indo para suas posições. Meia dúzia deles escalou o cordame da embarcação para ajustar as velas.

— *Capitã?* — Flynn perguntou, em choque.

Holland, já recuperada de seu constrangimento, riu.

— Esqueci de mencionar isso? — Ela deu um puxão nas algemas, trazendo-o para mais perto. Seus olhos se encontraram e os lábios dela tremeram com a leve indicação de um sorriso. — Não se esqueça da promessa que fez de obedecer ao capitão.

Por Deus, a pirata era uma criatura bela, poderosa e corajosa. Agora, ele estava completamente sob seu comando.

– Assim que nos livrarmos dessas algemas, quero que se ocupe consertando as cordas pelo resto do dia.

O tenente fechou a boca, engolindo qualquer discordância.

– Onde está O'Malley? – Holland gritou.

– No convés do meio, verificando as armas – um dos tripulantes informou. – Acabei de vê-lo descer.

– Venha, Flynn.

A moça fez com que ele a seguisse abaixo do convés, onde um homem estava inspecionando os canhões. Nicholas ignorou os olhares da tripulação quando passou por eles. Todos estavam ocupados com seus respectivos deveres, mas o tenente podia sentir seus olhos perfurando a parte de trás de sua cabeça. Eles não o conheciam, o que significava que Flynn teria que trabalhar duro para ganhar sua confiança.

– Capitã. – Um irlandês deu um aceno de cabeça para Holland. – Já estava na hora.

– Preciso de sua ajuda, O'Malley. – Ela ergueu a mão algemada. – Por mais charmoso que este homem seja, acredito que ambos seremos bem mais felizes sem essas algemas, não concorda?

O sujeito riu, pegando um martelo e um grande prego. Ele apontou para a superfície arredondada de um dos canhões.

– Coloquem as mãos aqui.

Nicholas fez como pedido. O irlandês usou o prego para separar os elos da corrente. Assim que o metal se partiu e eles se afastaram, ambos soltaram um suspiro aliviado.

Em seguida, O'Malley usou o martelo para retirar o prego que mantinha a algema fechada ao redor do pulso da pirata. Ela deslizou a mão para fora da banda de metal, já gritando algumas ordens para os homens que estavam assistindo à cena.

– Fico feliz em vê-la de volta, capitã. Não tínhamos certeza por quanto tempo poderíamos continuar procurando por você na enseada. Acabamos de voltar de uma viagem de três dias ao mar para evitar que as patrulhas da ilha nos vissem.

– Eu estava descansando meus pés na prisão de *Port Royal*, você sabe como é. – Holland riu, soando relaxada. – Fazia um tempo que não tirava férias, mas estou de volta ao trabalho.

Nicholas ficou surpreso em vê-la agindo de modo tão despreocupado depois de tal experiência. Porém, quanto do que a jovem dizia era para o benefício de sua tripulação e quanto era realmente o que ela sentia? Ao observá-la mais de perto, ele percebeu que seu sorriso estava tenso e seus olhos pareciam mais escuros. Então, os dias como prisioneira tinham realmente deixado uma marca nela... Ainda bem que agora estavam livres no mar. Flynn só precisava encontrar uma maneira de mantê-la longe das celas quando Buck fosse capturado.

O'Malley deu um aceno de cabeça para Nicholas.

– Muito bem. É a sua vez.

Assim que sua mão ficou livre, o tenente esfregou o pulso e olhou para Holland novamente.

– Acredito que você tem um trabalho a fazer, não é mesmo? – Ela comentou com um sorriso modesto.

Flynn ponderou qual seria a melhor forma de responder, contentando-se com um simples:

– Sim, capitã.

– Bem, então comece a trabalhar. – A jovem marchou para longe com o queixo erguido, deixando-o sozinho com o irlandês.

– Um dos homens do convés superior passou aqui antes de vocês descerem. Ele disse que você se casou com a capitã, é verdade? – O'Malley perguntou.

– O quê? Não, é claro que não – Nicholas gaguejou. Ele se

dirigiu para a escada, tentando ignorar a risada do irlandês à medida que subia os degraus.

———

Brianna entrou na cabine do capitão, localizada na popa do navio, e fechou a porta. Ela se encostou contra a madeira por um momento, respirando trêmula.

Entre todas as situações em que poderia se encontrar, tinha se envolvido logo nesta. Ser presa era um dos riscos que se corria como pirata, sem falar que, no passado, já tinha chegado perto de se ver atrás de barras, mas esta era a primeira vez que a jovem realmente temera que pudesse acabar sendo enforcada. A experiência abalara sua coragem habitual e fizera tudo em sua vida parecer muito mais incerto.

Como se não fosse o bastante, havia Flynn. Não havia como negar a atração que sentia por ele, contudo, trazê-lo até sua tripulação fora um erro, Brianna já podia sentir. O problema era que ela estava em dívida com ele e tinha que fazer o que era certo até que pudesse levá-lo até seu antigo navio.

A pirata se afastou da porta e olhou ao redor de sua cabine, sentindo-se inquieta e cansada ao mesmo tempo. Pelo menos estava em casa. O conforto de seus aposentos era uma visão bem-vinda.

Sua cama se encontrava em um dos cantos e uma mesa estava pregada no centro do cômodo. Uma pequena área de armazenamento cheia de baús de roupas e de armas ficava próxima à sua cama. Havia também uma grande banheira de cobre no canto, perto das janelas de vidro com vista para o mar. Ela parou em frente às janelas, feliz por estar sozinha naquele momento. Feliz que as coisas tivessem voltado, na maior parte, ao normal. Brianna examinou a pele avermelhada de seu pulso, onde a algema de ferro estivera.

A porta de sua cabine se abriu. A capitã soube que devia ser Joe ou seu grumete.

– Você está bem, moça? – McBride perguntou atrás dela.

– Sim. – Não era mentira. Não exatamente.

– Então, o que aconteceu depois que nos afastamos no mercado?

Brianna se sentou à mesa, onde vários mapas estavam abertos e presos nos cantos por pedras pesadas. Com a ponta do dedo, ela tracejou uma rota comercial no mais próximo à medida que contava ao outro tudo o que havia acontecido. Bem, quase tudo. A pirata deixou de fora seu beijo com Flynn. Joe não reagiria bem a essa informação.

Ele assentiu quando ela terminou.

– Seu pai ficará satisfeito. Ele não queria que os suprimentos acabassem.

– Nós precisamos deles.

– Sim, mas poderíamos ter mandado nossos homens em vez de termos ido por conta própria.

– Eles não conhecem os contatos no mercado tão bem quanto nós.

– Esse é o problema. Muitas pessoas nos conhecem.

Era um bom ponto. Afinal, fora a imagem de Joe no cartaz de procurado que começara toda essa bagunça.

– É verdade. Da próxima vez, levaremos alguns tripulantes conosco e os apresentaremos como nossos representantes em futuras visitas.

Isso fez Joe arquear uma sobrancelha.

– Você não está brincando, não é?

– Por que eu estaria?

Ele riu.

– A prisão deve ter mudado algo dentro de você para estar ouvindo a razão e se dispondo a delegar trabalho aos outros.

Brianna sentiu seu rosto ficar vermelho. Ela tinha o hábito de se colocar na linha de frente, por assim dizer, mesmo quando fazia mais sentido deixar que os outros lidassem com a situação.

Felizmente, Joe não comentou mais sobre o assunto. Em vez disso, disse:

– Vamos tentar Kingston da próxima vez. Há um número menor de soldados britânicos por lá.

– Desde que deixemos algum tempo passar, não vejo problema. Os oficiais na guarnição estão procurando pelo meu pai. Não podemos levá-los até ele.

– É claro. Então, para onde vamos?

A capitã considerou a pergunta por um momento. Só havia um lugar realmente seguro o suficiente para ser considerado um refúgio pirata, embora a pirataria tivesse sido banida lá há muito tempo. Era um local onde os casacas-vermelhas não se incomodavam em ir, já que a enseada em que o porto ficava localizado dificultava que as fragatas maiores atracassem.

Ela analisou os mapas antes de tocar em um ponto.

– Para *Sugar Cove*. Se formos seguidos, a Marinha terá que vasculhar entre os outros piratas para nos encontrar. Os suprimentos do lugar não são os melhores, mas ao menos conseguiremos algo.

– Pedirei à tripulação para mudar o curso para nosso novo rumo. – Joe foi até a porta, mas parou.

Brianna não o fitou, fingindo se concentrar em seus mapas, pois sabia o que ele ia perguntar e não queria falar sobre isso.

– Aquele sujeito.... Flynn. Ele a machucou ou...?

– Flynn? Não – a jovem o tranquilizou. – Ele é um bom homem. Não passa de um flerte.

Ela tinha sorte. Nunca fora ferida por um homem, não da maneira que Joe temia. Embora alguns deles houvessem tentado, nenhum fora capaz de levar a melhor sobre a filha de Thomas Buck.

– Não gosto da forma como ele olha para você, moça.

A capitã se endireitou, sentindo seu corpo ficar tenso.

– O que quer dizer?

– Ele olha para você da mesma maneira que um homem sedento por rum faria ao tropeçar em uma carga cheia de barris da bebida.

Por algum motivo, a comparação a fez lutar contra um sorriso.

– Já tive minha parcela de rum, Joe.

Isso o fez empalidecer. McBride provavelmente apagaria o comentário da sua memória assim que pudesse. Parte dele sempre a veria como uma menina, não como uma mulher.

– Tudo que quero dizer é que é melhor tomar cuidado com ele. Homens ficam tolos quando estão com sede.

– Eu sei. – Brianna suspirou. – Ah, Joe, pode pedir para Patrick esquentar água para a minha banheira? Estou cheirando à cela de prisão.

O pirata assentiu respeitosamente.

– Sim, capitã.

Cerca de meia hora depois, Patrick, um grumete de dezesseis anos, trouxe alguns baldes com água quente até sua cabine, despejando-os na banheira de cobre.

Quando ficou sozinha, ela tirou as roupas, deixando-as cair em uma pilha ao pé da banheira. Em seguida, mergulhou um dedo na água quente. A temperatura estava ótima. Brianna entrou e se abaixou na água. As noites dormidas no colchão fino da prisão, os encontros tristes com Waverly e sua fuga tinham a deixado exausta.

Ela estendeu a mão e cuidadosamente tirou a peruca castanha, soltando-a sobre sua pilha de roupas. Então, removeu os grampos que mantinham seu longo cabelo loiro preso ao seu couro cabeludo. Sua cabeça parecia mais leve. A jovem afundou sob a água, prendendo a respiração enquanto se mantinha completamente submersa.

À medida que os segundos passavam, Brianna apreciava o momento. Infelizmente, logo pensamentos desagradáveis afastaram sua paz. Sua mente trouxe à tona a sensação de ter sua cabeça enfiada por Waverly no cocho e do seu corpo lutando por ar enquanto ela tentava continuar prendendo a respiração para não se afogar. Nunca temera morrer no mar, mas sucumbir em um cocho para animais pelas mãos de um bruto covarde? Isto não era algo para o qual estivera preparada. Ele a atacara em um momento em que estava completamente à sua mercê, incapaz de lutar. Tal tipo de impotência fora aterrorizante. Nunca mais queria se sentir assim.

Brianna irrompeu da água com um ofego e limpou seus olhos. Ela inspirou tremulamente uma vez após a outra.

— Eu estava me perguntando se você viria à superfície — uma voz profunda disse.

A jovem congelou com as mãos na borda da banheira. Esse não era Patrick, era Flynn. Estivera com tanta pressa para relaxar que se esquecera de trancar a porta.

Pensar nele vendo-a enquanto se banhava enviou ondas de calor por sua pele, como se fossem golfinhos perseguindo o rastro de seu navio. Ela lutou contra o desejo de afundar na banheira para se esconder. Queria poder pegar sua espada, mesmo que fosse apenas usá-la para alertá-lo sobre o respeito à sua privacidade, mas ela estava na mesa junto com os mapas.

— Pensei que tinha lhe dito para consertar as cordas — Brianna rosnou.

– Está feito. Vi aquele garoto trazendo água e pensei que você poderia precisar de mais um balde. – Sua voz se aproximou e, de repente, um jato maravilhoso de água morna caiu sobre os ombros da pirata.

Ela quase perdoou a intrusão de Nicholas. Quase.

– Não sei como as coisas funcionam a bordo do seu navio, porém, na *Serpente do Mar*, respeitamos a privacidade da capitã. – Brianna se moveu lentamente, protegendo seus seios da visão dele, embora eles estivessem sob a água. Era melhor agir como se a presença do homem não importasse em vez de gritar com ele como uma garota, mandando-o sair de sua cabine imediatamente. – Se Joe estivesse aqui, ele já teria o jogado no mar.

– Disso não tenho dúvida – Nicholas falou.

Ela tinha uma escolha a fazer. Podia ordenar que Flynn saísse, o que ele provavelmente faria. A presunção do homem de que era bem-vindo devido aos momentos que haviam compartilhado na prisão era compreensível, contudo, sua presença aqui ainda passava dos limites.

Ainda assim, parte dela não podia deixar de lado o fato de que, embora agora Nicholas fosse um de seus tripulantes, ele nem sempre seria. Em seu devido tempo, eles o devolveriam ao seu próprio navio e, então, quem poderia dizer quando o caminho dos dois voltaria a se cruzar? Talvez não fosse tão ruim apreciar sua companhia enquanto ainda tinha a chance.

– Já que você parece não ter nada mais para fazer, pegue meu óleo de rosas. – A jovem deu um aceno de cabeça na direção de uma caixa intrincadamente esculpida que estava em sua mesa. Sentia-se mais segura quando estava lhe dando ordens.

Flynn foi até o móvel e abriu a tampa da caixa. Ele pegou

um dos frascos, removendo a rolha e sentindo o aroma até encontrar o certo.

Brianna observou suas costas, deixando seu olhar se arrastar sobre seu corpo. De fato, ele era um belo espécime. Nicholas voltou com o frasco. Apesar dos olhos dele estarem fixos em seu rosto, ela ainda se sentia exposta. Sem falar que podia notar quão difícil era para ele *não* deixar seu olhar vagar mais abaixo. A tensão entre eles era eletrizante. Brianna estava nua e desarmada. Flynn podia fazer o que quisesse com ela. Isso a assustava – assustava-a porque a deixava *excitada*.

– Por que não me disse que era a capitã? – Nicholas perguntou, segurando o óleo de rosas com seus dedos fortes e elegantes.

A jovem se perguntou que tipo de magia aqueles dedos poderiam fazer sobre sua pele e o mero pensamento a fez tremer, desejando poder descobrir.

– Faz diferença? Não teria me escutado ou aceitado minhas ordens se eu tivesse lhe dito?

Ele não hesitou.

– Não faz diferença. Apenas fiquei surpreso.

– Essa é a resposta certa. – Também era uma que a pirata não esperava receber. A maioria dos homens não aceitava ouvir ordens de uma mulher, porém, como a maior parte de sua tripulação a conhecia dos tempos em que navegara ao lado de Buck, eles a viam como um dos rapazes.

Flynn se agachou ao lado da banheira, pegando a peruca.

– Por que escolheu usar isso? Por que não cortou seu verdadeiro cabelo? – Seu tom soava mais curioso do que crítico. Com a mão livre, ele mergulhou os dedos na água quente, trazendo-os para perto do corpo dela antes de jogar gotas de água de modo brincalhão no ombro de Brianna.

A pirata achou que sua impertinência era tanto enfurecedora quanto excitante. Nunca pensara que gostaria de um homem que não obedecia aos seus comandos, mas havia algo intrigante sobre alguém que simplesmente fazia o que queria quando o assunto era ela.

– Só uso-a quando estou em portos estrangeiros. É um motivo tolo. Duvido que você entenderia.

Nicholas riu e o som a aqueceu mais do que a água da banheira.

– Duvido que suas escolhas sejam tolas. Impulsivas ou talvez até imprudentes, mas não tolas. – Ele deixou a peruca cair, levando a mão em direção ao cabelo dela, cujas mechas úmidas se encontravam espalhadas ao redor dos ombros.

Brianna poderia ter ordenado que Flynn saísse. Era o que deveria ter feito, mas não fez. Quando ele enrolou uma mecha dourada ao redor do dedo, ela ficou imóvel. Sua respiração se tornou superficial à medida que esperava que Nicholas fizesse mais do que tocar em seu cabelo. Os olhos dele deixaram de fitar os fios e uma sobrancelha foi erguida, ainda esperando por sua resposta.

– Não é fácil ser a capitã de uma tripulação só de homens ou ter que fingir ser alguém que não sou quando estou em terra. Eu queria ter a liberdade para me sentir feminina sempre que quisesse – ela finalmente admitiu.

– Entendo. Não é, de forma alguma, um motivo tolo. – A voz dele ficou rouca. – Teria sido uma pena se tivesse cortado tudo isso. – Flynn puxou levemente uma mecha, trazendo a jovem para perto de si.

– Uma pena? – Brianna repetiu, sentindo seu olhar ser atraído para os lábios dele.

– Sim. Veja bem, eu gosto de passar minhas mãos pelos cabelos da mulher com quem estou e prendê-la embaixo de mim enquanto a beijo. Gosto de sentir a sedosidade dos seus fios e o calor do seu corpo contra o meu... – Ele se inclinou, deslizando a mão até a nuca dela, assim como havia descrito.

Sua pele queimava como se estivesse em chamas, mas um beijo não poderia fazer mal. Ela poderia voltar ao seu papel de capitã depois. Agora, podia apenas...

Os lábios de Nicholas roçaram levemente nos seus.

– Se precisar de algo, sabe onde me encontrar, capitã.

Flynn se levantou, deixando a cabine sem mais uma palavra.

Brianna soltou uma maldição, afundando novamente na água quente. Precisava encontrar um amante, *qualquer* amante que não fosse Nicholas. Era loucura deixar que ele brincasse com ela dessa maneira ou permitir que a provocasse com a ideia de *dominá-la*. Que ousadia.

Assim que chegassem em *Sugar Cove*, encontraria alguém para levar para a cama. Satisfazer seu desejo a impediria de cometer o erro de cair nos braços de alguém como Flynn. Mesmo que os olhos dele lhe prometessem delícias pecaminosas, a jovem temia o que poderia acontecer se permitisse que houvesse algo mais entre eles. Nicholas não era como os outros homens com quem estivera. Ele era diferente e perigoso.

Talvez acabassem encontrando o navio dele atracado em *Sugar Cove* e, então, Brianna pudesse se livrar de Flynn com a consciência limpa. Se a sorte estivesse ao seu lado, logo estaria bem longe da tentação que ele representava.

SETE

N icholas passou algumas horas inquietas dentro de sua rede, que estava armada no centro do navio, junto com o resto da tripulação. Os homens ao seu redor roncavam. Ocasionalmente, um coçava a barriga, rolava e murmurava durante o sono. O tenente tentou fechar os olhos, mas não conseguiu adormecer. Dormir em meio ao inimigo o deixava com os nervos à flor da pele.

Nenhum dos tripulantes do navio era ruim, não do modo como muitos piratas eram. Eles não passavam de homens comuns que estavam trabalhando para garantir um meio de subsistência, assim como qualquer outro marinheiro – a única diferença era que eles saqueavam navios mercantes. Flynn não deveria gostar desses homens, muito menos formar laços com eles.

E certamente não deveria estar obcecado por uma princesa pirata como Holland. O que havia lhe possuído para ir até sua cabine e flertar com a jovem enquanto ela se banhava, assim como um patife maldito faria? Esse era um comportamento mais parecido com Dominic, não com ele.

Soltando uma maldição, Nicholas saiu de sua rede, ziguezagueando silenciosamente entre os piratas até chegar à escada que levava ao convés superior. Ele vasculhou o local até seus olhos encontrarem os três mastros do navio. Na parte dianteira, havia uma figura solitária com as pernas sobre um dos lados de uma plataforma plana que estava no meio do caminho. O tenente sorriu ao reconhecer os tornozelos delicados de sua pequena pirata. O que ela estava fazendo lá em cima a essa hora da noite?

Flynn a observou por um tempo, querendo subir e se juntar à jovem. Duvidava que ela fosse lhe dar boas-vindas depois da intrusão em sua cabine. Holland era, afinal, a capitã deste navio. Ele estava jogando um jogo perigoso com ela, contudo, não queria perturbar o equilíbrio que a moça havia criado entre seus homens.

Havia algo diferente sobre a pirata; algo que o tenente ainda não conseguia identificar. Ela era tão sedutora quanto uma pilha de galeões espanhóis e tão bonita quanto joias raras. Holland o fazia querer jogar todos os seus modos cavalheirescos no mar. Ela o tornara um pirata de coração e alma e Flynn sequer percebera. A fome que sentia pela jovem era difícil de controlar.

Embora Holland não fosse uma criatura requintada, enfeitada por sedas finas e com penas no cabelo, era igualmente cativante. Ela era feroz, inteligente e corajosa; o tipo de mulher que colocava uma adaga entre os dentes e escalava o cordame de um navio no meio de uma tempestade apenas para soltar uma corda presa. Ainda assim, quando ele se ajoelhara ao lado de sua banheira de cobre, tocara sua pele e enrolara uma mecha de seu cabelo dourado em torno do dedo, vira seu coração em seus olhos.

Aquelas lindas íris verdes tinham-no mantido prisioneiro

enquanto transmitiam tanto sua atração quanto sua hesitação sobre o que fazer com ele. Naquele momento, Nicholas quase confessara que desejava ser seu servo devoto. O feitiço que a moça lançara sobre ele era muito mais poderoso do que o de qualquer bruxa, pois não utilizara encantamentos ou poções. Ela só precisara fitá-lo com aqueles belos olhos para deixá-lo completamente encantado.

À medida que a *Serpente* atravessava suavemente o oceano, Flynn sentiu seu corpo relaxar, como sempre acontecia quando estava sobre a água. Após todos os anos que passara ao mar, era a terra que lhe parecia instável, o que era algo estranho, já que planejara ter um destino diferente do de um marinheiro. Nunca quisera ser um homem do mar, nem desejara fazer parte da Marinha. Contudo, após o desaparecimento de Dominic, Nicholas imaginara que seu amigo havia fugido para o mar, portanto, decidira segui-lo, juntando-se à Marinha Real Britânica ainda em terna idade.

Tinha procurado Dom por anos, todavia, só viera a encontrá-lo alguns meses atrás. Quando isso acontecera, Flynn ficara angustiado ao descobrir que eles estavam em lados opostos da lei. Seu amigo era um notório pirata enquanto ele era um oficial da Marinha. Entretanto, os anos não tinham mudado a amizade e o carinho entre os dois. Eles eram tão próximos quanto irmãos de sangue e, para o tenente, o tempo que haviam perdido deixara de importar em questão de segundos.

Agora, Nicholas era um marujo assim como Dominic, o que o divertia tanto quanto o entristecia. Suas vidas tinham se tornado tão diferentes do que eles haviam planejado quando eram meninos. Apesar de ter passado mais de uma década pirateando nas Índias Ocidentais, Dom era o futuro conde de Camden, ao passo que Flynn havia dedicado sua vida a serviço da Coroa.

Com um suspiro, ele se inclinou contra o parapeito do tombadilho, apoiando os braços na madeira enquanto mantinha o olhar na parte dianteira da embarcação.

– É uma bela noite – uma voz disse.

O coração do tenente deu um pulo, mas ele não permitiu que seu corpo demonstrasse seu susto.

Joe McBride subiu a escada até chegar no tombadilho.

– Sim – Flynn concordou.

Os olhos do pirata foram até o ponto onde Holland estava.

– Com uma bela vista também.

– Esta é outra coisa em que concordamos. – Nicholas sabia que estava andando em águas infestadas por tubarões e que era melhor não dar um motivo para Joe jogá-lo no mar. Duvidava que o homem tivesse qualquer interesse romântico em Holland, mas ele certamente se sentia protetor em relação à jovem, o que o tornava muito perigoso.

– Ela disse que nada aconteceu entre vocês quando estavam na prisão. Quero que me dê sua palavra de que é verdade.

O tenente acabou rindo antes que pudesse se conter.

– Você quer a palavra de um *pirata*?

Joe continuou a encará-lo.

– Sim. Apesar de sermos piratas, há um código que nos rege.

Nicholas encontrou o olhar dele.

– Muito bem. Ela me beijou, mas foi por livre e espontânea vontade, sem falar que eu estava quase morto no momento. Tirando isso, nada aconteceu entre nós.

A sobrancelha do pirata se arqueou em suspeita.

– Quase morto? É mesmo? Como isso aconteceu?

Flynn puxou a camisa sobre a cabeça para expor suas costas e os ferimentos ainda em processo de cicatrização.

– Por Deus – o homem sibilou entredentes.

Nicholas se virou para fitá-lo enquanto abaixava a camisa.

– Paguei por minha lealdade com chicotadas e ela ganhou a minha quando impediu que Waverly me matasse. Você tem minha palavra, Joe. Ela está segura comigo.

Segura do perigo, mas não da sedução, o tenente pensou. Afinal de contas, ele era um cavalheiro – um cavalheiro que nutria muitos desejos *piráticos* sobre sua capitã.

– Mas o coração dela está seguro? – McBride rebateu. – Ela não está agindo como si mesma. A moça mudou e eu o culpo por isso.

– Me culpa? O que eu fiz? – Flynn perguntou.

– Você não é o primeiro rapaz bonito por quem ela já se interessou, mas é o primeiro que ela não pode controlar. Chame isso de intuição de um velho marujo. Acredito que a moça não sabe o que fazer com você. E uma capitã que está insegura é uma que está fadada a ser abandonada por sua tripulação.

– Então, está planejando me jogar em uma ilha qualquer para protegê-la?

– Se você se comportar, isso não será necessário. E nada de olhar para a moça como estava fazendo mais cedo no barco a remo.

Flynn não pôde deixar de perguntar:

– Como eu estava olhando para ela?

– Como se quisesse passar uma semana inteira com a moça na cama. Você não é o primeiro homem a desejá-la, mas se passar da linha e atrapalhar a paz dela e desse navio, terá que lidar *comigo*.

– Não farei isso, Joe.

Bem, isso era uma mentira. Sua missão estava fadada a irritar Holland e a condenar sua tripulação. E se o pai da jovem realmente fosse Thomas Buck, seu plano de capturá-lo a destruiria.

Sem falar que, se o sujeito fosse como Holland – brilhante, fascinante, corajoso e com um bom coração –, Nicholas temia não ser capaz de completar a missão. Porém, se não o fizesse, o que ele poderia fazer? Não podia encontrar o almirante de mãos vazias ou se recusar a fornecer as informações que possuía. Sem dúvida, Waverly, o maldito bastardo, afirmaria que Flynn havia se voltado para a pirataria e tentaria enforcá-lo.

– Por sinal... presumo que Holland não seja o nome de batismo dela – o tenente comentou.

Joe estreitou os olhos.

– Holland é sobrenome.

– Então, qual é o nome dela?

– Para você, é *Capitã* Holland – o pirata falou com satisfação.

– E para você?

– Para mim? Ela é apenas *moça* – Joe respondeu antes de voltar para baixo do convés, deixando-o com o cenho franzido.

Ignorando o aviso do primeiro imediato e seu próprio julgamento, Flynn seguiu até o convés de popa. Ele segurou um dos cabos do ovém e começou a subir até a plataforma onde a jovem estava sentada. Por que estava fazendo isso? Ela o mandaria embora. Nicholas queria... bem, só queria estar perto dela. Ele queria conversar. Era tarde da noite, o que significava que havia apenas um punhado de pessoas acordadas e capazes de vê-los.

– Quem está vindo? – Holland perguntou logo antes de ele alcançá-la.

– Sou só eu. – O tenente usou a plataforma para se erguer, possibilitando que ela o visse.

– Você. – A pirata suspirou dramaticamente, fazendo-o rir de sua exasperação.

– Você parecia solitária aqui em cima, *capitã*. – Apesar de seu tom ser provocativo, ele inclinou a cabeça respeitosamente. Quando se sentou ao seu lado, viu que ela estava fazendo uma careta.

– Você prometeu que obedeceria às minhas ordens – Holland o lembrou.

– E é isso que farei. – Nicholas sentiu que havia algo mais por trás da observação da jovem, como se ela precisasse de uma garantia de que ele não tentaria roubar o seu navio. Será que outro homem havia tentado fazer isso? Bem, supunha que não havia honra entre os ladrões. – Qual é o seu nome? Seu nome de batismo. Estou certo de que não é Bryan e não posso continuar a chamá-la de Holland.

– Por que não? É assim que o resto da tripulação me chama. Além disso, eu o chamo de Flynn.

O tenente manteve o olhar sobre o mar antes de responder:

– Prefiro que me chame de Nicholas.

Era algo estranho de se dizer, mas ele ansiava até mesmo pela menor indicação de intimidade entre eles.

Quando a boca da jovem se abriu, Flynn lutou contra o desejo de se inclinar e beijá-la. Ela era tão tentadora. Infelizmente, suspeitava que, se tentasse fazer isso, acabaria sendo jogado da plataforma.

Holland permaneceu em silêncio por um tempo.

– O que realmente quer de mim? Uma noite na minha cama?

– Não posso negar o apelo de tal oferta, contudo, não *quero* nada de você. Eu *gosto* de você. Desejo chamá-la pelo nome porque somos amigos. – Nicholas se sentiu culpado ao dizer isso, não apenas porque estava tentando ganhar a confiança dela para poder avançar com sua missão, mas também porque era verdade.

A pirata parecia ver através dele.

– Somos?

– Gosto de pensar que sim. Em *Port Royal*, nós enfrentamos maus bocados juntos. Mesmo que não me considere um dos seus amigos, eu a considero uma das minhas.

Holland voltou a ficar em silêncio. Dessa vez, por mais tempo. Por fim, ela lhe deu o que ele queria:

– Brianna... Meu nome é Brianna, mas, quando estiver na frente da minha tripulação, deve se dirigir a mim adequadamente.

– É claro. Eu a chamarei de Capitã Holland quando não estivermos sozinhos.

Flynn se inclinou contra o mastro e a jovem também, de modo que seus ombros se tocaram. Era bom estar perto dela com um silêncio de companheirismo pairando sobre eles. Fazia algum tempo que não ficava a sós com uma mulher dessa forma. Nicholas compartilhava sua cama com bastante frequência, assim como a maioria dos marinheiros, contudo, navegar com alguém como Brianna, conversar com ela e passar o tempo ao seu lado era algo que ele nunca havia experimentado antes. A maior parte de suas interações com o sexo oposto se dava em salões de baile ou em quartos fechados.

– Eu costumava ter medo de altura – Flynn comentou à toa.

– Como conseguiu superá-lo? – Ela balançou as pernas no ar.

– Digamos que meus primeiros anos a bordo não foram fáceis. Fui muito castigado pelo primeiro capitão ao qual servi.

– Ele não disse nada por um tempo e a jovem também permaneceu calada. Ambos sabiam que tipo de punição Nicholas havia sofrido.

– Por que você foi para o mar? Sua família precisava de dinheiro?

– Não, meu pai é um fidalgo e minha mãe é uma dama. Não precisávamos de dinheiro. – Tinha decidido lhe contar o máximo que pudesse da verdade.

– Então, por quê?

– Por conta de um homem chamado Dominic Grey. Meu melhor amigo. Ele foi sequestrado quando era um garoto e, por muitos anos, não soubemos o que tinha lhe acontecido. Eu sabia que Dom amava o mar, portanto, acreditava que ele poderia ter vagado até as docas e sido levado. Demorei muito tempo para descobrir que ele tinha sido sequestrado por piratas. Seu pai o procurou em todos os lugares, mas não obteve sucesso. Por um ano, esperei que Dominic retornasse, então, implorei ao meu pai que me deixasse ir ao mar para começar minha própria busca. Faz pouco tempo que eu o encontrei. – Nicholas observou o luar se derramar sobre a água, tentando não pensar nos anos perdidos entre eles.

– Eu conheci o Capitão Grey – Brianna falou. – Havia uma intensidade quase assustadora nele. Ouvi rumores de que ele sofreu muito quando era um garoto, embora nunca tenha descoberto como.

O tenente encarou os pés.

– Pessoas más em posições de poder muitas vezes se aproveitam de crianças indefesas. – Flynn sabia bem disso, pois tivera um destino semelhante.

– Algo aconteceu com você? – ela perguntou baixinho.

Ele assentiu. Com a garganta apertada, sua voz saiu hesitante no começo. Ainda assim, Nicholas contou o que havia acontecido. Nunca imaginara que diria isso a alguém, mas falar sobre seu passado com a pirata parecia tão fácil quanto respirar.

– Durante meus primeiros dias no mar... alguns homens tentaram me machucar, me *usar*. Levei minha primeira surra após quebrar a mão de um sujeito que tinha tentado me ferir. Fiquei com muito medo de contar ao capitão por que eu havia atacado um tripulante de uma posição superior, cujo trabalho na vela era valioso. Como punição, fui chicoteado com uma tira de couro. Depois, recusei os avanços do primeiro imediato e fui puxado pela quilha. Meu primeiro capitão tinha um vigor draconiano. Eu fui amarrado, jogado ao mar e arrastado atrás do navio por dois minutos. A punição deveria ter me matado. Felizmente, eu possuía uma pequena adaga no cinto. Usei-a para me libertar embaixo da água e nadei até a parte de trás do navio. Esperei até eles tentarem puxar a quilha, então, apareci à vista de todos, fingindo tossir e engasgar como se tivesse passado todo aquele tempo debaixo d'água.

Sobreviver a isto lhe dera o respeito da tripulação, que passara a vê-lo como um deles, embora, na época, Nicholas não passasse de um aspirante naval. Daquele dia em diante, ele recebera a proteção silenciosa deles. Qualquer um que o ameaçasse sempre parecia deixar o navio mais cedo do que o esperado ou era transferido às pressas por razões pessoais.

Brianna estendeu a mão e colocou a palma em seu joelho.

– Sinto muito por isso ter acontecido com você, Flynn.

Ela estava prestes a afastar a mão, mas ele a impediu, cobrindo-a com a sua. A jovem ficou tensa, como se esperasse que Nicholas fizesse algo grosseiro como empurrar a mão para sua virilha, contudo, não era isso que ele queria. Aquele não era um toque ligado à paixão. Era algo bem diferente. Depois de um momento, a pirata virou a mão embaixo da dele e o tenente fechou os dedos em torno dos dela.

– Eu lhe devo minha vida, Brianna. Posso ter prometido obedecê-la como minha capitã, porém, fiz um juramento mais forte comigo mesmo. Jurei que a protegeria.

Flynn não queria machucá-la, mas tinha um trabalho a fazer. Por mais honrada que a tripulação dela fosse, eles não eram um reflexo dos demais piratas e era possível que muitos deles tivessem uma conexão com Thomas Buck, assim como sua capitã tinha. Ele não sabia que tipo de homem Buck era, conhecia apenas sua reputação como um pirata de sucesso. Os mortos não falavam, portanto, era impossível precisar quantos navios e quantas tripulações tinham desaparecido nas Índias Ocidentais devido ao ataque de piratas sob o comando de Buck e não por conta de tempestades.

Um plano estava começando a se formar, porém, sua intenção era negociar a localização de Thomas Buck em troca da segurança de Brianna. Flynn podia não ser capaz de salvar a tripulação da jovem, mas poderia salvar a vida dela.

A capitã fitou as mãos entrelaçadas deles por um longo tempo antes de pigarrear.

– Lembra-se do que eu lhe contei sobre Grace O'Malley, a rainha pirata?

Nicholas sorriu.

– Você me contou muitas histórias sobre piratas quando eu estava febril. Refresque a minha memória.

O tenente tinha a sensação de que ela estava usando os contos para se distrair de suas preocupações, mas deixou isso passar.

– Grace nasceu há mais de cem anos, em uma terra onde chefes de guerra e clãs rivais lutavam. – Um sorriso suavizou a expressão dela. Brianna amava histórias e ele estava começando a amar ouvi-la contá-las. – Henry VIII queria fazer da Irlanda uma colônia inglesa e sua filha, Elizabeth, desejava tornar o sonho de seu pai realidade. Ela enviou Richard Bingham para ser o governador da área de *Connaught* e Grace realizou saques bem debaixo de seu nariz. Bingham a desprezava por conta de seu espírito livre e das três rebeliões que ela conduziu contra ele.

— Com sucesso? — Flynn estava fascinado. Seu velho tutor de voz abafada nunca lhe contara sobre as mulheres da história. Com demasiada frequência, os historiadores fingiam que elas não existiam, só as mencionando quando estavam à sombra dos homens.

— Quase, mas Bingham acabou a capturando. Ele planejava enforcá-la. Felizmente, Grace foi poupada e libertada quando um chefe de guerra trocou alguns prisioneiros por sua vida. Então, Bingham capturou seus dois filhos e matou um deles. Ela ficou tão furiosa que foi diretamente até a rainha, exigindo que seu outro filho fosse libertado.

— Ela falou com a *rainha*? — Ele mal podia imaginar quanta coragem era necessária para fazer algo assim. Ao considerar que Brianna também era capaz de intentar um ato como o de Grace, o tenente sorriu.

— Elas tinham se conhecido no outono de 1593 e apenas falavam em latim, já que Grace não tinha muito domínio do inglês. O que quer que ela tenha lhe dito foi perdido na história, mas sua ousadia e o senso de humor único de Elizabeth provavelmente tornaram o encontro animado. No final, Grace foi mandada para casa e seu filho sobrevivente foi libertado sob as ordens da rainha. Grace jurou que não atacaria mais navios britânicos e que defenderia Elizabeth tanto no mar quanto na terra, o que permitiu que ela retomasse sua pirataria. Desta vez, com a benção da rainha e contra os inimigos da Inglaterra.

— Grace parece ter sido uma mulher formidável. —

Nicholas inspirou o ar salgado profundamente, olhando para a distância à frente. Então, seus olhos se arregalaram.

Brianna logo notou o que ele havia visto. A chuva e o vento que varriam o horizonte estavam vindo na direção deles, chicoteando o que anteriormente eram ondas suaves e as transformando em um frenesi selvagem.

– Maldição! – A jovem puxou sua mão da dele e, com uma agilidade surpreendente, pulou sobre a borda da plataforma, agarrando o cordame. Ela chegou antes de Nicholas no convés, mas ele conseguiu a acompanhá-la logo em seguida.

– Quais são suas ordens? – Flynn perguntou sem hesitar.

– Encontre Joe. Tenho um pressentimento ruim sobre essa tempestade. – Brianna fitou as nuvens turbulentas, vendo a maneira como o vento estava movimentando a água e criando redemoinhos mortais.

– Sim, capitã – ele respondeu.

O tenente conhecia bem tempestades como essa, portanto, sabia que deveria ter cuidado com elas. Às vezes, uma era capaz de engolir e virar um navio em segundos.

Ele encontrou McBride na cabine do primeiro imediato, analisando os mapas e movendo o sextante sobre eles com a mesma facilidade de um comodoro experiente.

– Joe, a capitã pediu que eu o chamasse. Uma tempestade está se aproximando.

A cabeça do homem se ergueu subitamente.

– Deve ser uma bem ruim para preocupá-la a ponto de me chamar.

– E está se movendo rápido – Nicholas falou. – Precisamos da ajuda de todos.

– Sim. Volte para o convés e certifique-se de que a moça está bem. Vou acordar a tripulação.

Flynn correu de volta para o convés, chegando assim que a

tempestade os atingiu. O navio se elevou e mergulhou sobre a crista de uma onda. Um relâmpago iluminou o céu, fazendo sua respiração ficar mais rápida à medida que o terror o consumia. Uma parede de água se elevou sobre o convés, pronta para arrastar Brianna do leme da *Serpente*.

– Brianna! Segure-se firmemente!

Ele não conseguiria chegar até ela a tempo. Nicholas se apressou até a parte mais próxima do cordame, enrolando um pulso e um tornozelo nos cabos. A água o atingiu pouco depois de cair sobre a jovem. A última visão que teve dela foi a de seu corpo desaparecendo sob o mar negro e furioso.

Oito

Brianna mal conseguira chegar ao leme a tempo de se amarrar a ele com um pedaço de corda quando a grande onda surgiu sobre a lateral do navio. Houve um momento aterrador em que a *Serpente do Mar* quase virou, então, a água irrompeu pelo convés, vindo em sua direção.

O impacto a deixou sem fôlego. A água escura a envolveu, tentando com todas as suas forças arrancá-la do robusto leme de madeira.

Sentindo o peito queimando, ela lutou contra o instinto de respirar. Brianna amava o mar, contudo, em momentos como esse, ele a assustava. Tempestades sempre eram perigosas, mas as como esta eram capazes de destruir navios como o dela.

Quando a onda retrocedeu, a pirata se inclinou contra as malaguetas do leme, respirando o ar doce, glorioso e salgado do oceano. Ela levantou a cabeça, procurando por novas ondas, e avistou um homem na base do cordame do mastro principal. *Nicholas*. O alívio que sentiu ao vê-lo vivo a surpreendeu. Brianna estava tão aterrorizada com o possível naufrágio de seu navio que não tivera tempo de pensar em algo mais. Quando sua mente estava focada em uma tempestade como esta, seus olhos deixavam de ver os marinheiros ao seu redor. Tudo que seus sentidos captavam eram o mar, os mastros e o convés até que a crise tivesse passado.

Flynn lutou para se soltar do emaranhado de cordas.

– Brianna!

– Fique aí! – ela gritou, mas o rugido da onda seguinte engoliu suas palavras.

A pirata se preparou para o impacto e prendeu a respiração, sentindo seu corpo ser puxado contra o leme. A corda cortou sua pele profundamente, porém, a manteve no lugar.

Quando a onda varreu o convés, retrocedendo, Brianna se viu respirando novamente. Nicholas tinha desaparecido.

– Não... – A palavra ardeu em seus lábios. Ela piscou para afastar as gotas de chuva e encarou as ondas furiosas que se moviam em um dos lados do navio.

Subitamente, uma mão surgiu no topo do degrau da escada que levava até o local onde a jovem estava. Uma cabeça, seguida por ombros, apareceu à medida que Flynn se colocava de pé e se apoiava pesadamente no parapeito. Seu peito largo subia e descia com sua respiração e sua camisa branca estava colada em seu corpo, exibindo o contorno de cada músculo tensionado que acabara de ajudar a salvar sua vida.

– Seu tolo maldito! Volte para baixo! – Brianna berrou.

Ele apontou para uma vela que se encontrava firmemente fechada pelo vento.

– Precisamos soltar as velas! – Nicholas se aproximou do leme e segurou as malaguetas junto com a pirata, com suas mãos cobrindo as dela.

Ele estava certo. Contudo, mesmo sendo dois, não conseguiriam fazer isso. Brianna balançou a cabeça.

– Não podemos. Ninguém é capaz de subir no cordame e permanecer lá durante uma tempestade como essa.

– Então, preste atenção. – Flynn abriu um sorriso e, de repente, se inclinou, segurando a camisa dela para mantê-la perto de si enquanto a beijava de modo profundo e selvagem. – Para dar sorte – afirmou antes de sair correndo pelo convés.

Outra onda se elevou acima de suas cabeças. Ele deu um salto, segurando as cordas do mastro principal um instante antes de o mar poder arrastá-lo para fora da embarcação.

Uma sequência de ondas varreu o navio, mas Nicholas conseguiu avançar pelo cordame. Brianna observou com espanto quando ele se aproximou da vela e a soltou, fazendo o tecido branco ondular frouxamente. Em seguida, Flynn subiu até a plataforma principal do mastro.

Joe e outros tripulantes experientes apareceram no convés, ficando próximo ao leme.

– Inferno, o homem enlouqueceu – McBride disse.

Os outros marinheiros se prepararam, então, começaram a escalada mortal em direção a Nicholas.

– Pode ser verdade, mas talvez isso salve nossas vidas.

O navio parecia estar lutando menos contra o vento e contra o mar. Apesar da maré alta, a *Serpente* agora navegava suavemente, não sendo puxada pelas ondas paralelas ao casco. Com Brianna segurando o leme e não lutando contra o vento, podia mover o navio com segurança.

– Onde quer que a tripulação fique? – Joe perguntou.

– Peça que cuidem do mastro de mezena e de traquete – ela ordenou.

– Sim, moça. – Ele piscou, desceu os degraus e desapareceu abaixo do convés.

Pouco depois, o resto da tripulação invadiu o convés, correndo para soltar as velas remanescentes.

Durante a meia hora seguinte, a *Serpente* atravessou o olho da tempestade até que finalmente conseguiu abrir caminho e chegar a águas mais calmas. Brianna manejou o leme, observando o céu cinzento se tornar suave até ter certeza de que a tempestade tinha seguido na direção oposta. Então, chamou Joe, que apareceu no mesmo momento em que Flynn se aproximou.

– Alguém me solte – a pirata disse. Havia conseguido se amarrar ao leme, mas a corda tinha inchado com a água do mar, fazendo com que ela não conseguisse se soltar.

– Posso fazer isso, Joe – Nicholas falou. – Você deveria segurar o leme.

McBride fitou Brianna, esperando por uma confirmação. A jovem estava exausta demais para se importar com o fato de que Flynn havia dado ordens ao seu primeiro imediato. Essa não era uma luta com a qual podia lidar no momento. Estava completamente morta de cansaço.

Ela assentiu.

– O leme é seu.

Nicholas analisou a corda que a prendia. Com cuidado, ele pegou sua adaga e cortou a amarra no local certo. Brianna caiu sobre ele assim que ficou livre. Suas pernas estavam tão vacilantes quanto as de um grumete que dava seus primeiros passos em um convés.

– Calma, capitã. – Flynn passou um braço em torno de sua cintura, apoiando-a com facilidade. – Para onde?

– Minha cabine... Não, espera, para enfermaria de bordo.

– Você terá que me direcionar até lá. – Ele parou na base da escada e suavemente pressionou seus lábios nos dela.

A jovem ficou tão desconcertada que não se moveu; em vez disso, apenas abraçou o momento, a ternura do seu toque e como o beijo a acalmava por dentro. Era *tranquilizador*. Sim, ele a fazia se sentir em paz. Será que o beijo de um homem deveria ter esse efeito?

Nicholas deu um passo para trás com um olhar aliviado no rosto.

Ela o guiou pelos dois conveses de baixo até chegar no meio da embarcação. Sentindo-se um pouco mais forte, lançou-lhe um olhar feio.

— Isso também foi para dar sorte?

— Funcionou, não foi? Já que o primeiro deu certo, pensei que um segundo não faria mal.

Brianna teve que rir e ele se juntou a ela. Porém, quando adentraram a enfermaria, Flynn franziu o cenho.

— Onde está o médico?

— Completamente embriagado em um bordel em Cádiz, se não me engano. — Ela mancou na direção dos armários, abrindo o mais próximo.

Havia dezenas de frascos de vidro azul, marrom e verde, embora nenhum fosse rotulado. Brianna precisava de uma pomada ou de um unguento, algo que pudesse aliviar um pouco a sua dor.

— Você não tem um médico?

A pirata disparou um olhar firme em sua direção.

— Toda embarcação precisa de um bom médico – Nicholas acrescentou, um pouco mais cauteloso.

— É muito difícil manter um. Os que encontramos sempre são bêbados tolos. Se tentar fazer com que um deles trate uma ferida no braço, acabará perdendo uma perna. Os melhores cirurgiões fazem parte da Marinha Real ou vivem em terra firme. Você teria que sequestrar um deles para fazê-lo trabalhar em um navio pirata. Apesar da *Serpente* erguer uma bandeira pirata, nós não sequestramos pessoas.

Gentilmente, Nicholas a afastou dos armários.

– Deixe-me ver. – Ele vasculhou os diversos frascos e potes de pomada. Tirando as rolhas, cheirou cada um até encontrar um odor que pareceu reconhecer. – Esse vai servir – concluiu.

Brianna estendeu a mão, mas Flynn pegou seu braço e o afastou. Ela soltou um grito.

– Maldição, é pior do que eu pensava. – Ele rolou a manga da camisa da jovem. Listras vermelhas e sangrentas manchavam seus pulsos e seus antebraços.

Parecia pior do que a pirata imaginara, contudo, a dor certamente correspondia à imagem.

– Você precisa de cuidados extras – Nicholas afirmou. – Deixe-me levá-la para a cama, assim, poderei...

Ela se afastou quando ele tentou colocar a mão na base de suas costas.

– Este não é o momento de me levar para a cama, seu tolo.

Flynn suspirou, olhando para o teto.

– Não é para eu dormir com você, mulher teimosa. É para que eu possa cuidar de suas lesões e para que você possa *descansar*.

– Ah. – Brianna ficou aliviada, mas também um pouco desapontada.

Ele sorriu e um olhar presunçoso, que ficava muito atraente em seu rosto, apareceu.

– Caso ofereça, não recusarei, mas você é minha capitã acima de tudo. Sua saúde e seu bem-estar são mais importantes para mim do que os prazeres da sua cama. Agora, escute seu médico temporário e venha comigo.

Nicholas a acompanhou até a cabine do capitão, na popa do navio, e a ajudou a deitar na cama, já que suas pernas ainda estavam bambas. Ele se ajoelhou à sua frente e retirou suas botas enxarcadas, jogando-as no chão para secar.

– É melhor tirar tudo – disse, gesticulando para as roupas molhadas da pirata.

– Apenas meus pulsos estão feridos – Brianna protestou.

– Você foi assolada pelas ondas. É melhor verificar.

Ela o encarou até que ele se virou, dando-lhe um pouco de privacidade. A jovem se despiu antes de vasculhar o baú ao pé da cama, pegando uma camisa branca sobressalente. A peça só cobria seu corpo até suas coxas, mas teria que servir. Brianna não possuía nenhuma camisola adequada como as de uma dama.

A pirata se sentou na beira da cama.

– Muito bem, *doutor*.

Quando Nicholas voltou a fitá-la, seus olhos se arregalaram ao ver suas pernas cruzadas sobre o colchão. Ela notou o calor surgir em suas íris azuis, mas ele não disse nada. Em vez disso, sentou-se ao seu lado e começou a verificar possíveis ferimentos. Primeiro, ao longo das pernas. Depois, nos braços, nas costas e no tronco. Ao vê-lo tentar abrir sua camisa um pouco *mais*, Brianna fechou a abertura completamente.

– *Eles* estão bem, eu lhe garanto.

Flynn sorriu novamente.

– Não tenho dúvida. Muito bem. – Ele rolou as mangas da camisa, expondo seus pulsos e seus antebraços. – Isso vai doer – avisou, pegando um pouco da pomada pegajosa com o dedo e a aplicando em sua pele.

Ela estremeceu e sibilou, contudo, não se afastou. Não gostava de se machucar. Uma capitã nunca devia estar vulnerável. Todavia, Brianna passara por uma grande provação e qualquer um que afirmasse não se importar com a dor era um maldito mentiroso.

– Pronto, pronto. Não foi tão ruim – Nicholas falou suavemente, como se estivesse conversando com um animal ferido. Ele assoprou delicadamente sobre sua pele, fazendo uma sensação boa surgir em meio a dor das feridas abertas.

– Você já fez isso antes.

– Infelizmente, sim. – Flynn não entrou em detalhes, mas não foi difícil imaginar que sua experiência advinha de algum castigo severo que ele havia sofrido nas mãos de um capitão cruel.

A jovem estudou seu rosto enquanto o homem trabalhava, notando, com um estranho prazer, a maneira como sua barba dourada marcava sua mandíbula. A barba por fazer dava ao cavalheiresco Nicholas uma aparência mais pirática do que a que ele tinha no dia em que eles haviam se conhecido na cela da prisão de *Port Royal*.

Seu coração deu um salto ao sentir seus dedos massageando seus pulsos e seu olhar se erguendo para fitá-la. Do lado de fora, as nuvens da tempestade que recuava criaram uma sombra ondulante sobre o oceano à medida que a *Serpente do Mar* navegava para águas mais seguras.

Brianna estava muito ciente da carga sensual que pairava no ar e lembrava o pulso estático de uma tempestade em formação – uma tempestade de paixão, o que não a tornava menos perigosa.

Flynn ergueu uma mão, tocando em sua bochecha e tracejando seus lábios com o polegar.

– Tenho permissão para beijá-la, *capitã*? – perguntou em um tom levemente rouco.

Um arrepio a percorreu.

– Está se esquecendo do seu lugar, Flynn.

– Talvez, mas você também não gostaria de se esquecer do seu, mesmo que apenas por um tempo?

Era demais. Em sua mente, o desejo e a vontade de rejeitar seus avanços duelavam. Por fim, ela chegou a uma decisão. A jovem assentiu e se inclinou para frente antes que mudasse de ideia.

O beijo foi suave, contudo, não havia *nada* de inocente nele. Brianna abriu os lábios quando a língua dele a provocou. Nicholas tinha o gosto de um bom copo de uísque servido em uma taverna de luxo em *Port Royal*. Fino, rico, pesado e *inebriante*.

Sua mão deslizou sobre as costas dela até chegar na nuca. Ela gemeu com a maneira como a boca dele a beijava. Era como se ele precisasse dela para respirar. Mesmo uma pirata como Brianna, que sabia como atrair um homem, não conseguia resistir à sensação viciante de um beijo como esse.

Em algum lugar de sua mente, uma pequena voz a lembrou de que era muito perigoso chegar perto de alguém como Flynn, mas será que ela estava tão próxima assim? Não havia nada que a impedisse de deixá-lo em *Sugar Cove* e lhe dar adeus, embora uma parte de si não quisesse fazer isso e desejasse mantê-lo ali. Estava se apegando e o sentimento era malditamente maravilhoso. Tal percepção a deixou animada e aterrorizada.

Suas bocas se afastaram e ambos lutaram para respirar. Brianna encostou a cabeça na dele, vendo-o sorrir fracamente enquanto fechava os olhos.

– Quem *é* você, Brianna? Eu quero saber tudo. – Nicholas abriu os olhos e segurou o rosto da jovem em suas mãos.

Ela sorriu enigmaticamente.

– Isso importa?

– Para mim, sim. Eu quero *conhecê-la*. – Ele se moveu para poder abraçá-la, mas uma onda de dor atravessou suas costas, fazendo-a sibilar.

– Por Deus, sinto muito. Será que deixei algo passar?

A pirata balançou a cabeça.

– Não, acho que é apenas um hematoma. Fui jogada contra o leme várias vezes.

Flynn se afastou e sorriu.

– Continuaremos em outro momento. Se enrole nas cobertas e descanse. Verei com Joe o que ainda precisa ser feito no convés, isto é, se isso for do seu agrado.

Ela se cobriu com os cobertores, estremecendo um pouco quando suas costas encostaram no grosso colchão de penas. Nicholas ergueu os lençóis até o seu pescoço, acomodando-a.

– Meu pai foi o único que já fez isso. – Brianna riu, sonolenta. Era tão bom estar em uma cama quente depois daquela tempestade.

– Seu pai? Ele ainda está vivo? – Flynn perguntou.

– Sim, é claro... Ele... – Ela bocejou, esquecendo-se do que estavam falando e adormecendo.

———

Nicholas observou sua pequena princesa pirata, sentindo tanto frustração quanto divertimento. Estivera tão perto de confirmar a conexão da jovem com Thomas Buck. Também chegara perto de tomá-la em sua cama. A fome que sentia por Brianna continuava a crescer, o que era mais do que preocupante. Seu afeto começara como um meio de se aproximar dela, porém, agora, estava se transformando em uma fraqueza. As coisas só podiam terminar de uma forma para o Rei Sombrio das Índias Ocidentais e para os que o seguiam. Depois disso, não haveria lugar para Flynn na vida de Brianna. Ele a protegeria mesmo que ela viesse a odiá-lo. Devia-lhe isso e preferia ser o alvo de seu ódio a vê-la ser levada à forca.

Depois de colocar outra coberta sobre ela, garantindo que

a jovem estava quente, Nicholas deixou a cabine e encontrou Joe no convés do meio, dando ordens para os homens.

— A moça está bem? — Ele deu um aceno de cabeça, indicando que Flynn deveria se aproximar.

— Um pouco machucada pela corda e pela tempestade, mas ficará bem. Encontrei um pote de pomada na enfermaria de bordo. Ela disse algo sobre seu último médico ter ficado embriagado em um bordel em Cádiz.

Joe riu.

— Sim. Deixamos o Dr. Simmons com uma garrafa de gin na mão e o rosto enterrado nos seios de uma mulher roliça. É triste dizer, mas estamos melhor sem ele.

— Quando chegarmos em *Sugar Cove*, irei ajudá-los a encontrar um médico.

— Ah, é mesmo? E como pretende fazer isso? Sequestrando um? — O pirata riu. — Não trabalhamos dessa forma, rapaz.

— Estou ciente disso. — Flynn sorriu ligeiramente. — A capitã me deu um sermão a respeito.

Eles observaram a tripulação, que fechava as velas e voltava a prendê-las aos mastros.

— Joe, é verdade que ela é a filha de Thomas Buck? — perguntou calmamente, como se não estivesse o interrogando em segredo.

— Onde ouviu isso? — o pirata indagou em um rosnado baixo.

Nicholas deu de ombros.

— Os prisioneiros gostam de falar. Não há muito mais que possam fazer. Todos eles pensavam que ela era um homem, contudo, também acreditavam que, de alguma forma, estava ligada a Buck e acho que nossos captores também suspeitavam disso. Foi por isso que a encorajei a procurar uma oportunidade para escapar. Ela esperava conseguir se livrar da forca blefando, mas eles não acreditariam em sua palavra. Um certo capitão do exército a queria morta. – Ele manteve seu tom o mais casual possível.

– E qual é o seu interesse em Buck? – McBride perguntou.

– Ele é uma lenda. Eu o admiro. Buck comanda a maior parte do Caribe e aqueles que o seguem são os piratas mais bem-sucedidos. Porém, a verdade é que eu só quero saber quem Brianna realmente é. De que mundo ela vem.

O outro franziu o cenho.

– Ela lhe disse seu nome?

– Sim.

– Então, suponho que confie em você.

– Talvez com sua identidade, mas não com seu passado. Não pode me dizer mais nada sobre ela?

– É raro ver alguém querer saber mais sobre a moça. A maioria só quer compartilhar sua cama. Nossas vidas não se misturam bem com relações afetuosas.

O rosto do tenente ficou vermelho e ele desviou o olhar. Relações afetuosas. Era como se Joe o estivesse lembrando do erro que isto seria.

– Eu sei, contudo, meu interesse por ela vai além dos prazeres da carne. – Nicholas manteve sua resposta honesta. Quanto menos tivesse que mentir, mais crível soaria. Estar obcecado com Brianna como um homem faria levantava menos suspeitas do que estar fazendo perguntas sobre a filha de um notório pirata na posição de um oficial da Marinha.

– Bem, você pode não ser o pior homem com o qual ela já se envolveu, mas não pretendo compartilhar seus segredos. Essa é uma escolha dela e somente dela.

– Então, *existem* segredos? – Flynn deu um sorriso ao primeiro imediato.

– Todos nós temos segredos, rapaz. Pare de se preocupar

com tolices apaixonadas e vá ajudar os outros com a vela que você soltou.

– Sim, sim. – Ele suprimiu uma risada, dirigindo-se para o cordame na base do mastro de traquete.

À medida que escalava, lançou um olhar na direção em que tinham vindo. A tempestade continuava furiosa. Felizmente, estavam fora de seu alcance... por enquanto.

Nove

— Você tem que parar de olhar para o homem dessa forma, moça.

Brianna foi tirada de seus devaneios. Ela estava inclinada sobre o parapeito do convés, observando Nicholas enrolar as cordas com outros dois tripulantes. Ele riu de algo que um dos homens disse e a jovem não pôde deixar de sorrir. O bom humor de Flynn era contagiante.

— Não estou olhando para ele de forma diferente — a pirata argumentou.

— Ah, não? Desafio-a a fazer uma expressão como essa para o Jim Três-Dedos. — Joe apontou para um dos marinheiros, que estava sentado ao sol, descansando e mexendo seus três dedos remanescentes do pé esquerdo. Alguns anos atrás, ele havia perdido os outros dois para uma bala de canhão.

O pirata barbudo e desgrenhado não tinha dentes e sua pele ficara da cor de couro após as décadas de exposição solar. Sem falar que Jim era tão charmoso quanto uma craca, a não ser, é claro, quando tinha duas cervejas ao seu lado.

— Já entendi seu ponto.

– Posso ver que está se afeiçoando a Flynn, mas o resto da tripulação não gostará disso. Não é sensato mostrar favoritismo entre os homens.

As palavras dele atiçaram seu temperamento.

– Um capitão teria um problema como esse?

– Não, porque a maioria deles tem o bom senso de deixar suas parceiras no porto. Até recentemente, você também era assim.

– Era de se esperar que uma posição como essa viria com certos privilégios.

– Sim, mas como você reagiria se estivesse na posição de seus homens? A verdade é que está colocando Flynn em uma situação perigosa. Por ser uma mulher, sempre será diferente para você, moça.

– Bem, isso não é justo. E se vier me dizer que a vida é injusta...

Ele ergueu as mãos em rendição.

– Ela é injusta, moça. Existem algumas verdades que não podemos ignorar.

Brianna desviou o olhar do sedutor Flynn, voltando para seus próprios deveres.

À noite, ela notou que alguns dos marujos observavam Nicholas com os cantos dos olhos. A maioria não parecia se importar com sua presença. Contudo, entre a tripulação de sessenta e cinco pessoas, ao menos um terço desconfiava dele, o que podia se dar apenas porque Flynn era novo no navio. Sempre havia essa possibilidade.

Ou, quem sabe, Joe estivesse certo e fosse porque eles sabiam que Nicholas chamara sua atenção.

Brianna seguiu para sua cabine, onde McBride já a esperava. Ele estava com seus mapas, pois os dois frequentemente repassavam o curso que tomariam no dia seguinte. Seu primeiro imediato se inclinou sobre a mesa, estendendo os gráficos desgastados e prendendo as pontas com pesos. Um deles era uma grande bússola de latão, já os outros não passavam de rochas e de conchas que ela havia coletado durante seus anos ao mar.

– Bem, como as coisas estão indo? – a jovem perguntou enquanto fechava a porta.

– Fomos tirados do curso por cerca de um dia ou dois, mas não demoraremos muito para chegar em *Sugar Cove*.

– Graças a Deus. Acho que você estava certo, Joe.

Os olhos dele se arregalaram.

– Como é, moça? – McBride perguntou em um tom chocado e zombeteiro.

– Sobre os homens. Flynn pode estar andando com um alvo nas costas. Precisamos chegar à costa. A tripulação se esquecerá dele quando começar a celebrar nas tavernas.

– O que quer fazer com ele quando atracarmos? – o primeiro imediato indagou.

– Eu... – O que ela queria fazer não coincidia com o que deveria fazer. – Suponho que irei ajudá-lo a encontrar o *Dragão Esmeralda*. Eles visitam Sugar Cove com a mesma frequência que nós. Talvez encontremos sua tripulação e Flynn possa se juntar a ela.

Joe estreitou os olhos, como se tentasse ver algo sobre Brianna que não estava mais tão claro.

– Há algo diferente sobre ele, não é?

– O que quer dizer?

– Como bem sabe, eu não me intrometo em seus assuntos privados quando está em terra firme e, até agora, você não os havia trazido para dentro deste navio. Se ele fosse apenas um prazer momentâneo – Joe fez uma pausa, como se discutir essa parte da vida da jovem o deixasse enjoado –, duvido que estaria com um olhar tão desamparado no rosto.

Brianna tinha que admitir a verdade contida em suas palavras, porém, não se atreveria a dizer isso em voz alta. Os olhos dele se suavizaram, alertando-a de que o que diria a seguir iria irritá-la.

– Se gosta do homem, moça, por que não deixa seu pai orgulhoso e se casa? Você poderia ter uma vida de verdade; uma com uma casa que não afundaria e cheia de crianças.

Ela sempre lutara contra as expectativas que a pressionavam como mulher; contra a ideia de que o matrimônio e uma prole eram tudo que poderia oferecer ao mundo. Contudo, por um momento, a imagem de si mesma embalando um bebê enquanto Nicholas, parado atrás de si, observava a criança com afeto e envolvia seus braços ao redor de Brianna surgiu em sua mente e uma estranha sensação cresceu dentro de seu peito. Porém, para que isso se tornasse realidade, Brianna teria que perder o mar, seu navio e sua liberdade. A mera possibilidade a sufocava.

– Por mais tentador que seja, não posso, Joe. No momento em que eu abrir mão do que tenho, isso se perderá para sempre.

Se ela se desfizesse da *Serpente*, estaria perdendo uma parte de si mesma.

Brianna caiu na cadeira perto de sua mesa e enfiou as mãos em seus cabelos, puxando os fios. A pontada de dor colocou sua mente de volta nos trilhos. Não podia se entregar a sentimentalismos como aquele.

McBride pigarreou.

– Bem, como eu disse, se os ventos forem favoráveis, chegaremos em *Sugar Cove* dentro de poucos dias. Talvez uma dose extra de rum eleve os espíritos da tripulação, o que acha?

– Sim, faça isso. O rum normalmente facilita a viagem com esses homens.

O primeiro imediato riu. A tripulação atual da jovem era melhor do que a primeira, que costumeiramente abusava das bebidas a bordo e passava a maior parte do tempo embriagada demais para ficar de pé. A pirata levara três anos para remover as ervas daninhas e reunir os homens com os quais trabalhava hoje. Apesar de não poder confiar sua vida a eles, sabia que podia lhes confiar o seu navio. E, em diversos aspectos, isto era mais importante para ela.

Joe colocou uma mão paternal em seu ombro, dando-lhe um aperto suave.

– Irei informá-los.

– Quando puder, peça que Patrick venha aqui.

Brianna esperou até que Joe tivesse partido, só então se ajoelhou ao lado do baú ao pé de sua cama e vasculhou suas roupas, procurando um vestido bordô-escuro com uma estomaqueira bordada e saias volumosas.

Era o vestido mais fino e elegante que possuía, embora não chegasse nem perto dos que vira as damas usando em *Port Royal*. Ainda assim, era tudo o que ela tinha e, se realmente fosse se separar de Flynn em *Sugar Cove*, queria ter certeza do que estaria desistindo. Esta noite, Brianna queria se sentir feminina, deixar que ele a visse como mulher e fazer com que a desejasse.

Era tolo se torturar dessa maneira, mas sabia que se arrependeria se não o fizesse. Apenas uma noite. Teria que ser o suficiente para fazê-la sonhar pelo resto de sua vida com o que poderia ter acontecido entre eles.

Brianna ergueu o vestido na frente do corpo e olhou para o pequeno espelho pendurado na parede da cabine. Ao ver o seu reflexo, estremeceu. Seu cabelo loiro estava desgrenhado por conta do vento e perdera a sedosidade devido à brisa salgada do mar. Teria que escová-lo até que um pouco do brilho voltasse, contudo, nenhuma escovação seria o bastante para torná-lo perfeito. Colocando o vestido na cama, ela tirou suas calças, seu colete e sua camisa antes de vesti-lo.

As fitas na frente do corpete facilitavam a amarração. Brianna voltou a se ajoelhar em frente ao baú, à procura da escova de cabelo prateada que seu pai lhe dera há alguns anos. Ele dissera que o objeto pertencera à sua mãe. Ela tracejou o padrão esculpido no cabo. Por ser feita de prata pura, tinha que poli-la com frequência, do contrário, a umidade do ar a deixava escura. Apesar do trabalho, valia a pena.

A jovem sorriu ao imaginar sua mãe a usando e pensar em como a mulher deveria ter sido cativante para o seu pai. Thomas não voltara a se casar depois de sua morte. Ele raramente falava dela, com exceção dos momentos em que dizia quão corajosa ela tinha sido na noite em que trouxera Brianna ao mundo. Quando era mais nova, perguntara ao seu pai se ele a culpava pela morte de sua mãe. Naquela ocasião, Thomas a colocara em seu colo e a abraçara antes de dizer:

"Brianna, eu nunca a culparia. Nenhuma criança é culpada pela morte de seus pais. Sua mãe lutou bravamente para trazê-la a este mundo e você lutou para permanecer nele após ela falecer. Aos meus olhos, vocês duas são guerreiras. Eu só queria que..."

Infelizmente, ele nunca terminara a frase e Brianna não se atrevera a pedir que o fizesse.

Seu pai sempre a lembrava de que não era santo, contudo, ele continuava a ser o melhor homem que a jovem já conhecera. Ela teria se contentado em ser enforcada em *Port Royal* em vez de traí-lo. Thomas Buck a amava e lhe dera o que nenhum outro homem teria dado: a liberdade de ser quem ela quisesse ser. Ele lhe entregara o comando da *Serpente do Mar* aos dezessete anos. Com Joe ao seu lado, Brianna aprendera a liderar sua equipe e a tomar o que queria. Esta era a primeira noite em que se atrevia a sonhar com algo *diferente*.

Ela escovou o cabelo em movimentos longos e suaves até as mechas ficarem soltas e macias. Estava mais uma vez verificando sua aparência no espelho quando ouviu o som frenético de botas do lado de fora de sua cabine.

– Capitã! – Patrick ofegou, invadindo o aposento. Seu lábio estava ensanguentado e um de seus olhos estava inchado.

Brianna logo pegou a pistola e a cimitarra que estavam em sua cama.

– O que aconteceu?

O garoto piscou ao ver sua aparência, então, disse rapidamente:

– Eles vão jogar Flynn no mar!

A pirata soltou um rosnado antes de correr atrás de Patrick, seguindo na direção dos gritos distantes de sua tripulação.

– Só sobre o meu cadáver.

———

– Vai participar, Flynn? – alguém perguntou quando Nicholas entrou em um dos quartos vagos.

A tripulação estava jogando dados. O homem que fizera a pergunta era Javier Esperanza, um espanhol agradável com quem havia feito amizade nos últimos dias.

Javier estava encostado na parede, observando o jogo se desenrolar com apenas um leve interesse.

– Eu? Não, eu não mexo com a sorte. Prefiro os jogos de habilidade. – Ele se juntou ao marujo, vendo os homens colocarem os dados em um copo de madeira e apostarem nos números que queriam antes de jogá-los sobre a mesa.

Quando um deles venceu, os outros ladraram insultos bem-humorados sobre o sujeito.

– Ouvi dizer que receberemos mais rum – Flynn disse a Javier. Ele gostava do fato de que Brianna lhes dava rum de verdade. A maioria dos navios servia versões diluídas da bebida.

O espanhol sorriu.

– Ah, essa é uma boa notícia.

Javier possuía uma idade próxima à de Flynn e era um dos membros mais fisicamente aptos. Ele conseguira acompanhar o ritmo do tenente quando estavam consertando as velas mais cedo, algo que Nicholas admirava em um marinheiro. Ele sentia falta da camaradagem existente entre seus colegas da Marinha Real, embora houvesse um certo igualitarismo entre a tripulação pirata que o agradava.

– Você disse mais rum? – um dos homens sentados à mesa indagou após escutar a conversa.

– Sim – Javier respondeu. – É melhor ir pegar sua porção antes que o resto da tripulação descubra, não acha?

O grupo abandonou os dados e se dirigiu para o porão do navio, onde o cozinheiro aguardava com um barril recém aberto. Uma fila havia se formado no local. Assim que um chegava na frente, passava sua caneca para o cozinheiro, que a enchia antes de chamar o marinheiro seguinte.

Nicholas não bebia rum com frequência, mas estava com vontade naquela noite, já que a bebida poderia tirar Brianna de sua mente por um tempo.

– Então, Flynn, há rumores de que você vai pular do navio em *Sugar Cove*, é verdade? – Javier perguntou enquanto esperavam na fila.

– Provavelmente. Minha tripulação pode estar no porto, mas admito que me sinto tentado a permanecer na *Serpente*. Gosto bastante daqui.

O outro riu.

– O que quer dizer é que você gosta *dela*.

O tenente não se fez de desentendido.

– Sou um homem, sem falar que tenho olhos. Não posso deixar de apreciar a capitã.

– Ah, sim – Javier concordou –, mas ela nunca olhou para nenhum dos homens da maneira que olha para você. É melhor ser cuidadoso. Muitos dariam qualquer coisa para cair nas boas graças da capitã. O ciúme é algo perigoso em qualquer embarcação, porém, em um navio pirata, é ainda pior.

Flynn duvidava disso. Homens eram homens, independentemente de qual bandeira hasteassem. Onde quer que eles encontrassem tesouro ou poder, haveria problemas.

– Eu não caí em suas boas graças.

– Você esteve na cabine dela mais vezes do que qualquer outro homem no navio, exceto pelo grumete e pelo primeiro imediato da capitã. Ninguém teria ciúmes de um filhotinho como Patrick ou se preocuparia com Joe. Afinal, o homem é como um tio para ela. Porém, com você... – o pirata sorriu com travessura. – Você recebe o tipo de olhar que ela não dirige a mais ninguém.

– Que tipo de olhar?

Javier colocou uma mão sob o queixo, pestanejando e sorrindo sonhadoramente.

– O *desse* tipo. – Ele fez beicinho, como se esperasse por um beijo.

– Não seja estúpido. A capitã não me olha assim. – Nicholas teria se lembrado de um olhar como esse. Quando estavam sozinhos, Brianna certamente o fitara com ardor, mas nunca fizera isso em meio à tripulação. Se ela tivesse feito algo assim ao redor de seus homens, ele teria notado.

– Sim, ela olha, companheiro. É por isso que não está fazendo muitos amigos por aqui. Talvez deva voltar para o *Dragão* quando atracarmos em *Sugar Cove*.

O tenente franziu a testa. A menos que encontrasse outra maneira de chegar a Thomas Buck, não podia deixar Brianna.

Ele assentiu, agradecido.

– Obrigado pelo aviso.

Javier deu um aceno de cabeça em resposta.

– É melhor olhar por onde anda, seu bastardo – um homem explodiu com o grumete, que passava correndo por eles com os braços cheios de roupas. Ele levantou a mão para bater no garoto.

– Pare, Billy – Javier gritou.

Billy, o marujo grosseiro que ameaçara golpear Patrick, soltou uma maldição antes de sair com passos pesados. O garoto se apressou, voltando às suas funções. Javier e Nicholas finalmente conseguiram pegar suas doses de rum e voltaram para a sala de dados.

– Vamos lá, faça um lance, Flynn – um dos homens à mesa desafiou.

– Muito bem. Apenas um. – Ele colocou sua caneca no chão e se aproximou da mesa, sentando-se em uma cadeira e sacudindo o copo com os dados.

– Quais são as apostas? – outro marinheiro perguntou e números foram ditos. – Flynn, a sua?

– Três seis – Nicholas disse. – Aposto dois xelins.

Um dos marujos riu.

– Dois xelins em *três* seis?

– O que é a vida sem um pouco de risco? – Flynn rebateu.

Apesar de ter dito minutos antes que não tinha interesse em jogos de azar, decidira que precisava de um pouco de distração.

– A perda será sua. Lance os dados, homem!

O tenente sacudiu o copo e jogou os dados na mesa. Três seis apareceram, seguidos por uma mistura de gemidos e de sons de espanto.

– E logo em seu primeiro lance! – um marinheiro ofegou.

– Eu não acredito!

– Maldito seja! – outro gemeu quando os demais estenderam as mãos para pagarem suas apostas.

– Podem ficar com elas, rapazes. – Flynn não precisava encher seus bolsos com o dinheiro dos piratas, além disso, o gesto generoso poderia lhe render o respeito da tripulação.

Ele se levantou e pegou seu rum. Então, Javier tomou seu lugar à mesa. Nicholas deixou o aposento, indo para o corredor. Os rangidos do navio misturados com o barulho das ondas batendo nas laterais do casco o confortavam da mesma forma que uma suave canção de ninar.

Flynn tomou um pequeno gole de sua bebida e seguiu para sua rede, contudo, parou abruptamente quando ouviu um gemido vindo da escada escura que levava ao convés inferior. Os pelos em sua nuca se eriçaram. Ele deu meia volta, aproximando-se da escada com passos leves e descendo os degraus.

Alguém soltou um ofego de dor. Os olhos de Nicholas logo se ajustaram à escuridão e ele viu Patrick se encolhendo entre as anteparas enquanto Billy erguia a mão, claramente com a intenção de golpear o garoto novamente.

– O que está acontecendo aqui? – perguntou. Pensara que o grumete tinha escapado do homem, mas parecia que Billy o encontrara mais uma vez.

Billy se virou, rosnando:

– Não é da sua conta, novato. Só estou aplicando um pouco de disciplina.

– O que o garoto fez?

– O bastardo está sempre no meu maldito caminho. É o bastante para você?

Flynn permaneceu firme.

– Acredito que o Sr. McBride é o responsável por aplicar as punições sob as ordens da capitã.

Os olhos do sujeito se esbugalharam diante da menção.

– Você não tem o direito de falar sobre a capitã. Eu e os outros vemos o que está fazendo. Você a está ludibriando para tomar o navio.

– Isso é ridículo. Eu não quero o navio.

– Ah, mas você *a quer*, não é? Ela não abrirá as pernas para nós, porém, para você, pode ser que o faça. – Ele cerrou os punhos. – E por isso, temos que lidar com você, não acha?

O tenente estava preparado para o ataque, mas não deixou isso transparecer. Primeiro, tinha que tirar Patrick do alcance do homem, então, poderia resolver a situação. Ele bebeu o resto de seu rum, indiferente. Em seguida, com o que poderia ter sido confundido com um movimento casual, jogou a caneca, atingindo Billy entre os olhos.

O marinheiro soltou um rugido e o atacou.

– Corra, rapaz! Chame...! – Suas palavras morreram quando Billy colidiu com ele.

Patrick tentou passar pelos dois para chegar na escada, mas o sujeito agarrou sua perna e o puxou. A cabeça do garoto bateu em um dos degraus e ele caiu no chão, inconsciente. Nicholas deu um soco em Billy, mas sua mão não se moveu tão rápido quanto antes. O marinheiro interceptou o golpe e o atingiu com força na mandíbula.

– Sentindo-se letárgico, Flynn? – Billy riu sombriamente.

O tenente conseguiu desferir outro soco, porém, a força de seus punhos estava desaparecendo rapidamente. *Que diabos?*

– Não achei que terminaria sua bebida. – Billy bateu com força no estômago de Nicholas, que grunhiu de dor e caiu contra os degraus. – Os rapazes conversaram e concordamos que está na hora de você partir. – Ele colocou dois dedos na boca e assobiou.

Flynn piscou ao ouvir passos trovejarem acima deles. Então, homens o cercaram ao pé da escada. Eles o ergueram e o arrastaram até o convés superior.

– Amarrem-no bem, rapazes. Pode ser que o rum não o mantenha embaixo d'água por muito tempo.

Eles drogaram a bebida... Nicholas gemeu quando o movimento do navio fez seu estômago se revirar.

Ele foi jogado no convés com seus tornozelos amarrados e seus pulsos presos atrás das costas.

– O que vamos dizer à capitã? – um dos marujos perguntou.

– Que não passou de um pouco de diversão.

– Mas jogá-lo no mar? – disse outro marinheiro. – Billy, tem certeza?

– Em alguns navios, é uma tradição fazer um homem mergulhar durante uma cerimônia de cruzamento de linha – Billy afirmou.

– Mas isso não é um mergulho e nós não estamos cruzando a Linha do Equador – alguém argumentou. – Sem falar que a capitã...

– Estamos fazendo isso *por* ela! – Billy o lembrou. – Agora, joguem-no!

Flynn foi colocado de pé e levado até a borda do navio, em um ponto onde não havia parapeito para impedi-lo de cair na água.

Uma voz gritou e ele vislumbrou Brianna se aproximando. Ela usava um vestido vermelho e seu cabelo loiro balançava no ar. A pirata ergueu uma pistola. Seu rosto brilhava com a ferocidade radiante de um anjo vingador.

Um tiro foi disparado e, no momento seguinte, Nicholas e Billy caíram no oceano. A água fria e escura os sugou para as profundezas silenciosas do mar.

O último pensamento que cruzou sua mente foi o arrependimento por não ter podido beijar Brianna antes de morrer.

Dez

A superfície acima de Flynn cintilava com a luz vacilante do luar à medida que ele afundava cada vez mais. Não muito longe dali, Billy se esforçava para nadar, mas uma nuvem de sangue vermelho-escuro turvava a água ao seu redor. Eventualmente, ele parou de lutar.

Brianna havia atirado em Billy para salvá-lo. A percepção vagou por sua mente, abafada pelos gritos silenciosos que suprimia, tentando não deixar a água entrar em seus pulmões. Nicholas tentou mover seus pulsos e seus tornozelos, contudo, a corda que os prendia estava muito apertada. Malditos fossem os marinheiros e sua habilidade em dar nós. Dessa vez, não havia como ele escapar. Deveria enfrentar a morte com calma, mas era muito difícil fazer isso quando sentia que tinha tanto para viver.

A luz na superfície do oceano ondulou e escureceu quando uma sombra subitamente mergulhou na água, vindo em sua direção. A figura nadou até as profundezas esmagadoras do mar. Quando Flynn viu um cabelo loiro flutuando, soube que sua princesa pirata tinha vindo salvá-lo. Por Deus, a mulher era verdadeiramente magnífica. Infelizmente, temia não viver o bastante para lhe dizer isso.

Brianna, carregando uma adaga entre os dentes, movia os braços e as pernas com força e segurança enquanto diminuía a distância entre eles. Assim que o alcançou, usou-a para soltar seus pulsos. Se não conseguisse ar logo, o tenente não sobreviveria. Ele lutou para a manter a calma enquanto a jovem cortava suas amarras. No instante em que a corda se partiu, Flynn moveu os braços freneticamente em direção à superfície. Brianna agarrou um de seus braços e bateu as pernas com força, impulsionando-os para cima.

Só um pouco mais. Ele rezou para que seu corpo aguentasse por mais alguns segundos. Quando sua cabeça irrompeu sobre a água, o tenente inspirou profundamente antes de ofegar e tossir. A pirata apareceu logo atrás dele.

Ela o puxou até o navio.

– Jogue a corda! – Joe berrou de cima e uma escada de corda voou sobre um dos lados da embarcação, desenrolando-se na direção deles.

– Levante os pés e se segure no final da escada – Brianna ordenou.

Nicholas segurou a corda, trazendo as pernas para a superfície para que ela pudesse cortar as amarras em volta de seus tornozelos com mais facilidade.

– Você primeiro, capitã – ele disse assim que ficou livre da corda. Não queria que as costas da jovem ficassem desprotegidas, mesmo no mar.

Brianna subiu a escada com suas saias pesadas e quase pretas por conta da água. Era surpreendente que ela tivesse sido capaz de nadar e não se afogar usando tal vestimenta. O luar cintilava em seu cabelo, que pendia molhado pelas suas costas e pelos seus ombros.

Quando Flynn chegou no topo, Joe o puxou para dentro do navio. Sua cabeça doía e seus pensamentos ainda estavam confusos por conta do rum batizado que consumira. Seu corpo estava gelado, tão gelado que seus dentes tremiam. Brianna aceitou o cobertor que seu primeiro imediato colocou em seus ombros.

Vários homens, que ele reconheceu como sendo os co-conspiradores de Billy, tinham sido cercados por outros membros da tripulação, que apontavam pistolas para seus peitos.

– Moça? – Joe falou suavemente. A palavra trazia uma pergunta subtendida: o que ela queria fazer com eles?

A pirata tremeu quando uma brisa fria passou entre os ocupantes do convés, mas o olhar raivoso que dirigia aos marinheiros que haviam tentado matar Nicholas não vacilou.

– Billy recebeu o que merecia. Quanto ao resto, você conhece a regra. Se tentar assassinar um membro da tripulação, deve ser exilado.

Sussurros varreram o convés e os acusados trocaram olhares aterrorizados. Nenhum deles queria ser abandonado em uma ilha deserta com água suficiente apenas para um dia e uma mera bala em sua pistola. Quando um pirata era exilado, eles o deixavam em um ponto da ilha que inundava com a maré alta. A pistola que lhe era dada servia apenas para que tirasse sua própria vida antes que morresse afogado, desnutrido ou na boca dos tubarões.

– Mas, capitã... – um dos homens falou, incerto.

– Você concordou em seguir o código de Buck quando entrou neste navio. Não há mais a se discutir.

Os ombros do marujo que esperara se defender caíram.

Mesmo estando molhada e com frio, Brianna estava com a cabeça e com o queixo erguidos em um gesto desafiador.

Nicholas fitou os homens que haviam tentado matá-lo. Alguns pareciam arrependidos, outros estavam aterrorizados. Durante seus anos servindo a Marinha Real, o tenente aprendera uma lição importante: ao ajudar alguém, você estava lhe oferecendo sua amizade. Aqui estava sua chance de conquistar o resto da tripulação.

– Espere – ele gritou. Flynn se aproximou da pirata, tendo o cuidado de ficar entre ela e os acusados. Queria que eles tomassem suas costas expostas como um sinal de confiança. – Permissão para falar, capitã? – pediu, rezando para que Brianna entendesse que não estava desafiando sua autoridade, apenas tentando conquistar seus homens.

A jovem parecia cansada, tão cansada que ele desejou pegá-la em seus braços e levá-la para a cama, porém, não se atreveu a fazer isso. Ela era forte, era a comandante de um navio. Nicholas não faria nada que pudesse fazê-la parecer fraca na frente de sua tripulação, independentemente do quanto desejasse cuidar dela. Mesmo sendo uma mulher forte, Brianna despertava todos os instintos protetores dele. Havia uma voz primitiva em sua cabeça que rugia sempre que o tenente a via, dizendo que ela era *sua*.

– Permissão dada – a pirata disse.

– Esses homens estavam fazendo o que acreditavam ser o melhor para o navio e para você. Eles me viam como uma ameaça. – Ele se virou para encará-los. – Contudo, quero que saibam que, assim como vocês, eu faria qualquer coisa pela capitã. Ela gosta de mim? Talvez. Porém, eu lhes pergunto, será que podem culpá-la? – Flynn soltou uma risada libertina, gesticulando para seu físico e fazendo o papel de um pirata devasso.

Pareceu funcionar.

– Juro que não trairei a capitã. – O tenente se virou para

Brianna. – Imploro que seja misericordiosa com esses marinheiros. Billy pagou com sua vida, mas deu aos outros a chance de provarem seu arrependimento. Permita que permaneçam a bordo e não os exile.

Quando encontrou o olhar dela, o mundo pareceu desaparecer por um momento, deixando apenas os dois frente a frente. Nicholas se sacudiu mentalmente, voltando ao assunto em questão. Ele podia sentir a tensão dos acusados, que aguardavam em silêncio enquanto a capitã chegava a um veredito.

– Assim como meu pai, acredito em segundas chances. Vocês não serão exilados como pena pelos seus crimes, mas receberão deveres extras e deverão tratar todos os membros dessa tripulação com respeito, incluindo Flynn. Assim que chegarmos em *Sugar Cove*, deixarão este navio. Sintam-se gratos por eu estar sendo misericordiosa, do contrário, já teria os jogado ao mar. – Brianna lançou um olhar para Joe antes de voltar sua atenção para os marinheiros que estavam atrás do tenente. Ela encarou cada um deles, voltando a falar com um tom calmo e mortal – Quem eu escolho levar para a minha cama não diz respeito a ninguém além de mim mesma. O próximo homem que pensar que tem o direito de tomar essa decisão por mim terá um destino muito pior do que ser arrastado pela quilha.

Com uma dignidade silenciosa, a jovem deu as costas e voltou para sua cabine.

– De volta ao trabalho, seus preguiçosos! – Joe rugiu.

Os homens se dispersaram. Ao passarem por Flynn, apenas alguns se atreveram a fazer contato visual.

Ele soltou um longo suspiro. Depois do rum batizado, da luta com Billy e do seu quase afogamento, não tinha certeza de como ainda estava de pé. Porém, de certa forma, Brianna estava ainda pior. A traição de parte de sua tripulação certamente a abalara. Alguém precisava verificar como ela estava.

– Você deveria ir cuidar da capitã. Ela não parecia bem – Nicholas disse a Joe.

O primeiro imediato balançou a cabeça.

– Acredito que a moça acharia melhor se você fizesse isso.

– Dado o que acabou de acontecer, essa pode não ser a melhor ideia – falou, percebendo que Joe realmente havia sugerido que ele fosse atrás de Brianna. – Então, agora tenho sua aprovação? Não me diga que amoleceu.

O pirata bufou.

– Não, porém, o que você fez por aqueles homens...

– Fiz isso por *ela* – Flynn o corrigiu. – Não queria que Brianna vivesse com o fardo que estava prestes a colocar em suas costas. Isso a assombraria.

– Sim, é por isso que estou dizendo para ir atrás dela enquanto pode.

Enquanto podia?

– Joe...

– Mostre à moça o quanto se importa, depois, encontre sua tripulação em *Sugar Cove* e siga em frente.

Ah. Então, deveria ter uma noite de pura felicidade antes de deixá-la e partir.

– É para o bem de todos – McBride concluiu, como se estivesse lendo seus pensamentos.

– Muito bem, irei vê-la.

Nicholas desceu o convés à procura de sua princesa pirata. Por mais que Joe esperasse que ele fosse embora quando atracassem em *Sugar Cove*, o tenente tinha outros planos. Estava há tantos anos no mar que se esquecera do que era importante além do seu dever para com a Coroa e para com a tripulação da Marinha com quem navegara.

Porém, mesmo que quisesse permitir que esse bando de piratas e sua capitã adentrassem seu coração, tinha que resistir. Quase podia ouvir a voz risonha de Dominic em sua cabeça, dizendo-lhe que havia mais na vida do que o dever. A questão é que Flynn temia deixar que algo se sobreposse a ele, especialmente quando este algo era uma bela pirata de olhos verdes.

———

Em sua cabine, Brianna caminhava de um lado para o outro. Em menos de uma semana, Nicholas quase causara um motim em seu navio.

Uma batida suave soou na porta.

– Quem é? – Ela não estava com vontade de ver ninguém.

– Patrick.

Brianna parou perto das janelas com vista para o mar enluarado.

– Entre.

A porta se abriu em um rangido e o garoto pigarreou.

– Capitã, eu queria...

Ela se virou para ele.

– Sim? – A pirata esperou até que Patrick reunisse sua coragem.

– A culpa foi minha. Eu enfureci Billy e Flynn interveio para me salvar. Ele não precisava fazer isso, mas o fez. Eu não sabia que eles tinham batizado a bebida dele. Eu...

– Está tudo bem, Patrick. Você fez a coisa certa ao vir me procurar.

O grumete não pareceu acreditar em suas palavras.

– Vá para a cama. Eu o verei no convés pela manhã. – Brianna se voltou para as janelas, indicando que ele tinha sido dispensado.

A jovem não soube dizer quanto tempo passou naquela posição até que ouviu a porta ranger novamente.

– Eu disse para ir para a cama, Patrick... – Quando girou, sua garganta se apertou com a visão de Nicholas parado na entrada de sua cabine. – Flynn. – O nome era tanto um aviso para que ele saísse quanto um apelo para que ficasse.

Ele fechou a porta atrás de si, mas não se aproximou, esperando por algum sinal de aprovação.

– Tranque a porta – ela disse.

Nicholas colocou a fechadura no lugar. Ninguém os interromperia.

Ele se moveu e seus passos comedidos tanto a reconfortaram quanto a assustaram. Uma noite era tudo o que Brianna queria, mas seus planos de ficar com a melhor aparência possível tinham sido arruinados graças ao bastardo do Billy.

– Esse é um vestido e tanto – Flynn falou. – Espero que não esteja arruinado.

– Eu tinha planejado uma noite especial antes de chegarmos em *Sugar Cove* – ela disse.

Ele deu um sorriso.

– Eu fazia parte desses planos?

– Sim, mas, agora... – Brianna se viu desejando estupidamente pedir desculpas para ele. Seu cabelo estava completamente emaranhado, seu vestido estava encharcado e sua aparência era a mesma de um rato afogado. Não era assim que tinha imaginado esse momento. Seus planos de agir como uma bela e gentil dama tinham ido por água abaixo. Não que alguém fosse acreditar em sua performance. Ainda assim, a pirata queria dar o seu melhor.

Quando Nicholas a alcançou, passou as costas de seus dedos sobre sua bochecha.

– Certa vez, resgatei um gatinho de uma tempestade – ele

disse. – Apesar de estar encharcada, a criatura era feroz e forte como o inferno. – Flynn sorriu como se recordasse de uma lembrança antiga. – O gato cresceu, se tornou um excelente caçador de ratos e um companheiro maravilhoso para um menino que havia perdido seu amigo. – Ele tracejou um caminho pelo pescoço dela. – Acho que foi ele que me salvou e não o contrário.

Os lábios de Nicholas se abriram ligeiramente ao arrastar a ponta do dedo pelo topo dos seios da jovem, que estavam comprimidos pelo seu corpete molhado. O calor a percorreu.

– O que isso tem a ver com...?

Ele a silenciou com um beijo. Brianna ofegou quando Flynn passou os braços em torno dela e a puxou contra si. Ele estava encharcado, mas não tão frio quanto ela. A jovem se aqueceu com o calor do seu corpo.

O beijo terminou rápido demais, mas Nicholas não a soltou.

– Você está gelada. Deixe-me aquecê-la, capitã – ele murmurou.

– Brianna – ela sussurrou. – Esta noite, chame-me de Brianna.

– Como quiser.

A pirata sorriu. Flynn agia como se tivesse recebido uma ordem, embora houvesse uma ternura inegável em suas palavras; uma que a fazia tremer de desejo.

Ele encostou o rosto em sua bochecha.

– Você cuida dessa tripulação todos os dias, Brianna. Esta noite, deixe-me cuidar de você. – A boca dele deslizou pelo seu pescoço à medida que as mãos percorriam suas costas, acalmando e provocando-a.

– Sim. Meu Deus, sim – a pirata sussurrou. Dentes mordiscaram sua pele e seu corpo veio à vida.

Nicholas apoiou ambos na parede mais próxima e, com uma lentidão pulsante, começou a afrouxar as fitas de seu espartilho.

Brianna não vestia uma camisola sob o vestido, de forma que, com cada fita rendada que ele removia, uma parte de sua pele aparecia em meio ao tecido molhado. Flynn trabalhou com movimentos rápidos e seguros. Em pouco tempo, seu corpete caiu no chão e seus seios foram expostos.

Ele segurou um com a palma e, com o polegar, traçou um círculo em torno do mamilo. O toque a fez sentir uma fome tão violenta que a jovem fechou os olhos, tentando conter a enxurrada de desejo que a envolvia como uma névoa.

– Você tem uma mão hábil, Flynn. Já esteve com muitas mulheres? – ela perguntou. Embora soasse confiante, parte de si temia que não estivesse à altura das expectativas dele.

– Com algumas – Nicholas admitiu. – Você já esteve com muitos homens? – Ele continuou a acariciar seus seios e seus olhos se abriram.

– Com alguns – Brianna respondeu, igualmente vaga. – Isso o incomoda? – Nunca tinha se preocupado em não ser mais virgem, mas sabia que a maioria dos cavalheiros preferia e até esperava por isso. Era mais um exemplo de como os padrões da sociedade distinguiam homens e mulheres.

– Se queria estar com eles, não. – Flynn deu um sorriso suave. – Você tem o direito de viver e de amar, assim como qualquer outra pessoa. E, esta noite, só haverá prazer entre nós – prometeu.

Embora não fosse virgem – ao menos não no sentido físico –, parte de si se sentiu como uma quando ele a virou e suas mãos começaram a abrir a parte de trás de seu vestido. As saias logo caíram aos seus pés e a única anágua que usava deslizou de seu corpo. Brianna o fitou por cima do ombro, ficando aliviada ao ver que seu desejo por ela se igualava ao que sentia por ele.

– Meu Deus, você é de tirar o fôlego – Flynn falou roucamente.

Ele a pegou nos braços. A pirata gritou, surpresa em ser carregada até a cama. Nicholas a colocou no colchão ternamente, depois, tirou suas botas e suas próprias roupas. Ela viu os ferimentos que ainda estavam cicatrizando em suas costas, provas do que ele havia sofrido ao protegê-la de Waverly, o capitão enlouquecido. Desde então, Brianna salvara a vida dele duas vezes e, ainda assim, não sentia como se estivessem quites.

Mesmo com as cicatrizes e os ferimentos, Flynn era lindo. A jovem também tinha suas próprias cicatrizes, linhas brancas fracas em sua pele que provavam que ela vivera uma vida típica de um pirata, cheia de riscos e de recompensas.

Ele se sentou ao seu lado.

– Levante as cobertas, querida.

Assim que fez como pedido, Nicholas deslizou para baixo dos lençóis com ela. Eles ficaram deitados lado a lado por um tempo. Quando ele se inclinou em sua direção, dando beijos em sua bochecha, os olhos da pirata se fecharam. Flynn beijou seu queixo, sua testa e suas pálpebras. Ela não estava acostumada com esse tipo de carinho.

Os homens com quem dormira no passado estavam ansiosos para buscar seu prazer e Brianna também estava ansiosa para encontrar o seu. Seus corpos se juntavam de forma rápida e cheia de entusiasmo, cada um buscando por sua própria gratificação. Nunca tinha sido como *agora*, com cada toque e cada beijo trazendo a promessa de algo mais profundo; de coisas que ela nunca desejara de um homem antes. Era uma promessa de mais.

O corpo de Nicholas pressionou o seu e um tremor de

desejo, que ia além do que a pirata já sentira antes, a fez trazê-lo para ainda mais perto de si. Ele acariciou sua orelha, dando um beijo na concha e enviando uma onda de desejo pelo seu corpo.

– Flynn – Brianna sussurrou. – Por favor. Preciso de você.

– Nicholas – ele a corrigiu com uma risada provocativa. – Esta noite, chame-me de Nicholas.

A pirata sorriu.

– Como quiser.

Ele continuou a acariciar seu corpo até que ela ficou frustrada. Brianna empurrou seu peito, fazendo-o parar de beijar seu pescoço.

– Nicholas?

– Sim, minha princesa pirata? – Seus lábios se curvaram em um sorriso libertino.

– Você está indo muito devagar. É enlouquecedor. – A jovem quase grunhiu em frustração.

– Estou? Bem, isso é inaceitável, não é? – Flynn desceu pelo seu corpo, colocando as mãos em seus joelhos e abrindo suas pernas.

Embora Brianna fosse experiente na cama, o que ele pretendia fazer era algo completamente novo para ela.

– Espere, o que você...?

– Silêncio, mulher – Nicholas rosnou. Seu tom firme a fez se contorcer com uma risada.

– Mulher? Vou mandar pendurá-lo no... Ai meu *Deus* – ela gritou quando ele agarrou seu traseiro e colocou a boca sobre seu monte com uma ferocidade que ela nunca havia sentido antes.

Não havia palavras para descrever a sensação de sua língua a torturando ou o tumulto de emoções que a pirata passou a sentir. Flynn colocou um dedo dentro de sua fenda, penetrando-a suavemente enquanto sugava o pequeno botão sensível no topo. Ela agarrou seus ombros, desesperada para encontrar o alívio através dos lábios dele, contudo, Nicholas só parecia colocar mais lenha na fogueira.

Seu clímax estava tão perto, tão maravilhosamente perto. Brianna se moveu, encorajando-o, mas ele deu um leve tapa em seu traseiro, como se quisesse lembrá-la de quem estava no comando agora. Isso foi tudo o que ela precisou. O clímax irrompeu por seu núcleo como uma chama sobre um barril de pólvora. A jovem gritou e o som ecoou pelas paredes, mas ela não se importou.

– Você está bem? – Flynn voltou a subir por seu corpo, alinhando seus quadris estreitos e musculosos entre suas coxas.

– S-sim. – Ah, Brianna estava *mais* do que bem. – Mas você não... – Ela moveu os quadris para cima, encorajando-o a penetrá-la.

– Em breve. – Ele roçou os lábios sobre os dela, em seguida, brincou com sua língua, ajustando o corpo. Seu membro duro cutucava sua entrada. – Você parece tão apertada – Nicholas disse. – Eu não quero machucar...

– Tome-me, Flynn. – A pirata enfiou os dedos nos músculos firmes de seu traseiro, fazendo-o adentrá-la profundamente.

Eles compartilharam um gemido à medida que ele a penetrava. O corpo de Brianna quase doeu com a pressão de seu membro preenchendo cada centímetro de seu interior, como se não houvesse mais começo e fim entre os dois.

Era incrível; tão incrível que, no momento em que Nicholas se moveu, tornou-se arrebatador. Suas respirações quentes se misturaram à medida que ele a reivindicava completamente. Flynn capturou seus lábios, dando beijos lentos e viciantes enquanto estocava fundo e repetidamente. A intensidade aumentou até que só o que os dois conseguiam fazer era ofegar por ar.

Eles se moveram juntos, perdidos um no outro e no feitiço do momento. Brianna se rendeu a outro orgasmo devastador, então, Nicholas se juntou a ela, gritando seu nome em sua liberação. O calor a preencheu e ela enterrou o rosto em seu pescoço, beijando-o e provando o gosto salgado de sua pele, completamente exausta. Uma paz que nunca sentira antes a envolveu, fazendo-a suspirar de felicidade. Flynn se moveu como se quisesse partir e ela protestou com murmúrio suave, segurando-o.

– Não vou a lugar nenhum, querida. Só preciso tirar meu peso de você. – Ele beijou sua testa, retirando-se de seu corpo, mas não de sua cama. Nicholas a puxou para o seu lado, permitindo que Brianna se aconchegasse em seus braços.

Muito tempo se passou até que ela ousou dizer:

– Amanhã, não devemos...

– Eu sei – ele respondeu. – Apenas uma noite. Eu entendo.

Quando sentiu o sono a tomar, a pirata se perguntou... Será que algum deles realmente chegou a acreditar que uma noite seria o suficiente? O que aconteceria quando atracassem em *Sugar Cove*? A perspectiva de nunca mais vê-lo cortou seu coração como uma adaga afiada. Brianna fechou os olhos, desejando que não houvesse amanhã.

Onze

O porto de *Sugar Cove* estava repleto de navios piratas e de embarcações mercantes de reputação questionável. Nas docas, marinheiros de mais de uma dúzia de tripulações diferentes moviam cargas enquanto conversavam.

Brianna estava parada na prancha, observando sua tripulação desembarcar com os bolsos cheios de moedas. Eles tinham alguns dias para vagar descontroladamente pelas tavernas e pelos bordéis do local antes que precisassem retornar ao navio. Isso os animaria após a dura tempestade, a morte de Billy, a demissão dos membros da tripulação envolvidos na tentativa de assassinato de Flynn e o atraso inesperado causado por sua prisão em *Port Royal*.

Um marinheiro pulou da prancha, balançando sua bolsa de dinheiro com animação.

– Esse foi o último – Joe disse.

– É melhor cuidarmos dos suprimentos primeiro, já que perdemos nossa chance em *Port Royal*.

Brianna observou o caos à sua frente, feliz por estar

vestindo suas calças, sua blusa e seu colete. Sua peruca ficara na cabine, já que só a usava quando atracava em portos mais "civilizados", onde precisava se passar por um homem. As mulheres que usavam saias em *Sugar Cove* normalmente eram prostitutas ou as esposas de piratas rebeldes e ela não queria ser confundida com nenhuma delas. Era melhor usar suas calças e ser deixada em paz pelos homens da vila. A maioria já sabia que tentar algo com a jovem não era uma boa ideia.

– Você e Flynn trocaram suas despedidas? – McBride indagou.

Brianna assentiu.

– Ele partiu mais cedo. Concordamos que deveria descobrir se sua tripulação está aqui.

A verdade era que a pirata não quisera dizer adeus. Ela o deixara afastar as cobertas e sair de sua cama. Seu olhar havia permanecido no traseiro gloriosamente nu de Nicholas enquanto ele recolhia suas roupas e se vestia. Quando a porta de sua cabine se fechara, Brianna encostara o rosto no calor do travesseiro que ele usara. Ela fechara os olhos, imaginando que Flynn não havia saído.

Tinha sido melhor assim. A jovem precisava manter a paz entre seus homens e os eventos do dia anterior eram a prova de que a presença dele no navio só geraria problemas. Tripulações piratas precisavam de um certo senso de igualdade perante seu capitão. Qualquer coisa que gerasse ciúmes poderia levar a um motim.

Joe deu um tapinha em seu ombro.

– Cuidarei dos suprimentos. Por que você não manda uma mensagem para o seu pai?

Thomas Buck tinha uma pequena e lucrativa plantação na ilha de São Cristóvão, onde sua tripulação trabalhava durante os maus tempos. Era uma ocupação particularmente útil na temporada de furacões e no inverno. Nos últimos anos, seu pai passara a navegar cada vez menos. Em uma conversa privada com ela e com Joe, ele mencionara se aposentar e deixar para trás o título de Rei Sombrio das Índias Ocidentais.

Em mais de uma ocasião, Brianna e Thomas tinham brigado por conta disso. A jovem não queria escutá-lo falar sobre se desfazer do que, aos seus olhos, o definia, ao passo que seu pai alegava que, quando fosse mais velha, ela viria a entender o que significava encontrar a paz em um novo modo de vida.

Paz... Brianna não queria paz. Ela queria *viver*.

– Farei isso – disse, deixando Joe com a missão de angariar suprimentos.

A pirata pulou da prancha e seguiu pelas passarelas de madeira que levavam à vila, de onde uma cacofonia de sons já podia ser ouvida.

Não existia um momento sequer de calmaria no refúgio pirata. *Sugar Cove* estava cheia de homens lutando, jogando, procurando por mulheres e, às vezes, fazendo os três ao mesmo tempo. Alguém tocava uma gaita de foles enquanto foliões bêbados dançavam nas ruas. Tendo o cuidado de se esquivar dos homens e das prostitutas que ofereciam seus serviços, Brianna se dirigiu a um pequeno boticário que ficava nos arredores da vila.

Uma pequena placa de madeira que dizia *"Medicamentos do Dr. Melody"* pairava acima da porta. O interior da loja estava escuro e era ainda mais desagradável do que o caos das ruas. A tinta da construção estava rachada e descascando, frascos empoeirados enchiam as prateleiras que revestiam as paredes e potes com vários unguentos e pomadas se encontravam no meio.

– Brianna! – um velho com suíças a cumprimentou atrás de um balcão sujo.

Ele usava um par de óculos grossos que fazia seus olhos ficarem perturbadoramente grandes e similares aos de uma coruja. Contudo, o sujeito era um dos poucos homens em quem a pirata confiava sua vida e a de seu pai. Ele costumava navegar com Buck antes de a velhice lhe impedir de continuar enfrentando o mar.

– Dr. Melody – ela disse baixinho. Embora a loja estivesse vazia, Brianna não queria que alguém do lado de fora viesse a escutar a conversa. *Sugar Cove* estava cheia de olhos e de ouvidos que podiam ser comprados pelo preço certo.

– O que posso fazer por você hoje? Mais pomadas para queimaduras solares...?

A jovem se inclinou sobre o balcão.

– Preciso que envie uma mensagem para mim.

O velho pigarreou e tirou os óculos, fitando-a de perto.

– O que devo transmitir?

– Leões rondam os portos e as colinas. Iremos até você.

Thomas saberia o que ela queria dizer, ou seja, que a Marinha estava procurando por ele tanto na terra quanto no mar. Não havia sentido em seu pai deixar sua plantação até que Brianna encontrasse uma forma de despistar os oficiais.

– Posso fazer isso. Meu ajudante chegará a qualquer minuto. Ele saberá o que fazer.

– Obrigada. – A jovem pegou um par de frascos com pomada e jogou algumas moedas no balcão, fazendo os olhos do homem cintilarem com a visão.

Ela saiu da loja com suas compras em uma bolsa de couro. Se alguém a estivesse seguindo, pareceria que tinha apenas comprado mercadorias no boticário. Quando voltou para o centro da vila, notou alguns rostos familiares. Eram os homens que costumavam navegar com Dominic Grey. Eles estavam acomodados na entrada de uma taverna, cada um bebendo uma caneca de cerveja e conversando. Ao que parecia, a sorte estava do seu lado. A tripulação do *Dragão Esmeralda* estava aqui, o que significava que Nicholas poderia se juntar a eles.

Brianna caminhou na direção do grupo, mas parou quando viu Flynn surgir em uma esquina. Ele tinha dado de cara com sua própria tripulação, que parara de beber para fitá-lo. Um momento desconfortável se seguiu. Os marinheiros o encararam, tensos e cautelosos, como se estivessem prontos para lutar.

O que era isso?

A pirata assistiu à cena de um ponto oculto, do outro lado da praça, onde uma pensão ficava. Nicholas falou com um homem do grupo, que devia ser o novo capitão do *Dragão*, mas ela não conseguiu escutar o que estava sendo dito. Após um momento, os marujos relaxaram e um deles até ofereceu uma bebida a Flynn. Então, não passava de uma rixa por ele ter sido pego. Tudo já estava bem.

Nicholas lançou um olhar ao redor da praça e Brianna se escondeu nas sombras. Ele estava com sua tripulação, isso era tudo o que importava. Era melhor que ela deixasse a possibilidade de terem um futuro juntos para trás. Não seria a primeira vez que fazia isso.

———

– Macacos me mordam. Vejam só se não é Nicholas Flynn!

Alguém soltou uma risada em reconhecimento e o tenente relaxou. Inesperadamente, havia encontrado a antiga tripulação de Dominic. Por um momento, ele temera o pior, pensando que os marinheiros o veriam como um espião da

Marinha Real, mas, então, notara o novo capitão do navio entre eles, Reese Belishaw. Se o antigo intendente o acolhesse, os demais seguiriam seu exemplo.

– Seja bem-vindo, Flynn. – Reese lhe deu um aperto de mão e o primeiro imediato do *Dragão*, um homem chamado Chibbs, lhe ofereceu uma caneca de cerveja. – O que diabos está fazendo aqui? – perguntou. – Dom está com você?

– Não, ele ainda está em *Port Royal* com Robbie. – Nicholas hesitou. – Reese, será que posso lhe pedir um favor?

– É claro.

Se não fosse por Dominic, que havia unido os dois em um manto de confiança e de amizade, ele e o capitão já estariam envolvidos em uma luta de espadas, pirata contra oficial naval. Flynn não queria mentir para Reese, mas faria seu melhor para ter sua cooperação com as histórias que havia inventado.

– Vim até aqui na *Serpente do Mar*.

– Foi mesmo? – Belishaw disse lentamente e seu olhar se intensificou. – Como conseguiu fazer isso? O capitão da *Serpente* administra seu navio firmemente.

– *Ele* certamente o faz. – Nicholas deu um aceno de cabeça para o lado, indicando que eles deveriam se afastar dos outros por um momento.

Ao ouvir sua sutil ênfase, Reese se levantou e seguiu até uma parte mais isolada da taverna.

– Então, você a conheceu – Belishaw falou, mantendo a voz baixa.

– Sim, ela é magnífica.

O tenente provavelmente deveria ter usado outro adjetivo para descrever Brianna, como *impressionante* ou *notável*, mas tais palavras lhe pareceram inadequadas. Ele sorriu quando a memória de sua princesa pirata amarrada ao leme no meio de uma tempestade surgiu em sua mente, seguida pela lembrança de como ela arriscara sua vida no dia anterior para salvá-lo. Porém, acima de tudo, recordou como fora tê-la em seus braços. Brianna o fizera se sentir mais vivo do que nunca.

Reese riu.

– Ah, então está apaixonado por ela.

– Eu não... – Nicholas gaguejou, mas o outro dispensou sua resposta com um aceno de mão.

– É uma sorte poder *amá-la*. Poucos homens a conhecem bem o bastante para falarem sobre ela dessa forma.

Por um momento, Flynn sentiu uma onda de ciúmes o atravessar. O capitão do *Dragão* era um sujeito atraente, alto, com olhos tempestuosos e o físico de um guerreiro da antiguidade. Teria ele conhecido o prazer nos braços de Brianna?

– Você é um deles? – Nicholas perguntou baixinho.

– Não, não posso domar uma mulher tão selvagem, não quando tenho minha própria selvageria com a qual lidar. Nós acabaríamos com o mundo se estivéssemos juntos – ele respondeu. Havia uma certa tristeza em sua fala, como se Reese acreditasse que nunca encontraria alguém que se adequasse à sua natureza ou, talvez, que fosse capaz de domá-lo.

– De fato, ela é selvagem – Flynn admitiu, pensando em como a jovem era tão livre quanto os petréis que voavam sobre as margens de *Cornwall*.

Ele costumava se sentar sobre as rochas, observando-os pegar uma presa e voar para longe. Enquanto os homens aproveitavam o vento para içar suas velas, os petréis flutuavam na brisa como nenhuma outra criatura fazia.

– Então, o que precisa de mim? – Belishaw indagou, voltando ao ponto principal.

– Eu disse para Brianna que estive navegando no *Dragão*. Nós deveríamos nos separar aqui, mas não quero partir, ainda não. Será que poderia convencê-la a fazer uma parceria e perseguir alguns navios mercantes a caminho de Cádiz?

Reese deu um gole em sua cerveja.

– Existem tais tesouros a serem perseguidos ou essa é simplesmente a maneira que encontrou de passar mais tempo com ela?

– Realmente existe um trio de navios mercantes espanhóis a caminho de Cádiz. Supondo que tenham sobrevivido à tempestade pela qual passamos para chegar aqui, eles devem estar a uma curta distância. Contudo, não vou mentir, meu interesse é ficar perto dela. Ainda não estou pronto para deixá-la.

O outro riu.

– Parece que você está sob o feitiço da mulher.

Nicholas assentiu. Isso era verdade. Se Brianna fosse uma bruxa do mar, certamente teria lançado um feitiço sobre ele.

– Se Holland concordar, devo pedir que você fique em seu navio como emissário e que ela envie alguém para o meu?

– Sim, exatamente. – Flynn esperava que o homem concordasse. Isso facilitaria as coisas. Sinais de bandeira agilizavam a comunicação entre navios que estavam próximos.

– Bem... minha tripulação tem estado um pouco entediada desde que Dom se juntou com Robbie. Seria interessante perseguir alguns navios mercantes.

– Então, irá falar com ela?

– Sim. – Reese riu. – Nunca pensei que veria um oficial da Marinha...

– Não sou mais um – Nicholas falou, impedindo que o pirata dissesse algo que viesse a lhe colocar em apuros.

– Não? Pensei que...

– Fui para o mar para descobrir o paradeiro de Dominic. Agora que o encontrei, não vi motivos para ficar. – Ao dizer isto, ocorreu-lhe que havia mais verdade nessas palavras do que ele queria admitir.

A moralidade em que certa vez acreditara parecia muito menos absoluta do que o tenente pensara ser possível, motivo pelo qual passara a ser difícil continuar com seus deveres ao longo dos anos. Assim que sua atual missão acabasse, pretendia dizer ao almirante que desejava renunciar sua posição. Ele queria voltar para *Cornwall* e começar uma vida diferente.

– E, então, você se interessou por Holland. Bem, desejo-lhe sorte. Por que não nos encontramos nas docas amanhã de manhã para que eu fale com ela?

– Obrigado, Belishaw. – Flynn apertou sua mão, em seguida, despediu-se dos outros marinheiros com quem tinha feito amizade durante os dias em que ficara preso a bordo do navio de Dom, algo que, agora, parecia ter acontecido há muito tempo.

O tenente deixou a taverna e caminhou pela vila até encontrar o que estava procurando. Um homem embriagado estava apoiado na parede ao lado da forja de um ferreiro. Sua peruca, anteriormente branca, estava cinza, seu rosto não estava barbeado e suas roupas estavam cobertas de lama. Ele tinha uma garrafa de rum sob um de seus braços e cantava uma música obscena para si mesmo.

– Você aí – o sujeito disse de forma arrastada ao ver Nicholas o fitando. – Tem um xelim para um pobre homem?

Flynn pegou algumas moedas de seu casaco e as colocou na palma suja do bêbado antes de dizer:

– Para que você possa ver os Penhascos Brancos de Dover novamente.

A fachada inebriada e vazia do sujeito desapareceu, sendo substituída por um olhar afiado e conhecedor.

– Envie uma mensagem ao Almirante Harcourt em *Port*

Royal. Perseguiremos os navios mercantes com destino a Cádiz. Notificarei quando descobrir a localização do nosso amigo.

As moedas desapareceram junto com a expressão aguçada do homem.

– Sim, obrigado. – Ele tomou um gole dramático de seu rum, piscando sorrateiramente para Nicholas antes de tropeçar e se afastar.

Não desejando ficar ali, Flynn fez um novo caminho até o centro da vila. Quando passou por um bordel, uma mulher rechonchuda acenou em sua direção. Ele a teria ignorado se não fosse o olhar urgente e cheio de pânico em seu rosto, que o fez pensar que ela poderia estar em apuros. A mulher gesticulou para que Nicholas a seguisse até os fundos do bordel, passando pela cozinha, onde um homem gordo fazia um ensopado.

– Senhorita, você está bem? – Flynn perguntou ao se aproximar dela.

Seu rosto estava pintado de branco e seus lábios tinham sido tingidos com rouge, porém, por baixo de tudo aquilo, ele podia ver que havia uma beleza natural.

– Você irá me ajudar? – ela sussurrou.

O tenente manteve sua voz baixa.

– Ajudá-la com o quê?

– Há um homem aqui que diz ser Buck e eu sei que existe uma recompensa por sua cabeça. Pode me ajudar a levá-lo até a Marinha para que eu possa recebê-la?

Nicholas duvidava muito que Thomas Buck estivesse aqui. Sem dúvida, a mulher vira outro homem e assumira que era o pirata. Ainda assim, ele queria verificar a situação por si mesmo.

– Senhorita, onde ele está?

– Só lhe direi se você for quem eu penso que é.

– E quem acha que eu sou?

– Um oficial da Marinha, ou será que estou enganada?

Esse era um jogo perigoso. Admitir a verdade para a pessoa errada só o levaria a uma morte prematura. Aquilo parecia e soava como uma armadilha, mas se ele fosse esperto o bastante, poderia descobrir quem estava envolvido e escapar antes que fosse tarde demais.

– Posso repassar sua informação para um oficial – disse cautelosamente.

Ela fez beicinho e cruzou os braços sob seu decote.

– Não é bom o bastante. Você vai fugir e reivindicar a recompensa para si mesmo. Só vou falar com um oficial.

Que mulher teimosa, Flynn pensou.

– Terá muita dificuldade em encontrar um oficial da Marinha aqui, senhorita. Eu posso saber onde procurar alguém assim, mas o que a faz pensar que estaria inclinado a fazer isso?

– Pela mesma razão que eu estou. A recompensa. Ela é boa demais para resistir. Estou esperando há muito tempo para dar as informações que possuo sobre ele e ver meus bolsos se encherem. – A mulher sorriu. – Pense sobre o quanto nós podemos nos divertir se você me ajudar. Podemos dividir o valor.

Ele fingiu cair na lábia dela para poder descobrir quais eram suas intenções e quem eram seus parceiros se, de fato, aquela fosse uma armadilha.

– Muito bem, nós dividiremos a recompensa. Mostre-me onde Buck está.

– Por aqui, querido.

Ela o levou até um beco atrás do bordel. Nicholas segurou sua adaga com força, pronto para qualquer ameaça que pudesse enfrentar. Eles caminharam por alguns metros até que o inimigo deu seu golpe.

Sem qualquer aviso, Flynn foi agarrado por trás e uma lâmina foi colocada em seu pescoço. Se lutasse, sua garganta acabaria sendo cortada.

— Então, finalmente está erguendo sua verdadeira bandeira, não é? – uma voz irritada e com um sotaque escocês grunhiu.

No minuto seguinte, a dor explodiu por seu crânio e Nicholas caiu de joelhos. Antes de desmaiar, ele ouviu a mulher dizer:

— Eu falei que sou boa em identificar um oficial da Marinha. Os modos deste são bem cavalheirescos. É uma pena que você tenha que matá-lo.

O mundo ao seu redor tremeu até que a escuridão o tomou por inteiro.

Doze

Brianna ouviu uma comoção vindo do corredor do lado de fora de sua cabine e deixou os mapas e os gráficos que estivera analisando em cima da mesa. Ela abriu a porta, deparando-se com Joe e Patrick conversando. Entre eles, nas tábuas de madeira, estava Nicholas, inconsciente.

— Joe? — A jovem colocou as mãos em seu cinto, tendo fácil acesso à sua cimitarra.

— Temos um problema, moça. — Ele cutucou Flynn com a ponta de sua bota. — É sobre ele.

— O que quer dizer? — Parte dela queria correr até o homem caído, mas não se atreveu. Em vez disso, Brianna arqueou uma sobrancelha, esperando por uma explicação.

McBride deu de ombros.

— O rapaz está bem. Eu só o nocauteei.

Patrick lançou um olhar preocupado na direção de Joe e a pirata percebeu que teria que ser mais direta para conseguir respostas.

— Certo. E *por que* você o nocauteou?

– Porque ele não é um pirata. Flynn é um maldito oficial naval – Joe cuspiu.

Subitamente, o chão sob seus pés pareceu despencar. Brianna não conseguiu processar as palavras imediatamente, contudo, seu corpo ficou tenso.

– Ele é o *quê*?

– Ele é o *inimigo*, moça. Nós o trouxemos aqui para que você possa decidir o que fazer com ele antes que o resto da tripulação descubra.

Tremendo, ela deu um passo para trás e permitiu que McBride e Patrick entrassem em sua cabine.

– Tragam-no para dentro.

O primeiro imediato levantou Nicholas e o jogou por cima do ombro, carregando-o até o local.

– Patrick, vá buscar uma garrafa de rum – Brianna disse, mandando o grumete embora.

Assim que ficaram sozinhos, com Flynn no chão da cabine, ela circundou Joe.

– Então, você acha que ele é um espião. Por que tem tanta certeza?

Ele soltou um suspiro alto.

– Porque fui eu que descobri.

A jovem notou que não havia nenhum traço de alegria em sua revelação.

– Como?

– Eu o segui. Ele fez uma parada na periferia da vila e falou com um homem que eu já vi antes; um que, segundo os rumores, entrega mensagens para a Marinha.

– É só isso? Não é o bastante para...

Joe a interrompeu, dizendo:

– Contratei uma prostituta, instruindo que ela pedisse sua

ajuda e dissesse o que eu achava que Flynn queria ouvir. Ele lhe disse que era um oficial.

— Homens podem mentir para chamar a atenção de uma mulher bonita...

— Em *Sugar Cove*? — O primeiro imediato bufou. — Só um tolo faria tal alegação para dormir com uma mulher. Não, o que ele disse é verdade.

— Então, por que se disfarçar como um pirata? Flynn foi chicoteado por seus próprios homens em *Port Royal*, Joe. Ele quase *morreu*.

— Ele quase morreu por *você*, moça. Que maneira melhor de ganhar sua confiança? Um homem dedicado a uma causa faria isso e muito mais.

A mente de Brianna estava nublada pela dor ao tentar entender o que a traição de Nicholas significava.

— Por que, Joe? Por que eu?

— Não foi por sua causa, mas, sim, por conta de quem você conhece.

A compreensão a atravessou.

— Meu pai.

— Sim. Mesmo que eles não soubessem que você é a capitã da *Serpente* e pensassem apenas que navegava comigo, poderiam tentar usá-la para encontrar Buck.

Brianna encarou Nicholas. Os sonhos que nutrira sobre ter outra vida murcharam imediatamente. Ela sentiu como se sua alma pudesse ser levada pela menor das brisas.

— É melhor acorrentá-lo antes que ele acorde — McBride sugeriu. — Eu voltarei.

Ele deixou a cabine e Brianna desabou na cama, observando o rosto de Flynn, se é que esse era realmente seu nome. Ele estava vulnerável, completamente sob seu domínio. Qualquer outro capitão pirata decidiria matá-lo para acabar com isso, mas ela era muito parecida com seu pai para fazer algo assim. Brianna não era uma assassina implacável. Mesmo que ele fosse da Marinha, como Joe afirmara ser, a ideia a fazia estremecer.

Ela já vira um grumete de doze anos ser enforcado por pirataria ao lado de sua tripulação. Vira casas queimarem com mulheres e crianças dentro delas porque a Marinha acreditara que havia um pirata no local. Durante todo esse tempo, Nicholas a enfeitiçara com seus olhos azuis. Ele poderia estar planejando sua morte e a de sua tripulação. A traição dele a feriu muito mais profundamente do que imaginou ser possível.

– Traidor – murmurou.

Não, não podia pensar nele dessa forma. Os dois tinham passado por muita coisa juntos. Brianna não era capaz de descartá-lo de imediato. Ousara abaixar sua guarda e, agora, estava pagando *caro* por isso.

– Ah, Nicholas, o que você fez?

Ela não se moveu até Joe retornar, apenas observando ele respirar enquanto debatia sobre o que iria fazer. Quando o primeiro imediato apareceu, colocou Flynn de costas para a parede oposta à cama de Brianna e algemou seu pulso esquerdo. A outra extremidade da corrente foi presa a um anel de metal, onde a pirata normalmente pendurava roupas molhadas para secar.

– Isso deve mantê-lo longe de problemas por um tempo. Não acho que a tripulação o deixaria vivo se ele ficasse no convés.

Ela assentiu, sentindo o peito vazio. Apesar de sua traição e de sua farsa, não queria que Nicholas fosse ferido.

– Você ficará bem com ele aqui? – Joe perguntou.

– Sim. – Era mentira, mas ele não a pressionou sobre o assunto.

– Se precisar de mim, é só chamar, moça. – O primeiro imediato lhe lançou um olhar arrependido, o que só fez com que o fardo de ter o destino de Flynn em suas mãos ficasse ainda mais pesado.

O que faria? No momento, não tinha a mínima ideia.

———

Nicholas gemeu ao acordar com uma pulsação dolorosa retumbando em seu crânio. Sua visão clareou, revelando que estava na cabine de Brianna. Como diabos tinha vindo parar aqui? A última coisa da qual se lembrava era de estar saindo de um bordel para ajudar uma mulher...

Ele se levantou, ignorando a maneira como o cômodo girava ao seu redor. Brianna estava sentada na beira da cama, observando-o. Ela estava usando uma calça que ia até os joelhos, uma blusa branca e um colete de couro. Seu cabelo estava amarrado na nuca com uma fita preta. A pirata era uma visão de beleza e de perigo.

– Brianna. – Flynn deu alguns passos em sua direção antes de ser forçado a parar. Algo prendia sua mão esquerda. Ele percebeu que se tratava de uma algema. Estava acorrentado à parede pelo pulso. Uma onda de medo o tomou, como se estivesse, mais uma vez, sendo arrastado para as profundezas do oceano.

Brianna sabia quem Nicholas realmente era.

– Por quê? – A voz da jovem soou tão fria quanto o aço de sua lâmina, mas não conseguiu mascarar completamente a dor que ela sentia.

Ele não respondeu de imediato. O que poderia dizer?

– Flynn, por que me traiu?

– Eu não a traí e nunca tive a intenção de fazer isso. Minha missão era encontrar Thomas Buck. Só ele.

Brianna desviou o olhar.

– Tudo isso por conta de Buck? Essa foi a razão pela qual me apunhalou pelas costas?

O tenente tentou inspirar, não sentindo o ar entrar em seus pulmões. Era como se um grande peso estivesse pressionando o seu peito, esmagando-o.

– Brianna...

– *Capitã* Holland – ela o corrigiu. Suas palavras eram como um tapa em seu rosto.

Nicholas tentou mais uma vez.

– Capitã Holland, fui encarregado de encontrar Thomas Buck. O Almirante Harcourt pensou que você poderia... – Ele fez uma pausa. – Contudo, esse não é o real motivo. Não de verdade. Fiz isso porque sabia que o Capitão Waverly a enforcaria assim que conseguisse o que queria. Se ele tivesse descoberto que você era uma mulher, sua situação teria ficado ainda pior. Não há como controlar aquele homem. Sequer quero imaginar o que ele poderia ter feito com você.

O olhar dela endureceu.

– Ah, então tudo foi para o meu próprio bem, não é?

– Após descobrir que você possuía uma conexão direta com Buck, o Almirante Harcourt me pediu que ganhasse sua confiança. A princípio, ele acreditava que você poderia ser filho de Buck, porém, quando eu lhe disse que era uma mulher, Harcourt imaginou que talvez fosse uma filha ou uma amante.

– Foi mesmo? – O tom de Brianna era inescrutável, não lhe dando indicações de como ela estava interpretando sua explicação.

– Sim. O almirante tem uma filha. Ele nunca machucaria uma mulher. Essa era a única maneira... – Sua voz falhou ao perceber que não havia nada mais que pudesse dizer para reconquistar a confiança dela. Era uma causa perdida. Sua melhor opção era tentar permanecer vivo e, se Brianna permitisse, mantê-la segura. Nunca conseguiria reaver o que pensara que, um dia, poderia ser possível... encontrar sua própria felicidade.

– Entendo – a jovem falou.

Flynn piscou.

– Entende?

Ela assentiu lentamente.

– Entendo que, se eu fosse Bryan em vez de Brianna, já estaria morto; que, aos seus olhos, meu *único* indulto é o meu gênero. Diga-me, o que teria acontecido se fosse Patrick que tivesse sido jogado naquela cela com você?

– Patrick?

Brianna se levantou e deu um passo em sua direção.

– Meu grumete, um garoto que mal tem idade suficiente para se barbear. Imagino que se lembre dele, o rapaz que você salvou de Billy. Patrick nunca disparou uma arma ou se envolveu em qualquer tipo de ação contra outro navio. Que misericórdia você e seu *almirante* teriam lhe mostrado se fosse ele em *Port Royal*?

Agora, ela estava perto o bastante para enfiar sua cimitarra no peito dele. Nicholas abaixou o olhar. Ele sabia a resposta tão bem quanto a pirata, mas não conseguia dizer as palavras. Era verdade; Flynn poderia não ter se preocupado com um garoto como Patrick. Teria obtido a informação que procurava e seguido em sua próxima missão, contudo, no fundo de sua mente... saberia que logo o corpo do rapaz estaria balançando na forca.

– Foi o que pensei. Você me enjoa. – Brianna se virou, afastando-se dele.

Por algum motivo, isso o feriu mais do que ser esfaqueado. A jovem havia exposto sua hipocrisia; ainda assim, ele não se arrependia das escolhas que tinha feito.

– Como você descobriu? – o tenente perguntou após um longo momento de silêncio.

– Como? – ela repetiu suavemente, olhando pela janela de sua cabine.

– Sim, como descobriu?

A pirata riu amargamente.

– Não fui eu. Joe o viu falando com um homem conhecido por passar mensagens à Marinha, então, contratou uma mulher para fazê-lo mostrar quem realmente era.

Mesmo com o latejar em sua cabeça, Flynn conseguiu juntar as peças. Tinha sido um tolo desajeitado e ansioso demais para finalizar sua missão.

Brianna puxou sua cimitarra, permanecendo de costas para ele.

– O que você disse ao mensageiro?

Nicholas poderia mentir, porém, depois de ver sua expressão e a dor em seus olhos – a dor que ele havia causado –, resolveu acabar com as mentiras. Afinal, que bem elas lhe fariam? De uma forma ou de outra, provavelmente acabaria morto. Brianna não tinha motivos para lhe conceder misericórdia e, mesmo que o fizesse, sua tripulação certamente teria outros planos. Perceber que seu fim era iminente fez com que ele valorizasse a verdade.

– Disse que estávamos planejando perseguir navios espanhóis mercantes com destino a Cádiz e que eu ainda não tinha encontrado Buck, mas que continuava à sua procura. Se a Marinha viesse a capturá-la nesse momento, eu poderia dizer que só tinha testemunhado você perseguir embarcações de um país com o qual estamos em guerra; o que não seria visto da mesma forma que um ataque a navios ingleses.

A pirata o encarou, medindo suas palavras.

– Isso é tudo?

Ele assentiu.

– Não havia nada mais a dizer. Eles irão perseguir os navios em rota para Cádiz. Agora, você pode evitá-los.

Brianna virou lentamente de costas, caminhando de volta para as janelas e encarando o mar.

– Preciso avisar ao meu pai – ela sussurrou, mais para si mesma do que para ele.

– Então, é verdade? Você é a filha do Rei Pirata?

– Isso o surpreende? – a jovem perguntou.

– Ouvi dizer que Buck é um homem extraordinário, portanto, é natural que sua filha também seja.

Brianna virou ligeiramente a cabeça em sua direção e ergueu a cimitarra.

– Sua bajulação não é mais bem-vinda, traidor. Não conseguirá o que quer. Eu não permitirei que machuque o meu pai.

– Eu só queria protegê-la – Flynn disse.

Ela quase riu.

– Enquanto todos com quem me importo são baleados ou enforcados? Parece que tenho que pedir para meu coração se acalmar ou uma nobreza tão galante como essa me fará desmaiar – Brianna zombou e um brilho selvagem e predatório cintilou em seus olhos. Ela embainhou a cimitarra, em seguida, desfivelou o cinto que a segurava junto com sua pistola e o jogou na cama.

Sem nenhum traço de medo, a jovem se aproximou do tenente, deixando-o um pouco apreensivo. Ele deu um passo para trás quando ela colocou um dedo sob seu queixo, levantando-o.

– Além disso, você compartilhou a minha cama. Não foi o bastante?

O que ela estava fazendo?

– Como se uma noite com você fosse ser o suficiente – Nicholas respondeu, permitindo que o libertino dentro dele viesse à tona.

Brianna estava brincando com ele, como um gato atrás de um rato, mas, se este seria seu último momento com ela, Flynn queria apreciá-lo. Ele agarrou seu braço e a puxou para perto, mantendo-a cativa de sua paixão por uma última vez.

Nicholas abaixou a cabeça na direção da jovem, mas ela não lutou. Quando Brianna abriu a boca, ele a beijou como um homem possuído. A pirata empurrou seu peito, porém, depois, pareceu mudar de ideia e se enterrou contra ele enquanto seus lábios lutavam pelo controle. Flynn mordeu seu lábio inferior e ela passou a língua contra a dele, cada um apreciando a batalha sensual entre eles. Sim, o tenente nunca teria o bastante desta mulher, contudo, parecia que a sorte estava ao seu lado, já que não viveria o suficiente para sofrer o destino de ter uma vida longe dela.

Tão subitamente quanto havia começado, o beijo terminou. Brianna se afastou, tocando nos lábios enquanto o fitava de forma angustiada.

– Esse é o último beijo que receberá de mim. Agora, só resta decidir o seu destino. – Ela voltou para a cama e colocou seu cinto.

– Então, o que vai ser? – Flynn perguntou.

– Por direito, devo exilá-lo. É uma pena melhor do que você merece. – Embora a pirata não estivesse gritando, havia uma raiva em suas palavras que escondia a dor que ele vira em seus olhos.

– Mas você não vai, minha bela princesa pirata – Nicholas falou, jogando a única carta que lhe restava –, pela mesma razão que não exilou seus homens.

– Eu ia fazer isso – ela rebateu.

– Se tivesse feito, teria se odiado pelo resto da vida. Não demorou muito para convencê-la a mostrar misericórdia, porque é isso o que há dentro do seu coração. Foi esse mesmo senso de misericórdia que juntou nossos destinos em *Port Royal*. Não permita que minhas ações a transformem em um monstro, Brianna, pois, se isso acontecer, terei falhado com você em todos os aspectos e realmente prefiro enfrentar a morte a isso.

Mesmo que fosse com alguém como ele, que a havia magoado e traído, a jovem tinha um coração muito grande e uma alma muito caridosa para fazer algo tão cruel.

Seus olhos se estreitaram.

– Maldito seja, Flynn – ela disse, deixando-o na cabine com seu futuro incerto.

Nicholas caiu no chão, apoiando as costas contra a parede e fechando os olhos. Ia ser uma longa noite.

———

Brianna ignorou os olhares de sua tripulação ao atravessar o convés em direção ao mastro principal e começar a escalar o cordame. Quando chegou na vigia, inclinou-se contra o mastro. Era sua parte favorita do navio. Poucos homens iam até ali, o que lhe dava a oportunidade de ter um tempo sozinha e observar o mar. Ela também achava que o balanço, perceptível mesmo em águas calmas, era estranhamente relaxante.

A *Serpente* zarparia dentro de uma hora. Ainda precisavam reunir o resto da tripulação que estava em terra, porém, quando todos estivessem a bordo, partiriam para São Cristóvão, já que o vento e a maré estavam a seu favor. Se a Marinha estava à procura de seu pai, ele precisava ser avisado. Ela o caçava há anos, mas, agora, havia algo de diferente. Enviar um espião para dentro de sua tripulação fora um truque novo e muito mais ousado do que suas táticas usuais. Quais outros meios poderiam estar sendo usados por eles? Brianna precisava ir até Thomas para que pudessem arquitetar um plano de fuga, mesmo que apenas por precaução.

Contudo, quanto mais pensava a respeito, mais percebia que este não era o verdadeiro motivo. Era apenas uma desculpa. Buck evitara ser capturado por vinte anos e em circunstâncias piores do que esta. Não, o que havia de diferente desta vez... era ela.

Por mais que a jovem não quisesse admitir, sabia que as coisas teriam que mudar. Seu pai não podia fugir da Marinha para sempre. Mais cedo ou mais tarde, os oficiais o cercariam. Ninguém podia correr para sempre. A questão era: será que eles podiam parar de fugir e evitar a captura? Como seriam suas vidas sem a liberdade proporcionada pelo mar? Como seria a *sua* vida?

Brianna observou o sol desaparecer lentamente no horizonte até que seus últimos raios foram engolidos pela superfície do oceano. Diante da cena, seu coração afundou ainda mais. O que faria com Flynn? A melhor opção era matá-lo com suas próprias mãos. Ela o trouxera a bordo, portanto, este fardo era seu.

O problema era que Brianna não era esse tipo de pessoa e nunca *poderia* ser. Flynn estava certo. Ela não queria se tornar um monstro.

A pirata dobrou as pernas, encostando o queixo nos joelhos. Pela primeira vez em sua vida, sentia-se verdadeiramente sozinha. Algo dentro de si havia mudado, impedindo-a de voltar a ser como seu antigo eu. Tudo estava diferente. A andarilha despreocupada que certa vez fora, a filha de Thomas Buck, estava perdendo sua compreensão do mundo.

Nicholas acabaria sendo sua ruína. Havia sentido isso no momento em que ele adentrara sua cela e tal preocupação estava se mostrando desastrosamente verdadeira.

O que diabos ia fazer com ele?

———

Reese Belishaw engoliu o resto de sua cerveja, batendo a caneca na mesa com um suspiro satisfeito. Sua tripulação enchia a taverna. Ele sorriu ao ver os rostos dos homens em quem confiava. Contudo, independentemente de quanto tempo estivesse conduzindo o *Dragão Esmeralda*, nunca seria como seu primeiro capitão, seu *verdadeiro* capitão. Esta honra sempre pertenceria a Dominic Grey.

Sentia falta de Dom. Todos eles sentiam. Todavia, o caminho de Dominic havia mudado no momento em que sequestrara a filha do Almirante Harcourt. O homem quase acabara balançando na forca. Felizmente, um resgate afortunado o poupara da morte. Porém, tal salvação viera com um grande custo. Os dias de pirataria de Grey haviam acabado. Agora, ele era um marido e – por mais inacreditável que fosse – o futuro conde de Camden. Isso era o bastante para o ex-capitão do *Dragão*, mas, para Reese, tudo ainda parecia temporário, como se Dominic pudesse voltar ao navio a qualquer momento e assumir o controle.

– Capitão? – Chibbs, seu primeiro imediato, apareceu na

sua frente. Ele estava sem fôlego e com o rosto vermelho. Sua expressão alegre, sua face rechonchuda e seu comportamento animado eram capazes de conquistar a confiança e o carinho até mesmo do mais rude dos piratas.

– O que foi, Chibbs?

– É sobre Flynn, capitão. Algo está errado.

– O que quer dizer? – Ele se levantou, colocando a mão sobre o cinto, onde sua pistola estava.

– Alguém da *Serpente do Mar* o atraiu para um beco e o atingiu com força o suficiente para nocauteá-lo. Eu os vi carregando Flynn e pensei que alguma coisa não estava certa. Ele nos procurou mais cedo, dizendo que queria que fizéssemos uma parceria com a *Serpente* e que fossemos atrás de alguns prêmios com a Capitã Holland. Então, por que o primeiro imediato dela faria algo assim com Flynn?

– O primeiro imediato? – Reese repetiu.

– Sim, foi o próprio Joe McBride que o nocauteou.

Algo estava definitivamente errado. Belishaw podia sentir.

– A *Serpente* já deixou o porto?

– A tripulação acabou de ser chamada de volta ao navio. O que devemos fazer?

– Mande uma mensagem para Dominic, em *King's Landing*. Ele vai querer saber. Você descobriu para onde a *Serpente* está indo? Ainda planejam partir para Cádiz?

– Não, senhor. O rumor no cais é de que estão indo para São Cristóvão.

– São Cristóvão... – Reese falou.

– Sim, capitão. Ela está voltando para o ninho de Buck. Parece que algo a deixou assustada.

– O que poderia ter sido? – Belishaw sussurrou para si mesmo. – Brianna nunca arriscaria uma visita ao seu pai quando há fragatas da Marinha rondando as águas. Ela só pode ter um bom motivo para estar indo até ele.

– Não acha que...? – Chibbs comentou, ficando ainda mais vermelho.

– Que o quê?

– Bem... que, talvez, ela e Flynn tenham ficado muito próximos durante a viagem até aqui e que, agora, Holland possa estar o levando até sua família? Isso explicaria por que o homem foi levado ao navio contra sua vontade. Talvez a pirata queira que o velho Buck o force a se casar com ela?

Reese riu. Supunha que era possível, embora nunca tivesse pensado que Brianna Holland viria a sossegar. Não, a situação parecia muito séria para ser apenas um casamento forçado.

– Seja qual for o motivo, devemos segui-los e, se necessário, descobrir o que faremos para salvar Flynn. Reúna a tripulação e diga que estamos partindo em uma missão de resgate. Acho que os rapazes concordarão em salvá-lo.

– Sim, eles não deixariam que algo acontecesse com o melhor amigo do Capitão Dominic.

– Certamente não deixariam.

Nicholas Flynn teria seguido seu ex-capitão até o horizonte mais longínquo, o que significava que sua antiga tripulação faria o mesmo pelo amigo de Dominic.

Estamos indo, Flynn, Reese prometeu. Ao sair da taverna, ele olhou para o céu claro do Caribe e inspirou profundamente. Uma tempestade estava chegando.

Treze

O Almirante Charles Harcourt terminou de ler em voz alta a carta na frente do jovem aspirante naval que a havia entregado a ele. Ela tinha vindo de um dos seus espiões mais confiáveis em *Sugar Cove*. Ele abaixou a folha, ponderando sobre suas opções.

– Interessante.

O rapaz em seu escritório ficou em posição de sentido, com a coluna ainda mais ereta.

– Quais são as suas ordens, senhor?

– Bem... parece que temos que navegar para São Cristóvão.

– Senhor? – o aspirante naval perguntou, confuso. – Mas a carta dizia que o Tenente Flynn...

– Sim, nosso espião transmitiu as instruções do Tenente Flynn corretamente, contudo, também disse ter ouvido nas docas que a *Serpente do Mar* estava partindo para São Cristóvão.

– Isso significa que Flynn mentiu para nós?

Charles balançou a cabeça.

– Ele é um dos nossos homens. Não me enviaria direções erradas para o bem de alguns piratas.

Apesar de ter dito isso, havia algo que o preocupava. O tenente parecia ter criado um certo vínculo protetor com Holland. Será que isto poderia, de alguma forma, ter mudado sua lealdade? *Certamente não.*

Apesar de acreditar nisso, Harcourt vira em primeira mão como uma mulher – especialmente uma inteligente e bonita – poderia mudar o destino de um homem. Sua própria filha fizera isso ao salvar Dominic Greyville, um dos piratas mais notórios do Caribe, da forca. Portanto, como poderia ter certeza de que tal feito não voltaria a acontecer, dessa vez, condenando um homem?

– Se Flynn não mentiu... – O rapaz ainda estava tentando entender a situação.

– Significa que os piratas podem ter descoberto sobre ele e tomado um curso diferente. O tenente poderia muito bem estar em perigo. Esta é mais uma razão para nos apressarmos e seguirmos para São Cristóvão.

Charles redigiu rapidamente algumas cartas, pedindo ao aspirante naval que as entregasse aos quatro capitães com navios atracados em *Port Royal*. Felizmente, suas tripulações tinham recentemente retornado às suas respectivas embarcações.

Eles estariam prontos para zarpar em cerca de uma hora e, se o tempo permitisse, poderiam chegar à ilha junto com Flynn e os piratas. Se a sorte estivesse do seu lado, Thomas Buck estaria entre eles. O almirante examinou seus mapas, considerando o melhor percurso a ser tomado.

Poucos minutos depois, a porta de seu escritório se abriu e o Capitão Waverly marchou para dentro.

– É verdade? Você está indo atrás de Holland? – Os olhos escuros do sujeito cintilaram com uma animação cruel.

Charles franziu o cenho. Fazer com que a lei fosse cumprida era seu dever, contudo, ele não sentia nenhuma alegria em condenar alguém à morte. As almas que vagavam pelo caminho da ilegalidade deviam ser lamentadas, não salivadas como se fossem raposas aterrorizadas e encurraladas por um cão. Waverly não poderia ser descrito como nada menos do que sádico.

– Estou perseguindo uma possível pista – o almirante respondeu cuidadosamente.

Infelizmente, o capitão pareceu lê-lo com facilidade.

– Deve ser uma pista e tanto para você estar mobilizando todos os navios no porto. Prepararei um contingente de meus homens para navegar em seus navios. Eu os liderarei pessoalmente.

– Você não precisa fazer isso, capitão. Trata-se, afinal de contas, de uma questão naval. Estamos investigando um possível avistamento. – Charles sabia que poderia se recusar a aceitar os soldados, já que representava o verdadeiro poder na fortaleza. Todavia, se viessem a encontrar Buck, tal recusa poderia colocar sua capacidade estratégica como almirante em questão.

– O que fará se se deparar com o covil de Buck? Se uma luta em terra vier a acontecer, você precisará dos meus homens – Waverly o lembrou, sorrindo friamente.

– Capitão, realmente não... – o almirante começou a dizer, mas o homem girou sobre os calcanhares e se afastou. – Maldição – murmurou.

Agora, teria que se preocupar em manter Waverly longe de Nicholas e de Holland. O capitão tinha desenvolvido um ódio pessoal pela jovem e até mesmo pelo tenente. Charles gostaria de evitar qualquer confronto que viesse a ocorrer com o encontro dos dois homens.

Talvez, se encontrasse Buck, conseguisse manter o interesse de Waverly contido. Só poderia esperar pelo melhor, já que gostava de Flynn. O tenente era como o filho que ele nunca tivera, portanto, não estava prestes a deixar que um louco sádico lhe fizesse mal.

———

Dormir acorrentado à parede não era como Nicholas teria escolhido passar as últimas duas noites. Ele acordara brevemente durante a primeira noite, quando o grumete de Brianna viera pegar algumas roupas da cabine. Na segunda noite, Joe lhe fizera uma visita e algumas perguntas que acabaram o deixando com as costelas machucadas e com a mandíbula dolorida.

Além dos dois, Flynn não vira nenhum outro membro da tripulação. Patrick tinha esvaziado o penico e lhe trazido comida e bebida, assim como uma esponja para banho e alguns baldes de água. Sempre que Nicholas lhe dirigia a palavra, o garoto respondia. Contudo, quando perguntou como Brianna estava, ele corou.

– Não devo dizer – Patrick falou. – Ela está com muita raiva.

– De mim?

O tenente soltou uma risada amarga ao ver o rapaz assentir com os olhos arregalados.

– O que... o que você disse para ela? – Patrick perguntou em um sussurro.

– Ela não lhe disse?

– Não. Exceto por mim, por Joe e pela própria capitã,

ninguém sabe que você está aqui. Os outros pensam que ficou em *Sugar Cove*.

– Se a capitã não está dormindo aqui, onde está passando a noite?

– Na cabine de Joe.

Nicholas deu um pulo, ficando em pé. Será que Brianna havia seguido em frente tão rapidamente? E com McBride? Ele devia ter cerca de vinte anos a mais do que ela...

– O primeiro imediato está dormindo no chão – Patrick acrescentou.

– Ah, então, eles não estão...?

– Não estão o quê? – o grumete perguntou, então, um olhar conhecedor surgiu em seu rosto. – Você acha que eles estão fornicando? – Ele soltou uma risada. – Por Deus, não, Sr. Flynn. Joe não... não com a capitã. Ele é como um tio para ela, praticamente ajudou a criá-la. Sem falar que, agora, eles passam muito tempo brigando para...

– Bem, às vezes, uma briga pode levar à fornicação – o tenente murmurou sombriamente, depois, fez uma pausa, considerando o que Patrick havia lhe dito. – Por que eles estão brigando?

– Por *sua* causa, é claro. Joe quer enforcá-lo na verga, mas a capitã não quer fazer isso. Ela disse que você vale mais vivo do que morto.

– Que reconfortante. – Nicholas suspirou. – Pode me dizer para onde estamos indo? – Tudo o que podia ver através das janelas da cabine eram águas azuis-brilhantes.

– Bem... Já que me ajudou antes, suponho que sim. Estamos nos aproximando de São Cristóvão.

– São Cristóvão? Por que para lá?

Ele sabia que, em São Cristóvão, havia rumores sobre piratas que atacavam navios cheios de açúcar com destino à

Inglaterra, mas quase todos os lugares nas Índias Ocidentais tinham ninhos de piratas. A ilha, assim como a maioria das outras ao seu redor, possuía um legado de derramamento de sangue, já que os franceses e os britânicos tinham massacrado o povo caribenho em meados do século XVII.

– Vamos atracar em Basseterre? – Essa era a capital do local. Se Flynn tivesse que adivinhar, diria que era lá que o navio ancoraria.

– Coma, Sr. Flynn. Nós atracaremos em breve. – Patrick se apressou, saindo da cabine e deixando o tenente com perguntas sem respostas e a comida intocada aos seus pés.

Ele girou o pulso, testando a algema que o mantinha preso.

Uma voz suave veio da porta atrás de si:

– Planejando escapar?

Flynn deu um sorriso perverso por cima do ombro.

– Naturalmente. – Como um homem prestes a enfrentar a morte, ele queria rir loucamente em desafio. – Há rumores de que atracaremos em Basseterre – falou, observando-a em busca de alguma reação.

Os olhos de Brianna se arregalaram ligeiramente e seus lábios se abriram antes que ela pudesse se conter.

– Patrick... – a jovem rosnou, fechando os punhos.

Nicholas ouvira homens descreverem mulheres em um estado de "fina fúria". Agora, ele entendia a frase. Ela era adorável – mais do que adorável. Brianna ainda usava suas calças curtas, que deixavam o formato de suas panturrilhas à mostra sob suas meias brancas. Sua cintura era moldada por seu colete e seus longos cabelos dourados fluíam atrás de sua nuca, frouxamente presos por uma fita. Ela era, sem dúvida, uma princesa pirata.

Naquele momento, Flynn teria feito qualquer coisa para

pegá-la em seus braços, voltar a provar seu gosto, sentir o pulso selvagem em seu pescoço enquanto a acariciava e ouvir seus suspiros quentes à medida que fazia amor com ela. Em vez disso, juntou seus braços ao lado do corpo para evitar que tolamente tentasse tocá-la.

– Não culpe o garoto. Ele não abriu a boca, mas eu reconheci essas águas – mentiu. – O mar em São Cristóvão e em Névis possui um tom de azul único.

A pirata arqueou uma sobrancelha.

– É mesmo?

– Sim. – Ele sorriu e, por um segundo, algo se quebrou na fachada firme dela. O tenente sentiu seu peito se apertar quando o que acabara de crescer entre eles – uma coisa tão frágil, nova e diminuta – escapou de suas mãos, deslizando para o oceano abaixo.

– Você permanecerá aqui até... – A voz dela vacilou. – Até eu descobrir o que diabos farei com você.

Flynn não tentou barganhar ou implorar, pois sabia que qualquer decisão que Brianna tomasse seria a certa para ela. Isso teria que ser o suficiente para ele.

– Muito bem. Aguardo sua decisão, capitã.

———

Brianna saiu de sua cabine e fechou a porta, trancando-a atrás de si como tinha feito durante os três últimos dias. Toda noite, ela vinha verificar Flynn após ele ter adormecido. Quando não suportava mais observá-lo, saía. Toda vez que Patrick deixava a cabine, ela ou Joe guardavam a porta, embora o primeiro imediato fizesse isso de forma despreocupada, já que suas acomodações ficavam ao lado. Contudo, ainda era perigoso para Nicholas ficar a bordo de seu navio.

Brianna sabia o que esperavam dela, mas não tinha vontade de pôr tal pena em prática. Se sua tripulação descobrisse, poderia ser o fim de sua carreira como pirata. Estar nas águas de seu pai era algo bom, pois significava que seus homens se comportariam da melhor forma. Ninguém ia contra Thomas Buck, bem como não ousava fazer um motim contra sua filha tão perto da casa do Bucaneiro.

Gritos vindos do convés superior lhe disseram que haviam chegado em Basseterre, todavia, a jovem já sabia disso. Sentira que seu navio estava atracando pela maneira como ele vinha desacelerando antes de a âncora ser jogada e dar um pequeno puxão na embarcação. Passos vindos da escada a deixaram um pouco tensa. Felizmente, apenas Joe apareceu, não um marinheiro irritado por ter sido enganado. Agora, Brianna estava sempre esperando por uma revolta.

– Mandei uma mensagem para o seu pai, dizendo que você o verá em breve. Ficarei de olho aqui até seu retorno. – McBride se encostou na moldura da porta, gentilmente a enxotando dali.

– Obrigada, Joe.

Impulsivamente, a pirata deu um beijo em sua bochecha. O escocês corou, resmungando algo que soou como "estúpido oficial". Ela não costumava fazer demonstrações de afeto em público. Afinal, era importante que agisse como a capitã da *Serpente*, mas estava tão preocupada com Flynn, consigo mesma e com seu navio, que estivera depositando mais do que sua confiança habitual em Joe.

– Voltarei assim que eu puder. – Brianna subiu a escada até o convés.

Parte de sua tripulação estava abaixando a prancha no cais, enquanto outros homens amarravam cordas nos postes. A jovem sentiu o olhar de todos os marinheiros sobre si ao pular na prancha e caminhar com confiança até o cais. Provavelmente não passavam de seus nervos abalados, mas ela sentia um medo crescente de que sua tripulação viesse a descobrir que algo não estava certo e não queria que eles achassem que estava correndo até seu pai com o rabo enfiado entre as pernas.

Mesmo sob o sol do meio-dia, Basseterre estava movimentada. Devido ao crescente comércio de açúcar em São Cristóvão, muitos trabalhadores portuários carregavam cargas para dezenas de navios. De acordo com Buck, o capitão do porto registraria a *Serpente do Mar* sob um nome menos conspícuo.

Brianna abriu caminho através das docas até chegar à cidade, onde uma visão familiar a saudou. Um coche azul-escuro a esperava em seu local habitual. Ela revirou os olhos, caminhando até o veículo extravagante. Quando o motorista a viu, pulou de seu assento e abriu a porta.

– Senhorita Brianna – o homem de meia-idade cumprimentou com um sorriso caloroso.

– Olá, Phineas. – A pirata o abraçou antes de entrar.

Phineas trabalhava para o seu pai há mais de quinze anos. Thomas insistia em tratá-la como uma fina dama, o que significava que, sempre que vinha para Basseterre, ele esperava que Brianna permitisse que o motorista a levasse até sua casa.

– Seu pai ficará satisfeito em vê-la. – Phineas lhe deu uma piscadinha antes de fechar a porta e retornar para seu assento.

Quando o coche se pôs em movimento, Brianna se acomodou nas almofadas de veludo azul-escuro. A casa que seu pai havia construído ficava nas colinas, contudo, levou apenas cerca de meia hora para chegarem. Assim que pararam na frente da residência, ela abriu a porta e desceu antes que Phineas pudesse ajudá-la, seguindo para a varanda com pilares brancos, onde podia ver Thomas a aguardando.

– Bri, querida – seu pai a cumprimentou com sua voz

estrondosa. Seu cabelo escuro cintilava com fios prateados, mas ele ainda era um homem atraente para sua idade. "Em forma e lutando", era isso que Joe dizia sempre que alguém perguntava como Thomas Buck estava.

– Pai! – Brianna riu quando ele agarrou sua cintura e a ergueu, balançando-a de um lado para o outro.

As linhas ao redor dos olhos dele se enrugaram ao sorrir para ela.

– Fiquei encantado quando recebi a mensagem de Joe. – Ele beijou sua testa, fazendo-a rir novamente antes de se afastar.

– Pare. Eu não sou uma criança – Brianna o lembrou.

– Estou ciente disso. Os relatórios sobre suas últimas conquistas têm sido impressionantes. Você e a *Serpente do Mar* têm estado bem ocupadas. – Seus olhos brilharam com o orgulho travesso que apenas um pai pirata poderia ter.

A jovem ficou feliz por ele não ter ouvido sobre sua captura em *Port Royal*, contudo, mais cedo ou mais tarde, teria que lhe contar o que acontecera e preferia que a notícia viesse de sua boca.

– Sim, bem... – Brianna fitou suas botas.

Thomas colocou um dedo sob seu queixo, levantando seu rosto, de forma que ela não pudesse evitar seu olhar.

– O que foi, Brianna?

– Quando atracamos em *Port Royal* para abastecermos nossos suprimentos... – A jovem engoliu em seco. – Joe foi reconhecido. Eu lhe dei tempo para escapar, mas acabei sendo presa.

Seu pai empalideceu.

– Pelo seu tom, assumo que não foi libertada após contar alguma mentira convincente aos seus captores.

Ela balançou a cabeça e Thomas passou um braço ao redor de seus ombros.

– Entre e me conte tudo. Não deixe nenhum detalhe de fora.

Ele a levou para a cozinha, onde Brianna relatou o que havia acontecido, ou melhor dizendo, onde falou *quase tudo* que acontecera. Ela deixou de fora a parte sobre ter dormido com Nicholas.

– Agora, Flynn está acorrentado na minha cabine e, se tiverem acreditado na mensagem que ele enviou, a Marinha deve estar a caminho de Cádiz. Eu estou preocupada, pai. Esta tentativa de capturá-lo parece diferente das anteriores.

Thomas se levantou da mesa onde os dois estavam bebendo chá e começou a andar pela cozinha.

– Bem, não é a primeira vez que um espião é enviado, mas admito que ninguém conseguiu chegar tão perto antes. E o sujeito que você mencionou, Waverly...

Elida, a governanta espanhola que cuidava da casa, estava amassando pão na mesa. Seus olhos iam de Brianna até seu pai. Ela parecia sentir que Thomas estava preocupado. A mulher trabalhava para Buck há tanto tempo quanto Phineas, senão mais. Brianna não conseguia se lembrar de uma época em que a beleza espanhola de olhos castanhos não estava em suas vidas.

– *Señor*, termine seu chá – Elida disse com tanto carinho e comando em sua voz que Thomas a obedeceu sem questionar.

Ele pegou a xícara na mesa, bebendo-a enquanto continuava a andar.

– Pai, qual é o problema? – Brianna nunca o tinha visto assim.

– Você estava certa em se preocupar. Nunca podemos assumir que a Marinha Real está em desvantagem. Mesmo que Flynn acredite ter os enviado na direção errada, não significa que outro espião em *Sugar Cove* não tenha se atentado aos seus movimentos.

– Acha que não estamos seguros? – Ela se levantou lentamente, sentindo um terrível pavor apertar seu peito.

Seu pai sorriu.

– Querida, você, entre todas as pessoas, sabe que *nunca* estamos seguros, mas, sim, desta vez, parece diferente.

– Precisamos fugir. *Você* precisa fugir.

– Deixe-me pensar por um momento. – Ele frisou o cenho, avaliando a situação antes de se voltar para Brianna novamente. – Você disse que o espião é um oficial?

– Sim, um tenente. Isso importa?

– Talvez. – Ele abaixou a xícara, mais uma vez perdido em seus pensamentos. – Quero que ele seja transferido para o *Falcão do Mar*. O homem será uma moeda de troca útil. Se ele fosse um simples marinheiro, eles provavelmente o deixariam morrer, mas como é um oficial, é provável que seja de uma origem nobre. Será uma questão de honra salvá-lo. Eles não irão querer enfrentar as consequências por deixar o filho de um aristocrata morrer.

– Acha que ele possui uma origem nobre?

– No mínimo, deve ser o filho de um cavalheiro do campo. Rapazes que começam suas carreiras como aspirantes navais precisam ter conexões familiares ou possuírem uma posição particularmente alta ou influente na sociedade.

Isso explica muita coisa, Brianna pensou. Flynn era de um mundo diferente. Seus modos e até mesmo seu charme libertino possuíam uma elegância refinada. Quando o vira pela primeira vez, pensara que ele fosse um pirata cavalheiresco. Bem, ao menos estivera certa sobre a parte cavalheiresca.

– Brianna. – A voz de seu pai a tirou de seus devaneios. – Sei que deve ter gostado do sujeito, mas saiba que o que quer que ele tenha lhe dito não deve ser verdade. Você precisa se lembrar disso.

Ela não precisava de tal lembrete. Era por isso que, agora, tudo ao seu redor estava tingido de cinza. Nicholas havia roubado o brilho e a cor de seu mundo. Ainda assim, a jovem não conseguia odiá-lo.

– Eu sei. – Brianna suspirou. – É melhor partirmos logo.

– Elida, você sabe o que fazer até eu voltar. – Thomas puxou a bela governanta para seus braços, roubando um beijo rápido.

Ela corou e, com os olhos cheios de lágrimas, murmurou algo em espanhol antes de deixar o cômodo.

– Está ficando cada vez mais difícil deixá-la – ele confessou com uma voz áspera.

Agora, Brianna entendia por que seu pai queria se estabelecer em um lugar. Ele e Elida haviam se aproximado ao longo dos anos, o que significava que deixá-la para enfrentar um destino horrível nas mãos da Marinha pesava em seus ombros. A pirata se lembrou da terrível sensação de pesar que sentira quando tivera que se separar de Flynn pela primeira vez. Devia ser ainda pior para o seu pai, que compartilhava sua vida com Elida por quase vinte anos.

A jovem pigarreou, puxando Thomas pela manga enquanto seguiam para fora da casa.

– Por que não se casa com Elida? Ela o ama há anos.

Ele ficou atordoado.

– Você não ficaria com raiva de mim? – perguntou.

Brianna fez uma pausa, apoiando a mão na porta da frente.

– Por que eu ficaria com raiva? Você merece ser amado novamente.

– Você não sentiria como se eu a tivesse abandonado?

– O quê? É claro que não. Nunca me sentiria assim. Qual

seria o sentido da vida se tudo pelo que se pode esperar é o nó da forca? – Ela não disse que sentiria sua falta, porque, até que também desistisse de piratear, teria que ficar longe dele para mantê-lo seguro.

Os olhos de seu pai brilharam.

– Isso significaria voltar para a Inglaterra. Eu não poderia permanecer aqui com segurança. Não é mais como nos tempos em que Morgan era vice-governador. Eu nunca estaria seguro nas Índias Ocidentais, nem mesmo em São Cristóvão; não se quisesse realmente aproveitar a vida, sem me esconder em minha plantação.

– Eu sei.

Significava que Thomas a deixaria sozinha ali, a menos que ela escolhesse ir com ele.

– Podemos discutir isso mais tarde. Agora, precisamos lidar com seu oficial.

―――

Nicholas estava olhando o mar através das janelas da cabine de Brianna em posição militar, com as pernas ligeiramente afastadas e as mãos atrás das costas. Havia apenas alguns centímetros entre sua algema e a parede. Ele não se virou quando a porta se abriu.

– Muito bem, rapaz, está na hora de você ir – Joe disse.

Então, uma decisão havia sido tomada.

O escocês não estava sozinho. Um homem, na casa dos quarenta e poucos anos, estava ao seu lado. Ele usava calças pretas e uma camisa branca, tinha cabelos escuros e era mais esguio do que McBride. O sujeito se portava de uma maneira que dizia que ele era perigoso, contudo, Flynn estava mais interessado em seus olhos.

Eles eram afiados; olhos que não pareciam perder nada enquanto o mediam de cima abaixo. Além de sua capitã, havia apenas uma pessoa para quem Joe abriria a porta, sem falar que apenas um homem possuía um olhar tão inteligente quanto o de uma raposa.

— Thomas Buck — o tenente disse, dando um pequeno aceno de cabeça.

— Sr. Flynn — Buck respondeu calmamente. — Parece que nos encontramos em uma situação complicada.

— Parece que sim.

— Você salvou a vida da minha filha. Isso me deixa em dívida com sua pessoa. Contudo, você também a usou e a manipulou para me encontrar e me entregar à Marinha Real, algo que poderia custar muitas vidas. Eu diria que isso nos coloca em pé de igualdade, não acha?

Nicholas não respondeu.

— Já que a Marinha está me caçando, vou levá-lo ao meu navio e, se necessário, usá-lo como moeda de troca. Se conseguirmos chegar à Inglaterra sem que ninguém persiga meu navio ou o de Brianna, você será libertado e poderá voltar para casa. Todavia, para isso, precisará prometer que não revelará nosso destino final.

— Confia em mim para manter esse segredo? — o tenente indagou.

— *Confiança* não é uma palavra muito usada em meu mundo, Sr. Flynn, mas acredito que guardará nosso segredo por duas razões. Primeiro, porque tenho a intenção de me aposentar e não ter mais negócios relacionados à pirataria e, segundo, porque não acredito que você colocaria, de bom grado, Brianna em perigo. Como ela estará comigo, sua discrição será necessária. Se concordar, garantirei sua liberdade. Contudo, caso venhamos a ser atacados, irei usá-lo da maneira que achar necessário para salvar minha filha e minha tripulação.

Nicholas esperou um momento antes de responder:

– Eu entendo e concordo em fazer uma promessa de silêncio.

Se Buck realmente planejava parar com suas atividades, não havia mais sentido em persegui-lo. Um homem como Waverly caçaria o pirata até a morte, mas não Flynn.

– Pode soltá-lo, Joe – Thomas ordenou.

McBride abriu a algema e Flynn esfregou a pele avermelhada em torno de seu pulso.

– Siga-me, Sr. Flynn. – Buck deixou a cabine, com o tenente o seguindo e Joe logo atrás.

Quando chegaram no convés superior, ele viu Brianna e sua tripulação o observando de um dos lados do navio. Nicholas encontrou seu olhar julgador, desejando ter a chance de lhe dizer algo.

– Holland – Thomas chamou e sua filha se juntou a eles na prancha, que conectava a *Serpente do Mar* ao navio ao lado. – Diga adeus – ele falou para a jovem antes de seguir em frente.

Joe pigarreou, afastando-se.

Finalmente, tinham um momento a sós ou, ao menos, um em que não podiam ser ouvidos. Flynn não sabia ao certo o que dizer. Havia mil coisas em sua mente, mas a tripulação os estava observando e ele não queria que ninguém visse algo que viesse a enfraquecer a imagem que tinham de Brianna.

Cada um dos homens a bordo devia estar se perguntando o que estava acontecendo. Ele também imaginava o que aconteceria quando deixasse a *Serpente do Mar*. Agora, Nicholas estava no mundo dos piratas, um mar cheio de tubarões em que ele não tinha nada em que se agarrar, nada além de seus próprios membros para conseguir manter a cabeça acima da água... e, até mesmo isso, poderia ser perigoso.

– Seu pai disse que irá me libertar – Flynn falou, em vez de dar voz a todas as outras coisas que gostaria de dizer.

– Se ele disse que fará isso, então, de fato, fará. – Ela ergueu o queixo, tentando, com seu orgulho, esconder a dor que ele lhe causara.

Era tudo culpa de Nicholas. Ele havia ferido sua bela princesa pirata além do imaginável. Agora, perguntava-se se Brianna voltaria a confiar em um homem o bastante para permitir que ele se aproximasse dela.

O silêncio caiu sobre eles e o vento ondulou a vela acima de suas cabeças.

– Brianna – o tenente pronunciou seu nome suavemente e seus lindos olhos, de um verde tão brilhante, prenderam-no em um sonho caloroso que logo terminaria.

– Alguma coisa... alguma parte de tudo aquilo foi real? – ela perguntou em voz baixa. – Você... eu... o que compartilhamos. É loucura minha querer que tenha sido real? – Havia vulnerabilidade e condenação em suas palavras.

Por um momento, Flynn se perguntou se deveria mentir; se isto tornaria as coisas mais fáceis para a jovem. Se dissesse que nunca sentira nada, poderia ser que ela descartasse o caso entre eles e reconstruísse sua vida. Contudo, seu coração lhe obrigou a dizer a verdade. Ele devia isso à Brianna.

– Nunca fui um pirata, porém, ajudei o *Dragão Esmeralda* a escapar da Marinha e Dominic Grey realmente é meu amigo mais querido em todo o mundo. – Nicholas fez uma pausa, inspirando lentamente. – E o que aconteceu entre nós foi real. Talvez, em outra vida... – Ele parou antes que acabasse dizendo algo tolamente romântico.

– Em outra vida? – Brianna insistiu.

Ao ver a esperança que ardia em seus olhos, as palavras deixaram sua boca:

– Talvez, em outra vida, eu teria movido os céus e a terra para torná-la minha.

Antes que ela pudesse responder, o tenente atravessou a prancha, seguindo para onde Thomas Buck aguardava. Ele não olhou para trás, pois não queria ter a imagem de seu rosto triste gravada em sua mente. Preferia se apegar a outras lembranças; às memórias em que aqueles belos olhos cintilavam com travessura e vivacidade.

Flynn ignorou os olhares da tripulação de Buck ao ser levado para baixo do convés. Mais uma cela o esperava. Ele se virou para as barras assim que elas se fecharam, aprisionando-o, e o pai de Brianna se moveu para sair.

– Buck! – o tenente chamou.

A mandíbula do pirata se cerrou ao fitá-lo.

– Sim?

– Você precisa fazer com que ela deixe as Índias Ocidentais. Sua filha não está a salvo aqui. Há um capitão no exército de Sua Majestade, um homem chamado Waverly, que não vai parar até encontrar vocês dois. Eu a tirei da prisão em *Port Royal* antes que ele descobrisse que ela é uma mulher, porém, se Waverly descobrir a verdade, Brianna nunca estará segura.

Buck se aproximou das barras, estudando-o.

– Por que o destino de minha filha o preocupa tanto? Ela é apenas mais uma pirata, apenas mais uma pessoa a escolher um caminho perigoso.

Nicholas sabia que a verdade poderia irritar o homem, portanto, manteve-se calado.

O sorriso triste de Thomas era a única coisa nele que o lembrava de Brianna. Eles não possuíam outras características em comum.

– Ela sabe que você a ama? – o pirata perguntou.

– Sim, mas isso não importa. Sei que nossos destinos não estão interligados. Eu só queria... que ela tivesse uma vida diferente, uma em que não precisasse arriscar sua cabeça e terminar na forca.

Buck deu um breve aceno de cabeça, saindo sem dizer mais nada.

Flynn foi deixado sozinho na cela enquanto o navio se preparava para partir. Ele sabia que nunca mais veria Brianna. Agora, era um peão no jogo entre os piratas e a Marinha. Fora um tolo por ter se apaixonado pela filha do Rei Sombrio das Índias Ocidentais.

Catorze

O apito do contramestre, chamando os homens às armas, soou tarde demais. Nicholas estava sentado em uma caixa, remoendo os últimos acontecimentos, quando ouviu gritos de advertência vindos do convés acima, seguidos pelo silvo penetrante. Somente um navio da Marinha poderia causar tal aflição em uma embarcação pirata.

Eles estavam se movendo rapidamente, sem dúvida tentando sair da baía ao lado de Basseterre. Contudo, se o Almirante Harcourt estivesse no comando, faria com que sua frota cercasse a entrada muito antes que os piratas percebessem que estavam presos. Tanto Buck quanto Brianna seriam capturados... ou mortos.

– Ei! – Flynn gritou na direção da escada perto de sua cela.

Pés trovejavam à medida que os homens corriam para abrir as portas dos canhões e movê-los para as posições.

Os pensamentos do tenente se voltaram para Brianna e para *Serpente do Mar*, fazendo com que um medo que nunca sentira antes o varresse. Ele tentou se lembrar de que ela era mais do que capaz de defender a si mesma e a sua tripulação, mas isso não diminuiu seu medo.

Seus dedos se fecharam em torno das barras.

– Preciso falar com o Capitão Buck! – gritou novamente.

Nicholas forçou a grade, mas ela não se moveu. Era a segunda vez que estava preso durante uma grande batalha marítima. Se não estivesse tão preocupado, provavelmente já estaria se sentindo envergonhado. Desta vez, era pior, pois Brianna estava em perigo.

Por Deus, Thomas Buck estava certo. Ele estava apaixonado pela mulher. Se algo viesse a acontecer com ela... Flynn não continuou com a linha de raciocínio, voltando sua atenção para o súbito silêncio no convés. Talvez a Marinha não tivesse enviado muitos navios e eles...

O som de armas explodiu no convés acima e a embarcação ressoou como um trovão furioso. Nicholas abraçou suas pernas, segurando-se às barras de sua cela enquanto o enorme navio pirata tremia com a força da batalha. Pelo que pudera ver antes de ser preso, a embarcação de Buck era um saveiro rápido que estava em boas condições. Suspeitava que ele fosse enviado à terra anualmente para que as cracas fossem removidas do casco e para que os reparos necessários fossem feitos. Se o saveiro conseguisse passar pelo espaço entre os navios de guerra, eles poderiam ter uma chance. O problema era que, se fossem atingidos a uma curta distância pelos canhões, a embarcação afundaria em minutos, levando, consigo, o tenente para o fundo do oceano. Se Flynn morresse afogado na cela, não conseguiria encontrar uma maneira de chegar até Brianna e impedir que a Marinha disparasse contra a *Serpente do Mar*.

– Socorro! – Nicholas gritou, seu apelo sendo abafado pelos sons da batalha ao seu redor.

Ele quebrou a caixa que estivera usando como banco e enfiou as tábuas de madeira entre o ferro, esperando forçar as barras. Por um breve segundo, ouviu o metal ranger, mas ele não se moveu. Soltando uma maldição, o tenente chutou a grade e encostou o rosto nela, fechando os olhos em derrota.

Passos vindos da escada fizeram seus olhos se abrirem. Buck se aproximou da cela. Ele parecia preocupado e anos mais velho.

— O que diabos está acontecendo lá em cima, Buck?

— A Marinha nos bloqueou. Temo que a única maneira de escaparmos é se eu me render. — O brilho frio e pirático desapareceu de seus olhos, permitindo que Nicholas visse um homem tão mortal quanto qualquer outro. — Eles não nos afundarão se eu me entregar, não é? Brianna e sua tripulação podem escapar se eu os distrair. Ela... — Ele não disse mais nada, contudo, Flynn compreendeu o medo em sua voz. Buck não temia por sua vida, mas, sim, pela de sua filha.

— É tarde demais. Eu nunca quis que Brianna fosse pega no fogo cruzado, mas, agora... — O tenente balançou a cabeça. — Meu plano era que ela escapasse antes que a cercassem, contudo, nós dois sabemos que Brianna nunca faria isso, não quando sabe que seu pai está em perigo.

Em vez de xingá-lo, os olhos de Buck se iluminaram e ele se atrapalhou ao pegar as chaves.

— Pode ser que ainda não tenha acabado. Tenho uma ideia, mas ela requer sua ajuda e sua confiança. Diga-me, o que está disposto a fazer para salvar Brianna?

— Eu faria qualquer coisa por ela.

Thomas destrancou sua cela.

— Então, siga-me. Não temos tempo a perder.

Nicholas correu atrás de Buck, atravessando o caos que o

navio se tornara em meio à batalha. Todos os marinheiros estavam ocupados com as velas ou com as armas. Até os garotos conhecidos como macacos de pólvora estavam indo de um lugar para o outro, levando pólvora pela linha de canhões.

Thomas abriu a porta de sua cabine, gesticulando para que Flynn se juntasse a ele. Através das janelas na popa, o tenente viu o porto de Basseterre e os trabalhadores portuários fugindo enquanto balas de canhão eram lançadas perigosamente perto da costa.

O pirata abriu o baú ao pé de sua cama, vasculhando as camadas de roupas até encontrar o que estava procurando: uma bolsa revestida com alcatrão. Ele a enfiou nos braços de Nicholas.

– Dentro desta bolsa, está a chave para salvá-la – Buck disse. – É a prova de sua verdadeira família.

– O que quer dizer com verdadeira família?

– Ela nunca foi *realmente* minha, Flynn. Encontrei seus pais em um navio prestes a afundar. Seu pai estava ferido demais para sobreviver e sua mãe deu à luz a Brianna pouco antes de morrer. O homem me deu isso antes da vida se esvair de seus olhos.

Buck puxou um anel de sinete que estava pendurado em um cordão de couro e o entregou a Nicholas. A marca estampada nele era uma que o tenente tinha crescido conhecendo. Ele, assim como todo aristocrata britânico, aprendera a reconhecer os brasões das famílias mais poderosas da Inglaterra.

– Esse é o símbolo da Casa de Essex. Como...?

– O pai de Brianna era o irmão mais novo do duque.

– Ela é sobrinha do duque de Essex?

– Sim. – Thomas o empurrou para o corredor. – E, com este conhecimento, você pode salvá-la.

Apenas se ele conseguisse chegar até Brianna a tempo. O tio da jovem tinha quase tanta influência quanto a própria Coroa.

Nicholas e Buck correram para o convés superior, derrapando até pararem sob uma súbita tempestade que vinha na direção de São Cristóvão. A chuva quase obscureceu os navios de guerra à distância. Rajadas de fumaça em meio à tempestade mostravam a localização dos canhões das embarcações enquanto elas disparavam.

– Onde Brianna está? – Flynn perguntou.

O pirata vasculhou as águas, procurando pelo navio dela, então, apontou para o saveiro que estava mais longe.

– Ali! Eles se aproximaram da *Serpente* quando a tempestade surgiu. – Ele soltou uma maldição. – Ela está tentando despistá-los, já que eles pensam que eu estou a bordo do seu navio.

– Por que a Marinha pensaria isso?

– Antes de eu dar o comando para minha filha, a *Serpente do Mar* era meu navio.

Nicholas observou a *Serpente* e as embarcações navais, analisando sua velocidade e direção. Ele viu uma abertura crescente por onde o *Falcão do Mar* poderia escapar, dadas as condições certas.

O tenente colocou uma mão no ombro do Bucaneiro, fazendo seu olhar se afastar do navio de Brianna e da tripulação que lutava bravamente por ela.

– Buck...

– Icem a bandeira bran... – Thomas começou a gritar.

– Não façam isso! – Flynn berrou.

Buck lançou um olhar feio em sua direção, mas Nicholas balançou a cabeça.

– Se você ficar, vocês *dois* morrerão. Contudo, se fugir, eu posso conseguir salvá-la.

– Enlouqueceu? Ela *é minha* filha. Eu a criei. Não a deixarei em um momento como esse. – A voz do pirata se quebrou, cortando o coração do tenente.

Quantas vezes ouvira o pai de Dominic falar assim, afirmando que nunca desistiria de procurar seu filho desaparecido?

– Você a verá novamente e não será na forca – ele prometeu.

Buck fitou o navio de Brianna mais uma vez.

– E você? Como chegará até ela?

– Precisarei do seu barco a remo.

Seus olhares se encontraram. Um pai encarava o homem que amava sua filha o bastante para arriscar sua vida e trair seu país. Buck devia ter visto a verdade nos olhos de Flynn, pois, um segundo depois, gritou para sua tripulação:

– Abaixem o barco a remo!

Seus homens se apressaram para colocar o barco na água enquanto outra saraivada do inimigo passava muito perto do *Falcão do Mar*. Nicholas jogou a bolsa de couro sobre o braço e desceu pela lateral do navio, lançando um último olhar para o capitão. Thomas Buck estava no convés do meio, com a bandeira preta estampada por um falcão branco voando acima de si, dando um aceno de cabeça solene ao tenente antes de se preparar para escapar com sua tripulação atrás da névoa gerada pela forte chuva.

Boa sorte, Rei Sombrio das Índias Ocidentais.

Nicholas se acomodou no barco e ergueu a pequena vela. Em seguida, pôs-se em movimento, seguindo na direção dos distantes navios de guerra, que pareciam fantasmas enquanto duelavam dentro da tempestade.

Eles estavam perdendo. Balas de canhão atravessaram o convés do amado navio de Brianna. Sob a forte chuva, tudo parecia estar acontecendo em câmera lenta. Corpos despedaçados e homens lutando bravamente se espalhavam pela embarcação. Tinham conseguido tirar seu pai do fogo cruzado e lhe dar abertura para passar pelos navios navais, indo para águas abertas, onde o *Falcão do Mar* poderia ultrapassá-los. Contudo, a *Serpente* não seria capaz de fugir. Seu mastro principal estava caído e sua tripulação lutava por suas vidas.

– Não duraremos muito, moça – Joe disse. Seu peito se expandiu à medida que ele inspirava profundamente.

O primeiro imediato estava no cordame junto com outros marinheiros, movendo as velas na esperança de escapar dali, mas os navios de guerra tinham encurralado a *Serpente do Mar*.

– Onde o meu pai está? – Ela vasculhou a baía, não vendo nenhum sinal do *Falcão do Mar*. Teria ele conseguido escapar? Brianna esperava que sim, já que sua tripulação estava pagando por essa chance com suas vidas.

– Ele conseguiu fugir – Joe falou. – Vi o *Falcão* escapar com os meus próprios olhos.

Outra explosão ensurdecedora sacudiu a embarcação. Se recebessem outro golpe como esse, acabariam afundando.

– Ice a bandeira branca, Joe – ela disse calmamente.

– Tem certeza? – ele perguntou.

A jovem lançou um olhar pelo convés, vendo seus homens sangrando. Os gritos de sua tripulação estavam a afogando junto com as chuvas torrenciais.

– É nossa única chance. Se içarmos a bandeira, eles pararão

os disparos e nossos homens poderão nadar até a costa antes que o inimigo nos aborde.

Estavam perto o bastante para que a maioria dos marujos, nadadores experientes, pudesse chegar a Basseterre e se esconder na ilha.

McBride assentiu, colocando as palmas ao redor da boca.

– Icem a bandeira branca!

Ela viu a bandeira disparar pelo mastro, movendo-se descontroladamente enquanto o vento e a chuva a chicoteavam. Tiveram que esperar pelo o que pareceu ser uma eternidade, mas, por fim, as outras três embarcações pararam de atacar a *Serpente*.

– Diga para os tripulantes abandonarem o navio. Agora!

– Você vem, moça?

Brianna assentiu.

– Vá em frente. Eu irei ao seu encontro em um momento.

Joe ordenou que abaixassem todos os botes salva-vidas, afirmando que qualquer homem que conseguisse nadar poderia fugir. A tripulação correu para a lateral da *Serpente*, pulando na água o mais rápido possível. McBride os seguiu.

Brianna desceu a escada, gritando com os marinheiros que ainda cuidavam dos canhões e dizendo para abandonarem o navio. Quando chegou à sua cabine, percebeu que só tinha alguns minutos para reunir seus amados pertences – incluindo a escova de cabelo de sua mãe – e colocá-los em uma bolsa antes de partir. Passos vindos de cima a fizeram congelar. As vozes que ouviu não eram de sua tripulação. A *Serpente* rangeu com as ondas que batiam em seu casco. As vozes masculinas pareciam estar se aproximando cada vez mais.

Maldição... Seu navio tinha sido invadido mais cedo do que imaginara. Brianna fechou a porta da cabine, colocou uma cadeira contra ela e trancou a fechadura. Uma dúzia de ideias voou por sua mente, porém, apenas uma poderia ser capaz de fazer com que os intrusos não a vissem como uma pirata. Ela tirou suas roupas masculinas e, apressadamente, vestiu seu vestido vermelho, pegando as fitas e apertando o corpete. As vozes ficaram mais altas e alguém bateu na porta.

– Abra! Você está sendo ordenado a se render.

A jovem lançou um breve olhar para as janelas de vidro de sua cabine, desejando que uma das balas de canhão as tivesse quebrado, assim, poderia ter pulado pelo buraco e escapado em vez de ter que se envergonhar.

– Derrube-a! – gritou a pessoa do lado de fora.

Amaldiçoando sua sorte, Brianna tirou a cadeira da porta e a destrancou. Ela ofegou e, com lágrimas nos olhos, observou quatro homens cambalearem para dentro.

– Por favor, não me machuquem! Eu não sou uma pirata.

Um dos homens era um jovem oficial, os outros eram marinheiros comuns. O oficial ergueu uma pistola, apontando para o peito dela.

– Prendam esta mulher.

– Não! Por favor! Eu estava sendo mantida aqui contra a minha vontade. Aqueles piratas me *sequestraram*. – Brianna começou a soluçar e o grupo trocou olhares incertos.

O jovem oficial abaixou ligeiramente a pistola, pego de surpresa.

– Hã... Desculpe, senhorita. Está tudo bem... Por favor, pare de chorar.

– Não seja tolo, senhor. Ela não é inocente, é a amante de um pirata – um dos marinheiros rosnou, aproximando-se de Brianna.

Ela reagiu por instinto, derrubando o homem com um golpe de sua bolsa. Infelizmente, os outros dois a agarraram pelos braços, prendendo-a de costas na cama. Quando o oficial tentou intervir, um dos marinheiros o nocauteou com o punho, fazendo-o desabar no chão.

Brianna gritou com raiva, chutando-os.

– Como se *atrevem*!

Seus berros foram ignorados pelos homens. A pirata era forte, mas não conseguia lutar contra a dupla musculosa que a segurava.

– Deixe-me tomá-la primeiro – rosnou o sujeito que ela havia derrubado no chão, colocando-se de pé.

– Vocês não podem estuprar uma mulher – Brianna tentou protestar, contudo, sabia que eles não se importavam.

Existiam homens maus em qualquer lugar – independentemente de qual bandeira hasteassem –, bem como havia homens bons a bordo de navios piratas.

Um deles riu.

– Você não passa de uma prostituta que se envolveu com piratas. É diferente.

Brianna mataria cada um daqueles marinheiros de uma maneira terrivelmente dolorosa assim que tivesse uma chance; e ela *encontraria* uma...

Quando alguém tentou levantar suas saias, a pirata chutou o rosto de seu ofensor. Ela sentiu um nariz se quebrar sob sua bota e o homem gritou de dor. A jovem riu em triunfo.

– Sua puta maldita! – Um marinheiro a esbofeteou com um golpe tão forte que, por um momento, sua visão escureceu e ela sentiu o gosto de sangue na boca.

Mãos ásperas estavam em lugares que não deveriam estar. Brianna soltou um grito primitivo de fúria feminina que, em tempos antigos, teria feito o mar se revoltar, pronto para afogar cada um dos homens que tentava machucá-la.

Subitamente, uma pistola disparou e todos congelaram.

Ofegante, Brianna encarou o sujeito parado na porta de

sua cabine. Uma raiva sombria consumia seus olhos azuis. Como diabos...? Sua linha de raciocínio foi interrompida quando ele falou:

— Soltem essa mulher ou eu juro que vocês acabarão com uma bala na cabeça.

Lentamente, as mãos que a prendiam se afastaram. A jovem fitou seu inesperado salvador.

— Quem é você? — um marinheiro indagou.

— Sou o Tenente Nicholas Flynn. Estou aqui sob as ordens do Almirante Harcourt.

— Nós estávamos apenas nos divertindo um pouco... Ela é apenas a amante de um pirata.

— Você está completamente errado. A dama que acabou de tocar é *minha esposa* e a sobrinha do duque de Essex. Ele irá puni-lo pelo que fez com ela.

— O quê? — o homem zombou. — Essa mulher é sobrinha de um duque? Então, o que ela está fazendo aqui?

Brianna levou apenas um segundo para compreender as mentiras espertas de Nicholas e usá-las para reforçar sua própria história.

— Estou aqui porque fui sequestrada, seus malditos tolos. Eu estava indo encontrar o meu marido quando meu navio foi atacado por piratas e fui feita prisioneira. Vocês me encontraram, porém, em vez de me resgatarem, se *atreveram* a me agredir. — Ela se afastou do trio, saindo da cama.

Flynn estendeu uma mão e Brianna correu para os seus braços. Ele a abraçou, segurando-a perto de si enquanto continuava a manter a arma apontada para seus agressores. O jovem oficial que tinha sido nocauteado soltou um gemido, parecendo voltar a si.

— Você está bem? — Nicholas sussurrou, de forma que só a pirata ouvisse.

– Vou me sentir muito melhor depois que você me der sua pistola e eu tiver atirado nesses bastardos – a jovem sibilou baixinho.

– Bem, isso não é possível. Contudo, se cooperar comigo, posso ser capaz de salvar sua vida.

Brianna deixou de lado seus planos de vingança, dando um grande soluço teatral e enterrando seu rosto no ombro dele.

– Honestamente, não sabíamos quem a mulher era – um dos homens protestou.

– Pronto, pronto, minha querida. – Flynn sorriu antes de beijar o topo de sua cabeça, assim como um marido preocupado faria.

Mais tarde, a pirata teria que digerir o fato de que tivera que fingir ser a esposa dele.

Nicholas abaixou a pistola e a colocou em seu cinto.

– O almirante ouvirá sua defesa. Venha, minha querida, vamos levá-la para um local seguro.

Ele a levou até a escada, subindo para o convés superior. Brianna parou quando viu parte de sua tripulação. Seis de seus homens, que não haviam saído do navio a tempo, estavam cercados, com suas armas jogadas no chão. Seu grumete estava entre eles. Assim como os outros, Patrick estava com uma expressão estoica no rosto.

Nenhum deles disse uma palavra quando ela foi forçada a passar por eles com o braço protetor de Flynn em torno de seus ombros. Os olhos da jovem queimaram com lágrimas ao notar que seus tripulantes a protegeriam até seus últimos suspiros. Ela se sentia covarde por não admitir quem realmente era e se juntar a eles para enfrentar seu destino. Todavia, em sua atual posição, Brianna ao menos podia encontrar uma oportunidade para, posteriormente, salvá-los.

O almirante e alguns dos capitães navais estavam agrupados, falando entre si.

– Almirante – Nicholas chamou. – Se não se importa, poderíamos conversar?

Harcourt se virou. Quando notou a presença da pirata, seus olhos se arregalaram levemente.

– É claro, tenente. – Ele se afastou do grupo, seguindo até onde os dois estavam.

– Almirante – Flynn sussurrou. – Preciso que confie em mim. Posso explicar tudo quando estivermos em segurança.

– Eu confio em você – o homem respondeu sem hesitar.

– Que bom. Esta é minha nova esposa, Brianna Flynn. Seu nome de batismo é Brianna St. Laurent. Ela é a sobrinha do duque de Essex.

– A sobrinha do... – Harcourt arqueou uma sobrancelha. – O que está fazendo, Flynn?

– Acredite em mim, almirante, é verdade. Explicarei a situação em breve. Agora, precisamos protegê-la.

– Hã... sim, é claro. – O almirante pigarreou antes de caminhar de volta para o grupo de homens sob o seu comando, que o observava com curiosidade. Eles trocaram sussurros abafados e tudo que saiu da boca de Harcourt pareceu ser aceito. – Por aqui, tenente. Você e sua esposa serão levados para o meu navio imediatamente.

Quando Brianna e Flynn voltaram a passar por sua tripulação, ela sentiu o peso de seus olhares formarem um bolo em sua garganta. Todos eles seriam enforcados. A jovem tinha usado todas as suas jogadas inteligentes e exaurido suas rotas de fuga. Nenhum tomate ou perseguição em um mercado seria capaz de salvar seus homens... ou a própria pirata. Brianna teria que enfrentar o que Nicholas havia reservado para ela enquanto fazia todo o possível para bolar um plano de resgate.

A pirata olhou para o mar. A tempestade que escondera a fuga de Thomas Buck havia cessado.

Adeus, pai.

Ela endireitou os ombros, pronta para encarar o fim de sua liberdade com cada grama de coragem que lhe restava e, se ainda tivesse um pouco de sorte restante, salvar seus homens.

Quinze

Nicholas levou Brianna até uma cabine espaçosa no navio do Almirante Harcourt. Até onde os outros marinheiros a bordo podiam ver, ele estava calmo, porém, no fundo, estava tão aliviado que mal podia acreditar que tinha conseguido. Fora capaz de salvá-la antes que... Flynn tentou não pensar no que aqueles homens teriam feito com ela. A jovem tinha lutado como uma leoa, mas estava em desvantagem numérica.

O tenente manteve o braço ao redor dos ombros dela, notando que Brianna começava a tremer. Muitas vezes, isso acontecia com ele após uma luta marítima perigosa. Nicholas tremia por alguns minutos até que o choque passasse. A pirata provavelmente ficaria furiosa com ele quando voltasse a agir como si mesma.

– Onde estamos? – ela perguntou. Sua voz soava entorpecida.

– Em uma das cabines dos oficiais. Por que não se senta? – Flynn tirou o braço de seus ombros, empurrando-a em direção à cama.

Um dos oficiais navais havia cedido o aposento para que a noiva de Nicholas tivesse uma viagem mais confortável de volta à Jamaica. Mal sabia ele que Brianna não era uma flor inglesa delicada que murcharia ao ver uma acomodação pequena. Ainda assim, após o dia que tivera, a pirata precisava descansar e se recuperar.

Brianna desabou sobre o colchão. Seu olhar estava distante e seu corpo ainda tremia. Assim como ele, ela estava enxarcada até os ossos, contudo, a principal preocupação de Nicholas era que a jovem pudesse estar entrando em choque. Ele fechou a porta da cabine, colocando tanto a bolsa que Thomas Buck lhe dera quanto a dela no chão. O tenente se aproximou, ajoelhando-se na frente de Brianna de modo que seu olhar ficasse no mesmo nível do dela. Então, com as duas mãos, segurou o rosto da jovem gentilmente.

– Brianna. – Ele acariciou sua bochecha. – Brianna. Olhe para mim.

Lentamente, o olhar vítreo da pirata se aguçou.

– Por que você me salvou? Por que mentiu? Eu deveria estar com meus homens na cela.

Ela havia perdido seu navio, seu pai, sua tripulação e sua liberdade... Esta era uma mulher que acabara de perder tudo. Homens fortes já teriam desmoronado.

– Eu não menti. Bem, a parte sobre sermos casados foi uma mentira, mas o restante não. Veja bem...

Uma batida na porta da cabine os interrompeu. Nicholas soltou um xingamento antes de abrir para verificar quem era. Harcourt estava no corredor, com os olhos fixos no tenente.

– Entre, senhor. – Ele deu um passo para trás, permitindo que o almirante passasse. Então, fechou a porta. Ao menos não teria que contar a história duas vezes.

– Você prometeu me dar respostas, meu rapaz. Agora, diga-me, o que diabos é tudo isso?

– Senhor, esta mulher é Brianna, a filha de Hugo e Beatriz St. Laurent, o irmão mais novo e a cunhada do duque de Essex. – Embora estivesse falando com Harcourt, Flynn fitava Brianna.

Os olhos dela se arregalaram em descrença.

Ele sequer podia imaginar como suas palavras a estavam devastando. Nicholas não só tirara a paternidade de Buck, mas também logo lhe daria a notícia sobre o destino de seus verdadeiros pais. Era um golpe que ele nunca desejaria dar a ninguém. Só esperava que Brianna o perdoasse.

– Mas como? Hugo e sua esposa se perderam no mar há vinte anos. Procuramos por eles em todos os lugares. Na época, eu era um jovem capitão e fui encarregado com a tarefa de encontrá-los. Infelizmente, não havia vestígios do paradeiro do casal.

– Se perderam no mar... – a jovem murmurou baixinho. O olhar em seu rosto lhe disse que a informação tinha virado seu mundo de cabeça para baixo.

– Thomas Buck encontrou um navio que havia sido jogado contra um recife durante uma tempestade. Ele se deparou apenas com dois sobreviventes, um homem e sua esposa grávida. Ela estava dando à luz quando ele os encontrou. Devido aos seus ferimentos, o marido logo morreu. Após a esposa dar o nome de sua mãe à criança, ela também veio a óbito.

Os lábios da pirata tremeram. Ela piscou, atordoada, como se tudo não passasse de um sonho enlouquecedor do qual não conseguia acordar.

– Lady Brianna era a mãe de Beatrice St. Laurent... – o

almirante murmurou, fitando-a. – Nos vimos uma vez, anos atrás.

– Com a morte de Beatrice, Buck pegou a criança e todos os pertences de seus pais que pôde encontrar. Ele criou a menina como sua e, até hoje, ela não tinha conhecimento sobre sua verdadeira família ou sobre a vida que teria tido se seus pais não tivessem morrido naquele dia.

– Isso é verdade? – Harcourt perguntou à Brianna.

Ela fitou o almirante com uma expressão desconcertada.

– Eu... Honestamente, eu não sei... – gaguejou.

Nicholas pegou a bolsa que Buck lhe dera e a abriu. Vasculhando o conteúdo, encontrou o anel de sinete e o ergueu para que o almirante pudesse vê-lo.

– Esse é o brasão da Casa de Essex. Meu Deus. – Harcourt encarou Brianna com novos olhos. – Ninguém pode descobrir que ela foi criada por um pirata. Mesmo sabendo quem é seu tio, eles ainda podem querer enforcá-la. Precisamos explicar como ela foi parar naquele navio pirata.

– Foi por isso que eu disse que Brianna era minha esposa e que teve a infelicidade de ser capturada por piratas em seu caminho para cá.

Nicholas não olhou para a jovem, temendo ver algo em seu rosto que não estava preparado para ver. Ele a traíra, destruíra sua vida – ao menos a vida que ela conhecia até o momento – e, agora, teria que jogá-la em um mundo novo; um para o qual a pirata não estava pronta. Para salvá-la, o tenente teria que roubar sua liberdade.

– Você compreende o que está fazendo? O que isso exigirá? – o almirante perguntou rapidamente.

– Sim, senhor, eu compreendo. – Flynn disparou um olhar para Brianna.

A julgar por seus olhos arregalados e confusos, ela não

parecia entender a gravidade de sua situação. Ele, no entanto, entendia, e até que a jovem se recuperasse desse novo choque, cuidaria dela, assim como ela cuidara dele após ser chicoteado.

– Muito bem. No momento em que atracarmos em *Port Royal*, tomaremos todas as providências, mas a verdade deve permanecer em segredo. Ninguém pode saber.

– Eu entendo.

O almirante inspirou profundamente, como se uma pequena parte de um fardo muito maior tivesse sido tirada de seus ombros.

– Farei o que puder para sustentar sua história aqui. Agora, por que vocês dois não descansam? Amanhã, conversaremos novamente.

– Devo retornar ao meu posto neste navio?

– Não, rapaz. Apenas descanse. Você fez por merecer. – Harcourt sorriu tristemente, deixando-os sozinhos.

Flynn fechou a porta atrás dele.

– O que ele quis dizer? Que providências? – O tom suave de Brianna estava cheio de suspeita. – O que está planejando fazer comigo?

Ele voltou para a cama, sentando-se ao seu lado enquanto tentava descobrir a melhor maneira de dar a notícia.

– Brianna, você deveria descansar.

– Diga-me, Nicholas. Você me deve isso. – A dor fez os olhos da pirata endurecerem.

Ela estava certa. Devia-lhe isso e muito mais.

– Quando chegarmos em *Port Royal*, devemos nos casar legalmente. Temos que transformar nossa história em um matrimônio real e fazer com que o magistrado coloque na certidão que estamos casados há um ano. Isso ajudará a encobrir a verdade até que possamos levá-la em segurança ao seu tio.

Uma dúzia de emoções passou pelo seu rosto.

– Meu tio...

– O duque de Essex é um homem poderoso. Ele poderá protegê-la quando estiver em suas terras. Enquanto todos acreditarem que nos casamos em segredo meses atrás, você estará segura. – Nicholas estendeu o braço para pegar a mão da jovem, que apertava a saia de seu vestido com força. Ele nunca a tinha visto assim, tão aflita e inquieta.

Brianna afastou a mão.

– Eu ficarei *presa*.

O tenente soltou um suspiro. Já esperava por isso.

– Se encontrar uma solução melhor, sou todo ouvidos. Enquanto isso, por que não dorme um pouco? – O sono permitiria que ela processasse tudo pelo que havia passado. Flynn se levantou da cama, colocando algumas cobertas para que pudesse dormir no chão.

– Não posso acreditar que ele fez isso comigo – a pirata sussurrou para si mesma.

Nicholas parou o que estava fazendo e a fitou.

– O que esperava que ele fizesse? Deixasse você morrer? Ele é o seu pai, Brianna. Compartilhar a verdade sobre seu nascimento foi o que salvou sua vida.

– Um pai não faria isso com sua filha. Buck *destruiu* minha vida, quem eu sou e meu passado. Ele sequer é sangue do meu sangue.

Mais uma vez, o tenente se ajoelhou na sua frente.

– Um bom pai, de sangue ou não, faria qualquer coisa para proteger sua filha. Ele sabia que, ao me dizer a verdade, estaria desistindo de você para sempre, contudo, também estava ciente de que isso a salvaria. Foi por isso que fez o que fez. E estou certo de que, se precisasse, o homem faria tudo de novo.

Lágrimas se formaram em seus olhos. Ela as enxugou, deitando-se na cama.

– Então, você quer que eu fique sentada em uma gaiola dourada enquanto meus amigos são enforcados. Eu preferia que tivesse me matado com um tiro e acabado logo com isso. – Brianna encarou a parede, dando-lhe as costas.

Frustrado, Flynn fechou os dedos ao redor da moldura da cama. Algum dia, a pirata entenderia o que Buck havia feito por ela, bem como o que o tenente estava fazendo. *Algum dia... talvez.*

———

Brianna não tinha certeza de quanto tempo passou dormindo, mas, quando acordou, uma bandeja de comida estava na mesa ao lado da cama e ela se encontrava sozinha na cabine. A pirata deu um suspiro de alívio. Naquele momento, não conseguiria lidar com ninguém, especialmente com Nicholas. Ela sentia como se tivesse sido jogada contra uma antepara repetidas vezes até que cada parte de seu corpo estivesse doendo.

Não queria pensar sobre o que ele tinha dito acerca de seu passado e de seu pai. A única coisa em que podia se concentrar era no que faria agora que sua vida estava permanentemente amarrada ao matrimônio com Flynn. Parecia um sonho terrível do qual não conseguia escapar.

Joe e a maioria de sua tripulação provavelmente estavam escondidos nas colinas de São Cristóvão, contudo, os outros seriam enforcados se ela não encontrasse uma maneira de libertá-los. Seu pai tinha fugido e Brianna deveria se casar com Nicholas só para, então, ser levada à Inglaterra como uma bagagem qualquer. Tudo o que importava para ela havia se transformado em cinzas.

Sempre há a opção de correr..., sua mente sussurrou. *Encontre uma maneira de libertar sua tripulação e, depois, escape.* O problema era que a perspectiva de deixar Flynn para trás a rasgava por dentro tanto quanto a de ficar e deixar que essa farsa de casamento ocorresse.

A jovem olhou pela escotilha da cabine. O céu claro e o vento propício logo os levariam de volta à Jamaica. Ela tinha pouco tempo, mas seus homens tinham ainda menos. Um arrepio a percorreu ao enfrentar o fato de que Patrick e os outros morreriam por conta de suas escolhas. Tudo isso estava acontecendo porque havia trazido um tenente da Marinha para seu navio.

– Eu queria nunca ter conhecido você, Flynn.

Ainda estava observando o mar pela pequena janela quando a porta se abriu. Nicholas entrou, lançando um olhar para a bandeja intocada de comida.

– Brianna, você precisa comer.

A pirata lhe deu as costas.

– Não estou com fome.

Se ele ousasse tentar empurrar aquela comida nela, Brianna jogaria a bandeja bem na sua cabeça.

– Tudo bem, mas brincar de mártir não ajuda ninguém, especialmente seus homens.

Ao ouvir isso, ela o encarou, faminta por informações.

– Posso vê-los? Você me levará até eles?

Não sabia ao certo por que isso era tão importante para ela. Talvez apenas quisesse tranquilizá-los de que estava fazendo o seu melhor para encontrar uma saída. Talvez desejasse receber o perdão deles, mesmo que não houvesse escapatória. Brianna daria qualquer coisa para libertá-los. Só precisava encontrar um caminho.

Nicholas verificou se a porta da cabine estava trancada antes de se aproximar.

– Você não pode vê-los no navio, isso geraria muitas perguntas. Porém... – Ele hesitou. – Quando chegarmos em *Port Royal*, pode ser que haja uma chance na fortaleza.

Havia algo que ele não estava dizendo. A jovem podia ver em seus olhos. Estaria Flynn mentindo para fazê-la cooperar?

O tenente pegou uma das bolsas que estava no chão.

– Por que não fica com isso? Agora, ela é sua.

Brianna tinha se esquecido de que a bolsa estava ali. Estivera tão perdida repassando a dor do dia anterior que só agora sua mente começava a se concentrar no que precisava ser feito. Ela pegou a bolsa, sentindo as mãos dormentes ao tocar no couro.

– Vou pedir que tragam uma banheira para a cabine. Tenho certeza de que posso encontrar algo para você vestir após terminar seu banho.

A pirata olhou para seu vestido vermelho encharcado e suprimiu a onda inesperada de autopiedade que a atravessou. Havia algo simbólico em estar usando uma vestimenta esfarrapada que, certa vez, achara bonita e que importara para ela porque tinha sido *escolhida* por suas mãos e era verdadeiramente sua. Agora, Brianna se perguntava se alguma coisa em sua vida voltaria a ser uma escolha sua.

Sim, voltaria a ser. Sua vida era unicamente sua e ninguém tiraria isso dela. Contudo, precisava de tempo. Seus homens precisavam de tempo. Portanto, participaria do jogo diante de si. Era uma lição que seu pai havia lhe ensinado: independentemente de quão desesperadora uma situação possa parecer, não ceda. *Se vir uma tempestade tão grande que acredita ser capaz de engolir seu navio, você tem duas opções: aceitar tal destino ou começar a trabalhar, fazendo o que precisa ser feito até que ela passe e você possa voltar a ficar de pé.*

– Obrigada. Eu gostaria de tomar um banho e aceitarei qualquer roupa que você possa encontrar. – Já que estavam em um navio onde era improvável que houvesse roupas femininas, ela provavelmente acabaria com calças e camisa masculinas novamente. Ao menos, assim, se sentiria mais como si mesma.

Nicholas pareceu ficar aliviado em saber que poderia fazer algo e, rapidamente, deixou a cabine. Brianna se sentou na cama, abrindo a bolsa. Ela tirou cada um dos objetos, examinando-os.

Havia um pente prateado e um espelho de mão que combinavam com a escova que usara durante toda a sua vida. As três peças formavam um conjunto elegante. Uma pilha de cartas amarradas com uma fita vermelha-escura também fazia parte do conteúdo. A tinta na frente havia desbotado, indo de preto para marrom-claro A pirata passou as pontas dos dedos sobre as letras antes de deixá-las de lado, planejando lê-las mais tarde. O anel de sinete que Nicholas tinha mostrado ao almirante era outro item. Ela sempre vira seu pai usá-lo ao redor do pescoço, mas nunca tinha pensado em lhe perguntar a respeito. Simplesmente assumira que era dele. Brianna nunca quisera bisbilhotar sua vida, temendo que trouxesse algo doloroso à tona. Porém, saber que, durante todo esse tempo, ele tinha carregado uma peça tão importante de seu passado perto de seu coração... a fez tremer com uma enxurrada de emoções; uma que tinha muito medo de tentar compreender.

A pirata deslizou o anel em cada um de seus dedos, testando o tamanho. Por fim, se contentou em deixá-lo em seu dedo do meio, onde ele ficava ligeiramente frouxo. Ela tracejou o brasão esculpido na superfície plana. Dois leões cercavam um escudo com as letras *EX. A Casa de Essex*. Sua família.

Brianna não sabia nada sobre a Inglaterra ou sobre as antigas famílias que detinham poder naquelas terras. Sua vida fora passada nas Índias Ocidentais e no oceano, não em uma casa velha e abafada, em um lugar frio e sombrio do outro lado do mundo.

Ela quase tirou o anel, contudo, o peso do ouro era estranhamente reconfortante. Deixando-o em seu dedo, voltou a vasculhar a bolsa. Cuidadosamente dobrado no fundo, estava um vestido azul-claro com detalhes prateados. Não havia roupas íntimas juntas com ele, mas a vestimenta possuía um lindo corpete com mangas de renda e uma camada de saias. A pirata desdobrou a seda, soltando um suspiro suave ao notar a qualidade requintada da peça. Nunca tinha visto um vestido tão fino e tão bonito em sua vida. Ele pertencera à sua mãe?

Era estranho perceber que a mulher fora uma pessoa completamente diferente da qual havia imaginado; uma que não havia se casado com seu pai, mas, sim, com *outro* homem, o sujeito que havia confiado seu anel, o símbolo de sua família, a Thomas Buck, um estranho que concordara em levar sua filha para um local seguro. Como será que seus pais eram? As únicas figuras parentais que já tivera eram Thomas e sua governanta, Elida.

Com cuidado, Brianna colocou os itens de volta na bolsa revestida com alcatrão. Soltando um suspiro pesado, ela cedeu aos grunhidos de seu estômago e pegou a bandeja de comida. Diferentemente dos biscoitos duros, da carne de porco salgada e do purê de ervilhas que eram sua refeição habitual a bordo da *Serpente do Mar*, a comida daqui era muito superior. Nicholas só podia ter invadido a cozinha e afanado a refeição reservada aos oficiais.

No prato, havia uma coxa de frango assado, batatas grelhadas, cenouras e várias fatias de limões frescos que haviam sido assados junto com o frango. Era uma verdadeira iguaria. Brianna terminou a refeição de dar água na boca, mas não a apreciou. Tudo em que conseguia pensar era em como seus homens não deviam estar comendo bem, se é que estavam se alimentando. Imediatamente, o alívio momentâneo de seu humor sombrio desapareceu. Ela tinha que fazer alguma coisa – qualquer coisa – para ajudar seus homens, mas o que poderia fazer presa nesta cabine?

Um grumete arrastando uma banheira de cobre apareceu, possibilitando que ela tomasse um banho enquanto considerava o problema. Orquestrar uma fuga enquanto ainda estavam no mar seria inútil. Não havia piratas o suficiente para tomar o controle do navio e, mesmo que houvesse, muito sangue teria que ser derramado. Se Brianna tivesse mais tempo e uma forma de entrar em contato com seu pai, algo poderia ter sido arquitetado e posto em prática durante a transferência para a prisão. Todavia, em sua atual situação, só lhe restava planejar o que faria depois que eles estivessem trancados na fortaleza, o que era, para dizer o mínimo, desesperador.

Quando terminou o banho, a pirata vestiu o vestido vermelho novamente e começou a andar de um lado para o outro, buscando inspiração. Nicholas retornou logo depois. Em seus braços, ele carregava várias peças coloridas.

– Elas são uma cortesia do Almirante Harcourt. Sua filha viaja com ele de vez em quando, portanto, sempre há um vestido sobressalente ou dois a bordo. – O tenente colocou as roupas na cama.

– Um vestido sobressalente ou dois? – Brianna fitou a extensão de sedas à sua frente. Eram peças finas e caras, ainda assim, a mulher que as possuía tinha o bastante para não se incomodar em deixá-las para trás.

Ela pegou o vestido creme com listras rosas que possuía

camadas capazes de dar à sua usuária uma silhueta vantajosa ao redor dos quadris, o que, segundo ouvira falar, era a última moda. Havia também anquinhas e espartilhos. Brianna nunca usara tais acessórios. Eles definitivamente não eram adequados para o trabalho em um navio. Ela ergueu uma anquinha, vendo uma meia gaiola se formar assim que a peça se abriu. Quando estava comprando vestidos em *Port Royal*, não pensara muito sobre as peças íntimas que seriam necessárias para segurar saias pesadas como essas.

– Precisa de ajuda? – Nicholas pigarreou, sem jeito. – Eu... Hã... Sei onde todas as partes devem ficar.

– E como é que você...? – A jovem engoliu o resto da pergunta. Era um convite a uma conversa que ela não queria ter. – Vou ficar bem.

– Bem, então, apresse-se. Eu gostaria que fôssemos para o convés.

Ela se atrapalhou ao remover o vestido vermelho, erguendo-o para proteger sua nudez enquanto Flynn procurava uma camisola entre as roupas que havia colocado na cama. Brianna não era de se envergonhar, mas as coisas haviam mudado entre eles e, agora, sentia-se mais vulnerável do que nunca. A traição costumava fazer isso com as pessoas.

– Essa é a primeira peça. – Ele ergueu a camisola, virando-se de costas.

A pirata deixou seu vestido vermelho cair no chão e vestiu o que Flynn lhe entregara.

– O que vem a seguir?

– O espartilho. – Nicholas pegou um espartilho com várias fitas frouxamente amarradas.

Não havia como Brianna descobrir como colocar aquela vestimenta sozinha.

– Suponho que eu poderia usar sua ajuda com isso.

Ela levantou os braços e, lentamente, ele o colocou sobre seu corpo. Em seguida, o tenente se posicionou às suas costas.

– Vou apenas apertar as fitas – disse, com os lábios perto da orelha da pirata.

Brianna fechou os olhos, muito ciente de quão perto ele estava e do quanto tinha sentido falta disso – do quanto tinha sentido falta *dele*. A percepção fez com que uma dor agridoce se espalhasse por seu peito, porque *aquela* versão de Flynn tinha sido uma mentira. Ela não tinha ideia de quem era o homem atrás de si. Nicholas puxou as fitas suavemente até o espartilho ficar colado em seu corpo, o que fez com que seus seios fossem erguidos de uma maneira escandalosa.

– Não aperte muito. Eu ainda quero respirar – ela ofegou. A pirata realmente não estava acostumada com isso, já que passara a vida inteira pressionando seu seios contra o corpo.

Ele afrouxou um pouco o espartilho.

– Peço desculpas. Você e Roberta parecem ter um tamanho semelhante, contudo, acredito que o vestido esteja alguns centímetros mais curto do que o desejado. Não que alguém vá perceber. Eles não estarão olhando para os seus pés, mas, sim, para o seu rosto. – O tenente deu um último puxão nas fitas, em seguida, pegou um conjunto de anquinhas.

Ele colocou uma no lado esquerdo do seu quadril, usando as longas fitas para prendê-la em torno de sua cintura. Então, fez o mesmo com a outra anquinha, dessa vez, no lado direito. Depois, Flynn passou uma anágua sobre sua cabeça, cobrindo completamente as roupas íntimas. Ele ergueu a exuberante saia de baixo e a ajudou a colocá-la sobre a anágua.

Brianna sempre vira as mulheres nos portos andarem com seus vestidos finos, todavia, nunca soubera o que elas estavam usando por baixo ou quão difícil era colocar todas aquelas peças de roupa. Sem falar no *calor*. As ilhas eram quentes demais para se usar tantas camadas sobre o corpo.

– Agora, vêm a saia de cima e o corpete.

– Ainda tem *mais*?

– Ah, sim.

Nicholas a ajudou a deslizar os braços pelas mangas do corpete, que iam até seus cotovelos em uma camada tripla e elegante de renda. Em seguida, ajudou-a a fechar os botões arredondados no meio da peça.

– É incrível que as mulheres consigam fazer algo vestidas assim – ela murmurou.

– De alguma forma, elas parecem conseguir – Flynn disse e suas mãos a tocaram brevemente.

A pirata se afastou. Determinada a não ceder a sentimentalismos, foi até o espelho e encarou seu reflexo.

Brianna parecia feminina, mais feminina do que estivera em toda a sua vida. Contudo, também parecia uma estranha. Com seu velho vestido vermelho, ao menos se sentia como si mesma; ao menos podia *se mover* normalmente. Contudo, havia algo mais em seu reflexo. Um sussurro sobre a vida que ela poderia ter tido se uma terrível tempestade não tivesse mudado o curso do seu futuro.

Nicholas apareceu logo atrás dela.

– Você está bem?

– Eu... – Ela olhou para si mesma, depois, para ele. Inesperadamente, a verdade veio à tona. – Eu não a conheço, essa mulher... Esta não sou eu.

Flynn se colocou entre Brianna e o espelho e pegou uma de suas mãos, segurando firmemente ao vê-la tentar se libertar. Com ternura, ele traçou os calos em suas palmas. Uma súbita vergonha a tomou. Brianna não queria se sentir assim ou estar vestida com laços e tecidos requintados. Ela não era uma dama. Ela...

– Ainda *é você* que está aí dentro, Brianna. Um vestido, por mais bonito que seja, não muda quem você é. Você é a capitã da *Serpente do Mar*. Você cresceu com a maresia em seus pulmões e com as ondas e os gritos dos petréis como sua canção de ninar. Você é uma princesa pirata. – Seus olhos, de um tom de azul tão profundo, a embalaram em um transe sedutor.

A jovem tentou se libertar do seu olhar hipnotizante.

– Então, por que fingir? Por que não me deixa ser quem eu sou? Por que não permite que eu fique com a minha tripulação e enfrente o mesmo destino que eles? Por que quer que eu finja ser sua esposa?

Ele ficou quieto por um momento. Brianna viu a dor cintilar em seus olhos, porém, não era uma que ela havia causado.

– Porque seu tio merece conhecê-la. Ele procurou por seu irmão e por sua cunhada por anos. Eu *conheço* essa dor. Sei o que significa viver décadas sem respostas. Não faça isso com ele. Encontre-se com seu tio. Assim que deixar que ele saiba quem você é e o que aconteceu com seus pais, poderá correr para o mar novamente.

Sem navio. Sem tripulação. Condenada a ser uma covarde. Ainda assim...

– Eu me encontrarei com ele – prometeu, surpreendendo-se.

– Que bom. – Nicholas foi até a cama, pegando duas meias e um par de lindas sapatilhas de cetim rosa. – Prove este par. Quando estiver pronta, vá para o corredor. Recebi permissão para acompanhá-la até o convés.

Ele a deixou sozinha, encarando a porta fechada enquanto contemplava seu destino.

————

As mãos de Nicholas tremiam com a necessidade de segurar Brianna em seus braços. Ela estava tão *perdida*. Desde que a conhecera, a jovem sempre parecera saber o que fazer. Às vezes, ela ficava em dúvida, mas completamente perdida? *Nunca*. Enquanto estivera a ajudando a se vestir, Brianna o deixara guiá-la. Se ela confiasse nele, Flynn faria de tudo para garantir que ela e sua tripulação ficassem livres novamente. Porém, reconquistar sua confiança exigiria um milagre.

A porta da cabine se abriu e Brianna apareceu. Ela era uma visão de beleza selvagem mal contida em um disfarce feminino gentil. A seda listrada acentuava a cor natural de suas bochechas, iluminava seus olhos verdes e fazia seu cabelo loiro amarrado na nuca brilhar.

A pirata falou algo. Nicholas viu seus lábios se movendo, mas não conseguiu escutar o que ela disse, tão perdido que estava na visão gloriosa diante de si. Quando estava a auxiliando com suas roupas, mantivera-se focado na tarefa em suas mãos, contudo, agora, não passava de uma testemunha de sua beleza.

– *Nicholas*. – Ela moveu uma mão na frente dele. – Flynn, está me ouvindo?

– Hã... o quê? Sim, desculpe. – O tenente ofereceu um braço à pirata, que assim como uma potra arisca, o aceitou.

– Pronto – ele sussurrou. – Não é tão ruim assim, é?

– O que não é tão ruim? – Brianna indagou com os olhos perplexos e arregalados.

Nicholas sorriu.

– Interpretar uma dama.

Seus olhos se estreitaram no mesmo instante.

– Só estou fazendo isso para ter a chance de ver minha tripulação... e meu tio.

– Então, concordará em vê-lo?

– Sim, apenas para acabar com o assunto. Nada mais.

Flynn sentiu um lampejo de alegria com a pequena vitória. Isso significava que ela lhe dera ouvidos e que estava considerando conhecer seu tio.

– Vamos tomar um pouco de ar fresco no convés. – Ele a levou até a escada, fazendo uma pausa para que a pirata pudesse levantar as saias sem tropeçar.

Quando chegaram ao convés, todos os marinheiros estavam ocupados com suas funções. Havia homens no topo do cordame e nas vergas, segurando as velas. Alguns estavam consertando as cordas, enquanto outros levavam arenito pelo convés.

Brianna soltou um suspiro ao estudar o navio.

– Nunca estive a bordo de uma embarcação como esta – ela disse em voz baixa. – Quantos tripulantes vocês têm aqui?

– Duas ou três vezes a mais do que o número da *Serpente* – Flynn respondeu.

Eles pararam no parapeito e Brianna se encostou nele, olhando para a água azul.

– Tenente. – A voz de um homem fez com que ambos se virassem.

Nicholas ficou tenso. O Capitão Waverly estava na sua frente, com seu uniforme vermelho e nenhum fio de cabelo fora do lugar, apesar da brisa forte do oceano. Maldita fosse sua sorte. O homem estava logo neste navio, em vez de em um dos outros três.

– Capitão Waverly. – Ele manteve a voz calma e firme. A

última coisa que queria era fazer com que o sujeito suspeitasse de que havia algo errado.

Waverly sorriu para Brianna.

– Ouvi dizer que a mulher encantadora que resgatamos das mãos dos piratas é sua esposa. Eu não tinha ideia de que você era casado, Flynn.

Waverly não estava se comportando como fizera quando o chicoteara em *Port Royal*. Nicholas conhecia bem esse tipo de homem, um monstro em uniforme de oficial que era todo sorrisos até decidir que você era o inimigo. Havia servido ao lado de homens assim com mais frequência do que gostaria de admitir.

Brianna manteve a cabeça baixa, agindo de forma tímida e recatada. Se tudo corresse bem, Waverly acreditaria naquela farsa.

– O que ouviu é verdade – o tenente afirmou. – Esta é Brianna Flynn, minha esposa. Ela é sobrinha do duque de Essex.

– É mesmo? Achei que Lorde Essex e seu irmão não tivessem filhas.

Aparentemente, o sorriso e o olhar intenso do capitão não estavam afetando Brianna, todavia, a mão que apertava o braço de Nicholas dizia o contrário.

– É uma história escandalosa, Capitão Waverly – ela disse lentamente. – Meus pais morreram durante uma viagem até aqui. Fui criada por um casal gentil de idosos em Nevis. Eles decidiram voltar para a Inglaterra quando suas plantações pararam de lucrar. Conheci Nicholas quando ele estava em *Cornwall*, concordei em me casar com ele e o segui até aqui, mas... – A pirata fez uma pausa, suspirando. Sua voz soava como a de uma menina e ela parecia sem fôlego. – Os piratas tomaram o nosso navio e... *Aaah...* – Brianna soltou um som angustiado. – Perdoe-me, capitão. Ainda não superei a provação pela qual passei.

Ela se virou para o mar, enxugando os olhos. Sem hesitação, Waverly ofereceu seu lenço e se juntou a ela do outro lado do parapeito.

– Eu não quis lhe ofender, milady – ele falou. – Perdoe-me por dizer isso, mas você é... deslumbrante. Será que já nos encontramos antes? Talvez em algum lugar de *Cornwall*? Tenho a sensação estranha de que já nos vimos.

Os punhos de Nicholas se fecharam. O sorriso de Waverly parecia tão natural e sua preocupação tão genuína. Ainda assim, parte dele não podia deixar de se perguntar se ele não estava tramando alguma coisa.

– Talvez, capitão, mas, se tivermos nos visto, eu não estava ciente de quem você era. – Educadamente, Brianna recusou o lenço. – Obrigada. Estou me sentindo melhor.

– É claro. Tenente, você tem uma excelente dama aqui. Espero que seja inteligente o bastante para mantê-la ao seu lado.

Flynn forçou um sorriso.

– Eu seria um tolo se não o fizesse. Peço que nos dê licença, capitão. Prometi que deixaria o almirante falar com minha esposa. – Nicholas passou um braço ao redor da cintura de Brianna, gentilmente guiando-a para longe.

– Meu Deus, como eu o odeio. Se pudesse, arrancaria suas entranhas – a jovem sibilou assim que estavam a uma distância segura.

– Eu também odeio o homem – o tenente murmurou. Tudo o que aquela agradável troca de palavras havia feito era lembrá-lo de quanto Waverly era indiferente à sua própria crueldade.

O almirante estava no tombadilho superior, junto com

dois tenentes. Nicholas o chamou enquanto levava Brianna até os degraus.

– Ah... – Harcourt dispensou os outros oficiais. – Como você está hoje, Lady Brianna?

A pirata enrijeceu, não estando acostumada a ser abordada dessa maneira. Felizmente, ela se adaptou rapidamente.

– Estou bem, obrigada, almirante. – Brianna lançou um olhar para Flynn, que assentiu sutilmente em aprovação. Sua princesa pirata era uma aprendiz rápida.

– Bom, muito bom. Bem, o vento nos favorece. Estaremos em *Port Royal* dentro de um dia ou dois. Eu disse aos oficiais que Lady Brianna ainda está se recuperando de sua provação e que não comparecerá ao jantar desta noite. Isso deve lhe dar um pouco de privacidade.

– Obrigado. – O tenente ficou contente com a desculpa do almirante. Se Brianna se sentasse em frente a Waverly no jantar, poderia acabar jogando uma faca no rosto dele, algo pelo qual Nicholas dificilmente poderia culpá-la.

A jovem afastou o olhar do almirante, observando o navio e o mar. Nicholas soltou seu braço quando ela caminhou para o parapeito com vista para o convés do meio. O vento brincava com seu cabelo loiro à medida que a embarcação atravessava o oceano. Seus traços fortes e orgulhosos tinham sido apenas ligeiramente suavizados pelas roupas femininas, que não deixavam de se adequar bem a ela. Brianna não era o tipo de mulher delicada e virginal que se podia encontrar em um salão de baile londrino. Ela era o vento e as ondas, o mar e o céu, uma deusa de uma religião tão antiga que os homens sequer podiam nomear.

– É melhor ter cuidado – Harcourt disse.

Flynn se voltou para o seu comandante, sem compreender o alerta.

– Não há como mudar uma mulher como essa, não se você realmente a ama. Eu sei que deseja ter uma vida tranquila em *Cornwall*, porém, saiba que, se unir seu destino ao dela, ela nunca poderá ser enjaulada. – O almirante deu um tapinha no ombro do tenente antes de se afastar. Seu olhar estava triste e seu sorriso era pesaroso.

Flynn sentiu que estava sendo puxado em várias direções diferentes. O dever para com o seu rei e para com seu país residia em uma vida de serviço ao lado do almirante. Todavia, Harcourt estava certo. Nicholas ansiava por uma vida tranquila em sua cidade natal. Como se não fosse o bastante, havia o chamado da sereia que o puxava na direção de Brianna, do perigo e da aventura que viriam junto com amar uma mulher como ela.

O sol caribenho aqueceu seu rosto ao se aproximar da pirata. Eles ficaram ombro a ombro, olhando para o mar enquanto o navio o atravessava como a carruagem de um deus, suas velas brancas o puxando através das águas azuis, tão claras quanto o céu acima.

Brianna lhe deu um sorriso enigmático, que parecia ser tanto uma pergunta quanto uma resposta. Nicholas estendeu a mão, cobrindo a dela. Naquele momento, ele soube qual era a sensação de voar.

Dezesseis

Brianna sentiu uma nova onda de pavor quando o navio atracou em *Port Royal*. Nicholas estava ao seu lado, com o braço em volta de sua cintura. Ela deveria estar se sentindo ressentida, já que havia uma mensagem sutil de domínio por trás do toque, contudo, naquele momento, o braço dele era a única coisa capaz de confortá-la o bastante para mantê-la sã.

Os últimos três dias haviam mudado tudo. Primeiro, passara a odiá-lo, depois, pensara em usá-lo e, agora, precisava dele. No terceiro dia de viagem, Flynn deixara os cobertores no chão e se aninhara com os braços ao seu redor. Brianna havia se agarrado a ele como se o tenente fosse sua âncora. Nicholas não tentara seduzi-la e não sugerira que passassem seu o tempo com distrações prazerosas. Ele apenas beijara sua bochecha docemente antes de lhe dar o que precisava: conforto.

Porém, agora, estavam chegando ao fim dessa silenciosa intimidade e teriam que enfrentar algo completamente diferente – o casamento.

Quando o navio atracou no porto, já estavam no final da

tarde. O almirante providenciara um coche para levá-los a *King's Landing*, onde um magistrado os aguardava para realizar a cerimônia matrimonial em segredo.

– Está pronta? – Nicholas segurava a bolsa que continha seu novo mundo dentro. Por algum motivo, isso tanto a assustava quanto tranquilizava.

– Tão pronta quanto posso estar – a pirata respondeu friamente ao atravessarem o convés e seguirem pela prancha.

Waverly estava no final, emitindo ordens para seus homens. A tripulação de Brianna também estava lá, sendo escoltada para longe. Ela ficou tensa, mal conseguindo suprimir o desejo de pegar a adaga no cinto de Flynn e correr até o capitão. Queria *matá-lo* como nunca quisera matar ninguém antes.

– Apenas respire – Nicholas murmurou em seu ouvido, então, beijou sua bochecha da maneira que um marido afetuoso faria.

O gesto a fez lembrar das últimas três noites que passara na cabine com ele e de como se sentira segura. Flynn passara todo aquele tempo com ela, abraçando-a assim como fazia agora.

Ela inspirou e expirou. Cada respiração lhe dava a força para passar pelo homem que a queria ver morta. Por fim, os dois se livraram da presença dele e entraram no veículo que os levaria ao seu destino.

– Onde fica o lugar para o qual estamos indo? – Brianna perguntou quando ficaram sozinhos.

– *King's Landing* pertence a um velho amigo. Harcourt lhe enviou uma mensagem urgente no momento em que atracamos, informando-o sobre nossa ida.

– Um velho amigo?

O tenente sorriu. A expressão em seu rosto era uma que ela

nunca tinha visto antes. Era juvenil e alegre, não só agradável ou sedutora.

– Confie em mim, ficará feliz em estar lá.

A pirata duvidava muito disso. Não conseguia imaginar por que razão ficaria feliz em conhecer um dos amigos de Nicholas. Será que seria outro velho almirante ou algum oficial?

Quando o coche finalmente parou, ela se aproximou da porta, querendo acabar logo com isso, mas Flynn gesticulou para que voltasse ao seu assento.

– Só um momento.

Brianna soltou um resmungo, cruzando os braços sobre o peito. Ele a havia colocado em outro vestido da filha do almirante; dessa vez, a vestimenta era verde-brilhante com saias listradas azuis e brancas e um corpete bordado com flores. Era uma peça linda, contudo, preferia estar vestindo calças. Uma parte de si suspeitava de que a roupa era tanto uma tentativa de dificultar sua possível fuga quanto uma forma de manter toda aquela farsa.

A porta do coche se abriu e um criado desdobrou a escada antes de estender a mão para ela. Brianna fitou sua palma, suprimindo um suspiro. Nicholas sufocou uma risada quando, desajeitadamente, ela ergueu as saias, quase levantando-as até a cabeça, e aceitou a mão do criado para poder descer. Este não era seu mundo e, em momentos assim, isso ficava dolorosamente óbvio.

A pirata observou a grande casa à sua frente, que a lembrava da residência de seu pai em São Cristóvão. Um jovem casal, de braços dados, esperava para cumprimentá-los. Ela os reconheceu imediatamente. A mulher era a filha do almirante, Roberta, e o cavalheiro era Dominic Grey, um ex-pirata e um querido amigo. Quando Dominic se aposentara da pirataria,

Brianna perdera o contato com ele. Era um movimento ousado da parte do homem estar aqui, como uma raposa escondida em um galinheiro.

Roberta correu até eles, seguindo na frente do marido.

– Seja bem-vinda, *Lady* Brianna. – Ela apertou as mãos de Brianna, sorrindo amplamente. Havia um brilho travesso em seus olhos que fez com que a pirata gostasse da jovem imediatamente. A beleza de cabelos avermelhados era simplesmente de tirar o fôlego.

Brianna se perguntou se Roberta a reconhecia ou não. Elas tinham se encontrado brevemente no escritório do almirante, quando ainda estava vestida como um menino.

– Robbie, esta é Brianna – Flynn disse. – Brianna, esta é Roberta.

– Sinta-se à vontade para me chamar de Robbie. Todos os homens me chamam assim. – A ruiva suspirou dramaticamente.

– Por que Robbie? – Brianna ficou um pouco confusa, o que só fez a outra rir.

– Eu me disfarcei de grumete quando um certo pirata tomou o controle do meu navio. Ele ainda me chama de Robbie e, agora, Nick também faz isso. – Ela disparou um olhar travesso para o marido, que se juntou ao grupo. Então, jogou os braços ao redor de Flynn, abraçando-o de uma maneira íntima que, para a surpresa de Brianna, fez seu ciúme vir à tona. – Estamos tão felizes em saber que você está seguro, Nick. Reese chegou ontem com a notícia de que tinha sido sequestrado por... – Roberta olhou para a loira. – Bem, por *ela*.

– Foi um pequeno mal-entendido – o tenente garantiu.

– Entendo. – Os olhos da ruiva brilharam com diversão.

– Há quanto tempo, Holland – Dominic falou com uma

risada, fitando-a. – Assim como eu, foi pega na rede da Marinha? – O ex-pirata sorriu.

Ela conseguiu sorrir de volta.

– É o que parece.

Dominic piscou e Brianna revirou os olhos. Seria fácil relaxar ao redor dele. Afinal, o homem fazia parte do seu mundo. A jovem não passava de uma garota quando Grey visitara seu pai pela primeira vez, objetivando se juntar à irmandade. Ele sempre se dera bem com Buck. Brianna sentira muito a sua falta.

– Entrem. – Em vez de tentar pegar seu braço, Dominic simplesmente acenou para a porta e eles seguiram em direção à casa. – Todos que trabalham aqui são ex-tripulantes do *Dragão Esmeralda*, um amigo ou membro da família de um dos meus homens. Você está entre pessoas de confiança.

Ela soltou um suspiro que, até o momento, não percebera que estava segurando. Brianna e Dominic entraram na residência, com Nicholas e Roberta seguindo atrás.

O fato de Grey ter mantido seus marinheiros em sua propriedade em vez de contratar criados normais sugeria que ele queria ter uma tripulação pronta para partir a qualquer momento. Talvez o homem não tivesse deixado seus hábitos piráticos completamente para trás.

Enquanto a filha do almirante mostrava a Nicholas algumas das novas adições da casa, Dominic e Brianna tiveram um momento a sós. Ele pegou a sua mão.

– Você me conhece, Brianna. Assim como eu nunca mandaria um homem para a forca, também não pretendo mandar uma companheira pirata para sua perdição, mesmo que tal perdição signifique se unir ao meu melhor amigo. O magistrado está aguardando na sala de estar, contudo, ao seu sinal, posso tirá-la da ilha e mandar Nicholas em uma perseguição infrutífera para o extremo oposto do Caribe.

A pirata o encarou com surpresa. Queria aceitar sua ajuda, mas não podia. Brianna estava presa. Presa por seus sentimentos por Nicholas, pelo temor que sentia acerca do destino de sua tripulação e pela necessidade de saber quem realmente era e de onde vinha.

– Eu... – ela falou, mas, depois, balançou a cabeça, vendo Nicholas e Roberta se aproximarem.

Suas cabeças estavam quase coladas enquanto ambos conversavam. Os dois compartilhavam o tipo de amizade fácil que Brianna também desejava ter.

– Antes de eu chegar a conhecer Robbie, eles já se conheciam – Dominic disse. – O destino é uma coisa engraçada, não acha? Quando pensei que ia ser enforcado, eu os fiz jurar que se casariam. Eles concordaram. Os dois são completos mentirosos, acredite – afirmou com afeição. – Prometeram-me que ficariam longe no dia do meu enforcamento, porém, em vez disso, vieram para tentar me salvar. Eles nunca planejaram cumprir a promessa. – Havia um tom agridoce em sua voz. – Lembro-me de vê-los na plataforma logo antes de o alçapão se abrir. Naquele momento, não pensei sobre a promessa quebrada. Tudo que me veio a mente foi o quanto eu estava feliz por eles serem tão leais e amorosos a ponto de se recusarem a obedecer às minhas ordens. Estranhamente, saber que seus rostos seriam os últimos que eu veria me serviu de consolo. – Ele pigarreou. – Caso se case com Nicholas, Brianna, estou certo de que ele também será isso para *você*. Flynn é um homem que não faz nada pela metade. Seja como amigo ou amante, ele a amará completamente e, se você lhe der a chance, será seu até morrer.

Além de seu pai e de Joe, Dominic talvez fosse a única

pessoa em cuja opinião ela confiava. O ex-capitão era tanto do seu mundo quanto do de Nicholas e sua lealdade não pendia para nenhum dos dois lados. Portanto, se ele estava dizendo que o tenente era um homem em quem podia confiar, a pirata não duvidaria de sua palavra.

Roberta deixou Flynn e se aproximou de Brianna. Seu sorriso contagiante fez a loira sorrir relutantemente.

– Brianna? Importa-se se eu a chamar assim? Agora que será a esposa de Nicholas, sinto que seremos tão próximas quanto irmãs.

– Você percebe que esse arranjo tem o único objetivo de impedir que eu seja enforcada, não é? – Sua voz soou mais amarga do que pretendia.

Roberta a fitou, pensativa.

– Para você, talvez. Contudo, para Nicholas, o casamento é real, o que significa que ele também é real para Dominic e para mim.

Brianna mordeu o lábio, absorvendo as palavras da outra antes de finalmente responder:

– Se quiser, pode me chamar pelo primeiro nome.

Ela se perguntava por que a ruiva a queria ter como irmã. Brianna nunca tinha pensado sobre relações fraternas. Viver em um navio lotado lhe dera muitos irmãos, mas uma irmã... isto seria uma coisa diferente e, talvez, até emocionante. Poderia fazer a Roberta o tipo de pergunta que nunca havia feito a ninguém, com a exceção de Elida. O problema era que a governanta não tinha a mesma experiência de uma dama inglesa. Se seu destino estava prestes a levá-la para a Inglaterra, onde teria que conhecer seu tio, as dicas da esposa de Dominic a ajudariam a evitar que fosse ridicularizada nos salões de baile londrinos.

– Gostaria de ir para o andar superior? Nicholas mencionou que você tem um vestido. Pensei que poderíamos pedir que ele fosse passado e verificar se é adequado para seu casamento esta noite.

– Eu... – Impotente, a pirata olhou para Nicholas, que estendeu a bolsa com o vestido de sua mãe, bem como com os outros itens de seus pais.

Brianna a pegou, hesitante sobre o que fazer a seguir. Então, lembrou-se de quem era. Ela era filha de um pirata, uma princesa pirata. Portanto, não deixaria que uma bela casa, um vestido fino ou mesmo um casamento forçado a desestabilizasse.

Endireitando os ombros, seguiu Roberta pelas escadas até um quarto e colocou sua bolsa na cama. Um pouco envergonhada, vasculhou os pertences até encontrar o vestido, em seguida, segurou-o na frente do corpo, de modo que a outra pudesse ver. E se ele não coubesse? E se sua mãe tivesse sido uma mulher pequena? Brianna era alta, assim como seu pai... ou não. Thomas não era seu pai biológico. Será que Hugh St. Laurent fora um homem alto? Subitamente, ela se viu desejando saber.

– Ah, céus – Roberta ofegou. – Nunca vi um vestido tão requintado na minha vida. É perfeito. – Ela puxou o cordão do sino para que uma funcionária viesse pegá-lo.

Relutantemente, Brianna a entregou à criada.

– Acha que é adequado? – perguntou depois que a funcionária saiu.

– É um dos melhores vestidos que eu já vi – Roberta disse, não parecendo estar exagerando. – Sua mãe tinha um gosto maravilhoso. – Ela lhe deu um sorriso triste. – Eu sei o que é crescer sem mãe. A minha faleceu quando eu era muito jovem. De certa forma, minha vida não era muito diferente da sua.

Brianna olhou para cima, atordoada.

– É mesmo?

– Ah, sim, estive em quase todas as viagens de meu pai. Eu até enfrentei uma batalha ou duas. Certa vez, ajudei os macacos de pólvora. Papai ficou furioso quando descobriu, porém, durante o jantar, disse para todos os oficiais que eu tinha salvado o dia. Ele é um amor. – Roberta corou um pouco, rindo da lembrança.

– Fiz o mesmo pelo meu pai antes de poder me juntar oficialmente à tripulação – a pirata admitiu. – Manejar pólvora é algo difícil e perigoso, mas quando você é pequena, é o melhor trabalho a se fazer.

A ruiva assentiu.

– Quando fiquei mais velha, assumi a contabilidade dos livros do depósito e até do suprimento das munições. Os oficiais ficaram felizes em deixar o trabalho comigo, já que, assim, podiam ficar no convés. Eu não tinha permissão para escalar o cordame, ao menos não quando estávamos no mar, contudo, conseguia subir escondida assim que chegávamos ao porto. Aprendi a dar nós tão bem quanto qualquer marinheiro.

– Por que está me dizendo tudo isso? – Brianna perguntou. Sentia que Roberta estava tentando dizer algo nas entrelinhas, mas ela não tinha certeza do quê.

– Para as mulheres em nossa posição, a vida não é tão ruim quanto está imaginando. Como a esposa de um oficial, terá privilégios e, quando Nicholas deixar a Marinha, terá ainda mais liberdade. Aqui, em *King's Landing*, posso correr solta. Dom acha encantador me ver quebrar as regras sociais e incentiva bastante isso.

A pirata não estava convencida de que a vida da outra era tão livre quanto poderia ser, mas essa era uma discussão para outro dia. Brianna se concentrou em outro ponto da fala de Roberta.

– Flynn vai deixar a Marinha?

– Sim. Na carta em que nos enviou, meu pai disse que Nicholas planeja renunciar sua posição após o seu casamento. Acho que uma vida servindo a Coroa nunca foi o que ele realmente queria. Nick se juntou à Marinha na esperança de encontrar Dominic, porém, agora terá a liberdade de fazer o que deseja.

– Eu queria saber o que isso seria – Brianna murmurou baixinho, mas Roberta a ouviu.

– Ele quer ter uma vida com você e apreciar quaisquer aventuras que possam vir com ela.

– Flynn só está se casando comigo para salvar minha vida. Ele é nobre a esse ponto – a pirata argumentou.

Sua nova amiga balançou a cabeça.

– Ele é, de fato, nobre, mas, ah, Brianna, você não vê o que eu vejo. A maneira como Nick a observa e se move quando você está por perto... Ele sente algo mais profundo do que pode imaginar. Sou sua amiga há algum tempo e aprendi a ver as coisas que ele tenta esconder. Nick sequer disfarça seus sentimentos quando olha na sua direção. Ele quer se casar com você porque a ama.

– Me ama? – ela repetiu, sentindo um súbito desejo ardente em seu peito ao mesmo tempo em que a parte pirata de si mesma, a que tomava a maioria de suas decisões, zombava da ideia.

– Sim. Ele pode não ter dito ainda, mas certamente a ama. Confie em mim. Nicholas quer passar sua vida ao seu lado.

– Uma vida ao meu lado. – Brianna se atreveu a pensar sobre o que isso realmente poderia significar. Se Flynn a amasse... a ajudaria a libertar seus homens, não a prenderia e não deixaria que ela padecesse lentamente na posição de uma dama de alto nível. Ele poderia ser livre *com* ela. Se Nicholas deixasse a Marinha, os dois poderiam fazer o que quisessem. De repente, uma nova esperança a iluminou por dentro.

Roberta lhe deu um abraço feroz e apertado e um breve soluço deixou seus lábios. Ela se afastou, pigarreou, enxugou os olhos e sorriu.

– Sinto muito, eu só... Por que não toma um banho quente e, depois, nós fazemos seu cabelo? Seu vestido deve estar pronto quando terminarmos.

Brianna deixou que a esposa de Dominic assumisse o controle, já que casamentos eram algo que damas como ela sabiam fazer. A pirata estava completamente fora de seu elemento, vagando em águas profundas e estrangeiras, sem remos e à mercê da mudança dos ventos.

———

Dominic serviu dois copos de conhaque.

– Acho que você precisa de uma bebida – ele disse com uma risada.

Nicholas caiu na poltrona ao lado da lareira, sentindo um peso se instalar em seus ombros.

– Você não tem ideia.

– Então, diga-me, o que diabos aconteceu? Em um momento, descubro que você estava em uma missão de espionagem; no outro, escuto rumores de que foi capturado por piratas em *Sugar Cove* e, agora, você aparece com a necessidade desesperada de se casar com a filha do Rei Sombrio das Índias Ocidentais. Por Deus, Nick, pensei que queria ter uma vida simples. É como se, depois de me encontrar, você tivesse sido colocado no caminho de uma louca aventura. Será que fui uma influência tão ruim assim?

– Você foi, sem dúvida – o tenente brincou. – Contudo, garanto que entrei nessa bagunça sozinho. – Ele bebeu o conhaque. – Dom, há quanto tempo a conhece?

– Brianna? – O ex-pirata considerou a pergunta. – Cerca de dez anos. Buck me deu uma posição dentro de sua tripulação. Trabalhamos juntos até eu conseguir tomar meu próprio navio como prêmio.

– O *Dragão Esmeralda*?

– Exato. Brianna, bem... Mesmo não passando de uma coisinha minúscula, ela sempre estava ao seu lado. Com seus cachos loiros e seus grandes olhos verdes, a garota era adorada por todos os homens de Buck, mas também era forte. Ela aprendeu os caminhos do mar ao lado de meninos com o dobro de sua idade. Brianna não é parecida com as mulheres que você já conheceu. – O olhar de Dom ficou distante. – Está ciente de que essa cerimônia não significa nada para ela, não é?

– O que quer dizer?

– Bem, onde crescemos, o matrimônio possui um peso social, espiritual e legal. Todavia, Brianna não é desse mundo e não sente esse peso. Para ela, casamentos não passam de palavras em um pedaço de papel e de votos feitos sob coação.

Flynn franziu a testa.

– Qual é o seu ponto?

– Bem, se sua única intenção é lhe oferecer a proteção legal, então, não há nada a se dizer. – Grey tomou um gole de sua bebida, lançando um olhar astuto na direção do amigo. – Porém, se realmente deseja tê-la como sua esposa, acabará se desapontando. O contrato matrimonial será simplesmente outra cela da qual Brianna desejará escapar. Ela não se tornará uma esposa dócil que esperará em casa por você com um bebê em seus braços. A mulher é muito mais parecida com aqueles velhos contos sobre princesas vikings que ouvimos quando éramos meninos.

– Harcourt disse a mesma coisa. – Nicholas passou uma mão pelo cabelo.

– Se deseja mantê-la ao seu lado, Nick, precisa *conquistá-la*. Não chegará a lugar nenhum forçando-a a atender às suas expectativas. Se tentar algo assim, Brianna o deixará na primeira oportunidade que tiver.

– Eu não quero aprisioná-la ou mudá-la, mas ela não pode voltar a piratear. Os tempos já não são mais os mesmos. Com a guerra com os espanhóis chegando ao fim, a Marinha Real está começando a voltar sua atenção para restauração da ordem nas rotas marítimas. Os dias de Thomas Buck como pirata estão contados. Quanto ao navio de Brianna e à sua tripulação... – Flynn se inclinou para frente, falando em um tom abafado. – Isso me lembrou de algo. A maior parte de seus homens fugiu para *Basseterre* durante a luta, mas cerca de meia dúzia foi capturada, incluindo o grumete de Brianna, um rapaz inocente. Devemos libertá-los. Não posso deixar que eles sejam enforcados.

– Quer salvar a vida de alguns piratas? – Dominic perguntou. Suas sobrancelhas escuras estavam arqueadas em choque. – Por que a súbita mudança de opinião? Você costumava acreditar que só éramos capazes de cometer assassinatos e incentivar o caos.

– Digamos apenas que, ultimamente, meu ponto de vista mudou. Nem todos os piratas podem ser colocados no mesmo saco.

Durante o tempo que havia passado entre os marujos, vivendo com eles, rindo com eles, ouvindo histórias sobre seus saques, percebera que Brianna estava certa. Eles não mereciam ser mortos. Talvez presos por um tempo, mas enforcados? Não, os homens dela não mereciam tal destino.

Ao ouvir isso, os olhos de Dom brilharam perigosamente.

– Você sabe o que está pedindo, não é? Para salvá-los, não poderemos agir de acordo com suas regras. Teremos que jogar do *meu jeito*. Teremos que planejar uma fuga da prisão. Tem certeza de que suportará algo assim? Seria uma ação direta contra a Marinha *e* contra Charles Harcourt. Pessoas podem se machucar. Pessoas que você conhece.

Nicholas expirou lentamente.

– Estou ciente. – Ele tomou outro grande gole de conhaque. – Acredito que desisti de qualquer futuro na Marinha quando me apaixonei por uma princesa pirata.

O outro riu.

– Como ela é a filha do Rei Sombrio, suponho que isso faça da jovem uma princesa. Muito bem. Tenho uma ideia. Quando estiver casado, você cuidará da sua noiva e eu irei...

– Não, você não vai sozinho. Esses homens são minha responsabilidade. Eu traí a confiança de Brianna, esta é apenas uma das muitas maneiras pelas quais devo me redimir. Fui tolo em separar, de forma tão simplória, o bem e o mal em minha mente. Vivemos em um mundo onde, em vez de preto ou de branco, de certo ou de errado, muito é cinza, um meio-termo. Na marinha, por exemplo, defendemos as leis britânicas. Contudo, a Inglaterra permite que a escravidão continue. Você sabe, assim como eu, quão errado é ver outro homem como uma mera propriedade. No entanto, a Inglaterra continua a apoiar o comércio de escravos. – O tenente fez uma pausa e seus pensamentos se voltaram para Brianna. – Certa vez, Brianna me perguntou se eu só a tinha salvado porque ela era uma mulher, se minha compaixão se limitava ao seu gênero e se isto significava que eu deixaria um grumete ser enforcado sem sequer me importar. Bem, não deixarei. Patrick é um bom rapaz. Salvarei o garoto e os outros ou, então, morrerei tentando.

Grey ficou quieto por um momento, apenas tomando sua bebida e o observando.

– Eis o Nicholas que deixei em *Cornwall* – disse, com um sorriso nos lábios. – Brianna certamente conseguiu resgatá-lo de uma maneira que eu não pude.

Flynn não tentou argumentar. De certa forma, era verdade. Ela resgatara a versão dele que se recusara a ver os meios-termos, uma área onde a maioria dos homens e das mulheres realmente vivia.

– Vamos esperar até Brianna adormecer, então, iremos juntos – Nicholas disse, por fim.

Os dois continuaram a beber, talvez até um pouco além do que um noivo e seu amigo deveriam consumir antes das núpcias iminentes do casal. Eles riram e enxugaram as lágrimas de seus olhos ao relembrarem as histórias de suas infâncias.

Quando Roberta anunciou que Brianna estava pronta, o tenente já estava vendo o mundo sob um tom rosado. O álcool sempre tinha o poder de acalmar seus nervos.

Dominic foi chamar o magistrado e o acompanhou até os jardins enquanto Nicholas esperava por sua futura noiva ao pé da escada. Roberta desceu primeiro, sorrindo. Então, ela se afastou e olhou para trás assim que Brianna surgiu no corredor. Seu vestido prateado e azul era diferente de tudo o que ele já tinha visto.

A luz do começo da noite entrava pelas janelas, iluminando-a como se ela fosse uma estrela cadente. A jovem desceu a escada com uma graça que lembrava a forma como ela se movia no cordame de seu navio. Ela parou no degrau inferior, segurando suas saias com preocupação.

– Bem, passei na inspeção? – perguntou.

– Eu... o quê? Ah, sim – Nicholas gaguejou. – Você está...
– Ele não tinha palavras para descrevê-la.

– Isso significa que você está adorável – Roberta disse. –
Quando consegue deixar um homem atordoado, geralmente é
um bom sinal. Venham, noivos. – A ruiva puxou Nicholas,
que ofereceu seu braço a Brianna antes de segui-la para os
jardins.

O cheiro inebriante das flores pairava no ar, fazendo
Nicholas sentir como se tivesse mergulhado em um sonho
maravilhoso. Ao seu lado, a pirata observava, com os olhos
arregalados, os jardins e as fontes, o paraíso que logo sediaria
sua união.

– É tão lindo. Nunca tinha visto algumas dessas espécies de
flores – Brianna admitiu, corando.

Naquele momento, Flynn fez um voto silencioso de que
ela sempre teria flores, aonde quer que fosse. Porém, primeiro... ele precisava ganhar seu coração e reconquistar sua
confiança.

Dominic e o magistrado estavam os esperando perto de
uma treliça em arco coberta com glicínias roxas. Nicholas
levou Brianna até o homem que celebraria o casamento dos
dois, lembrando-se, de repente, do que Grey havia dito sobre
esta ser uma união falsa aos olhos da jovem. Ele não queria isso.
Flynn a queria de verdade e desejava que ela fosse feliz. Se
forçasse o matrimônio sobre Brianna, ele não seria real para
nenhum dos dois, independentemente das palavras do
magistrado.

Nicholas se virou, segurando as mãos dela.

– Espere. Eu não posso fazer isso. – Os olhos da pirata se
arregalaram, mas ela não o interrompeu. – Não é justo com
você, Brianna. Fiz esse acordo com o almirante como uma

forma de salvá-la da forca. Jurei que a deixaria em segurança após você ter salvado minha vida em *Port Royal* e disse a mim mesmo que, com nossa união, estaria fazendo exatamente isso. Contudo, a verdade é que meus motivos são egoístas. Eu quero me casar com você, quero que seja minha esposa. Você tem sido uma parte tão emocionante da minha vida que não posso imaginar continuar sem tê-la ao meu lado, mas, em nenhum momento, perguntei se o matrimônio era algo que *você* queria. E como poderia ser? Você foi pega entre a cruz e a espada. Agora, percebo que prefiro vê-la livre a acorrentada. Então, se quiser cancelar tudo, pedirei que Dominic encontre um caminho seguro para onde quer que deseje ir.

Todas as palavras que deixaram sua boca eram verdadeiras. Enquanto desnudava sua alma para ela, o tenente viu algo mudar dentro da jovem. Brianna estudou seu rosto por um momento, como se estivesse se perguntando o que tudo aquilo realmente significava. Quando não notou nenhuma mentira, o choque cintilou em seus olhos. Seu lábio inferior tremeu brevemente, mas ela logo se recompôs e assentiu.

– Obrigada, Nicholas.

O coração dele afundou. Flynn se virou para Dominic, pronto para lhe dizer que preparasse um navio, contudo, Brianna colocou a mão em sua bochecha e virou sua cabeça.

– Irei me casar com você.

Agora, foi a vez de Nicholas ficar chocado.

– Irá?

– Você já tinha minha afeição. Ver que está disposto a me dar liberdade fez com que também ganhasse a minha confiança. Consideremos esta mais uma aventura que poderemos desbravar juntos. Vamos ver até onde ela nos leva.

A pirata encarou o magistrado, que, após um aceno de cabeça de Nicholas, começou a cerimônia. Eles trocaram votos e Dominic lhes entregou um par de anéis de ouro elaboradamente intricados. Nicholas não pôde deixar de notar que os padrões gravados nas joias pareciam requintados demais para ser algo produzido na ilha.

– Onde conseguiu isso? – perguntou, desconfiado.

Grey deu de ombros.

– É melhor que algumas respostas não sejam dadas.

Ele se ofereceu para assinar a certidão de casamento, sendo seguido por Roberta, que enxugou as lágrimas de seus olhos antes que os noivos finalmente escrevessem seus nomes. Agora, Brianna era Brianna Holland St. Laurent. O magistrado enrolou a certidão, ofereceu suas felicitações ao casal e os pronunciou como marido e mulher. Com um olhar e um aceno de cabeça de Dominic, ele inseriu a data de um ano antes, escondendo o verdadeiro dia do casamento.

– Marido e mulher – Brianna proferiu. Seus belos olhos verdes caíram sobre o tenente e o mundo explodiu ao seu redor com propósito e alegria.

Agora, tudo estava conectado a essa mulher e à vida que ele queria ter ao seu lado. Nicholas sentiu uma onda de euforia ao perceber que era um homem casado e que, mesmo tendo lhe sido oferecida a chance de partir, a pirata havia concordado com a união. Flynn não tinha uma esposa qualquer, tinha uma princesa pirata selvagem que o fazia se sentir vivo como nada mais no mundo jamais fora capaz de fazer.

– Parabéns. – Dominic beijou a bochecha de Brianna, fazendo-a corar, antes de apertar a mão de Nicholas. – Vamos tomar um copo de xerez para comemorar. Talvez até dois!

O magistrado se juntou a eles. O grupo teve uma longa conversa antes do homem subir em seu coche e voltar a *Port Royal*.

Com um sorriso e uma piscadela, Roberta puxou a mão de Dominic.

– Já está tarde. Devemos nos retirar.

– Não está tão... – O ex-pirata parou no meio da frase, vendo sua esposa dar um aceno de cabeça para Nicholas e para Brianna. – Ah, é claro. Boa noite a todos.

Eles deixaram os dois sozinhos na sala de estar.

– Suponho que também devamos nos recolher em breve – Nicholas disse, sentindo-se surpreendentemente nervoso. Ele e Brianna já haviam dormido juntos, contudo, desta vez, parecia diferente e mais *oficial*. Perceber que sua esposa provavelmente não sentia a mesma pressão era tanto reconfortante quanto alarmante.

– Tudo bem.

Ela se levantou e o levou para o andar superior, seguindo para o quarto que deveriam compartilhar enquanto estavam em *King's Landing*. Nicholas fechou a porta atrás de si e se juntou à jovem na varanda com vista para a frente da casa e para a estrada que levava à distante cidade de *Port Royal*.

– Brianna – Flynn disse suavemente. A pirata estremeceu quando ele se aproximou e beijou a parte de trás de seu pescoço.

Ela se inclinou na direção do seu beijo.

– Estava sendo honesto quando disse tudo aquilo? Antes do nosso casamento?

Nicholas a segurou com força, tentando tranquilizá-la.

– Cada palavra foi verdadeira.

– Diga que não vai me prender, Nicholas – Brianna sussurrou.

– O quê?

Ela se virou para encará-lo. Seus olhos verdes brilhavam como adagas de jade.

– Diga que sou livre e que posso partir quando eu quiser.

– Livre? Brianna, você é livre... O que a está incomodando?

A jovem soltou uma maldição, afastando-se.

– Acho que preciso ficar sozinha por um tempo.

O tenente conhecia aquele olhar. Ela estava planejando algo, podia ver em seus olhos. A pirata devia estar pensando em seus homens.

– Brianna, deixe de lado o que quer que esteja pensando. Ao menos por esta noite. Por favor.

– A vida da minha tripulação é tão trivial a ponto de pedir que eu vá para a cama e simplesmente me esqueça deles?

– Não, não é isso que estou dizendo. Contudo, esta noite, você não pode ajudá-los.

Flynn queria desesperadamente compartilhar seus planos com ela, mas não podia. Se o fizesse, Brianna iria querer ir – não, ela *insistiria* em ir junto, então, Nicholas teria que dizer não, porque queria que a jovem ficasse o mais longe possível da fortaleza e do Capitão Waverly. Ela mal escapara de ser descoberta em São Cristóvão, sem falar que Flynn não tinha outro truque em sua manga capaz de salvá-la novamente.

Brianna andou para longe como uma princesa vestida em tons de prata e de azul. Fora apenas naquela noite que o tenente descobrira que aquele era um dos vestidos de sua mãe. Ele sequer podia imaginar como deveria ser para ela usá-lo. A pirata não tinha ideia de quão bela ela era, tanto por dentro quanto por fora.

Nicholas precisava mantê-la distraída, pelo menos por esta noite.

– Brianna. – Ele pegou seu pulso quando ela passou por perto, trazendo-a facilmente para seus braços. Flynn a manteve ali, sentindo sua respiração se acelerar. – Você disse que deveríamos considerar nossa união uma aventura que poderíamos desbravar juntos. Por que não aproveitamos nossa noite de núpcias e vemos aonde isso nos leva?

Seus olhos se estreitaram.

– Você não pode simplesmente me distrair com...

Nicholas deu um sorriso perverso, inclinou a cabeça e cobriu os lábios dela com os seus.

Ah, sim, ele podia.

––––––––

Maldito fosse esse homem e sua boca pecaminosa. Este foi o último pensamento racional que Brianna teve por um tempo.

Nicholas a encostou na parede ao lado da cama e ela agarrou seu casaco, sentindo o bordado dourado sob as pontas dos dedos. Ele não tinha usado seu uniforme naval durante o casamento, algo pelo que a pirata se sentia imensamente grata.

Brianna ofegou quando Flynn colocou a mão sob suas saias, puxando o tecido para que sua palma pudesse tocar sua pele. A forma áspera como ele a estava tratando incitou sua excitação, que disparou pelo seu corpo como as armas de um navio explodindo de uma só vez. Seus joelhos cederam. Nicholas a pegou a tempo, segurando-a contra a parede e prendendo-a no lugar enquanto a provocava, algo que, naquele momento, ela estava adorando, *ansiando*.

– Nicholas, não pare! – Brianna se moveu contra a mão que a acariciava entre as pernas. A pressão requintada de seu toque fazia com que ondas de prazer a atravessassem. Ela já havia esquecido o que Flynn havia dito para lhe deixar com raiva. Agora, tudo o que queria era que ele a tocasse e que a satisfizesse até que estivesse enebriada e saciada.

– Pare de lutar comigo, mulher, e lhe darei o que precisa –

ele disse, dando mordidinhas brincalhonas em seu pescoço. – Ou, se preferir, *lute* comigo, o que lhe agrada também irá me agradar.

Brianna começou a rir, mas, quando ele enfiou dois dedos em sua fenda, ofegou em choque. Ela adorava o modo como Flynn conseguia provocá-la docemente e, ao mesmo tempo, deixá-la sem fôlego. Se havia uma coisa sobre ele que não era capaz de resistir, era a maneira como tinha dominado a arte de satisfazê-la.

O tenente usou os dedos até transformá-la em uma criatura ofegante e inquieta, fazendo-a sentir como se uma maré a estivesse puxando para longe da costa. Brianna se agarrou aos ombros dele, trazendo-o para mais perto. Ela o queria dentro de si, enchendo-a, esticando-a e possuindo-a até que restasse apenas o prazer que sabia que ele poderia lhe dar.

– Pare de me provocar, Nick...

– Ah, mas eu gosto de ouvi-la implorar. – Flynn riu. – O som é o bastante para levar qualquer homem à uma gloriosa loucura. Mal posso esperar para fazê-la implorar por muitas coisas, pequena pirata.

– Eu não vou implorar – a jovem disse enquanto o beijava, mordiscando seu lábio inferior. – É você que irá implorar. Eu considerarei seus apelos e decidirei se devo ou não ser uma esposa benevolente.

A risada de Nicholas fez com que uma nova onda de desejo a percorresse.

– Acho que você vai implorar primeiro – advertiu, com um brilho sensualmente perverso em seus olhos.

– Ah, não, eu escutarei suas súplicas antes da lua nascer – ela prometeu, movendo uma mão pelo corpo dele e a enfiando em suas calças. Quando o tenente gemeu, Brianna sorriu vitoriosamente, então, continuou a incitá-lo até ele estar duro como pedra.

Flynn capturou sua boca, sua língua corajosamente conquistando a dela e a fazendo ficar tonta com seu gosto. Ele continuou a estocar seus dedos, levando-a a novas alturas. Suas pernas tremeram quando seu clímax irrompeu por seu corpo. Nicholas abafou seus gritos com novos beijos. As ondas de prazer eram rápidas e doces. Ela inspirava superficialmente enquanto ele movia seus lábios por seu pescoço, seguindo até sua clavícula, onde a cobriu com beijos suaves. Flynn a abraçou por um bom tempo, permitindo que Brianna recuperasse o fôlego, mesmo enquanto continuava a arrancar tremores secundários com os dedos.

Ela o fitou e suas bocas voltaram a se tocar, suas respirações se misturando enquanto simplesmente ficavam *abraçados*. Foi o momento mais íntimo que Brianna já teve em toda a sua vida. Era como se nada além dos dois existisse. Cada preocupação, cada medo, cada pensamento terminava neles, naquele abraço.

Nicholas tirou o seu vestido, levando seu tempo. Depois, virou-a de frente para a cama. Ela agarrou um dos postes do dossel enquanto ele tirava tudo menos suas meias. Quando terminou, Flynn a pegou e a jogou na cama. Brianna riu, surpresa ao vê-lo quase rasgar as próprias roupas em sua pressa para se juntar a ela.

A pirata se esticou languidamente no colchão, apenas com suas meias, que ele agora deslizava lentamente por suas pernas em uma lenta demonstração de sedução. Nicholas beijou seus pés antes de deixá-las cair no chão.

– Que mulher libidinosa – ele refletiu.

– Que homem presunçoso – ela replicou com um sorriso.

Flynn pulou sobre Brianna, prendendo seus pulsos acima

de sua cabeça. Seu corpo a pressionou no colchão, mantendo-a embaixo dele. Mais uma vez, a excitação começou a se acumular dentro dela. Não havia nada mais maravilhoso do que estar sob Nicholas, com seu corpo poderoso acima dela e seu aroma natural misturado com o cheiro das flores dos jardins, que vinha das janelas. A combinação foi o suficiente para convencê-la de que poderia estar sonhando.

Brianna abriu as pernas para que ele pudesse se acomodar entre elas. Com uma palma, Flynn manteve suas mãos presas acima da cabeça e, usando a outra, alinhou seu comprimento na entrada dela.

– Muito bem, você planeja invadir meu convés ou apenas ficará parado com sua luneta na mão? – a pirata provocou, movendo seus quadris.

Ele soltou uma risada alta.

– Você nunca me deixará entediado, não é mesmo?

– Duvido que fique, contudo, é melhor que você também não me deixe entediada – Brianna avisou com um movimento encorajador.

Nicholas se inclinou, roubando um beijo lento, então, com um grande impulso de seus quadris, mergulhou nela. Eles compartilharam um suspiro enquanto o corpo da jovem o abraçava. Ela se sentia plena. Não havia nenhuma parte de si que tivesse sido deixada intocada.

– Meu Deus – ele sussurrou contra os seus lábios. – Você parece o céu.

Flynn a beijou, desta vez com mais força e sem provocações lânguidas. Agora, ele estava procurando seu próprio prazer e ela desejava ser possuída, desejava sentir sua aspereza. Brianna gostava quando Nicholas não a tratava delicadamente na cama. Havia uma batalha animal pelo controle entre eles que era difícil de resistir; uma que exigia dele o mesmo que exigia dela.

A pirata nunca deixara seus amantes anteriores assumirem tal controle ou lhes dera tanta confiança. Contudo, com Nicholas, era algo tão fácil quanto respirar.

Ele se afastou, mas antes que ela pudesse protestar, virou-a de bruços, abriu suas pernas e voltou a penetrá-la por trás. O novo ângulo a fez gritar de prazer. Ele a estocava como um homem possuído e Brianna o encorajava, levantando os quadris para atender a cada impulso. Nicholas a segurou firme. Seus dedos a apertavam com tanta força que ela sabia que veria hematomas leves pela manhã. Ainda assim, não se importou. Era disso que precisava, dessa fome completamente avassaladora. Sua mente não conseguia formular sequer uma frase, não conseguia pensar em nada. Tudo o que podia fazer era focar no movimento de seus corpos, na sensação de suas almas colidindo e no som de suas respirações se misturando no ar úmido da ilha.

Flynn se abaixou, deslizando uma mão entre seus corpos, segurando um de seus seios e o apertando. Ele beliscou seu mamilo e a mistura de prazer e de dor inflamou seu orgasmo assim como um fósforo em um barril de pólvora. Brianna explodiu em um êxtase entorpecedor enquanto Nicholas continuava a estocar, usando seu corpo mole e saciado para encontrar sua própria liberação. Pouco depois, ele desabou em cima dela, tendo cuidado para não a esmagar. Sob o luar, seus corpos suados brilhavam.

Por um momento, nenhum dos dois falou. Então, com seu membro ainda dentro dela, Flynn fez com que se deitassem de lado. Brianna estremeceu à medida que as pequenas contrações secundárias faziam suas paredes internas se fecharem em torno dele. Nicholas passou um braço por sua cintura, apertando-a suavemente contra seu corpo enquanto a pirata saboreava a sensação íntima.

– Você está bem?

– Sim – Brianna respondeu, sonolenta. Então, sorriu. – Eu gosto de você, Flynn. Para um marido, você não é ruim.

Ele riu profundamente. Era um som maravilhoso direcionado apenas para ela.

– Não sou ruim? Acho que tenho que me esforçar e melhorar meu desempenho, esposa. – Sua provocação soou tão terna que o coração da jovem, endurecido pelos anos como pirata, simplesmente derreteu.

Agora, tinha algo que nunca soubera que queria. Todavia, à medida que o sono a levava para longe, não pôde deixar de se perguntar: *a que custo?*

Dezessete

Flynn acordou muito antes do amanhecer e puxou sua esposa para seus braços. Sua *esposa*. Ele ainda não acreditava que estavam casados, embora sentisse que era assim que sempre deveria ter sido.

Brianna riu em seu sono enquanto Nicholas beijava seu pescoço e acariciava seu seio. Ela parecia estar tendo um sonho agradável. Ele tracejou o rosto da pirata com as pontas dos dedos, observando seus cílios tremerem em resposta. Ela era tão forte, corajosa e bonita... Sem dúvida ficaria furiosa com o que Flynn estava prestes a fazer.

O tenente queria poder ficar nesta cama para sempre, mas o destino dos homens dela estava em jogo. O enforcamento iminente era sua culpa, portanto, era sua responsabilidade salvá-los e ele não arriscaria a vida da mulher que amava por conta de suas falhas. Se fosse bem-sucedido, poderia ter tudo: libertar a tripulação de Brianna, manter o pai dela fora do alcance da Marinha e garantir que ela ficasse a salvo em *King's Landing,* agora com um novo nome e uma nova vida.

– Brianna – ronronou em seu ouvido.

A pirata se esticou languidamente, arqueando as costas e fazendo com que seus seios se erguessem em sua direção, como uma oferenda a um deus lascivo. Flynn não conseguiu negar a si mesmo uma última lembrança de prazer.

– Preciso de mais uma hora, Joe – ela murmurou.

Nicholas riu enquanto colocava os lábios sobre a ponta rosa de um seio. Ele lambeu o mamilo antes de puxá-lo suavemente. Brianna ofegou, acordando abruptamente.

– Que ousadia... O que você pensa que...?

– Joe não faria isso, não é?

A névoa em seus olhos desapareceu e ela sorriu.

– Não se souber o que é melhor para ele.

Flynn se inclinou sobre a jovem, deslizando sua mão pela parte interna de sua coxa até encontrar sua fenda molhada. Na noite anterior, tinha visto seu medo e sua preocupação se transformarem em uma paixão animalesca e selvagem, porém, agora, ele queria desfrutar de algo doce e gentil, um verdadeiro encontro de corpos e de corações. Se as coisas dessem errado na fortaleza, Nicholas queria carregar este momento consigo.

Brianna ainda estava um pouco sonolenta quando abriu as coxas, permitindo que ele afundasse em seu corpo acolhedor. Flynn prendeu as mãos dela acima da cabeça, dessa vez, mantendo seus dedos entrelaçados. Quando suas bocas se encontraram, ele sentiu uma alegria indescritível. Nicholas fez amor com ela suavemente. Cada estocada de seus quadris tirava sons suaves dos lábios de sua esposa, deleitando-o e instigando-o a aprender novas maneiras de agradá-la. Sempre que parava de beijá-la, seus olhos se abriam.

Brianna sorriu de uma maneira sonhadora.

– Estar com você é como velejar pela primeira vez – ela disse. – É como voar sobre um mar de vidro... cavalgando nas nuvens do céu.

As palavras ressoaram como se alguém tivesse tocado um sino antigo e sagrado, fazendo o som puro reverberar em seu coração.

– Eu amo você, Brianna – Nicholas murmurou, estocando mais rapidamente. Ele não conseguia ter o bastante de sua esposa, nunca seria o suficiente.

Brianna soltou um grito suave, apertando-se ao seu redor. Ele repetiu seu nome como se fosse uma oração, chegando ao seu próprio clímax. Nicholas nunca tinha se sentido assim. Era como se tudo fosse possível com ela ao seu lado. Seus corações batiam como um só. Sua vida estava apenas começando; todos os anos anteriores não passavam de um piscar de olhos da história. Agora, encontrava-se justamente no ponto em que sua vida realmente estava dando os primeiros passos para a felicidade.

Sua corajosa princesa pirata o fitou. Seus olhos verdes estavam arregalados e vulneráveis de uma maneira que Flynn nunca vira antes. Tempestades marítimas que deixariam qualquer homem receoso não eram capazes de assustá-la, mas sua confissão de amor tinha.

– Você não precisa responder – o tenente falou. – Eu só queria que soubesse como me sinto.

– Eu também amo você e, enquanto o que disse em nosso casamento continuar sendo verdadeiro, segurei amando-o. – A pirata pareceu ficar atordoada com suas próprias palavras, como se, ao dizê-las, tivesse aberto uma porta e entrado em um mundo tão bonito que não podia acreditar no que estava vendo.

Nicholas compreendia sua reação, porque se sentia da mesma maneira. Confessar seus sentimentos era tão libertador quanto assustador, assim como a vida no mar.

Ele abaixou a cabeça e ela sorriu, aceitando o beijo lento

que parecia queimá-lo por dentro, afastando qualquer resquício do longo e duro inverno que habitava em seu peito. Os lábios de Brianna se moviam tão naturalmente quanto sua respiração. Nicholas adorava saber que ela estava tão confortável com seus próprios desejos que se permitia ser livre com ele.

– Está na hora de acordar? – a jovem perguntou, enterrando-se em seus braços ao passo que o ritmo de sua respiração diminuía.

– Ainda não. Durma um pouco mais – o tenente sussurrou, beijando-a. O amanhecer ainda estava longe.

Flynn esperou por cerca de meia hora até ter certeza de que ela estava profundamente adormecida. Então, se afastou e vestiu as roupas que o criado de Dominic havia separado para ele. A camisa e as calças escuras o ajudariam a passar despercebido esta noite.

Nicholas encontrou Dominic no corredor. A casa estava escura e silenciosa. Havia apenas algumas lâmpadas acesas, que projetavam sombras vacilantes nas paredes. Elas o faziam se sentir estranho, como se alguém tivesse pisado em seu túmulo.

– Diga que tem um plano – o tenente pediu.

Grey sorriu.

– Eu tenho. Ou melhor dizendo, Roberta tem. – Ele ergueu quatro garrafas de um vinho muito caro antes de dar um assovio suave.

Robbie saiu das sombras. Ela vestia um manto escuro sobre os ombros que se misturava com seu vestido safira. Nicholas sentiu uma facada de culpa por não ter acordado Brianna, contudo, não queria correr o risco de a jovem chegar perto de Waverly ou de seus soldados. Se ficasse cega pela raiva, ela certamente iria direto para a garganta do homem e acabaria arriscando a própria vida.

– Pronto? – Roberta perguntou, pegando a cesta com as garrafas de vinho que Dominic segurava.

– Sempre, minha querida – O ex-pirata afirmou. – Vocês dois irão na frente. Eu os encontrarei na fortaleza. Irei me certificar de que meu navio estará pronto para navegar assim que os homens estiverem livres.

– Então, é melhor irmos logo. – A ruiva liderou o caminho para fora, onde um coche os esperava. Quando um criado abriu a porta, ela se voltou para Nicholas. Seus olhos estavam cheios de lágrimas de felicidade. – Nick, você não tem ideia do que hoje significou para Dominic e para mim.

– O que quer dizer?

– Seu casamento com Brianna. Você finalmente deixou tudo para trás. – O sorriso de Roberta ficou mais largo.

– Deixei tudo para trás? – Ele não estava compreendendo.

– Para encontrar Dominic, você se obrigou a entrar em uma vida que nunca quis ter. Porém, mesmo depois de salvá-lo, não pareceu aceitar que a luta finalmente havia terminado. Esta noite, eu vi um Nicholas diferente, um homem que deixou de lado a dor interior e passou a olhar para um novo horizonte.

Ela o entendia tão bem. Hoje tinha sido um ponto de virada. Flynn não estava mais perseguindo um horizonte longínquo, pois ele estava em suas mãos. Havia chegado ao seu destino quando pronunciara seus votos de casamento para Brianna e a vista era indescritível, completamente incomparável. Agora, estava verdadeiramente em paz, verdadeiramente alegre. A jovem era a luz do sol sobre sua pele, o reflexo das ondas e os golfinhos brincalhões pulando no ar. Ela era o vento movendo cada vela e a corrente marítima impulsionando o navio. Brianna era um presente, um tesouro. Nicholas passaria cada momento de sua vida tentando ser digno de sua esposa.

– Você está certa, Robbie.

– Claro que estou. – Ela riu, abraçando-o ferozmente.

– Contudo, há algo que preciso fazer. Tenho que corrigir o erro que cometi.

– É claro. – Roberta enxugou as lágrimas. – Quem sabe, possamos chamar isso de presente de casamento.

– Só espero que Brianna o veja dessa maneira – Nicholas respondeu.

– Ela verá. É melhor começarmos. Tenho certeza de que a tripulação dela já está farta da hospitalidade de *Port Royal*.

Ele sorriu, ajudando-a a entrar no coche. O criado fechou a porta atrás dos dois e Roberta ajeitou suas saias azul-escuras. Ao seu lado, no banco, estava a cesta de vinho. Com um sorriso, ela deu um tapinha no objeto.

– Isso vai funcionar – a ruiva prometeu.

Nicholas assentiu.

– Tem que funcionar.

———

Brianna observou a cena abaixo de sua janela, sequer se atrevendo a respirar. Nicholas e Roberta estavam no escuro, sozinhos. O luar iluminava seus rostos, permitindo que a pirata visse, com uma dor de cortar o coração, o sorriso da mulher. Por que eles estavam sozinhos? Por que Roberta estava abraçando Nicholas e entrando em uma carruagem com ele? Onde estava Dominic?

Brianna voltou para o quarto quando o coche deixou *King's Landing*. Sua mente girava enquanto ela tentava encontrar uma explicação plausível para seu marido ter saído no meio da noite com outra mulher logo após se abraçarem.

Será que era algum tipo de ardil? Seria possível que

Nicholas tivesse sentimentos profundos por Roberta? Será que ele a amava? Por que mais iria embora com ela bem antes do amanhecer? Se houvesse uma explicação inocente, Dominic estaria presente, não estaria?

Apenas um tolo tira conclusões precipitadas, a jovem tentou dizer a si mesma. Contudo, precisava de respostas. Flynn tinha dito que a amava... Teriam sido apenas palavras sem valor, proferidas em um momento de paixão? Ela queria confiar nele e acreditar em tudo que o seu marido dissera, contudo, que outra explicação havia para o fato de que Nicholas a deixara sozinha em sua noite de núpcias? Como se não fosse o bastante, Flynn não saíra com qualquer pessoa, mas, sim, com uma bela mulher que ele valorizava profundamente como amiga e, talvez, como algo mais.

Não era como se estivesse com ciúmes. Brianna nunca se importara em saber que seus amantes compartilhavam a cama com outras mulheres. Porém, a situação era completamente diferente. Estava falando de Nicholas, o homem que confessara amar. Ele era o seu marido e a havia convencido de que isso significava algo.

Entorpecida, a pirata colocou o vestido que Roberta lhe emprestara. Ela deixou o quarto e vasculhou a residência silenciosa até encontrar um criado, que estava dormindo em uma cadeira perto da porta da frente. Até onde sabia, a maioria dos funcionários tinha permissão para ir para seus aposentos depois da meia-noite, contudo, se o senhor ou a senhora da casa estivessem fora, ficavam acordados, esperando seu retorno.

O homem piscou e se endireitou, despertando.

– Milady?

– Onde está Dominic? – Brianna perguntou, esforçando-se para que sua fala não soasse como um comando.

– O milorde está nas docas, cuidando de assuntos relativos a um de seus navios.

– Tão tarde?

– Quando se deseja pegar a maré matinal, é preciso que tudo esteja pronto – o criado falou, abafando um bocejo.

– É claro. – Ela deu meia-volta com a intenção de retornar para o andar superior, mas, então, parou. – E quanto à Roberta e ao meu marido?

Os olhos do homem escondiam algo, mas a jovem não soube dizer o quê. Ele tossiu, nervoso.

– Não tenho certeza para onde eles foram.

Brianna sabia que o criado estava mentindo, mas não estava disposta a ameaçá-lo para extrair a informação. Encontraria suas próprias respostas, mesmo que, no processo, tivesse que arrancar seu coração do peito. Ao pensar em quão facilmente ele a havia traído, a enxurrada de fúria e de dor que sentiu quase tirou seu fôlego.

– Por favor, prepare um cavalo para mim.

O funcionário pareceu estar prestes a protestar, contudo, o olhar frio da pirata o fez mudar de ideia. Ele se apressou para fazer o que ela havia pedido. Brianna voltou para seu quarto e vestiu uma das calças, um dos cintos e um dos coletes de Nicholas. Eles eram de um tamanho um pouco maior do que estava acostumada, mas não havia muita escolha. Em seguida, ela foi até o quarto de Dominic e de Roberta, onde pegou um par de botas de equitação. Felizmente, a esposa de Dominic calçava o mesmo tamanho que ela.

Quando ficou pronta, recolheu seus pertences, guardou-os em uma bolsa e foi atrás do cavalo que o criado havia preparado.

– Pedirei que alguém traga o animal de volta – a jovem disse.

– Milady, para onde devo dizer que a senhora foi? – o homem perguntou, vendo-a montar na poderosa criatura de pelagem negra.

– O que quer que diga não importa – ela respondeu.

Realmente não importava. Brianna estava indo embora. O que tinha esperado ter com Nicholas não parecia ser suficiente para ele. Por mais que quisesse confrontá-lo e exigir respostas, preferia se proteger da verdade dolorosa e a melhor maneira de fazer isso era partindo.

Ela instigou sua montaria, seguindo para *Port Royal*. Durante as primeiras horas antes do sol nascer, a cidade dormia. Apenas alguns lojistas estavam acordados, fazendo os preparativos para o dia. Brianna manteve distância da fortaleza, não querendo ser descoberta por Waverly ou por suas tropas. Quando chegou às docas, encontrou um rapaz chutando um pedaço de madeira em um caminho de terra.

– Você, garoto. O que acha de ganhar um pouco de dinheiro? – Brianna desmontou, deixando que as moedas em sua bolsa tintilassem.

Os olhos do rapaz se iluminaram.

– O que quer que eu faça?

– Leve este cavalo para *King's Landing*. Diga que Lady Brianna prometeu que você receberia uma recompensa por devolvê-lo. – Ela lhe deu algumas moedas. – Isso é a minha parte, eles lhe darão mais quando chegar na propriedade. Consegue fazer essa tarefa?

– Sim, senhora. – O menino agarrou as rédeas e subiu na sela.

Assim que ficou sozinha, Brianna continuou o caminho até as docas, estudando os navios no porto. Ela reconheceu um deles, a *Lady Sereia*, e quase riu, não acreditando em sua sorte. É claro que o capitão *daquela* embarcação estaria aqui.

O homem era ousado o bastante para estar tão perto do perigo.

A pirata se manteve atenta, caso viesse a se deparar com Dominic. Não tinha mais certeza de quais navios ele possuía. Logo à frente, viu um grupo de homens carregando um pequeno barco a remo. Ela se aproximou deles, apontando para a embarcação distante.

— Algum de vocês está indo para aquele navio?

— Ah, sim. — Um dos marujos estreitou os olhos. — Você quer ver o capitão? — Ele a fitou com apreço e um pouco de perplexidade.

Os homens atrás dele riram.

— Não do jeito que estão imaginando, seus tolos. Ele é um velho amigo, não se importará com uma visita surpresa.

Os três trocaram olhares, depois, deram de ombros.

— Tudo bem, pode entrar — o outro disse.

Ela subiu a bordo, ficando longe do caminho dos homens, que começaram a mover seus remos na água. Quando chegaram ao navio, Brianna subiu a escada de corda. Ao alcançar o parapeito, um dos tripulantes a ajudou.

— Seu capitão está a bordo? — perguntou ao marinheiro grisalho.

— Ainda não. Acho que deve voltar em breve. Devemos partir hoje à noite.

— Excelente.

Brianna deixou a tripulação com os seus deveres e se dirigiu para a popa do navio, onde ficava os aposentos do capitão. Nada havia mudado desde a última vez que estivera a bordo da *Lady Sereia*. A elegante cama ainda se encontrava em um dos cantos da cabine, próxima à mesa de jogos e à mesa de mapas, ambas presas ao chão. Um velho mastro com o formato de uma sereia se encontrava apoiado na parede. Seu amigo era do tipo sentimental. O objeto pertencera ao seu primeiro navio, a *Bruxa Espumosa*.

A pirata colocou sua bolsa na mesa e desenrolou o mapa mais próximo, examinando as várias rotas que haviam sido marcadas. Não importava para onde ele estava indo, pois ela estava determinada a seguir o mesmo caminho, ao menos por um tempo.

Deixando o mapa de lado, Brianna caminhou até as janelas altas e observou o céu escuro da ilha, que começava a dar espaço à luz fraca do amanhecer.

O porto seguro que pensara ter encontrado nos braços de Nicholas havia sido despedaçado e, com seu pai desaparecido, sentia-se ainda mais sozinha.

– Ora, ora. Você é uma visão e tanto, moça – uma voz profunda disse, dando, em seguida, uma risada.

A jovem olhou por cima do ombro e sorriu.

– Olá, Gavin.

O belo pirata de cabelos escuros sorriu de volta, fechando a porta da cabine atrás de si.

———

Waverly estava sentado em um canto de uma taverna suja, remoendo o que faria enquanto bebia outra cerveja. Sobre a mesa, estava a carta que havia aberto há algumas horas, enquanto ainda estava em seu escritório, na guarnição de *Port Royal*. As palavras que lera continuavam tão azedas quanto agora. Era uma carta de sua esposa, Regina. Ela raramente lhe escrevia, restringindo-se a apenas enviar notícias familiares importantes que precisavam ser compartilhadas com ele.

Seu lábio se torceu em uma expressão de escárnio ao ler, mais uma vez, a pior parte:

"Seu pai foi acusado de peculato. Ele corre o risco de perder todas as propriedades e sua riqueza, sem mencionar seu bom nome – o nosso bom nome. Casei-me com você a pedido dele, contudo, os empreendimentos criminosos de seu pai e o seu comportamento desonroso me fizeram chegar ao limite da exaustão. Eu e as crianças estaremos morando na propriedade de meus pais, em Yorkshire. Se voltar para a Inglaterra, não venha nos visitar. Você não será bem-vindo."

Waverly amassou a carta, descontando sua raiva no papel indefeso enquanto o forçava a se dobrar à sua vontade. Depois de um longo momento, levantou a bola amassada, encostou uma das extremidades na chama da vela mais próxima e a colocou em uma bandeja de prata.

À medida que observava o fogo consumir pedaço por pedaço da carta, jogando as cinzas no ar, algo veio à sua mente; algo que vinha ignorando.

Ele fechou os olhos, recordando-se do momento em que conhecera a esposa inglesa e corada de Flynn. Algo sobre ela fizera seu sangue fervilhar e a besta que morava na escuridão do seu peito se agitar. Quando a mulher se virara para encará-lo, o capitão vira, por um breve segundo, algo em seus olhos. O que tinha sido? Waverly repetiu o encontro em sua mente diversas vezes, concentrando-se desesperadamente no que conseguia se lembrar.

Então, o que havia por trás da fachada inocente dela o atingiu: fúria, uma raiva violenta e poderosa e uma pitada de medo.

Ele já tinha visto essa combinação de emoções em um par de assombrosos olhos verdes... quando estava empurrando a cabeça de um menino em um cocho. O garoto sabia que sua intenção era matá-lo. Seus olhos tinham dado a Waverly um último vislumbre doce de raiva e de medo segundos antes de o almirante aparecer, vindo ao seu socorro.

Quais eram as probabilidades de duas pessoas terem olhos verdes tão semelhantes? Olhos estes que lembravam os de um gato e eram ligeiramente inclinados nos cantos? As probabilidades eram baixas demais. Além disso, Flynn estava envolvido tanto com o menino quanto com a mulher... Isto foi o bastante para que Waverly chegasse a uma conclusão. A resposta era tão óbvia que ele bateu sua caneca na mesa com força, soltando uma maldição horrenda que fez os homens ao seu redor se afastarem.

Holland não era um garoto – ele *nunca* tinha sido um. Holland era uma mulher... uma pirata. E ela escapara dele novamente. Lady Brianna St. Laurent, a suposta sobrinha de um duque, era uma maldita pirata! Desta vez, ele se certificaria de que ela fosse enforcada.

Waverly jogou algumas moedas sobre a mesa e saiu da taverna. Iria direto para *King's Landing*, onde Flynn dissera ao almirante que ele e sua "esposa" ficariam hospedados. Assim que conseguisse capturar Holland e Thomas Buck, provaria a Harcourt, à Marinha e à sua esposa que suas ações não eram desonrosas. Quando tudo tivesse acabado, Waverly seria visto como um herói.

Pela primeira vez desde que recebera a carta de Regina, ele sorriu.

———

Nicholas ficou aguardando nas sombras enquanto Roberta caminhava até os portões principais da fortaleza naval com a cesta de vinho em seus braços. Os guardas permitiram que ela entrasse, depois, fecharam a passagem. Era um dos benefícios de ser a filha de um almirante. Com aquele seu sorriso doce e inocente, Roberta podia entrar no lugar praticamente a qualquer hora.

Uma mão tocou o ombro do tenente, que girou com sua adaga a postos. Dominic olhou para a lâmina em sua garganta.

– Peguei você – Flynn riu, aliviado em ver seu velho amigo.

Grey sorriu, tocando a ponta de sua própria lâmina em um dos lados do corpo de Nicholas.

– Eu também.

A dupla embainhou suas armas e observou a entrada da fortaleza.

– Robbie já está lá dentro? – Dominic perguntou.

Nicholas assentiu.

O amanhecer estava chegando. Se quisessem fugir antes do nascer do sol, tinham que terminar tudo dentro de uma hora. Atacar por volta das três e meia era fundamental. A maioria dos soldados estaria profundamente adormecida; até mesmo os guardas de plantão estariam sonolentos, esperando pela troca de turno.

Depois de quinze minutos de tensão, Grey sussurrou:

– Lá está ela! – Ele apontou para os portões.

A figura encapuzada de Roberta emergiu do portão da frente, acenando para que entrassem.

– Foi mais rápido do que pensei. Quanta droga você colocou no vinho, Dom? – Flynn perguntou.

– Mais do que suficiente. – Dominic riu. – Não é a minha primeira fuga da prisão. Fiz isso com os franceses, há três anos. Vamos.

Eles deixaram o esconderijo e correram em direção à entrada.

– Todos estão dormindo? – o tenente perguntou quando entraram.

– Acredito que sim – Roberta respondeu. – Cada uma das sentinelas acredita que um dos seus outros colegas ainda está de plantão. Eles não sabem que todos receberam garrafas batizadas de vinho. – Os olhos da ruiva brilharam com travessura. – Vamos resgatar os homens de Brianna. – Ela ergueu um conjunto de chaves e o jogou para Nicholas.

A verdade é que não tinham completa certeza de que todos os guardas estavam dormindo ou mesmo de que haviam bebido o suficiente para permanecerem adormecidos. Agora, seus futuros estavam nas mãos do tempo e do destino.

Eles foram cuidadosos ao acordar cada homem que libertavam, sacudindo-os suavemente e colocando um dedo sobre os lábios à medida que os olhos dos prisioneiros se aguçavam. Os três sussurraram instruções sobre onde eles deveriam esperar, certificando-se de que o plano tinha sido compreendido antes de passarem para a próxima cela. Patrick foi o último a ser encontrado.

– Sr. Flynn? – o menino murmurou quando Nicholas entrou em seu cubículo.

O tenente pôs um dedo sobre os lábios.

– Vamos, rapaz. Agora. Temos que ser rápidos.

– Onde está a capitã? Eu... Eu pensei que você era um deles. – Ele deu um aceno de cabeça na direção dos guardas adormecidos no final do corredor.

– Ela está segura. Eu vim libertá-lo em seu nome.

Quando o menino saiu da cela, Nicholas o observou melhor. Patrick estava pálido e hematomas sombreavam seus olhos e sua mandíbula. Alguém o havia golpeado. Nicholas tinha uma boa ideia de quem era o culpado. Ele desejou que pudesse encontrar uma maneira de se vingar de Waverly, porém, no momento seguinte, percebeu que, talvez, esta já fosse sua vingança. A fuga em massa arquitetada sob a vigilância de Waverly assombraria e enfureceria o homem pelo resto de sua carreira. Isso teria que ser o bastante.

– Venha comigo. – Flynn conduziu o grumete para fora de sua cela.

Enquanto se dirigiam para o portão da frente, o tenente temeu que um dos sentinelas pudesse acordar e soar o alarme. Em determinado momento, Patrick tropeçou na perna de um homem caído no corredor, que segurava a garrafa batizada de vinho embaixo do braço. Todos congelaram e os olhos do garoto se arregalaram de terror. Felizmente, o guarda continuou adormecido.

Ao deixarem a fortaleza, foram direto para a floresta. Eles estavam seguros, ao menos por enquanto.

– E agora, Flynn? – perguntou um dos homens.

– Nós corremos. Siga Dominic.

Grey gesticulou para que o seguissem, atravessando rapidamente um caminho em meio à densa vegetação.

O amanhecer caiu sobre a ilha assim que o grupo se deparou com uma pequena enseada, onde um barco a remo os esperava. Nicholas notou que a embarcação era semelhante ao que ele e Brianna haviam usado após terem escapado da prisão e encontrado Joe. Ao longe, um dos navios de Dominic, a *Querida Robbie*, aguardava.

– Você irá conosco? – Patrick perguntou ao tenente.

– Não. Desta vez, não.

– A capitã está a bordo? Ela está bem? – O menino hesitou em entrar no barco a remo. Ele parecia assustado e, ao mesmo tempo, corajoso diante do futuro desconhecido à sua frente. Nicholas se sentiu orgulhoso do rapaz.

Gentilmente, ele empurrou Patrick na direção da pequena embarcação.

– Ela está segura em *King's Landing*. Eu prometo que cuidarei dela.

– Com a sua vida? – Patrick questionou, completamente sério. – Ela é a melhor capitã que eu já tive. Holland merece...

– Ela merece o mundo e eu farei o meu melhor para lhe dar isso. – Flynn apertou o ombro do menino. – Agora, vá. Está na hora.

Com todos a bordo, os piratas remaram em direção ao saveiro. Dominic, Roberta e Nicholas esperaram até que a *Querida Robbie* recolhesse seus passageiros. Os homens de Brianna estavam seguros.

– Para onde seu navio está indo? – Nicholas perguntou.

– Nova York. Temos uma parada comercial programada no local para vender um pouco de chá. Ninguém suspeitará de nada ao ver alguns novos membros da tripulação.

Roberta passou um braço pelo do ex-pirata, lançando-lhe um sorriso atrevido.

– É por isso que insisto em organizar todos os estratagemas de Dominic. Tudo correu bem, não acha, Nick?

Dominic pigarreou.

– Sim, de fato. – Flynn fitou seu amigo. – Então, qual era o seu plano, Dom?

– Ele queria explodir a fortaleza com balas de canhão.

– Teria sido muito mais divertido ver aquele maldito lugar desmoronar em pedaços do que fugir na escuridão. – Grey beijou a testa de sua esposa, então, deu um sorriso perverso a Nicholas, como se estivesse imaginando a explosão.

O tenente riu enquanto Dominic e Roberta continuavam a discutir os méritos de seus vários planos de fuga.

– Vamos voltar para casa? Minha esposa acordará em breve.

Cerca de uma hora depois, o trio, cansado das aventuras daquela noite, subia os degraus da casa de Dominic. Tudo o que Nicholas queria era afundar no colchão de penas, ficar ao lado de Brianna e dormir. Quando ela acordasse, ele lhe contaria as boas novas e tudo ficaria bem. A jovem poderia acabar ficando brava por Flynn a ter deixado para trás, mas ele esperava que o perdoasse quando a percepção de que Patrick e os outros estavam seguros e a caminho de Nova York finalmente se assentasse em sua mente.

Ao vê-los chegando, um dos funcionários de Dominic apareceu correndo.

– Ainda bem que estão de volta. – Havia preocupação no rosto do homem.

– Qual é o problema, Lawson? O que aconteceu? – Grey perguntou.

– É a Sra. Flynn, senhor. Ela partiu.

– Partiu? – Nicholas repetiu. Não fazia sentido. – Partiu para onde? Como?

O criado lhe deu uma folha de papel que havia sido dobrada.

– Ela deixou isso em seus aposentos. Achei melhor entregar ao senhor o mais rápido possível.

Flynn abriu o bilhete, encarando as palavras de Brianna.

Flynn,

Você quebrou sua promessa. Posso ver que uma vida comigo, uma vida juntos, não é algo que realmente deseja. Agora, estou livre e você também.

Holland

– Nick, o que o bilhete diz? – Dominic perguntou.

O tenente lhe entregou a folha.

– Ela foi embora... Brianna pensou que eu não a queria. Por que diabos ela acharia isso?

– Lawson, quando foi que ela saiu? – Roberta indagou.

– Poucos minutos após você e o Sr. Flynn partirem, milady. Eu não sabia se deveria tentar impedi-la, mas... – O ex-pirata corou. – Eu não queria ter que prendê-la.

– Está tudo bem, Lawson – Dominic disse. – Duvido que conseguiria ter feito isso.

Roberta estava angustiada.

– Ah, Nick, fui uma tola.

– O que quer dizer?

Ela apontou para a varanda com vista para os degraus da frente e para a estrada.

– Brianna deve ter nos visto. Estávamos sozinhos aqui.

Flynn tentou recordar o momento anterior à sua partida, vendo-o sob a perspectiva de sua nova esposa.

– Ah. Ah, não.

Dominic soltou um suspiro.

– É melhor irmos atrás dela.

– Mas para onde ela iria? – Nicholas perguntou.

– De volta para o seu pai – Grey respondeu, como se fosse óbvio.

– E onde ele estaria? Ninguém sabe o paradeiro do Rei Sombrio das Índias Ocidentais – o tenente falou.

Dominic lhe deu um dos seus sorrisos insuportáveis.

– Se você souber onde procurar, não é muito difícil encontrá-lo. Buck estará na ilha onde a Irmandade da Costa se reúne.

– A Irmandade da Costa? – Flynn o fitou. Ele, assim como todo jovem aspirante naval, havia estudado secretamente a história dos piratas. – Mas... eles se separaram há sessenta anos.

Os piratas de hoje não confiam uns nos outros como os antigos costumavam confiar.

Grey soltou uma gargalhada.

– Isso é exatamente o que queremos que vocês pensem. Buck é o Almirante Negro há cerca de dez anos.

– Almirante Negro?

– Você o chama de Rei Sombrio. Para nós, ele é o Almirante Negro.

Dominic se voltou para Lawson.

– Peça que os homens nas docas preparem a *Feiticeira do Dragão*. Precisamos sair em poucas horas.

– Sim, capitão.

Quando Lawson desapareceu, Dominic colocou as mãos nos ombros de sua esposa.

– Robbie, preciso que você fique aqui. Mesmo que fique com raiva de mim, precisamos de olhos e de ouvidos sobre a fortaleza e alguém para nos alertar a cerca de qualquer movimento das embarcações navais. Precisamos saber o que eles podem estar planejando. Você sabe a quem retransmitir as mensagens se for necessário.

Ela suspirou.

– Tudo bem. Traga Brianna de volta em segurança.

– Nós vamos fazer isso, não é, Nick?

Flynn não respondeu. Seu olhar estava no horizonte. Ele ia encontrar sua esposa e explicar tudo que acontecera. Não falharia com ela, amava-a demais para deixar que isso acontecesse.

Aonde quer que tenha ido, eu irei encontrá-la, minha princesa pirata.

Dezoito

— Então, o que traz a encantadora e temível Brianna para o meu navio?

Segundo os rumores, Gavin Castleton era um dos piratas mais notórios e libertinos das Índias Ocidentais. Ele se encostou na porta fechada e sorriu preguiçosamente, parecendo um gato que acabara de se deparar com uma tigela de leite.

Ela tinha esquecido quão sombriamente belo o homem era. Não era de se admirar que o tivesse levado para a cama em mais de uma ocasião. A experiência tinha sido agradável – crua, áspera, apaixonada –, mas *algo* sempre esteve faltando entre eles. O que quer que fosse não tinha sido físico, contudo, de fato, não estava lá.

Nunca ficara tentada a permanecer em seus braços, a escultar seus batimentos cardíacos enquanto se encostava em seu peito ou a sussurrar histórias sobre rainhas piratas para ele, não como havia feito com Nicholas. Havia algo mais profundo sobre sua conexão com Flynn; algo que não compreendia completamente. Brianna tentou ignorar a dor que a tomou ao pensar nele, contudo, afastar tais pensamentos só pareceu fortalecê-los.

– Eu precisava de um navio – finalmente respondeu.

– O que aconteceu com a *Serpente*? – O humor dele desapareceu, sendo substituído por uma preocupação genuína. – Você a perdeu em uma tempestade?

Gavin sabia que ela amava aquele navio mais do que qualquer coisa. Perdê-lo era como se desfazer de uma parte de si mesma.

– Não, ela foi levada pela Marinha. Provavelmente está atracada em *Kingston*.

Castleton se afastou da porta.

– No entanto, você permanece livre. Abandonou seu navio?

A jovem balançou a cabeça.

– Meu pai e eu estávamos tentando fazer um bloqueio em *Basseterre*. Uma tempestade surgiu e fomos capazes de tirar o foco da Marinha do *Falcão*, permitindo que ele e sua tripulação conseguissem escapar.

Gavin a fitou. Seu olhar duro e apreciativo condizia com o de um capitão pirata.

– E vocês foram capturados...

– A maioria dos meus homens escapou, mas, junto comigo, um punhado ainda estava a bordo da Serpente quando a Marinha nos abordou.

– Meu Deus... Como escapou?

Qualquer homem teria jogado seus pés sobre a mesa mais próxima e se inclinado para trás para desfrutar de uma boa história de fuga, contudo, Gavin era mais sério do que os outros capitães. Além disso, no passado, o homem havia professado amá-la. Ele não trataria o relato de forma leve e descontraída.

Castleton puxou uma cadeira para perto dela e estendeu a mão em sua direção. Brianna quase se afastou; mas, então, deixou que ele a tocasse, percebendo que seu corpo não reagia da mesma maneira que fazia quando Nicholas a tocava – talvez porque o pirata não tivesse o mesmo peso que ele em seu coração. Flynn conhecia mais sobre ela do que qualquer outra pessoa.

– Não escapei. – A jovem brincou com o sextante que estava na mesa enquanto lhe contava como Nicholas havia se infiltrado em sua tripulação, como sua verdadeira identidade havia sido descoberta, como seu pai pretendera usá-lo contra a Marinha e como o tenente havia vindo ao seu encontro quando seu navio fora capturado. – Ele disse aos oficiais que eu tinha sido levada pelos piratas e que era sua esposa.

– Sua esposa? – Gavin se engasgou. – Por que ele diria isso?

– Porque sentiu que era a única maneira de me salvar. Nós nos casamos ontem. Tudo foi feito em segredo e o magistrado datou os documentos com uma informação falsa.

Ele bufou com incredulidade.

– Brianna, você certamente foi coagida. O casamento é nulo se...

– Não fui coagida. – Ela queria que tivesse sido, mas tomara a decisão por vontade própria.

– Então, por que estou sentindo que há algo mais que não está me dizendo? Nós somos amigos – Castleton a lembrou. Brianna sempre se divertia ao perceber como o temível pirata à sua frente era gentil quando estavam sozinhos.

Ela lhe devia uma explicação, afinal, estava fugindo em seu navio. Quando Flynn retornasse a *King's Landing*, descobriria que ela havia desaparecido. Brianna deixara um bilhete, mas não tinha certeza de que isso o impediria de vir atrás dela.

A jovem contou a Gavin tudo sobre Nicholas, revelando ainda mais do que dissera ao seu próprio pai. Passara a sentir uma necessidade desesperada de falar com alguém – alguém que a conhecesse – sobre o que sentia pelo tenente. O pirata a ouviu pacientemente, mantendo seus olhos castanhos-mel fixos nela.

– Foi assim que eu acabei aqui.

– Após fugir do homem que você ama – ele acrescentou.

– Não passou de uma confissão feita em um momento de paixão – Brianna argumentou.

Castleton sorriu.

– Ele deve ter sido um amante *excepcional*. Você nunca disse isso para mim.

Ela corou. Gavin estava certo. Quando compartilhara a cama com Nicholas, durante o curto período que estivera com ele, seus sentimentos pareceram reais, porque pudera ser verdadeiramente quem era; algo que ela nunca fora com seus outros amantes.

– Então, para onde estamos indo? – Brianna tentou mudar de assunto.

– Para a Ilha Negra – o pirata afirmou baixinho. – Seu pai enviou uma mensagem. A irmandade está se reunindo.

A esperança floresceu dentro do peito dela.

– Teve notícias do meu pai?

– Sim. Hoje, as cores do *Falcão do Mar* foram vistas em vários navios do porto. Ele mandou um chamado, solicitando uma reunião na Ilha Negra.

Anos atrás, Thomas Buck havia desenvolvido um sistema de comunicação entre os piratas. Eles haviam infiltrado, sem o conhecimento do resto da tripulação, irmãos em navios mercantes para agirem como marinheiros normais. Assim, podiam enviar sinais de um lado para o outro. Grandes lenços coloridos, que seu pai havia apelidado de cores do *Falcão do Mar*, eram colocados na polpa das embarcações. Havia quatro ou cinco colorações diferentes. A preta era o chamado para uma reunião na Ilha Negra. Com o uso desses sinais, as informações eram passadas adiante rapidamente.

— Por que ele convocou uma reunião?— Brianna perguntou.

— Não tenho certeza. Após ouvir sua história, pergunto-me se o chamado não está relacionado com você. Buck poderia estar reunindo os capitães para resgatá-la.

— Não o vejo desde a minha captura no porto de *Basseterre* — a jovem refletiu. —Suponho que seja possível, porém, meu pai sabe que estou segura com Nicholas. Ou melhor dizendo, que eu estava. Pensei que, talvez...

Do outro lado da mesa, Gavin se inclinou em sua direção.

— Talvez o quê?

— Bem, ele pode estar pensando em deixar a irmandade. — Ela confiava em Gavin o bastante para lhe dar tal informação.

Seu pai havia mantido uma tênue aliança entre os vários capitães piratas e, embora eles o respeitassem, Brianna acreditava que não hesitariam em atacar se pensassem que isso lhes traria alguma vantagem. A posição de Almirante Negro era uma difícil de se manter.

— Se esse for o caso, é melhor nos apressarmos. Buck precisará do nosso apoio para que a mudança na liderança seja bem-sucedida. Com licença. — Castleton se levantou, deixando sua cabine para dar novas ordens à sua tripulação.

Brianna voltou a analisar os mapas. Nenhum gráfico oficial apontava a localização da Ilha Negra como a de uma ilha real.

Os piratas encarregados da navegação a marcavam com o desenho de um corvo preto voando.

Quando Gavin retornou, fez uma cama improvisada no chão, logo ao lado da sua. A jovem se levantou para reivindicar o lugar no chão, mas ele a encarou.

– Gavin... – ela disse em tom de advertência. Nunca gostara de ser tratada como uma mulher delicada, especialmente por homens que deveriam vê-la como igual.

– Bri, agora, você é uma dama...

– Teoricamente – retrucou. – Tudo bem, vamos decidir na sorte.

Rapidamente, ele tirou uma moeda espanhola do bolso e escolheu um dos lados. Ela ficou com o outro. Castleton a jogou no ar e Brianna a pegou, colocando-a nas costas de sua mão, onde ele podia ver.

– Que inferno! – a jovem amaldiçoou, marchou até a cama e atirou a moeda nele.

Gavin a pegou com um sorriso perverso no rosto. Ele a colocou de volta no bolso, então, tomou seu lugar no chão.

Após apagar a lamparina próxima à cama, Brianna ficou deitada no escuro por muito tempo.

– Obrigada por me deixar ficar a bordo do seu navio, Gavin.

– É claro – ele murmurou. – Você faria o mesmo por mim.

Uma pontada de dor atingiu seu peito ao perceber o quanto desejava que estivesse ouvindo a voz de Flynn em vez da do pirata.

– Se me quiser, estarei aqui, Brianna – Castleton disse. – Se decidir deixar o homem que ama ir, quero que saiba que sempre há espaço no meu coração.

A declaração poderia tê-la tentado antes, quando ainda

não havia se apaixonado pelo inimigo. Contudo, agora? Agora, não.

Brianna escutou o ranger do navio e sentiu o balanço rítmico das ondas, algo que era muito mais confortável para ela do que estar em terra firme. O que tinha feito ao aceitar se casar com Nicholas e ter lhe confiado seu coração? Mesmo tendo fugido, não sabia se conseguiria se livrar dos sentimentos que nutria pelo tenente.

A relação entre eles nunca teria dado certo. Brianna era uma criatura do mar e do vento, uma que ansiava por ver novos portos e perseguir novas aventuras, às vezes indo contra as leis da Inglaterra. Nicholas, contudo, era um cavalheiro refinado que queria ter uma vida simples e tranquila ao lado de uma mulher com objetivos semelhantes aos seus.

Éramos um desastre fadado a acontecer desde o momento em que nos beijamos pela primeira vez. Ainda assim, ela não conseguia se arrepender do furacão de paixão que surgira entre os dois, bem como da paz infinita que sentira quando, no olho da tempestade, se dera de corpo e alma para ele. Nunca poderia se arrepender de um momento como esse.

Porém, como conseguiria voltar a navegar por águas calmas depois de experimentar a tempestade tão crua e poderosa que era se apaixonar? Não podia voltar atrás, mas também não conhecia nenhum caminho pelo qual poderia seguir em frente. Estava navegando às cegas. No momento, tudo o que podia fazer era encontrar seu pai. Depois, decidiria sobre seu futuro.

O anel de sinete em seu dedo estava quente ao toque. Essa era uma característica engraçada do ouro. Ele esquentava como se gostasse de ser usado. Sua aliança de casamento, que descansava em seu outro dedo, era feita do mesmo tipo de material. Desde que conseguia se lembrar, Brianna ansiava pela sensação de ter todos os tipos de tesouros entre suas mãos, de sentir a robustez das pedras preciosas e das moedas deslizando por seus dedos em uma cachoeira de riquezas, pois sabia que iria compartilhá-las com pessoas que precisavam. Contudo, agora, percebia que havia conquistas ainda maiores – os tesouros do coração.

Tesouros estes que eram tanto capazes de assombrar uma pessoa quanto fazê-la ansiar por eles.

———

Nicholas estava na proa da *Feiticeira do Dragão*, um dos vários navios que Dominic havia nomeado em homenagem à Roberta. Ele observou o anoitecer, a água negra se misturava com a escuridão até onde seus olhos podiam ver. A lua minguante era uma mera lasca no céu, não oferecendo luz real. Estava tão escuro ao seu redor quanto dentro de seu peito.

Flynn deveria ter ouvido Dominic e deixado que Brianna viesse com eles na missão de resgate. Estivera tão focado em corrigir seu erro que havia criado um ainda maior. O que não daria para encontrá-la, para trazê-la para seus braços e segurá-la ali depois de ficar de joelhos e implorar por perdão.

Ele sentiu a presença de alguém atrás de si. Quando olhou por cima do ombro, viu que se tratava de Dominic. Ambos ainda usavam as camisas e calças pretas que haviam vestido para o resgate. Isso o lembrou de sua juventude; de como, muitas vezes, eles colocavam roupas escuras e se esgueiravam de suas casas para fazer travessuras. Nicholas sorriu com as lembranças. Nunca tivera interesse em ser um pirata, porém, naquela época, teria feito qualquer coisa que Dominic lhe pedisse.

– Quanto tempo levaremos para chegar na ilha? – perguntou.

Grey se juntou a ele no parapeito, estudando as velas e a maneira como elas se projetavam na direção em que estavam indo.

– Se o vento continuar assim, chegaremos amanhã à noite.

Os dois ficaram em silêncio por um bom tempo, apenas ouvindo o barulho do mar e do vento.

– O que fará quando a encontrar? – Dominic perguntou.

– Farei o meu melhor para explicar o mal-entendido. Direi a ela que sua tripulação está viva e pedirei desculpas por não a ter levado comigo. O que Brianna poderia estar pensando para simplesmente fugir assim?

– Ela foi criada como uma pirata, Nick. Caso ainda não tenha percebido, conversar sobre nossos sentimentos não é realmente algo em que somos bons. Isso nos torna previsíveis, nos deixa vulneráveis; o que, para um pirata, é apenas uma maneira rápida de ser capturado e enforcado. Holland está fazendo o que acredita ser a escolha mais segura.

– Eu pensei que a estava protegendo. – Flynn passou as mãos pelos cabelos, deixando sua cabeça cair em derrota.

– Lembra-se do grupo de caça que Lorde Faulkin formou quando tínhamos dez anos? Da mãe raposa que foi baleada?

O tenente estremeceu com a lembrança. Nunca gostara de assistir a caçadas de raposas.

– Sim.

– Encontramos o animal rastejando em direção à sua toca, mas ele morreu antes de conseguir alcançá-la – Grey continuou.

– Eu lembro – ele grunhiu. Os sons da prole órfã ainda o assombravam.

– Você rastejou para dentro da toca e pegou os três filhotes antes que os cães os encontrassem. Então, levou-os para casa.

Nicholas sorriu.

– Minha mãe ficou furiosa, mas não se atreveu a contar ao meu pai sobre eles.

Ele havia mantido os filhotes em uma cesta sob sua cama de dossel, que, felizmente, ficava no extremo oposto da casa, portanto, seu pai não tinha ouvido os animais chorando à noite. Ainda assim, não tinha sido fácil. Salvar as três raposas fora um trabalho árduo. Elas mordiam, arranhavam e grunhiam para ele, só se aventurando a sair do esconderijo debaixo da cama para comer quando o garoto não estava no quarto. Flynn acabara ficando ensanguentado e arranhado durante suas tentativas de ganhar a confiança delas.

Então, certa noite, os filhotes haviam deixado a toca improvisada para vir tomar leite de um pires e pegar pedaços de carne de sua mão estendida.

– Você ganhou a confiança deles. Você provou que era uma criatura diferente e estranha que nem sempre devia ser temida. Com as pessoas, não é diferente. Tememos o desconhecido, seja ele o que for. Quando chegarmos à Ilha Negra, deve encontrar sua esposa e lhe provar, repetidas vezes, que ela não tem nada a temer de você. – Dominic fez uma pausa, observando o amigo por um momento. – Você tem algo que eu nunca consegui dominar.

– O quê? – Nicholas perguntou.

– O dom da compaixão e da paciência. É algo que a maioria das pessoas não possui e é o que faz de você um homem melhor do que eu. Tudo o que precisa fazer para ganhar a confiança dela é mostrar sua coragem e sua bondade. – Grey colocou uma mão sobre o ombro de Flynn. – Foi por isso que eu pedi que se casasse com Roberta se eu acabasse na forca. Não foi porque você é meu melhor amigo ou porque tem minha confiança. Foi simplesmente porque é um *bom* homem; o melhor homem que eu já tive a honra de conhecer. Você desistiu de tudo para me encontrar, desistiu de vários anos da sua vida sem sequer saber se eu estava vivo ou morto. Agora, é a minha vez de ajudá-lo.

A princípio, o tenente ficou calado, porém, depois, as emoções que tanto tentara ignorar vieram à tona.

– Eu realmente a amo, Dom. *Loucamente.* Amo cada parte dela.

Dominic deu uma risada.

– Essa é uma das coisas engraçadas sobre o amor. Em um momento, você está navegando por uma tempestade tão vasta que acha que vai afundar antes de conseguir chegar ao seu destino; e, no outro, os ventos morrem, a chuva desaparece, as nuvens se afastam e tudo que resta à sua frente é o sol e uma luz doce e gloriosa.

Flynn estava passando pela tempestade. Sentia-se extremamente cansado, contudo, sabia que se confiasse em seu amigo, poderia voltar a sentir o sol em seu rosto.

– Venha para a minha cabine. Vamos beber – Grey chamou. – Faz muito tempo que não encontro alguém decente para jogar xadrez.

———

O sol estava quente, assim como a areia sob seus pés, mas a temperatura não era insuportável. Era o tipo de clima perfeito para ficar deitada na praia o dia todo. Em vez disso, Brianna correu até o mar e mergulhou na água fria. Não havia nada tão esplêndido e capaz de fazê-la se sentir tão viva quanto a areia morna, a água fria e o sol quente.

Algo tocou sua mão e a pirata olhou para baixo, notando dedos entrelaçados com os seus. Quando ergueu o olhar, viu que Nicholas a observava com aquele sorriso tipicamente provocante dele, que a fazia perder o fôlego.

– Como me encontrou? – Brianna perguntou.

– Eu sempre a encontrarei. – O brilho em seus intensos olhos azuis fez com que ela se sentisse saudosa e magoada.

"Em que longínquo abismo ou céu remoto
Ardeu o fogo de teus olhos?
Sobre que asas se atreveu a ascender?
Que mão teve a ousadia de capturar a chama?"

A jovem corou. Quem diria que Nicholas lia poemas? Ela havia dito a ele que amava poesia, mas que raramente conseguia encontrar bons livros nos portos que visitava.

– Eu não queria ir embora – Brianna disse. – Não queria deixá-lo.

Por que tinha fugido? Ela deveria ter ficado. Deveria ter conversado com ele. O amor não era algo pelo qual se valia a pena lutar? Em vez disso, tinha corrido para longe como uma covarde, porém, Flynn ainda a encontrara.

Ele sorriu, puxando-a para seus braços.

– Eu sei. É por isso que estou indo atrás de você. Somos duas metades de um todo, minha pequena princesa pirata. – Nicholas passou uma mão por sua bochecha, fazendo com que lágrimas queimassem em seus olhos.

– O que quer dizer? Você já está aqui comigo.

– Você está sonhando, moça, acorde. Acorde!

Brianna se levantou, lutando contra as mãos firmes que

sacudiam seus ombros. Ela girou o punho e atingiu o rosto de alguém.

– Por Deus, esqueci o quanto você é forte.

A pirata levou um tempo para se orientar.

– Gavin?

– Você estava chorando enquanto dormia. Pensei que era melhor acordá-la. Além disso, nós chegamos. Acho que deveria vir para o convés.

Ela colocou suas botas e o seguiu. Brianna estudou as águas à medida que se aproximavam da Ilha Negra. O local era arborizado e cercado por uma costa rochosa. Havia apenas uma pequena enseada, onde só os capitães dos oito principais navios piratas sabiam como atracar com segurança.

– Vejo que colocou homens nos canhões – a jovem comentou.

Gavin se juntou a ela no parapeito.

– Não temos uma reunião da irmandade há quase três anos. Tudo pode acontecer.

Tudo pode acontecer. Por algum motivo, essas palavras fizeram com que uma mistura de pavor e de esperança se infiltrasse em seu peito.

———

Muito abaixo dos conveses principais, o capitão Waverly espreitava na escuridão úmida e mofada da embarcação, onde ninguém esperaria encontrar uma pessoa.

Ele havia seguido Holland de *King's Landing* até ali com a intenção de capturá-la assim que tivesse a chance. Contudo, tivera que roubar um cavalo para alcançá-la e quase perdera seu rastro quando chegara às docas. Felizmente, tinha visto em qual navio ela havia entrado, uma embarcação da qual o capitão já suspeitava há algum tempo. Waverly usara a promessa do dinheiro pela captura de Buck para contratar um navio local e sua respectiva tripulação, fazendo com que seguissem suas ordens. Encontrara uma maneira de embarcar no navio em que a jovem estava e fizera com que a embarcação contratada os seguisse e esperasse por seu sinal, momento em que lhe enviariam um barco a remo.

Havia se surpreendido ao perceber que tudo o que tivera que fazer fora escoltar um pirata bêbado de uma das muitas tavernas locais até as docas e vestir suas roupas. Usando os trapos velhos do sujeito, fora capaz de embarcar no navio pirata. Ele alegara que era um novo membro da tripulação quando um dos homens havia perguntado seu nome, porém, exceto por esse momento, sua presença não parecia ter levantado suspeitas.

Em seguida, descera para parte do navio em que os marinheiros só costumavam visitar quando havia um vazamento. Antes de ter se esgueirado ali, passara um tempo ouvindo as conversas nos conveses superiores. Os sons reverberavam em embarcações como aquela. Escutara o capitão e Holland falando. Eles eram tolos o bastante para acreditarem que estavam seguros. Graças às suas línguas soltas, as suspeitas de Waverly haviam sido confirmadas. Lady Brianna St. Laurent não era uma pirata qualquer. Ela era a filha de Thomas Buck. Após fazer tal descoberta, enfurnara-se no porão da embarcação, onde vários barris estavam estocados, e se escondera atrás deles.

No escuro, Waverly deu um sorriso malévolo. Ah, sim, ele a capturaria e a levaria para longe. Quando estivesse com a filha de Buck em suas mãos, seria capaz de fazê-lo se render. Então, enforcaria o rei pirata e usaria a mulher como bem entendesse até que o fogo que ardia em seus olhos verdes tivesse se apagado. Eventualmente, ela também seria enforcada e a besta dentro dele ficaria saciada... por um tempo.

Nos andares acima, os homens cantavam enquanto trabalhavam. Parecia que estavam perto de seu destino. O capitão da Marinha cantarolou junto com eles enquanto seu sorriso se alargava.

Dezenove

Brianna balançou um facão no ar, abrindo caminho através das árvores e das plantas enquanto ela e Gavin avançavam pela Ilha Negra. Apesar de percorrer esse trajeto algumas vezes por ano, a vegetação densa e a vida selvagem sempre voltavam a cobrir a entrada, como se a própria natureza quisesse esconder o refúgio pirata.

Pássaros exóticos cantavam na névoa que pairava como um manto ao redor do local, envolvendo a ilha na escuridão. À frente, havia uma pequena aldeia construída por escravos fugitivos, conhecidos como quilombolas. Alguns dos piratas mais antigos, como seu pai, tinham pequenas casas na aldeia, que usavam quando visitavam a região. A Ilha Negra era um verdadeiro refúgio pirata, escondido em uma época em que a maioria havia sido destruída pelas Marinhas das grandes nações, que ainda disputavam o domínio do mar.

A vida que tivera enquanto crescia fora uma paisagem em constante mudança, abrangendo a casa de seu pai em São Cristóvão, esta ilha e diversos navios piratas. Na superfície, ela parecia muito diferente da vida que deveria levar como esposa de Nicholas, contudo, sendo uma mulher em um mundo gerido por homens, Brianna continuava a enfrentar o perigo a cada passo que dava. Ela havia crescido sob a proteção de seu pai e, agora, tinha sido entregue a Flynn para continuar sendo protegida. Sua situação não era muito diferente dos arranjos feitos em Londres. Era estranho pensar que mundos tão distintos estavam se espelhando dessa forma. Será que não havia um caminho em que uma mulher pudesse proteger a si mesma?

Eles adentraram a aldeia que compunha o refúgio pirata, passando pelas casinhas aconchegantes, pela taverna e pelas pequenas barracas do mercado. Para um lugar que sequer estava listado em um mapa, tudo era surpreendentemente civilizado.

Havia um grande salão que parecia uma cabana feita de troncos grossos. Ele era o ponto de encontro dos oito capitães piratas que lideravam a maioria das tripulações da atual versão da Irmandade da Costa.

Brianna limpou o suor de seus olhos, fazendo um balanço dos aldeões que se misturavam com os piratas que haviam chegado. Dezenas de pessoas bebiam e riam enquanto conversavam sobre as últimas notícias. Vários primeiros imediatos pareciam satisfeitos, com suas barrigas e seus copos cheios. Apenas os capitães se abstinham de beber. Isto é, ao menos até que a reunião tivesse acabado. Então, se os ânimos não se inflamassem, uma celebração se seguiria.

Um rosto familiar na multidão fez o coração de Brianna saltar. Um escocês observava os outros piratas com um olhar severo.

– Joe! – ela gritou.

Ao ouvir seu nome, o mau humor do homem desapareceu em um instante.

– Moça! – ele berrou, afastando vários piratas de seu caminho. McBride correu em sua direção com os braços abertos.

Brianna deu um aceno de cabeça para Gavin.

– Vejo-o mais tarde.

– É claro. Ficarei por perto, caso precise de mim – ele respondeu. Foi impossível não notar o olhar lascivo misturado com algo mais profundo em seus olhos, o tipo de olhar que toda mulher desejava receber, até mesmo uma pirata como ela.

– Obrigada, Gavin.

Se Brianna tivesse se apaixonado por um pirata como Castleton, as coisas teriam sido diferentes. Todavia, amava Nicholas – maldito fosse o homem – e, agora, não havia como parar seu coração apaixonado. Até mesmo naquele momento, o tenente continuava a tê-la em suas mãos.

Joe a alcançou, erguendo-a em seus braços como se não passasse de uma criança.

– Como diabos chegou aqui? Vi que foi levada e... – Seu rosto escureceu. – Eu disse ao seu pai que não tinha certeza do que havia acontecido com você. Buck afirmou que tinha libertado Flynn para que ele tentasse salvá-la.

– Está tudo bem. Estou livre, Joe – a jovem respondeu.

McBride a colocou no chão, porém, enquanto a estudava, seu olhar caiu para seus dedos. Brianna ainda estava usando o anel de sinete e sua aliança de casamento.

– Então, aconteceu – ele falou melancolicamente.

Mesmo que usar a aliança de ouro fizesse seu coração doer, ela não pôde deixar de tocá-la de forma protetora.

– Eu... – A pirata se atrapalhou com as palavras, não sabendo o que dizer.

Uma carranca apareceu no rosto de Joe.

– Você se casou com Flynn.

Brianna estava muito consciente dos olhos dos outros homens sobre si.

– Posso explicar depois. Onde meu pai está?

– Na sala de reuniões. – Joe deu um aceno de cabeça para o grande salão no centro da aldeia.

Sem perder tempo, a jovem abriu a porta e se deparou com seu pai e três outros capitães conversando no canto do grande cômodo, que abrigava a mesa redonda da irmandade. O ar quente e úmido da ilha misturado com o cheiro de cerveja e de rum enchia a sala de reuniões. Era quase reconfortante inspirar tais odores novamente.

Quando Thomas a viu, deu um aceno de cabeça para os outros homens e pediu licença. Ele não a abraçou ou mostrou qualquer sinal de afeto até terem deixado o local e atravessado a estrada de terra que levava à aconchegante casa de dois andares que pertencia a Buck por cerca de uma década.

Somente quando estavam sozinhos na entrada, seu pai lhe deu um abraço de urso. Seus dedos afundaram em seus braços enquanto ele a apertava contra o peito e pressionava um beijo no topo de sua cabeça. A respiração do mais velho estava irregular, como se tivesse acabado de sair de uma luta.

– Graças a Deus – ele sussurrou. – Estes últimos dias foram um inferno. Flynn prometeu salvá-la, mas, dadas as circunstâncias, não havia como eu ter certeza de que tinha conseguido.

Thomas se afastou e segurou o rosto dela, examinando-a em busca de ferimentos. Seu pai estava magro e os cabelos grisalhos que cobriam suas têmporas pareciam mais brancos do que antes. Era como se, ao perdê-la, mesmo que brevemente, o poderoso Thomas Buck tivesse envelhecido. Saber que o fizera se preocupar a esse ponto pesou em seus ombros. Talvez ele estivesse certo; talvez, agora, esta vida fosse demais para ambos. Brianna estava cansada de fugir da Marinha e de temer pelo futuro de sua tripulação. Antes, eles se divertiam saqueando navios mercantes, sempre um passo à frente de seus captores, porém, não era mais assim. Agora, a forca se impunha sobre os dois, prestes a matar seus homens... Homens com os quais ela deveria padecer junto.

– Quando o enviei atrás de você, temi que... que ele pudesse levá-la para a Inglaterra antes que eu tivesse a chance de... – Thomas não terminou a frase, mas a jovem entendeu o que ele queria dizer.

– Está tudo bem. Eu estou aqui. – Gentilmente, Brianna abaixou as mãos dele. – Contudo, precisamos conversar. Preciso saber a verdade sobre meus pais. Nicholas me disse o que podia, mas não foi o bastante. Quero saber tudo.

Seu pai suspirou e assentiu, levando-a para a sala de estar. Eles se sentaram em um sofá desbotado. O pirata hesitou por um momento, observando o cômodo decentemente decorado. Buck passara tantos anos visitando o local junto com ela que ele acabara se tornando sua segunda casa. A residência não era tão grandiosa quanto a de São Cristóvão, mas era confortável para se passar as noites na Ilha Negra. Mesmo levando uma vida como pirata, seu pai sempre gostara de ter o melhor.

– Por onde eu começo? – perguntou.

– Conte-me o que sabe sobre eles. – Brianna respondeu, notando que sua voz ficara um pouco rouca. Era estranho ser tão afetada por pessoas que nunca havia conhecido, porém, não estavam falando de qualquer indivíduo, mas, sim, dos que haviam lhe dado a vida; e, neste momento, isto era algo importante tanto para ela quanto para o homem que a criara.

– Foi uma tempestade terrível. Deparamo-nos com um navio prestes a afundar. Ele havia colidido com um recife e seu casco estava partido. A maior parte da tripulação tinha pulado no mar. No convés superior, não encontramos nada além de cadáveres. Eu tinha pouca esperança de encontrar qualquer sobrevivente, contudo, precisava me certificar de que não havia ninguém com vida. Encontrei o casal em uma cabine. Seu pai tinha sido gravemente ferido. Imagino que tenha tentado ajudar as pessoas no convés quando um dos mastros se quebrou. Ele estava ao lado de sua mãe, que estava em trabalho de parto. O homem sabia que não viveria para ver seu nascimento, portanto, me deu seu anel de sinete e pediu que eu cuidasse de você assim que nascesse. A maneira como seu pai falou sobre você e como olhou para sua mãe não me deixou dúvidas de que você teria sido muito amada por ele. Talvez seja por isso que eu a amo tão ferozmente. É como se seus pais tivessem me dado o amor que sentiam, de forma que o carregasse até que ele passasse a ser meu. – Thomas pigarreou. Seus olhos estavam vermelhos. – Você se tornou minha para amar e para cuidar desde o primeiro momento em que a peguei em meus braços.

Brianna nunca tinha ouvido seu pai falar de forma tão emotiva. Sabia que ele era um homem mais profundo do que o próprio mar, porém, muitas vezes, Buck guardava o que estava sentindo, não deixando suas emoções transparecerem. Agora, ela estava tendo acesso aos seus pensamentos e aos seus sentimentos mais secretos, algo que estava ameaçando fazê-la chorar, o que raramente fazia.

– E... minha mãe? – As palavras a cortaram, fazendo-a sentir como se, de alguma forma, seus pais estivessem presentes na sala.

– Ela ficou conosco por tempo o suficiente para lhe dar à luz, nomeá-la e me dizer para amá-la como se fosse minha. Foi isso o que eu fiz. *Amei* você com todo o meu coração e também a amei em nome *deles*. – Ele segurou suas mãos e sentiu a aliança de casamento em seu dedo. Então, fitou-a com uma pergunta silenciosa nos lábios.

A tristeza penetrou no coração de Brianna. Thomas havia perdido o seu casamento. Sim, o matrimônio tinha começado como uma farsa e também havia terminado com uma, mas, quando proferira seus votos, realmente estava sendo sincera. A pirata acreditara nas palavras de Flynn e quisera se casar com ele, portanto, seu pai deveria ter tido a chance de levá-la até seu marido e testemunhar sua união.

— Depois que você escapou, tentei tirar minha tripulação do navio. A maioria conseguiu chegar à terra sem ser presa pela Marinha, contudo, fomos abordados antes que eu tivesse a chance de escapar com o último grupo de homens. Eles queriam me prender, mas Flynn chegou e afirmou que eu era sua esposa.

— Foi mesmo? — Buck murmurou.

Brianna tracejou a aliança distraidamente, sentindo seu coração na garganta. Não queria encontrar os olhos de seu pai, pois não desejava que ele visse quão complexos seus sentimentos haviam se tornado por seu marido, especialmente após o que havia acontecido em sua noite de núpcias.

— Ele disse que eu estava vindo da Inglaterra quando fui sequestrada por piratas, mas o Almirante Harcourt, o sogro de Dominic, achou melhor que realmente nos casássemos em segredo e que, na certidão de casamento, fosse escrita a data de um ano atrás para encobrir nossa história. — A jovem hesitou antes de continuar — Não sei o que fazer. Seis dos meus homens estão em *Port Royal*, tendo que enfrentar o nó da forca. Flynn me distraiu na noite do nosso casamento. Eu devia ter planejado um resgate.

Seu tom havia mudado, o que fez Buck a estudar com desconfiança.

– O que não está me dizendo, Brianna? Por que está aqui em vez de estar com ele?

Ela desviou o olhar.

– Acordei antes do nascer do sol e o vi com a esposa de Dominic. Eles estavam abraçados e deixaram a residência em um coche, a sós. Não fiquei para ouvir as desculpas ou as mentiras que eles poderiam me dar. Eu só precisava...

– Fugir? – o mais velho perguntou. Seu tom era de surpresa, contudo, também havia um sorriso triste em seu rosto. – Sem confrontá-lo? Sem obter respostas? Você não costuma fugir das coisas que a assustam, Brianna. O que fez com que isso fosse diferente? – Sua voz poderosa ainda soava suave, mantendo toda a gentileza e a compaixão que lhe mostrara quando ela era criança, nos momentos em que a escuridão a assustara e Thomas viera em seu socorro.

– Não sei.

– Acho que sabe. Você o ama?

Brianna engoliu em seco e assentiu.

– Não quero, mas eu o amo.

– E é por isso que temeu receber uma resposta. Quando nossos assuntos aqui tiverem acabado, quero que volte e resolva isso com Flynn.

– Mas e se eu não conseguir olhar para ele?

– Eu já a vi enfrentar fragatas com o dobro de armas do seu saveiro. O tenente é apenas um homem.

Brianna suprimiu uma risada gerada pelos pensamentos sombrios que ainda a assolavam.

– E se eu estiver certa sobre Nicholas?

Buck balançou a cabeça.

– Duvido que a esposa de Dominic levaria outro homem para a cama, assim como duvido que Flynn seja capaz de olhar para qualquer mulher além de você. Ele não negou amá-la quando perguntei. O homem sabia que podia morrer pelas minhas mãos, no entanto, admitiu seus sentimentos sem pudor; o que significa que você tem uma escolha a fazer, meu amor. Pode voltar e desvendar a verdade ou pode optar por manter sua distância e ficar remoendo sua decisão pelo resto da vida.

Ela não tinha feito nada além de se arrepender de seu ato covarde e doía ainda mais saber que teria que enfrentar sua própria tolice.

– Suponho que sim.

Brianna estava acostumada a navegar em águas estrangeiras, todavia, estas não eram apenas desconhecidas – eram inexploradas. Seu pai estava certo. Tinha sido fácil sabotar seu relacionamento e fugir, porque sentira que era mais seguro do que ficar para trás e enfrentar o incerto.

– Você quer ter uma vida com ele, uma vida com filhos e...?

– Sim, mas a que custo? Você me conhece. Eu nunca poderia ficar em casa e ser o tipo de esposa que espera o marido retornar de uma aventura. *Preciso* de mais.

Thomas arqueou uma sobrancelha em desafio.

– *Flynn* lhe disse que é isso o que quer? Que deseja que você fique em casa e não seja quem realmente é? E desde quando crianças precisam ser criadas em terra? Você certamente não foi.

– Não sei o que ele quer, contudo, Nicholas pediu que eu fosse para a Inglaterra conhecer meu tio. E o que mais há para uma mulher naquela parte do mundo? Onde existem leis que favorecem os homens, há correntes que desfavorecem as mulheres. Aqui, pelo menos, tenho a chance de ser livre.

Lentamente, Buck soltou um suspiro.

– Eu lhe ensinei os segredos do mar e da navegação, mas

parece que esqueci de ensiná-la sobre a vida, sobre comparti-lhar sua existência com outra pessoa. Talvez seja porque tive dificuldade em fazer isso. Flynn pode surpreendê-la, meu amor. Porém, a decisão cabe a você. Após invadir navios armados para saquear seu tesouro, uma simples conversa certamente não será tão assustadora.

– Eu não deveria ter encontrado o amor... – Sua voz ficou baixa ao continuar – Quero dizer, não com um homem como Nicholas. Eu queria alguém como você, um pirata, alguém que me deixasse ser livre.

– O verdadeiro amor *é* a liberdade – seu pai afirmou. – Se o sentimento a aprisiona, então, nenhum de vocês dois realmente ama o outro. O amor, o amor *verdadeiro*, é incrivelmente simples. Se confiar em seus instintos, verá o que quero dizer.

Brianna fechou os olhos brevemente, depois, voltou a abri-los.

– Mas e se isso significar que terei que deixar você? E se, depois de tudo, eu não puder vê-lo novamente? – Esse era um de seus piores medos. Se escolhesse uma vida com Nicholas, nunca mais veria seu pai.

Thomas agarrou suas mãos, apertando-as.

– Eu nunca planejei ser pai, contudo, no momento em que a segurei em meus braços e você olhou para mim com seus belos olhos verdes, o amor plantou suas raízes no meu coração. Independentemente do que venha a encontrar na Inglaterra ou quem você se torne durante os próximos anos, continuarei sendo seu pai. Sempre. O tempo e a distância nunca mudarão isso.

Sempre. A palavra foi dita com um amor que não podia perecer. Era mais permanente do que os próprios mares. *Infi-nito*. Como era incrível perceber que uma coisa tão infinita e vasta como o amor poderia ser guardada dentro de um coração humano. Era por isso que ele era um milagre. E milagres não deveriam ser temidos, mas, sim, abraçados.

A pirata jogou os braços ao redor do pescoço de seu pai, sentindo as lágrimas escorrerem por suas bochechas. O momento parecia um adeus, embora ela não quisesse que fosse.

– Não importa o que aconteça, sempre irei encontrá-la, Brianna. *Sempre*.

A jovem ergueu a cabeça para fitá-lo. Algo sobre seu tom a havia assustado.

– Pai?

– Está na hora da irmandade se reunir. Conversaremos novamente assim que tudo tiver acabado. – Buck se levantou, soltando-a.

– Quando o que tiver acabado? – Brianna perguntou. – Por que convocou esta reunião?

Thomas sorriu.

– Você sabe o porquê. Meu tempo chegou ao fim. Um novo Almirante Negro precisa ser escolhido. Para isso, devo me aposentar desta vida.

Estava ciente de que era isso que seu pai queria, ainda assim, perceber que estava prestes a acontecer a deixava com uma sensação de vazio no peito. A irmandade tinha seu próprio código e ela deveria respeitar o que viria acontecer hoje, independentemente do que o futuro tivesse reservado para eles.

———

Nicholas prendeu a respiração quando ele e Dominic entraram na aldeia da Ilha Negra. O local era escuro e cheio de florestas.

O sol lutava para penetrar na névoa e passar pelas copas das árvores, o que o deixou com uma estranha sensação de que estava adentrando um lugar muito antigo, onde o poder residia. Grey o trouxera ali como seu primeiro imediato para que pudesse ficar ao seu lado enquanto a irmandade se reunia. Durante todos os seus anos na Marinha, o tenente nunca ouvira falar sobre esta ilha, bem como não a tinha visto em qualquer mapa. No entanto, aqui estava, em um pedaço de terra sobre o mar que, aparentemente, era inencontrável, exceto, é claro, para os piratas. Como isso era possível? Não havia picos altos no local e toda a ilha estava envolta em névoa. Flynn se sentia *preso*.

– Acalme-se – Dominic murmurou. – Lembre-se, aqui, você não é um oficial da Marinha.

Sim, hoje, ele era um pirata e estava aqui para encontrar seu tesouro – *sua esposa*.

– Siga-me. – Grey caminhou em direção a uma estrutura no centro da aldeia.

Quando atravessaram a porta, depararam-se com uma grande mesa redonda que o fez pensar nas antigas lendas arturianas. A sala estava escura, contudo, à medida que a fraca luz das lâmpadas se tornava mais brilhante, Nicholas pôde ver que a sala estava cheia de homens. Buck estava à sua frente, do outro lado da mesa.

– Dominic, é bom ver que se juntou a nós, embora inesperado – Buck disse com um aceno respeitoso. – E Flynn – acrescentou. Seus olhos cintilaram com o lampejo de uma emoção rápida demais para ser nomeada.

– Buck – Dominic respondeu, tomando uma cadeira.

Nicholas ficou em pé logo atrás de Grey, assim como os outros primeiros imediatos estavam atrás de seus respectivos capitães. Entre os piratas de patente mais alta, apenas Thomas permanecia em pé. Flynn procurou por Brianna e seu primeiro imediato, Joe, mas eles não estavam entre os homens sentados no salão. Dominic lhe avisara que ela não estaria presente, já que era uma capitã menor. Apenas os mais experientes possuíam um assento à mesa.

— Convoquei esta reunião para anunciar que não navegarei mais como pirata. Hoje, escolheremos um sucessor para a posição de Almirante Negro. Ele deverá liderar a irmandade de forma lucrativa e sábia. Antes de começarmos, cada homem deve colocar suas armas na mesa. — Buck se moveu primeiro, colocando sua espada curta e sua pistola diante deles.

Um por um, os outros capitães seguiram o exemplo e seus primeiros companheiros fizeram o mesmo. Todas as armas permaneciam ao alcance de seus donos, contudo, o gesto simbolizava a paz que eles procuravam manter nesta sala.

— Sobre o sangue de nossos irmãos, devemos votar no homem que tomará meu lugar. Quem deseja se tornar o próximo Almirante Negro?

Alguns olhares se voltaram para Dominic, mas ele manteve o rosto inexpressivo, continuando a olhar diretamente para Thomas. Naquele momento, Nicholas percebeu quão poderoso seu amigo de infância deveria ter sido no mundo dos piratas antes de abdicar de tal vida. O tenente ainda estava surpreso por estarem naquele lugar. Grey não deveria ter desistido completamente, do contrário, isso não seria possível. Flynn se perguntou se Roberta sabia sobre os negócios paralelos de seu marido. Dado o seu comportamento durante a fuga da prisão, muito provavelmente, sim. Porém, o Almirante Harcourt certamente não sabia.

— Ninguém quer assumir o papel? — Buck pareceu levemente surpreso.

Nicholas olhou em volta, analisando os outros seis capitães.

Um pirata espanhol mais velho com uma barba grisalha adornada com contas coloridas pigarreou.

– Buck, o que acha de nomear um sucessor?

– Capitão Encino, obrigado pela sugestão, mas só nomearei um se todo o tribunal de piratas solicitar. Vocês devem determinar seus próprios destinos, não acatarem algo ditado por mim.

– Talvez, porém, você nos conduziu bem por muitos anos e nos manteve longe da forca. Como poderíamos não confiar em sua decisão em um momento como este? – Encino levantou o braço e olhou para os outros capitães sentados. – Levantem a mão se concordam que Buck escolha seu sucessor.

Quando todas as mãos foram erguidas, Thomas soltou um suspiro.

– Muito bem. Farei uma escolha, mas não quero que haja derramamento de sangue se vierem a discordar da minha decisão. Através do respeito mútuo, fomos capazes de manter a paz por muitos anos.

Nicholas não pôde deixar de admirar o carisma de Buck como líder, sua confiança silenciosa e o respeito dado e demonstrado pelos outros. Era fácil compreender como, por todos aqueles anos, ele havia conseguido governar das sombras.

– Sim, respeitaremos sua decisão – outro capitão respondeu. – Se eu quisesse receber um sermão, teria permanecido no sacerdócio. Continue logo com isso!

Os presentes riram da impaciência exagerada do sujeito.

– Muito bem. Minha escolha é baseada em habilidade de capitania, assim como também em astúcia e em coragem. Creio que ele é um homem que defenderá todos vocês. –

Thomas apontou para o pirata sentado ao lado de Dominic. – Eu escolho Gavin Castleton para ser o próximo Almirante Negro.

Houve um momento de silêncio, em seguida, Encino estendeu a mão sobre a mesa, levantou a coronha de sua pistola e a bateu no tampo em aprovação. Os outros seguiram o exemplo, incluindo Dominic, que bateu o cabo de sua adaga na madeira robusta.

Gavin ficou em pé, permitindo que Nicholas o estudasse melhor. Eles tinham uma altura semelhante, contudo, o pirata possuía cabelos escuros que contrastavam com os fios loiros de Flynn. O homem devia ter cerca de vinte e cinco ou vinte e seis anos, embora o olhar antigo em seu rosto mostrasse que ele já havia feito muito em sua vida.

– Obrigado, Buck. Sinto-me honrado. Eu aceito sua nomeação de bom grado.

Dominic e os outros capitães se levantaram.

– Gavin Castleton, o Almirante Negro – gritaram como um só.

– Parabéns, Castleton – Thomas disse, visivelmente aliviado por sua escolha ter sido bem recebida. – Agora, por que não bebemos para comemorar?

Nicholas se juntou aos outros para compartilhar as costumeiras canecas de rum quando sentiu o olhar de Buck sobre si.

– Parece que é melhor você ir falar com ele – Grey sussurrou, inclinando-se para perto. – Agora é a sua chance.

O tenente seguiu Buck para fora, passou por uma porta dos fundos e continuou até a borda da selva que cercava a aldeia. Por um momento, ficou preocupado com o que o pai de Brianna pudesse querer fazer com ele.

– Então, você veio buscá-la? – Thomas perguntou. O

homem cruzou os braços sobre o peito, franzindo a testa para Nicholas.

– Sim. Isto é, se ela estiver aqui.

– Ela está – respondeu o pirata.

Flynn soltou um suspiro de alívio. A tensão em seus ombros desapareceu e o nó em seu estômago começou a diminuir.

– Graças a Deus.

– Brianna é a mulher mais corajosa que eu já conheci – Buck disse suavemente –, contudo, ela teme ter seu coração partido mais do que qualquer coisa deste mundo. O que quer que você tenha feito para fazê-la fugir, é melhor consertar.

Subitamente, ele se viu tomado pela culpa de ter colocado Brianna no meio de toda essa confusão. Em sua tentativa de poupá-la, havia lhe causado muita dor.

– Ela é tudo para mim, Buck. Não falharei com Brianna.

– É melhor que não. – Thomas olhou para longe. – Partirei para a Inglaterra assim que resolver meus assuntos aqui. Caso minha filha decida voltar para *Cornwall* com você, seria um ex-pirata bem-vindo em sua casa? – A voz dele estava calma, mas Nicholas podia imaginar o peso que sua resposta possuía sobre o homem. Ela o destruiria ou o salvaria.

– O pai de Brianna sempre será bem-vindo em nossa casa, independentemente de onde ela seja. Planejo renunciar minha comissão na Marinha. Eu queria ter feito isso no dia do nosso casamento, mas estava mais preocupado em salvar a tripulação de Brianna.

Os olhos de Buck brilharam.

– Você salvou a tripulação dela?

– Graças a um plano inteligente da esposa de Dominic, nós conseguimos salvá-los.

O pirata riu.

– Ah, então foi para lá que vocês dois foram.

– O quê? – Nicholas perguntou.

– Brianna o viu fugir com a esposa de Dominic e pensou, bem... Ela não tinha certeza se você a havia traído, portanto, acabou errando por excesso de cautela.

– Entendo. Ainda assim, o fato de ela ter feito tal suposição não deixa de ser culpa minha.

– É melhor encontrá-la e explicar o que aconteceu. Faça-a ver que não tem motivos para temer amá-lo. – Thomas sorriu antes de se afastar. Em um momento, ele estava lá e, no outro, havia desaparecido pela folhagem espessa de algum caminho invisível.

Nicholas voltou para a aldeia, à procura de sua esposa rebelde.

———

Joe se juntou a Brianna na única taverna da ilha, onde a maioria dos primeiros imediatos e alguns capitães estavam desfrutando de um barril de cerveja.

– Pronto. Tudo feito, moça.

No local, havia vários dos membros da irmandade que tinham estado na reunião com seu pai, mas Brianna mal os notou. Ela estava jogada sobre uma cadeira em um dos cantos, observando as festividades enquanto se perguntava onde Nicholas estava e o que ele estava fazendo.

– Moça? – Joe falou mais alto, sentando-se ao seu lado. – Você não está me ouvindo.

– O que foi feito? – a jovem perguntou, lembrando-se do que ele havia dito.

– Seu pai se aposentou junto com o *Falcão do Mar*.

– Imaginei que ele iria fazer isso. Eles o substituíram?

Brianna desejava ter estado com Buck, mas apenas oito capitães comandavam a mesa. Esses oito estavam navegando em alto mar há mais tempo e nutriam uma certa confiança entre si. A renúncia de seu pai significava que o novo Almirante Negro escolheria um novo capitão para assumir sua cadeira vaga. Isso significava que ela e Reese Belishaw, como os capitães mais jovens, poderiam ter a chance de ganhar uma posição na mesa, mas Brianna teria que esperar para descobrir o veredito. Se bem que, como não tinha tripulação ou um navio no momento, provavelmente não seria escolhida para receber tal honra.

– Gavin Castleton assumiu o lugar dele.

– Gavin é o novo Almirante Negro?

– Sim. – Joe inclinou a cabeça para trás enquanto tomava um longo gole de sua bebida. – E o seu homem também está aqui. Ele assistiu à reunião como o primeiro imediato de Dominic Grey. Reese nos informou que Dominic tomaria seu assento na mesa durante a votação.

– Meu homem?

McBride levantou a mão esquerda e mexeu o dedo anelar.

– Nicholas? – Brianna se levantou tão rapidamente que derrubou sua cadeira, fazendo vários homens dispararem olhares assustados em sua direção. – Onde ele está?

– Na última vez que o vi, Flynn estava conversando com seu pai atrás da sala de reuniões.

A pirata se pegou correndo antes mesmo de ter tempo para pensar no que estava fazendo. Ela atravessou o caminho de terra e contornou a borda do salão, encontrando os fundos do local vazio.

– Nicholas? – gritou. O nome ecoou na quietude ao seu redor.

A floresta estava silenciosa. Nenhum pássaro cantava,

nenhum sapo coaxava e nenhum macaco guinchava. Tudo estava parado.

Então, sem aviso, um golpe foi dado em sua cabeça e toda a força deixou seu corpo. Brianna caiu no chão. Parcialmente consciente e sentindo o cheiro da areia em seu rosto, ela viu uma figura escura e embaçada pairar sobre si.

– Nós nos encontramos novamente, Holland.

O som da risada áspera dele a seguiu até a escuridão da inconsciência, algo muito mais aterrorizante do que afundar sob as profundezas do mar.

Vinte

A cabeça de Brianna latejava. A dor lentamente a forçou de volta à consciência. Ela estava deitada em um chão de madeira em algum lugar escuro e frio. Com hesitação, tocou a cabeça e estremeceu ao sentir uma nova pontada de dor percorrer seu crânio. Quando tentou se mover, uma onda de náusea e de vertigem fez sua cabeça girar. Após vários e longos minutos, finalmente se sentiu bem o suficiente para se mover. Procurando por apoio, Brianna se ajoelhou e se encostou na coisa mais próxima a si – barras de ferro.

– Não – gemeu enquanto seus dedos se fechavam ao redor das barras da cela.

Como..? Ela se esforçou, tentando fisgar suas últimas lembranças. Tinha visto seu pai, descobrira que Nicholas estava na ilha e, então, a dor atravessara sua cabeça. A pirata não se lembrava de nada depois disso.

Seus olhos se ajustaram ao escuro. Pelo balanço de seu corpo, soube que estava a bordo de um navio. A água batia contra as laterais do casco em um padrão rítmico, o que só podia significar que estavam longe de um porto. Brianna olhou em volta, buscando por algo, qualquer coisa, que pudesse usar para forçar as barras, mas não havia nada. Nada a fazer a não ser esperar.

A jovem se sentou em uma caixa virada para baixo e descansou o queixo na mão. Onde estava Nicholas? Saber que provavelmente nunca mais o veria fez com que uma dor oca e desolada se espalhasse pelo seu peito. Se ao menos o tivesse encontrado antes de ter sido capturada. Infelizmente, agora era tarde demais.

O som de botas batendo na escada indicou que alguém estava se aproximando. Ela estremeceu quando o rosto do Capitão Waverly apareceu sob a luz fraca.

– Pensei que, talvez, eu tivesse batido em você com muita força. Teria sido uma pena matá-la dessa forma, já que planejo enforcá-la. – Ele não estava vestindo seu uniforme vermelho imaculado. O homem parecia um marinheiro comum com calças azuis e uma camisa branca. Algo sobre sua aparência a deixou preocupada.

– Quero falar com o capitão do navio. Se sou uma prisioneira da Marinha, ele deve querer me ver.

Waverly riu com uma alegria sombria.

– Ah, não estamos a bordo de uma embarcação naval. Nenhum dos capitães em *Port Royal* me ouviu quando insisti que fôssemos atrás de você, portanto, fui forçado a contratar minha própria equipe.

O pavor se instalou profundamente dentro dela. Havendo ou não uma licença de casamento, o almirante não seria capaz de protegê-la. Não deste homem.

– Qual é o seu plano? – Ela foi incapaz de esconder o ligeiro tremor em sua voz, o que fez com que o rosto dele se iluminasse com outro sorriso perverso.

– Vou levá-la de volta a *Port Royal* e mostrar à Marinha como uma nação civilizada lida com piratas. Então, seu pai descobrirá sobre sua execução iminente, que somente será suspensa se ele se entregar. Quando Buck estiver morto, continuaremos com seu enforcamento.

– Ele não virá. Não saberá que você me capturou e, mesmo que descobrisse, seria tarde demais. Buck deixou as Índias Ocidentais.

– Minha querida, considere onde eu a encontrei. Vi todos os notórios criminosos desejados pela Coroa lá, incluindo seu pai. Ele *virá* atrás de você, Buck não deixaria sua filha morrer. Deixei uma mensagem muito clara para ele. – Waverly riu e apontou para a cabeça dela.

Brianna tocou seu cabelo, percebendo que uma pequena mecha perto da orelha tinha sido cortada. Seu pai saberia o que os fios loiros significavam assim que os visse.

– Ele virá atrás de você. Então, provarei que o Almirante Harcourt é um velho tolo e que aqueles que são leais a ele estão tão equivocados quanto o homem.

A pirata não se atreveu a perguntar como ele havia descoberto que ela era filha de Buck. Tanto quanto possível, queria desviar a atenção dele de seu pai.

– O que você tem contra o almirante? – Queria mantê-lo falando. Um homem como Waverly nunca deveria ter um momento ocioso, pois isto poderia ser fatal para as pessoas que estavam ao seu redor.

Os lábios do capitão se curvaram em desdém.

– Ele é o sogro de um maldito pirata. Harcourt deveria defender a lei da Coroa, no entanto, sob seu nariz, todos vocês navegam, gerando caos em nosso comércio. A misericórdia não terá lugar nessas terras selvagens até que os piratas sejam verdadeiramente domados. – Ele tocou as barras de sua cela, dando-lhes um leve puxão.

Brianna mal conseguiu se impedir de recuar um passo. Sabia que estava olhando para um louco. Um fanático. Nicholas havia lhe mostrado que havia homens bons e honrados na Marinha, contudo, o sujeito à sua frente representava tudo o que ela havia crescido desprezando: a bota de ferro na garganta do Caribe que pegava o que queria e não dava nada de volta. Os *verdadeiros* piratas.

Ainda desesperada para manter Waverly falando, indagou:

– Como me tirou da ilha?

– Eu a levei para a praia, onde o capitão deste navio ordenou que um barco a remo ficasse esperando por mim. Ele não conseguiu encontrar o caminho para a enseada como os outros navios piratas, porém, isso não foi um problema, pois o homem foi sábio o bastante para enviar o barco a remo à costa mais próxima. Antes de vir atrás de você, localizei a praia, avistei os navios deles e fiz um sinal com uma fogueira que apaguei antes que seus piratas percebessem.

– Mas como encontrou a ilha sem ser notado?

Waverly levantou o queixo em um gesto orgulhoso.

– Eu a segui até as docas e embarquei em seu navio. A embarcação que contratei foi ordenada a seguir à distância e esperar pelo meu sinal. Quanto a não ser notado, você esquece que a ilha está ao longo de uma importante rota comercial. Tudo o que meu navio tinha que fazer era se manter fora da vista quando necessário, assim, as tripulações piratas acreditariam que era apenas uma embarcação diferente aparecendo e desaparecendo no horizonte. Ninguém sequer pensou que poderia ser o mesmo navio.

Brianna fechou os olhos, sentindo sua cabeça latejar novamente.

– Você e eu vamos nos divertir muito juntos – Waverly quase cantarolou. – Eu... – Suas palavras foram cortadas quando um apito estridente veio de cima. O silvo perfurante não podia ser ignorado. O sujeito a fitou por um longo e aterrorizante segundo, então, sem uma palavra, subiu a escada.

Brianna pressionou a cabeça nas barras e respirou fundo, tentando acalmar seu coração acelerado. Waverly sabia que ela era uma mulher e a prendera na cela. Não havia nada pior do que isso. O único consolo que tinha era que ele não havia mencionado Nicholas. Isso lhe deu esperanças de que o tenente ainda pudesse estar vivo.

O que quer que o contramestre da embarcação tivesse visto para fazê-lo soprar o apito em um chamado às armas devia tê-lo deixado apreensivo. A pirata só rezava para que quem os perseguisse estivesse do seu lado.

––––––

Nicholas vasculhou a ilha por uma hora, porém, em seu coração, sabia que Brianna não estava mais lá. Ele voltou para o lugar onde havia se encontrado com Buck na esperança de conseguir que outros o ajudassem a achá-la e se deparou com uma mecha de seu cabelo dourado preso à terra com uma adaga militar britânica. Imediatamente, reconheceu-a, era a lâmina que o Capitão Waverly mantinha embainhada em seu cinto. Flynn recolheu os itens e correu para pedir ajuda. Ele encontrou Buck, Joe e muitos dos capitães piratas dentro do salão.

– Se ela não está na ilha, essa escória maldita deve ter encontrado uma maneira de tirá-la daqui – Joe disse com um rosnado baixo.

– Há muitas formas de sair da ilha – Buck concordou. – A

enseada é apenas o melhor modo de nossos navios permanecerem invisíveis, mas qualquer embarcação pequena ou barco a remo poderia encontrar um navio no mar. – Ele olhou para os outros capitães que estavam na sala. – Qualquer um que queira me ajudar a resgatar minha filha é bem-vindo, contudo, eu não exijo isso de nenhum de vocês. Não posso dizer o que nos espera em águas abertas. Há a possibilidade de enfrentarmos um ataque naval quando deixarmos a segurança da enseada.

– Você é o Almirante Negro até a meia-noite – Encino disse. – Eu ainda estou protegendo suas costas, velho amigo.

Os outros capitães deram suas respectivas concordâncias.

– Obrigado – Buck disse, depois, virou-se para Nicholas. – Não temos tempo a perder.

A enseada ficou vazia quando eles partiram para o mar e não demorou muito para que o navio que estavam perseguindo fosse avistado. Era como Buck havia adivinhado. Waverly estava voltando para *Port Royal* na rota mais direta possível.

Nicholas estava ao lado do pai de Brianna, que observava sua presa através de uma luneta, no convés superior do *Falcão do Mar*. Quando ele a entregou ao tenente, Flynn a pressionou em seus olhos e franziu a testa com o que viu.

– Esse não é um navio da Marinha.

– Não. Se Waverly tivesse pegado um navio de guerra, teríamos notado. Porém, se um navio mercante como esse fosse avistado, nossas tripulações não pensariam nada a respeito. Esta ilha está ao longo de uma importante rota comercial. Vemos muitas embarcações mercantes nessas águas. Eles devem saber que estamos em seus calcanhares. Pergunto-me o que o homem está pensando.

Nicholas desejava poder analisar a situação com a mesma

calma de Buck, mas seu medo pela segurança de Brianna quase o sufocava. Testemunhara o ódio de Waverly pela jovem quando ele pensava que ela era um menino. Sem falar que tinha visto quão desequilibrado o capitão poderia ser. Flynn sabia como o homem era perigoso para ela. Naquele exato momento, o sujeito poderia estar a torturando. Eles precisavam navegar mais rápido.

— Como pode estar tão malditamente calmo? — perguntou enquanto devolvia a luneta.

O rosto do ex-rei pirata ficou sombrio.

— Eu não estou. Nas últimas duas horas, planejei uma dúzia de maneiras de matar aquele homem, nenhuma delas misericordiosa.

Nicholas tentou não pensar em Waverly. Em vez disso, pensou nas coisas que diria à sua esposa quando ela estivesse segura em seus braços, pois não conseguia cogitar qualquer outro resultado.

— Capitão, estamos nos aproximando! — gritou um marinheiro.

O tenente ficou tenso. Estava desesperado para fazer o navio se mover ainda mais rápido apenas com sua força de vontade.

Buck berrou ordens para sua tripulação. Em cerca de quinze minutos, estariam perto o suficiente para embarcar.

— Icem a bandeira vermelha! Não haverá piedade! — Thomas disse com um brilho ardente em seus olhos ao se juntar a Nicholas no leme. — Encarregue-se de salvá-la. Eu lidarei com ele — afirmou sem fitá-lo.

Flynn assentiu e apoiou a mão em sua pistola. Seu sangue pulsava em antecipação à batalha e à necessidade de salvar sua esposa. Ele não deixaria ninguém ficar em seu caminho.

____

Brianna se levantou com um salto quando Waverly destrancou a porta da cela. Ele estava com uma pistola na mão.

– Suba para o convés. Se tentar alguma coisa, farei uma bala atravessá-la.

Ela seguiu suas ordens. Sentia que o navio estava mais lento e sabia que deveriam estar perto de *Port Royal* ou que haviam parado no meio do mar porque outra embarcação os havia alcançado. No convés, podia encontrar uma oportunidade de escapar.

A jovem seguiu à frente de Waverly, subindo a escada até chegar ao convés do meio. A tripulação do navio a encarou quando parou ao lado do mastro principal, ainda sob a mira de uma arma. Brianna viu a embarcação que se aproximava e a frota atrás dela. O navio de seu pai estava na liderança, encurtando a distância entre eles. E se Nicholas estivesse ali? Se Dominic estava presente, então Flynn devia estar em um dos navios atrás do de seu pai. Ela não pôde deixar de sorrir.

– Você não conseguirá fugir deles – a pirata disse calmamente.

– Estou ciente – ele rosnou.

– A bandeira vermelha significa que ele não pretende capturá-lo vivo.

– Estou *ciente* – Waverly rosnou novamente.

– No entanto, se você se render, tenho certeza de que posso fazê-lo mudar de ideia.

O capitão agarrou Brianna pela mandíbula, forçando-a a olhar em seus olhos selvagens e irracionais.

– Não. Quero. Ouvir. Mais. Uma. Palavra. De. Você.

Então, ele chamou um homem que estava na plataforma acima.

– Solte essa corda.

Ela caiu e se enrolou perto dos pés de Waverly. O capitão passou sua pistola a outro marinheiro, em seguida, avançou sobre a pirata com a corda em suas mãos.

– Mantenha a arma apontada. Se ela lutar comigo, atire.

Brianna assumiu que ele pretendia amarrar seus pulsos, todavia, em vez disso, Waverly enrolou a corda em torno de seu pescoço e ela começou a entrar em pânico. Felizmente, ele não puxou com força. O marinheiro que segurava a pistola tremeu levemente enquanto a observava.

– Você! Levante-a até que ela esteja dançando como uma marionete!

– Como é? – o homem acima gritou de volta.

Waverly revirou os olhos e murmurou:

– Bárbaros. – Então, falou claramente – Até que ela esteja sobre os dedos dos pés. Só a enforque se eu lhe der o comando.

Brianna estremeceu quando a corda se apertou em torno de sua garganta. Ela enfiou os dedos no laço, tentando aliviar a pressão em sua traqueia enquanto era puxada para cima.

Waverly foi para o parapeito, que agora se encontrava em frente ao navio de Buck. O capitão gritou o nome do pirata, depois, apontou para a jovem. Brianna inspirou com dificuldade, percebendo qual era o plano dele. Com ela no convés, a míseros instantes de ser enforcada, Waverly poderia impedir que os outros navios disparassem abertamente contra a embarcação mercante.

– Entregue-se, Buck! Ordene que seus homens se afastem e ela viverá. Se lutar comigo, sua filha acabará pendurada diante de seus olhos.

Os marinheiros contratados soltaram murmúrios preocupados quando o nome de seu pai foi dito. Waverly não lhes dissera que seriam perseguidos pelo rei dos piratas?

Brianna fechou os olhos. Seu coração batia como um animal assustado antes de gritar o que, provavelmente, seriam suas últimas palavras:

– Não faça isso!

A corda em seu pescoço se apertou e tudo o que pôde fazer foi ofegar como um peixe fora d'água, implorando por um mísero fôlego.

A voz de seu pai atravessou a névoa de seu tormento, vinda do outro lado da água:

– Estou chegando! Soltem-na!

– Não... – A palavra escapou em um sussurro. Ninguém a ouviu, a não ser o vento.

———

Nicholas viu a corda enrolada na garganta de sua esposa e se jogou em direção ao parapeito.

– Espere, rapaz. – Joe o agarrou pelo braço. – Precisamos de um plano. Não poderá ajudá-la se estiver morto.

O tenente se soltou.

– Buck, qual é o seu plano?

O olhar do pai de Brianna percorreu o convés do outro navio.

– Render-me, é claro.

– Mas...

Buck colocou um dedo sobre os lábios e olhou para cima, em direção ao cordame e à verga acima de suas cabeças.

– Vou para a embarcação deles e me renderei. Enquanto isso, você fará o que for necessário para salvar Brianna, independentemente da minha vida, entendido? Ela é a única coisa que importa. – Thomas se voltou para Joe. – Sinalize aos outros navios para que recuem, contudo, deixe claro que devem aguardar por perto caso precisemos que intervenham. Quero que todos a bordo desse navio permaneçam vivos.

– E quanto à bandeira vermelha...?

– Abaixe-a – Buck disse friamente. – Farei esses homens sofrerem por levarem minha filha. A morte é uma pena muito gentil para eles.

– Sim, capitão.

Flynn se moveu rapidamente em direção ao cordame, tentando não atrair atenção indesejada. Felizmente, a tripulação de Buck estava estendendo a prancha entre os dois navios, o que acabou sendo uma boa distração. O tenente subiu até a verga mais alta do mastro principal. Thomas lhe dera uma ideia louca que salvaria Brianna ou que o faria morrer tentando.

Ao alcançar a verga, ele serrou uma das pontas de uma corda com sua adaga. Seu plano era usá-la para balançar de um navio para o outro. Nicholas se certificou de que uma extremidade ainda permanecia firmemente amarrada à verga, então, olhou para baixo, vendo Buck atravessar a prancha e pular no convés do outro navio. Tendo o cuidado de manter o equilíbrio, Flynn segurou o mastro com uma mão enquanto segurava a corda com a outra, enrolando-a em torno de seu braço esquerdo várias vezes para mantê-la firme.

Abaixo, Waverly levantou sua pistola na direção de Buck, que caminhava com os braços levantados em rendição. O pirata estava dizendo alguma coisa, mas Nicholas estava muito alto para conseguir ouvi-lo.

Sem aviso, Waverly levantou o braço em um sinal e o homem na plataforma puxou a corda que segurava, erguendo Brianna no ar. Suas pernas tremeram e suas mãos cavaram no laço em sua garganta. Nicholas não podia esperar nem mais um segundo. Ele pulou do local onde estava. A corda era a única coisa que o impedia de cair enquanto balançava em direção ao outro navio.

Vinte e Um

Brianna se debateu enquanto balançava na corda, lutando para encontrar um lugar em que apoiar seus pés, mas não havia nada. O grito de raiva de seu pai soou alto, porém, à medida que sua visão começou a escurecer, ele desapareceu. A queimação em seus pulmões também passava a incomodá-la cada vez menos, o que era um sinal aterrorizante.

Uma sombra bloqueou o sol acima de sua cabeça. Atordoada, a pirata piscou quando uma figura veio em sua direção, deslizando pela vela com uma adaga na mão e mal diminuindo a velocidade de sua descida. Quando estava logo acima dela, ele balançou a lâmina, cortando a corda que a segurava e fazendo com que ambos despencassem. Com um baque agonizante, Brianna caiu no convés logo ao lado dele. Ela ofegou à procura de ar enquanto arrancava o laço de seu pescoço.

Seu nome escapou de seus lábios:

– Nick...

A jovem começou a sorrir, mas parou quando uma sombra pairou acima dele. Nicholas devia ter visto algo em seus olhos, porque se virou no último segundo com sua adaga levantada em defesa. Waverly deu um golpe com sua espada curta e as duas lâminas se chocaram, fazendo Flynn recuar em uma posição de luta.

Homens se espalharam pelo convés, lutando com os marinheiros a bordo do navio em que ela havia sido mantida prisioneira. Armas de fogo apareceram nas mãos dos combatentes ao passo que tiros eram disparados e lâminas de aço colidiam umas com as outras.

Encostando-se no mastro mais próximo, Brianna lutou para se levantar e estabilizar seus pés para que pudesse se juntar ao confronto. Nicholas atacou Waverly como um homem possuído, mas o capitão revidou com a mesma fúria. Ele forçou Flynn até o parapeito de estibordo e o chutou quando suas lâminas se chocaram novamente. Nicholas deixou sua adaga cair ao bater no parapeito, segurando-se para que não caísse no mar.

Brianna notou uma lâmina curta que estava abandonada ao lado de um homem caído. Ela a pegou e tentou atingir Waverly de lado. Contudo, antes que o alcançasse, ele girou, puxando uma pistola de seu cinto, e a apontou para ela, como se estivesse esperando por esse movimento o tempo todo.

A jovem derrapou até parar, olhando para o cano de sua arma.

Waverly zombou enquanto engatilhava a pistola:

– Envie meus cumprimentos ao diabo, *pirata*.

Nicholas pulou e empurrou Brianna para o lado assim que o capitão disparou. Então, grunhiu e tropeçou para trás.

O tempo pareceu parar quando ela viu Flynn encará-la com sangue se espalhando por sua camisa e um olhar atordoado em seus olhos tempestuosos. A fúria tomou todos os sentidos de Brianna. Ela se levantou e atacou Waverly antes que ele pudesse usar a lâmina como defesa, fazendo sua espada curta afundar profundamente no estômago dele.

– Pode cumprimentá-lo por si mesmo, seu bastardo – Brianna disse, soltando a lâmina, que agora estava embebida no sangue do sujeito.

Waverly largou a pistola e segurou o cabo da espada. Suas mãos tremiam violentamente enquanto, em vão, tentava desalojá-la. Sangue escorreu de sua boca quando a força o deixou e ele caiu de joelhos. Raiva, medo e confusão rodopiavam em seus olhos escuros.

Por outro lado, a mente de Brianna estava estranhamente quieta. Sua fúria minguava enquanto fitava o homem que tentara tirar tudo dela.

– Eu queria poder matá-lo mais mil vezes – a jovem sibilou.

– Pirata... imunda... – Waverly ofegou antes de cair no convés. Seu sangue logo se acumulou ao seu redor.

Respirando com dificuldade, Brianna correu até Flynn. Seu rosto estava pálido e uma de suas mãos estava sobre o estômago. Sangue escorria pelos seus dedos.

– Nicholas!

Ele ergueu o olhar. Havia um sorriso sonhador em seus lábios.

– Você realmente é o meu horizonte mais longínquo...

Suas forças o deixaram e ela caiu junto com ele, gritando o nome de seu pai.

Buck e Joe vieram correndo. Ao seu redor, a luta diminuiu e, eventualmente, o inimigo largou suas armas. O homem que os havia contratado estava morto e os outros navios piratas estavam se aproximando. Era inútil resistir.

– Ele foi baleado – ela sussurrou, impotente.

– Precisamos levá-lo ao Dr. Flores, Brianna. Ele fará o que puder – seu pai disse.

A pirata conseguiu dar um aceno de cabeça instável, mas não foi capaz de soltar Nicholas.

Joe e Buck o puxaram de seus braços e o carregaram de volta ao *Falcão do Mar*. Seu pai tinha um dos melhores médicos das Índias Ocidentais a bordo. Se Brianna pudesse ter escolhido qualquer lugar do mundo para Nicholas estar naquele momento, seria no navio de seu pai. Ela os seguiu até a enfermaria, onde o Dr. Flores e um dos grumetes que o ajudava já estavam cuidando de vários homens feridos. Ao ver Nicholas, ele fez com que a tripulação abrisse espaço até a longa mesa de madeira que ocupava parte da sala.

– Ele levou um tiro no estômago – Buck falou.

O Dr. Flores, um português magro de quarenta e poucos anos, assentiu sem dar uma palavra e levantou a camisa de Nicholas para examinar a ferida. Brianna se recostou na parede em busca de apoio ao sentir sua constituição, geralmente forte, falhar. Já vira a morte e inúmeros ferimentos, no entanto, dessa vez, era diferente. Este era o seu marido, o homem que dissera amá-la... Agora, ele havia provado isso de uma maneira que seu coração temeroso nunca poderia ter cogitado. A culpa e a agonia ameaçavam afogá-la.

O cirurgião sondou a ferida até encontrar a bala, então, retirou-a. Ele a deixou cair em uma tigela de prata, onde ela tintilou até ficar em silêncio.

– É possível que não tenha perfurado nenhum órgão. Não senti nada rompido. Vou costurá-lo, mas a febre está fadada a se instalar. Só o tempo dirá se ele sobreviverá.

Buck e Joe permaneceram imóveis, observando o médico trabalhar e costurar a ferida de Flynn. Quando ficou claro que não havia mais nada que qualquer um deles pudesse fazer, seu pai beijou sua testa e lhe disse que tinha que cuidar da tripulação. Brianna entendeu, contudo, nada mais importava para ela. A única coisa em que podia pensar era no homem deitado na mesa à sua frente.

A jovem não tinha certeza de quanto tempo havia se passado até que Dominic invadiu a enfermaria, gritando o nome de Nicholas. Ele parou, com o rosto pálido, ao ver a condição de seu amigo.

Grey permaneceu em vigília em frente à Brianna, ambos assistindo ao cirurgião terminar seu trabalho. Então, ficaram sozinhos com Flynn entre eles.

– Eu o matei – a pirata sussurrou roucamente.

– Se estamos apontando dedos, então, a culpa é minha. Se eu nunca tivesse sido levado quando era menino, ele nunca teria ido para o mar. Tudo o que Nick fez foi amar você. Morrer por alguém que se ama é... – Dominic fez uma pausa. – É terrível, sim. No entanto, eu não hesitaria em morrer por Robbie.

– Se eu não tivesse fugido de *King's Landing*... – Brianna enxugou furiosamente as lágrimas que não paravam de cair.

– Eu disse que deveríamos lhe dizer sobre nosso plano, mas ele queria que você não se envolvesse com o resgate.

– Resgate?

– Nosso plano de resgate para libertar sua tripulação.

– Como conseguiram fazer isso?

– Roberta e Nicholas levaram garrafas de vinho batizadas para as sentinelas de plantão. Fui preparar meu navio para seus homens, depois, juntei-me a eles na fortaleza.

O mundo começou a girar à medida que Dominic explicava o que havia acontecido. Brianna percebeu que havia julgado mal seu marido. Certa vez, ela o acusara de não se importar com a vida de garotos como Patrick, mas estava errada. Ele havia traído seu rei e seu país por ela e por seus homens.

A jovem levantou uma das mãos dele, pressionando-a em sua bochecha.

– Sinto muito, Nicholas. Eu sinto muito – murmurou de olhos fechados.

———

Era quase meia-noite quando alguém a despertou.

– Nós atracamos em *King's Landing* – Buck disse. – Temos que levá-lo para a costa, onde ele poderá se curar em uma cama limpa e ter acesso a suprimentos médicos.

Ela enxugou os olhos e se levantou com uma mão ainda segurando a de Nicholas.

– *King's Landing*? Mas só estivemos no mar por meio dia.

A expressão de seu pai se suavizou.

– Você esteve ao lado dele por um dia e meio. O Dr. Flores o quer em terra.

Dois homens carregaram Nicholas para a costa em uma maca. Dominic seguira na frente para preparar acomodações para Nicholas, Brianna e os outros. Quando a jovem chegou aos degraus da casa de Grey, uma estranha sensação de déjà vu a dominou. Tinha vindo aqui pela primeira vez para se casar com Flynn, agora, temia ter que enterrá-lo.

Roberta saiu voando da residência em um redemoinho de tecidos coloridos.

– Brianna! Graças a Deus você está bem. – Seu vestido verde-menta ondulava em torno de suas pernas à medida que ela se aproximava.

Não acostumada a tais exibições de afeto, a pirata vacilou quando Roberta jogou os braços ao seu redor.

– Você parece exausta. Por que não entra? – A ruiva lhe deu um sorriso gentil e a levou para o andar superior, onde Brianna pôde tirar suas roupas ensanguentadas, que foram levadas por uma criada.

Uma banheira de cobre cheia de água quente tinha sido preparada. Estava completamente entorpecida quando Roberta a ajudou a entrar e esfregou o sangue seco de suas mãos.

Quando ficou limpa, a esposa de Dominic lhe deu uma camisola e um roupão, então, acompanhou-a para outro cômodo. Nicholas estava deitado em uma cama – também o haviam lavado e trocado suas roupas – e ainda vivo. Os lábios de Brianna tremeram de alívio ao ver seu peito subindo e descendo com respirações constantes.

– Eu sabia que você não iria querer ficar longe de Nick, mas também precisa do seu descanso. Durma ao lado dele, se sentirá melhor.

Quando Roberta saiu, Brianna, com as pernas trêmulas, foi até a cama. Ela se deitou ao lado de Flynn, tendo cuidado para não ficar muito perto e não reabrir sua ferida. A jovem estudou suas feições até ter certeza de que nunca esqueceria um único detalhe, em seguida, envolveu os dedos em torno dos de seu marido.

– Você deve viver – sussurrou. – Precisa viver. Essa é uma ordem da sua capitã, entendido?

Os dedos dele se mexeram levemente e seu coração saltou com uma esperança tola. Foi então que ela notou que o anel de sinete com o brasão de Essex não estava mais em seu dedo. Será que o havia perdido na batalha? O que quer que tivesse acontecido, não importava, pois tudo o que queria era que Nicholas permanecesse vivo.

– Você prometeu me obedecer – Brianna o lembrou. –

Não se atreva a quebrar esse juramento.

———

Thomas Buck permaneceu na porta parcialmente aberta, observando sua filha. Um bolo se formou em sua garganta, pois sabia que estava na hora de dizer adeus à vida que ele tinha construído na ilha; que estava na hora de *deixá-la* ir. Se quisesse dar à Brianna a vida que ela merecia, havia muito a ser feito, muito para o que se preparar.

Quando se afastou do quarto, sentiu os olhos sobre si. Buck se virou e viu Dominic ao pé das escadas. Atrás dele, estava um homem com um uniforme de oficial da Marinha. O rosto de Grey estava sombrio ao lhe dar um lento aceno de cabeça. Thomas assentiu em resposta e desceu para enfrentar seu destino, seja ele qual fosse.

– Este é o Almirante Charles Harcourt – Dominic disse.

– Temo que tenhamos assuntos graves para discutir, senhor...

– Holland. Thomas Holland – Buck falou, usando seu sobrenome de batismo, o mesmo que dera à Brianna.

O almirante acenou em direção a uma porta e Grey a abriu.

– Sr. Holland, por aqui, por favor.

Os três entraram no escritório de Dominic. Buck e Harcourt se sentaram. Dominic, por sua vez, recostou-se na parede atrás do almirante e de sua mesa, observando em silêncio.

– Como bem sabe, temos uma situação a ser tratada – Harcourt disse. – Um dos capitães do exército que serviam aqui, em *Port Royal*, foi morto.

Thomas permaneceu firme. Se alguém tinha que receber a pena pela morte de Waverly, este alguém seria ele.

– Este mesmo capitão, pelo que entendi, abandonou seu posto e contratou um navio mercenário para perseguir Brianna St. Laurent.

Buck prendeu a respiração, sem saber onde o almirante queria chegar.

– Dado que Waverly abandonou seu posto, tentou assassinar a sobrinha de um cavalheiro britânico e agiu fora de seus deveres, acredito que seu destino tenha sido lamentável, mas não uma ofensa punível. Se me permitem falar com franqueza, ficamos muito melhor sem homens como ele.

Uma respiração lenta de alívio deixou os lábios do pirata, embora temesse que o almirante ainda não tivesse terminado.

O olhar duro de Harcourt se deslocou para Dominic, depois, voltou para Thomas.

– Ah, recentemente, ouvi que Buck, o Rei Sombrio das Índias Ocidentais, se aposentou da pirataria. Tenho certeza de que muitos homens ainda adorariam capturar e enforcar o sujeito, contudo, acredito que, se ele realmente tiver deixado as Índias Ocidentais, a Marinha Real terá outros piratas para perseguir e, talvez, Buck seja esquecido em breve.

– Se for inteligente o suficiente para ficar longe, ele certamente será um sujeito afortunado – Thomas falou com cautela.

– Buck realmente seria, pois nem todos têm uma segunda chance de fazer um novo futuro que lhe permita ficar perto da família.

– Imagino que ele fará isso, seria tolice não fazer.

– E o ex-pirata não é um tolo – Harcourt concordou. Os dois homens se encararam por um longo momento, então, o almirante se levantou e Thomas também. – Tenho cartas para escrever. O capitão Waverly deixou uma esposa e dois filhos na Inglaterra. Eles devem ser notificados sobre seu falecimento.

– Uma esposa e filhos? – Buck indagou, escondendo seu choque. Não pôde deixar de se perguntar quem se casaria com um demônio como aquele homem.

– Sim, embora, pelo que ouvi, ele não era muito querido pela dama ou por sua família. Parece que foi um casamento arranjado. Ainda assim, eles merecem saber sobre seu falecimento.

– Entendo. – Thomas relaxou um pouco.

– Boa noite – Harcourt disse com um aceno de cabeça.

Dominic o acompanhou até a porta da frente, mas Buck permaneceu em sua cadeira por mais um momento, pensando. Se Nicholas sobrevivesse, levaria um tempo até que estivesse bem o suficiente para viajar, o que dava a Thomas tempo para enviar sua própria carta.

Ele deixou o escritório e pegou o anel de sinete de seu bolso. Havia tirado a joia da mão de Brianna enquanto ela dormia na enfermaria do navio. Agora, o anel brilhava sob a luz dourada dos candelabros. Um sorriso suave e triste apareceu em seu rosto. Seu coração estava quebrado. Tinha recebido a benção de ter vinte belos anos como pai, porém, agora, devia devolver tal presente à sua verdadeira família.

– Está na hora de mandá-la para casa, minha querida. – Buck fechou os dedos ao redor do anel, segurando-o firmemente enquanto seus olhos queimavam com lágrimas. Os piratas não choravam... mas ele não era mais um deles.

Vinte e Dois

Lampejos de sua vida passaram por sua mente enquanto Flynn lutava para se manter vivo. Ele viu os olhos travessos de Dominic brilharem ao entrarem na cozinha para roubar tortas e ouviu seus gritos juvenis enquanto montavam em cavalos nos campos. Por Deus, como sentia falta de *Cornwall* e das aventuras de sua infância, uma época em que o sangue e a morte ainda não faziam parte de sua vida.

Infelizmente, esses momentos de diversão tinham desaparecido cedo demais, pois, quando Dominic fora levado, Nicholas pisara pela primeira vez em um navio da Marinha, esperando, um dia, poder encontrá-lo. A dor daqueles primeiros e árduos meses no mar se estendera por longos anos de desespero silencioso, quebrados apenas pelos breves períodos de alívio em terra e pelos brilhantes momentos em que o vento, o mar e as velas se uniam em uma bela sinfonia.

Então, Dominic voltara à sua vida e, com ele, uma sensação de alívio por sua busca ter terminado também surgira, porém, logo em seguida, ela fora eclipsada pela visão de uma mulher em uma cela de prisão; uma que mudara tudo para Nicholas.

Ao reviver aquele primeiro momento, vendo o perfil de Brianna e ouvindo-a cantar uma canção pirata, percebeu que havia se transformado. Como o leito de um rio gravado em um grande cânion ao longo de milênios, ele havia sido remodelado pelos padrões e pelas formas que amá-la havia deixado para trás.

Flynn saboreou cada beijo, cada risada e cada momento em que tinha estado ao lado dela. A sedosidade de seu cabelo, o som de suas histórias sussurradas na escuridão enquanto a embalava junto ao seu corpo... O sentimento de pertencimento tinha sido tão forte quanto o de voltar para casa depois de uma longa viagem. Nicholas também recordou o instante em que vira Waverly levantar a pistola para tirar a vida de Brianna e como arriscara tudo para poder salvá-la. Se morresse por ela, não teria arrependimentos.

Então, sentira o tiro destinado à sua amada perfurar o seu corpo. Naqueles momentos finais, ela viera em sua defesa e, com uma expressão dura e um brilho feroz no olhar, mergulhara sua espada em Waverly. Brianna parecia uma deusa da guerra, uma criatura muito acima de seu alcance. Quando a dor do tiro se instalara e Nicholas perdera as forças, ele soube que este seria o fim; que finalmente havia chegado ao seu horizonte mais longínquo. Agora, estava no limbo, onde a luz e a escuridão formavam o fio da navalha.

Versos de uma antiga canção marítima serpentearam em sua mente. Era a música que o contramestre escocês do seu primeiro posto da Marinha costumava cantar nas primeiras horas antes do amanhecer. A voz baixa do homem carregava bem a melodia, motivo pelo qual mais de um dos tripulantes arriscava atiçar a ira de seu capitão, fazendo uma pausa em seu trabalho para ouvi-lo cantar. As palavras sempre lhe pareceram belas e assombrosas, mas só agora conseguia perceber a profundidade da mensagem.

"Em uma noite escura e tempestuosa,
A neve jazia no chão,
Um jovem marinheiro estava no cais,
Seu navio estava partindo.

Sua amada, ao seu lado,
Derramava várias lágrimas amargas.
Com ela em seu coração,
Sussurrou em seu ouvido:

Adeus, meu único e verdadeiro amor,
Esta despedida me dói,
Você será minha esperança e estrela-guia
Até que eu volte novamente.

Meus pensamentos estarão com você, amor,
Em meio às tempestades furiosas.
Então, adeus, amor, lembre-se de mim,
Seu fiel jovem marinheiro.

Adeus, meu único e verdadeiro amor,
Na terra, não nos encontraremos mais,
Nos veremos novamente no céu acima,
Naquela costa eterna.

Espero lhe encontrar naquela terra,
Naquela terra além dos céus,
Onde nunca ficará separada
Do seu fiel jovem marinheiro."

O doce zumbido da melancólica melodia vibrou por seu corpo; até mesmo seu sangue pareceu pulsar junto com as notas quando sentiu que estava à beira daquela costa eterna.

– *Você não pode desobedecer a sua capitã... Ordeno que não me deixe...* – A severa repreensão surgiu como um fantasma de uma memória.

A alegria vinda com a voz de Brianna lhe deu forças para se *virar*. Nicholas se afastou das ondas suaves e ondulantes da terra eterna e do horizonte vermelho suave, pronto para, mais uma vez, enfrentar a escuridão, a incerteza e a doce agonia da vida.

———

Quatro dias agonizantes se arrastaram enquanto Brianna mantinha vigília ao lado de Nicholas. Ela o banhou, forçou-o a se alimentar e a beber água e segurou suas mãos como se fosse apenas aquele toque que o estivesse mantendo vivo. Ninguém em *King's Landing* tentou afastá-la dele. Deixaram-na sozinha para rezar, lamentar e esperar.

No quinto dia, a pirata cantarolou uma velha canção que havia aprendido com Joe – *O Jovem Marinheiro* – enquanto permanecia deitada ao seu lado. Estava meio adormecida, com a exaustão ameaçando arrastá-la para as profundezas da inconsciência, quando sentiu os dedos de Flynn se mexerem novamente.

Brianna levantou a cabeça e se inclinou sobre ele. Seus cílios loiros tremularam, pararam e, em seguida, seus olhos azuis tempestuosos se abriram, focando nela.

– Nicholas? – Seu coração batia descontroladamente no peito.

– Minha moça pirata... – o tenente respondeu roucamente.

Ela colocou a mão em sua bochecha, pressionando as costas de seus dedos contra sua pele ao passo que as lágrimas borravam sua visão.

– Você parece Joe falando – Brianna provocou.

Uma risada rouca escapou dos lábios de Nicholas e a dor contraiu suas feições.

– Não ria – a jovem falou. – Seu corpo ainda precisa se recuperar. Não se mova.

– Duvido... muito... que conseguiria me mover... mesmo que quisesse – admitiu.

Brianna foi até a mesa ao lado da cama e encheu um copo com água. Ela o colocou em seus lábios e ele bebeu profundamente. Com um suspiro, Flynn fechou os olhos.

– Conte-me uma história sobre suas rainhas piratas... – pediu, apertando os dedos dela levemente.

– Uma história... – Ela ponderou qual deveria escolher. – Em um navio que afundava no meio de uma tempestade, uma mulher a bordo dava à luz a uma criança. Seu marido moribundo segurava sua mão à medida que a tempestade se alastrava e a embarcação começava a afundar. Felizmente, a ajuda estava chegando. Um pirata solitário e de coração nobre havia avistado o navio em perigo e estava vindo em seu socorro.

———

Após três semanas, Nicholas foi capaz de se sentar e sair da cama. Com a ajuda de uma bengala e com Dominic o seguindo, pronto para ajudar, ele começou a se sentir como si mesmo novamente. Todos o tratavam como se fosse tão frágil quanto vidro, o que, por mais enfurecedor que fosse, ele, de fato, era. Contudo, estava certo de que logo ficaria bem e, então, exigiria que parassem de tratá-lo como um bebê. A única pessoa de quem tolerava isso era sua esposa, que se sentava ao lado de sua cama e o forçava a ingerir mais comida e bebida do que, às vezes, Flynn podia suportar.

Durante tais momentos, Brianna não havia dito muito. Nicholas sentia que algo pesado pairava sobre ela, assim como sobre ele. Estava na hora de enfrentarem esse problema juntos e conversarem.

– Eu queria muito ver os jardins – ele comentou em uma tarde, quando sentiu que já estava forte o suficiente para caminhar até o local.

A jovem deixou de lado o livro que estava fingindo ler e se levantou da cadeira ao lado do sofá. Ela estava usando um vestido azul-escuro do mesmo tom das profundezas do oceano. A cauda estava dobrada e enfiada na parte de trás para evitar que a seda ficasse suja, o que fazia com que suas saias parecessem mais cheias e similares a uma cachoeira de tecido. Brianna passou as mãos sobre a vestimenta cara em um movimento nervoso, um hábito que provavelmente havia adotado quando ainda usava suas roupas de marinheiro e ajeitava seu cinto de couro. Ela levaria um tempo para se acostumar com as roupas femininas.

– Esse é um vestido adorável. É de Robbie?

– O quê? Ah... não. – A pirata corou, algo que sempre o encantava. Era fácil provocá-la. – Eu tinha encomendado alguns vestidos no dia em que fui capturada no mercado, antes de nos conhecermos. Sempre quis ter algo assim, mas não consegui retornar para recebê-los, então, pedi que os entregassem aqui. Gostou? – Ela mordiscou o lábio inferior em um gesto adoravelmente incerto.

Diante de si, estava uma feroz princesa pirata, uma mulher que havia sobrevivido a tempestades e a batalhas terríveis e, ainda assim, temia que ele pudesse não gostar de seu vestido. Nicholas não se importaria se Brianna estivesse usando um saco – ela era perfeita, independentemente do que cobria seu corpo.

– Você tem um gosto requintado para roupas, assim como sua mãe.

O sorriso que ela lhe deu foi um presente. Ele encheu a sala como se o sol tivesse emergido atrás das nuvens.

Flynn pegou sua bengala e a jovem correu para apoiar seu outro braço. Por mais que o tratamento terno o frustrasse, ficava feliz em ter uma desculpa para poder tocá-la.

– Obrigado, querida – ele sussurrou enquanto caminhavam pelo corredor.

Mais uma vez, Brianna corou. Nicholas esperou até estarem no jardim, sozinhos e fora de vista, então, puxou-a para seus braços e a segurou contra seu corpo. Isso fez com que uma paz tão profunda o preenchesse que todos os medos que sentira pelo que tinha a lhe dizer e como ela reagiria às suas palavras desapareceram.

– Eu amo você, Brianna, e estava equivocado na noite em que a deixei sozinha após o nosso casamento. Agi com base no que acreditava ser o melhor para você e para os seus homens, mas o que fiz foi errado. *Eu estava errado.* Privei-a de seu direito de escolha, algo que nunca foi meu para tomar. Prometo que, a partir deste momento, o que quer que venhamos a fazer, faremos juntos.

Quando ela ergueu o rosto, lágrimas brilharam em seus olhos.

– E eu nunca deveria ter ido embora. Não tenho muitos temores, contudo, amá-lo foi a coisa mais assustadora que já tive que enfrentar. Mesmo quando Waverly tentou me enforcar, a única coisa que realmente me assustou foi a ideia de perder você. – Brianna piscou para afastar as lágrimas. – Você tem tanto poder sobre mim, Nicholas, que poderia me salvar ou me destruir. Nunca deixei que ninguém tivesse esse tipo de poder, nem mesmo meu pai.

Flynn levantou o queixo de sua esposa, de modo que ela encontrasse seu olhar.

– Acredito que essa é a definição do amor: confiar em uma pessoa a ponto de permitir que ela tenha o poder de segurar seu coração em suas mãos. Você também tem o meu em suas palmas, meu amor. Tem o mesmo poder sobre mim.

– De verdade? – Brianna ainda parecia duvidar. – É só que... eu não sou uma dama requintada.

– E eu não sou um humilde cavalheiro.

– Mas eu não sei nada sobre como me comportar como uma dama, sem falar que discuto com você o tempo todo...

Ele a silenciou com um beijo que fez seu corpo lembrar como era maravilhoso estar vivo. Os lábios dela se separaram e

Nicholas deslizou a língua dentro. A pirata tinha o gosto do céu mais puro. Demorou tanto tempo para que suas bocas se afastassem que ele se esqueceu do que estavam discutindo.

– Você terá mais algumas semanas de descanso, esposa, então, prometo que reivindicarei meus direitos como marido.

– Todas as noites? – ela perguntou com uma risada perversa.

– E, às vezes, de manhã, à tarde... pouco antes do jantar... – Flynn deu um sorriso libertino antes de beijar a ponta do seu nariz.

– Muito bem... Tentarei me lembrar de ceder às suas exigências, marido. – Brianna bufou em meio a uma risada, depois, acrescentou – Contanto, é claro, que eu também possa reivindicar meus direitos como esposa.

– Você descobrirá, milady, que estou extremamente ansioso para me submeter a qualquer um dos seus desejos.

– É mesmo? – ela perguntou com os olhos arregalados e sinceros. – Porque eu gostei bastante de quando você estava acorrentado à parede da minha cabana. Porém, na época, não tive a oportunidade de apreciá-lo da maneira que gostaria. – A pirata deu um beijo ao longo de sua mandíbula. – Consegue imaginar como, de joelhos, eu poderia tê-lo levado à minha boca e você, acorrentado e indefeso, só poderia desfrutar do que eu viesse a lhe oferecer?

Nicholas sufocou um xingamento ao sentir o desejo percorrer seu corpo.

– Ah, e eu imagino – rosnou, enfiando a mão em seu cabelo, que estava amarrado frouxamente em seu pescoço – que gostaria muito de fazer o mesmo com você, minha princesa pirata. Acorrentá-la à nossa cama e lhe dar prazer de mil e uma maneiras até que fique rouca de tanto gritar em êxtase seria maravilhoso.

A respiração de Brianna ficou mais rápida e seus olhos rebeldes brilharam enquanto lhe dava um sorriso provocante que tanto o encantava quanto enlouquecia.

– Esta é uma tortura a que vale a pena se submeter. É melhor eu ir pedir um par de algemas a Joe... – Ela se virou com o intuito de sair, mas Flynn voltou a puxá-la para seus braços.

– Depois, minha esposa pirata. Depois.

Vinte e Três

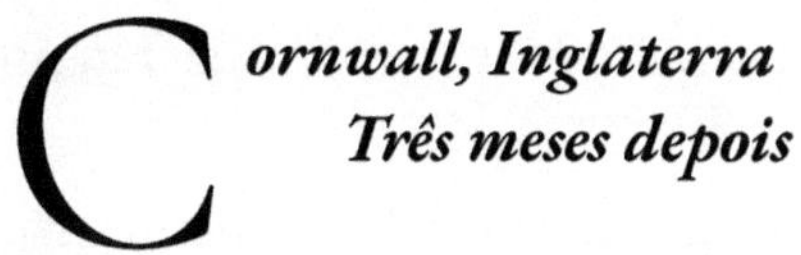

Em uma manhã clara e ensolarada no início do outono, o navio de Dominic, a *Querida Robbie*, seguiu em direção a um dos portos de *Cornwall*. As colinas esmeraldas, os penhascos íngremes e as costas rochosas foram a primeira visão que Brianna teve da casa de Nicholas.

Ela se encostou no parapeito do navio, absorvendo tudo. Suas saias ondulavam em torno das suas pernas e das de Nicholas, que estava ao seu lado, no convés. A jovem o observou sob seus cílios, notando como a tensão que tinha visto tantas vezes em seu rosto finalmente havia desaparecido. O sol iluminava seus cabelos loiros e o vento brincava com os longos fios ao redor de sua testa. O homem cansado e ferido que vira durante os últimos três meses finalmente se fora. Flynn havia deixado sua bengala na Jamaica e, aparentemente, suas preocupações também.

Brianna cutucou seu braço.

– Está feliz por estar voltando para casa?

Ele sorriu timidamente.

– Estou – admitiu.

Ela ficou feliz com a alegria de seu marido. Tinha feito o melhor que pudera para esconder seus próprios medos, que, em sua maioria, diziam respeito à dúvida que sentia sobre se realmente conseguiria construir uma vida na Inglaterra, mas o otimismo dele impulsionava seu espírito.

– Não há nada a temer, Brianna. – Flynn pegou sua mão. Seu aperto a firmava como uma âncora caindo sob as ondas.

Brianna soltou um suspiro quando parte de sua tensão desapareceu.

– O que seus pais vão pensar de mim? Certamente não ficaram felizes em descobrir que você se casou com uma ex-pirata que, não fosse o bastante, não se conforma com as normas.

Nicholas lhe contara que havia escrito algumas cartas e que eles conheciam todo passado dela. A jovem ficara horrorizada, mas ele lhe garantira – ou melhor dizendo, tentara convencê-la – de que seus pais não se importavam com nada disso. Brianna ainda não tinha certeza de que acreditava nele.

– Não que isso seja de muita importância, mas eles já a amam.

Seu marido parecia tão certo. Infelizmente, ela não estava.

– O quê? Como poderiam?

Os lábios de Nicholas se curvaram em um de seus sorrisos favoritos – terno, cheio de satisfação e de certeza. Era o sorriso que ele lhe dava sempre que faziam amor, um acontecimento quase diário. A pirata nunca tinha conhecido um homem com tanto desejo e resistência. Seu marido era, contudo, um felizardo, já que ela era uma "mulher libidinosa", como ele, de modo adorador, dissera em sua noite de núpcias.

Flynn acariciou seu rosto. Seus olhos azuis pareciam tão claros quanto o céu.

– O amor é simples. Eles a amam porque eu a amo.

O amor é simples. Seu pai havia dito algo semelhante.

Sua mão foi até a barriga ao sentir a súbita necessidade de tocar seu ventre, onde uma minúscula vida crescia dentro de si. Brianna ainda não havia contado a Nicholas que ele seria pai. Ela queria esperar pela hora certa.

Ele abaixou a cabeça e a beijou.

– Você é brilhante, corajosa e bela. O que há para não amar?

Assobios e comentários bem-humorados da tripulação os fizeram rir e se afastar um do outro. Dominic gargalhou junto com seus homens.

– Vocês não têm um navio para atracar? – a pirata gritou zombeteiramente. Era difícil lembrar que aquele não era o seu navio e que ela não podia dar as ordens.

Brianna e Nicholas sempre pareciam se perder um no outro na frente das pessoas.

Dominic pulou do convés superior até onde eles estavam quando os homens começaram a jogar as cordas para os trabalhadores que esperavam no cais.

– Estão prontos?

Em pouco tempo, a prancha foi abaixada e a tripulação carregou seus baús até um coche que aguardava à distância.

Seu marido se virou, oferecendo seu braço e ecoando a pergunta de seu amigo:

– Você está pronta?

Brianna teve um estranho momento de déjà vu que a fez

recordar do dia em que estava no mercado de *Port Royal* com Joe, quando se imaginara em uma situação como essa, andando como uma bela dama no braço de um cavalheiro. A diferença era que Flynn era infinitamente mais maravilhoso do que qualquer um dos homens em suas fantasias.

A viagem até a casa de seu marido não foi longa, no entanto, durante a meia hora que passaram no coche, seus nervos voltaram a se inflamar, o que, consequentemente, fez com que ela quase arruinasse a seda fina de seu vestido enquanto o torcia em seus dedos. Percebendo sua angústia, Nicholas gentilmente pegou suas mãos.

Quando o veículo parou, seu coração começou a bater fortemente.

– Não há nada com o que se preocupar. – Ele a puxou para o colo enquanto esperavam que um criado abrisse a porta e abaixasse os degraus do coche. – Você enfrentou perigos muito piores do que este. Imagine que ganhou uma batalha marítima e, agora, está embarcando no navio inimigo.

– Não acho que isso irá ajudar, afinal, quero que seus pais *gostem de* mim, não que temam que irei roubar suas joias e sua carga.

Maldito fosse o homem. Ele ousou rir em meio à sua angústia.

– Você é, sem dúvida, ador...

– Se disser *adorável*, prometo que lhe darei um soco, *marido* – Brianna avisou bem séria, contudo, o sorriso dele só cresceu.

Flynn a abraçou com mais força.

– Não duvido disso, amor. Posso beijá-la depois para fazê-la se sentir melhor.

Suas reações ao seu temperamento inflamado sempre a distraíam. Em vez de insistir que ela enterrasse sua raiva,

Nicholas a abraçava e prometia amá-la em seguida. Por alguma razão, isso, por si só, sempre parecia acalmá-la.

– Apenas lembre-se de respirar. – Ele beijou a ponta do seu nariz e a colocou em pé para que pudesse sair do veículo para ajudá-la. Etiqueta à parte, Brianna ainda não estava completamente acostumada com o volume de suas saias.

Ela prendeu a respiração, apesar do alerta recente. Às vezes, era completamente impossível respirar, especialmente quando estava preocupada com algo. Ao sair do coche e erguer o olhar, viu que um homem e uma mulher estavam parados nos degraus de uma imponente mansão de pedra cinza. Flynn entrelaçou seus braços e a pirata deixou que ele a levasse até o casal que os esperava.

– Nicholas! – Os pais dele exclamaram juntos, abraçando-o com vigor.

Brianna assistiu à cena com uma pontada de saudade de seu próprio pai.

– Esta é Brianna, minha esposa. – Nicholas sorriu e, por um momento, ela se esqueceu de todos os seus medos. – Brianna, permita-me apresentá-la ao meu pai, Daniel, e à minha mãe, Julia.

– Brianna! Ah, ela é ainda mais bonita do que todas as suas cartas diziam. – Antes que pudesse reagir, a mãe de seu marido passou seus braços em torno dela. Julia era uma mulher marcante de cabelos claros e olhos acinzentados. Era óbvio que grande parte da boa aparência de Nicholas tinha vindo dela.

– Deixe-a respirar, meu amor – Daniel brincou.

– Ah, sinto muito. – Julia a soltou e sorriu como se estivesse sinceramente feliz em conhecê-la.

– Agora, é a minha vez. – Daniel era um cavalheiro de cabelos escuros com olhos azuis intensos e muito parecidos com os de seu filho. Ele se aproximou e abraçou Brianna com mais delicadeza, assim como um pai fazia. Imediatamente, ela se sentiu segura nos braços do homem. – Obrigado por trazer nosso filho de volta e salvar a vida dele – ele disse suavemente em seu ouvido, de modo que apenas ela escutasse. Então, deu um passo para trás e falou mais alto – Bem-vinda à nossa família, Brianna.

– Ob-obrigada. – A jovem mal conseguiu dizer. Estava chocada com a recepção calorosa e ainda mais atordoada por perceber que já se sentia parte de sua nova família.

– Você apareceu bem na hora, Brianna. Seu pai chegou ontem – Daniel informou.

Ela ofegou.

– Meu pai está aqui?

Ele havia partido para a Inglaterra algumas semanas antes deles, a fim de procurar por um lugar para se estabelecer em *Cornwall*.

– Sim – Thomas Holland anunciou do vão da porta.

O controle de Brianna sobre suas emoções falhou. Ela correu em direção ao seu pai e ele a pegou em seus braços, segurando-a com força. Naquele momento, a pontada de saudade que sentira desapareceu. Thomas estava aqui – seu pai e a família de Nicholas estavam todos juntos. Parecia... *maravilhoso*.

– Nós o ajudamos a se estabelecer na propriedade fronteiriça. Lorde Faulkin faleceu há seis meses e não deixou herdeiros imediatos. Como a propriedade era administrada por seu advogado, foi muito fácil gerenciar a venda da casa e do terreno para seu pai.

– E sou grato por toda a ajuda, Daniel – Thomas disse. – É exatamente o que eu esperava encontrar.

– Está realmente morando nas proximidades? – Brianna perguntou. Ela e Nicholas haviam conversado sobre permanecer na casa da família dele até que pudessem encontrar uma residência própria.

Seu pai riu.

– Estou perto o suficiente. – Ele piscou. – Nicholas, seu pai é um cavalheiro e tanto. Estivemos caçando faisões e elaborando novos planos para as casas de campo que vieram com a compra das terras. Ele tem sido de imensa ajuda.

– Fico feliz em ouvir isso, senhor – Flynn respondeu com orgulho, olhando para os seus pais.

Brianna temera que a vida de um cavalheiro do campo deixasse Thomas entediado, mas parecia que estava equivocada. Agora, havia uma paz inegável no semblante de seu pai. Ele estava pronto para esta nova fase de sua vida.

– Por que vocês dois não entram? Estamos esperando convidados para o jantar.

– Convidados? – Nicholas perguntou.

– Sim. O tio, a tia e o primo de Brianna passarão a semana conosco. Eles chegarão esta noite.

– Tão cedo? – Brianna segurou o braço de seu marido, surpresa por perceber que precisava sentir sua presença reconfortante.

– Sua família, sua *outra* família, está ansiosa para conhecê-la – Julia disse. – Ficamos preocupados com a rapidez do encontro, mas é difícil dizer não ao duque de Essex. – Nicholas, por que não leva Brianna ao andar superior para que ela possa descansar e se trocar para o jantar? – sugeriu.

A jovem lhe deu um olhar agradecido. Estava sobrecarregada e precisava ficar sozinha com seu marido por um tempo, assim, poderia processar tudo.

Flynn a acompanhou pelos corredores luminosos e arejados da casa e ela logo se perdeu nas pinturas e nos móveis finos.

– Não é o que você esperava? – ele perguntou com diversão em seus olhos.

– Sempre ouvi dizer que *Cornwall* era um lugar frio, tempestuoso e sombrio, mas tudo aqui é lindo. A residência da sua família é arejada e cheia de janelas. Posso até sentir o cheiro do mar daqui.

– Às vezes, o tempo fica tempestuoso e sombrio – admitiu. – Tais noites são melhor passadas perto do fogo e nos braços da pessoa amada. É ainda melhor quando se está nu com ela.

A jovem riu de sua provocação sensual.

– Entendo.

A atmosfera daqui era diferente da das ilhas. Muitas vezes, a umidade de lá podia se tornar cansativa. Agora, Brianna se sentia estranhamente livre e tinha a impressão de que poderia respirar o ar de *Cornwall* para sempre.

– Cheira à chuva – ela falou ao pararem em frente a um quarto no final da ala leste.

Nicholas riu.

– É a Inglaterra. Mesmo em dias ensolarados, o aroma de chuva fresca sempre está presente. – Ele fez uma pausa, apoiando a mão na maçaneta. – Você odeia isso? Por favor, seja honesta comigo. – Flynn parecia tão preocupado, tão incerto que Brianna nunca se atreveria a mentir.

– Sempre amei o cheiro da chuva. – Ela gesticulou para sua mão parada na porta. – Bem, não vai me mostrar o nosso quarto? – Brianna arqueou uma sobrancelha e o rosto dele se iluminou com um sorriso.

Se seduzisse seu marido naquele exato momento, não teria tempo para se preocupar com o fato de que estaria conhecendo sua família dentro de poucas horas. Parecia um bom plano.

———

Nos últimos três meses, Nicholas tinha aprendido algo muito importante sobre sua esposa: ela sempre o atraía para a cama quando precisava desesperadamente de uma distração. Ele não se importava em satisfazer seus desejos, mas certamente teriam que conversar sobre seu medo de conhecer sua família depois.

Eles entraram no seu quarto e Flynn fechou a porta. Brianna caminhou pelo cômodo, tocando a roupa de cama e a moldura do móvel com a ponta dos dedos antes de parar em frente às estantes. Escondidos entre as obras estavam fragmentos de sua vida. Um pé de coelho que era mais velho do que seu pai, um conjunto de anzóis de pesca que ele mesmo havia feito, dezenas de conchas e outras bugigangas que todas as crianças coletam ao explorar o mundo. A jovem tocou cada uma delas.

Quando finalmente olhou em sua direção, ele percebeu que seu sorriso estava um pouco triste.

– Eu não... tive coisas assim durante minha infância.

Nicholas se aproximou.

– Por que não? – Muitas vezes, ele se perguntava como a infância dela havia sido, já que sua esposa não costumava falar a respeito.

– Meu pai tinha sua casa em São Cristóvão – ela falou após um momento de silêncio.

– Ela não era a sua casa?

Brianna balançou a cabeça.

– Eu morava lá, porém, frequentemente íamos para o mar. Cresci mais em embarcações do que entre quatro paredes. Só houve um lugar verdadeiramente meu.

Flynn percebeu instintivamente ao que ela estava se referindo.

– Seu navio.

– A *Serpente do Mar* era o meu mundo, mesmo assim, eu

não podia guardar muitos pertences na minha cabine. Afinal, os piratas devem estar prontos para fugir rapidamente. Não podemos nos dar ao luxo de ser sentimentais. – Ela riu baixinho, no entanto, o som emanava tristeza. De repente, Brianna se lembrou da velha sereia de madeira no canto da cabine de Gavin. Talvez estivesse mentindo para si mesma. Possivelmente, os piratas eram mais sentimentais do que gostaria de admitir.

– O que foi? – Nicholas perguntou.

– Meu amigo, Gavin Castleton, é sentimental demais para um pirata. Às vezes, eu me preocupo com ele. Sua família é daqui. Assim como você, Gavin saiu de casa e foi para o mar bem jovem. Isso causou uma grande ruptura entre ele e seu irmão.

– Esse é o sujeito que seu pai escolheu como o novo Almirante Negro? – Flynn perguntou. – Vocês eram próximos?

– Ele foi um dos poucos homens com quem consegui construir uma amizade, mas...

Nicholas não se entregou ao ciúme. Ele sabia como Brianna se sentia e confiava em seu amor, no entanto, estava curioso para saber o que ela diria.

– Mas o quê?

Brianna se afastou das estantes, fitando-o.

– Ninguém foi capaz de aliviar minha solidão até *você* aparecer. – Seus olhos brilharam como chamas, fazendo-o desejar compor sonetos em sua homenagem. – Você é a minha casa, Nicholas. Onde quer que esteja, esse é o meu lar – disse, mostrando os sentimentos que residiam em seu coração.

Incapaz de falar sem que sua voz quebrasse, ele a puxou para seus braços e a segurou com tamanha força que temeu acabar a esmagando, contudo, precisava senti-la perto de si e abraçar o presente mais precioso que a vida já havia lhe dado.

– Meus anos no mar tiraram muito de mim, no entanto, também me deram você e isso foi o bastante para compensar tudo. Você é uma dádiva, uma pérola brilhante, o tesouro que todo pirata sonha em encontrar. Você é *tudo* para mim. Eu irei aonde quiser ir. Se desejar viver em um navio pelo resto de nossas vidas, navegando ao redor do mundo, meu coração saltará de alegria, pois sabe que você estará lá comigo.

Lágrimas encharcaram sua camisa, no local em que sua esposa esfregava a bochecha.

– Não me faria ficar aqui e desempenhar o papel que a sociedade exige de mim? Sou sobrinha de um duque. E se...?

– Como sobrinha de um duque, pode fazer o que quiser. – Flynn riu. – E ouso dizer que ninguém se atreveria a falar o contrário.

Ela soltou uma risada que soou mais como um soluço.

– Eu estava com tanto medo de que você não quisesse isso.

Nicholas beijou o topo de sua cabeça.

– *Você* é tudo o que eu quero. Dane-se o resto.

Brianna sorriu em meio às lágrimas.

– Verdadeiramente?

Em resposta, ele abaixou a cabeça e a beijou. Então, os dois se deleitaram na felicidade que sentiam, não se preocupando com mais nada – exceto, talvez, em perder o jantar.

Vinte e Quatro

– Eles chegaram – Nicholas disse da porta ao voltar para verificar Brianna.

Ela havia decidido usar o vestido prateado e azul de sua mãe e seu cabelo havia sido arrumado em um penteado no topo de sua cabeça, formando uma massa de cachos e de ondas. A criada pessoal de Julia tinha colocado pérolas entre as mechas, fazendo parecer que Vênus havia deixado o mar só para polvilhar tesouros marítimos no cabelo de Brianna.

A jovem respirou fundo e encarou seu marido. Rezava para que parecesse adequada para conhecer um duque e uma duquesa.

– Como estou? – perguntou, nervosa.

Com um brilho travesso nos olhos, Flynn fingiu examinar sua aparência.

– Bem, imagino que seja o bastante, embora eu prefira muito mais minha princesa pirata usando calças e um cinto com armas.

Ela bufou como se estivesse ofendida e tentou passar por

ele com o queixo erguido altivamente, contudo, Nicholas pegou seu braço e a puxou para trás.

– Você é a mulher mais impressionante que eu já vi – ele sussurrou antes de beijá-la profundamente.

Por Deus, quando Nicholas a beijava assim... Brianna esquecia de tudo. Havia apenas seus lábios sobre os seus, sua respiração contra sua pele e a paixão que queimava entre eles como uma fogueira.

Os dois se afastaram ao ouvirem uma tosse educada. Thomas estava no corredor, observando-os com muita diversão.

– Há bastante tempo para fazer isso mais tarde, Flynn – comentou.

Ele havia se transformado completamente em um cavalheiro do campo, vestindo calças finas de camurça, um colete e um casaco azul-escuro bordado com linha dourada. Ao seu lado, estava Elida, em um vestido roxo profundo que acentuava seu cabelo preto. Brianna descobrira há pouco tempo que seu pai havia se casado com a governanta espanhola e a levado para *Cornwall* junto com ele. Seu coração se enchia de alegria ao vê-los juntos.

– Você está incrível, Elida – a jovem disse à sua nova madrasta e elas se abraçaram com força.

A mulher acariciou seu rosto da mesma maneira que sempre fizera ao longo dos anos.

– Você também, criança. – Ela a estudou com um olhar maternal. – Esteve chorando?

– Só de felicidade – Brianna admitiu.

– Humm, então, é algo bom. – Elida assentiu. – Lágrimas de felicidade são sempre boas.

A outra teve que concordar.

– Bem, vamos descer? – Nicholas perguntou. – Imagino

que a cozinheira vai se preocupar com a nossa ausência se não aparecermos logo.

– Sim. – Thomas riu. – Não é uma boa ideia deixá-la preocupada.

Enquanto desciam as escadas, eles viram os pais de Nicholas conversando com um casal de meia-idade bem vestido e com um homem mais jovem, da idade de Brianna.

O duque de Essex e o resto da família estavam aqui. *A sua família.*

Eles se viraram e a fitaram quando ouviram os passos na escada, o que fez o coração de Brianna parar.

Dois pares de olhos verde-brilhantes, iguais aos dela, a encaravam. Seu tio e seu primo tinham a mesma cor dos *seus* olhos. Algo sobre essa percepção, sobre tal conexão com sua família perdida – uma que ela nunca soubera que existia e que agora percebia que precisava –, se encaixou em sua mente.

Brianna e Nicholas desceram as escadas primeiro e seu tio, o duque de Essex, Michael St. Laurent, deu um passo à frente. Ele a estudou e engoliu em seco. O homem era alto, bonito e tinha cabelos escuros com fios grisalhos nas têmporas. Em seu rosto, ela viu a imagem de um cavalheiro que não podia ser ignorado. Ele tinha poder e influência, no entanto, também havia uma suavidade em sua expressão.

– Meu Deus – ele disse, mais para si mesmo. – Você realmente é minha sobrinha. Não há como negar. – O duque enfiou a mão em seu casaco e pegou um par de retratos em miniatura, segurando-os para que ela pudesse ver. Sua boca ainda estava ligeiramente aberta.

Brianna soltou o braço de seu marido para pegá-los. Seu olhar se arregalou ao perceber a semelhança de seus traços com os de seus pais, ilustrados nas pequenas e detalhadas pinturas.

– Eu tenho retratos maiores na propriedade de Essex, é

claro. Estes foram a opção mais fácil de trazer esta noite. Pensei que você poderia querer... vê-los. – Subitamente, a voz de seu tio ficou áspera e ele pigarreou, envergonhado.

– Eu... – A mente da jovem ficou em branco; de repente, não soube o que dizer.

Brianna o fitou, vendo a semelhança entre Lorde Essex e seu pai biológico. Então, estudou a beleza que era sua mãe. Um arrepio a percorreu quando imaginou, não pela primeira vez, como teria sido sua vida se eles tivessem sobrevivido. Por mais que suas mortes a enchessem de um profundo e terrível sentimento de perda, sabia que, se seus pais não tivessem morrido, Thomas não a teria encontrado e ela nunca teria conhecido Nicholas. Eles haviam dado a vida para que, mais tarde, Brianna viesse a encontrar o amor. A jovem sempre se lembraria disso e do quanto Nicholas significava para ela.

– É demais? – seu tio perguntou.

– Não. Eu nunca os tinha visto antes... – Ela fungou. – Muito obrigada por trazer os retratos. Será que poderia me contar mais sobre eles? – Sentiu-se incrivelmente tímida ao fazer tal pedido.

O duque sorriu.

– Eu ficaria honrado em contar tudo o que sei. Porém, primeiro, acredito que as apresentações devem ser feitas. – O homem olhou por cima do ombro. – Esta é minha esposa, Edwina, e meu filho, Evan. Ele acabou de completar vinte e um anos.

Seu primo sorriu como se ela fosse um tesouro que acabara de ser encontrado. Ele era tão bonito quanto seus pais e havia uma pitada de travessura em seus olhos. Brianna soube imediatamente que se dariam muito bem. Ela sempre tivera um talento especial para criar problemas. Talvez isso fosse uma herança de família.

Edwina, sua tia, era uma bela mulher de cabelos castanhos e olhos gentis. Ela deu um passo à frente e a abraçou sem hesitação.

– Sua mãe era uma das minhas amigas mais queridas. Quando vi você descendo as escadas, pensei que, de alguma forma, ela tivesse voltado para nós. – Os olhos dela brilharam com lágrimas ao fazer uma pausa e fungar. – Eu lhe direi tudo o que quiser saber sobre sua mãe e seu pai. Tudo o que me lembro.

– Obrigada, tia Edwina – Brianna disse. Sua garganta ficou apertada, mas ela tentou não chorar.

O duque se virou para Nicholas.

– Você deve ser o marido de Brianna.

– Sim, Sua Graça. – Nicholas se aproximou e os dois apertaram as mãos.

– Admito que estou triste por perdê-la. Eu esperava tê-la debaixo do meu teto por um tempo – seu tio falou. – Talvez eu possa convencê-lo a vir nos visitar com frequência?

Com um olhar para Brianna, Nicholas respondeu:

– Sempre que minha esposa quiser vê-lo, nós iremos. Tenho a sensação de que faremos visitas com frequência.

– Sua Graça... – Brianna disse, tentando se lembrar do que aprendera durante as últimas horas sobre como se dirigir a um duque. Sentia-se extremamente nervosa.

– Por favor, sou apenas tio Michael para você, minha querida.

– Tio... por favor, deixe-me apresentar o meu pai, o homem que me criou no lugar de seu irmão, Thomas Holland, e sua esposa, Elida.

Michael endireitou os ombros quando o ex-pirata deu um passo à frente.

– Nicholas me contou tudo em suas cartas, Sr. Holland.

Você foi ao socorro do meu irmão e tentou salvar a vida dele e de sua esposa. Ele me informou que esteve presente durante o parto de Brianna... – Seu tio engoliu em seco. – É graças a você que ela é a mulher de hoje, uma da qual se pode orgulhar.

Thomas mudou o peso de um pé para o outro, ficando vermelho.

– Foi uma honra tê-la em minha vida, Sua Graça. Todos os dias, desejo que eu tivesse chegado a tempo de salvar seu irmão e a esposa dele, contudo, não posso negar que, no momento em que ele confiou Brianna a mim, ela se tornou meu maior presente.

Brianna teve que segurar o braço de Nicholas, lutando, mais uma vez, para esconder as emoções poderosas que ameaçavam fazê-la chorar diante de todas essas pessoas que pareciam amá-la tanto, apesar de terem acabado de se conhecer. Será que era possível morrer de pura alegria?

– Acredito que isso me foi entregue para provar sua identidade, porém, como filha de Hugh, ele deve ficar com você. – O duque pegou outro objeto de seu casaco. O anel de sinete de seu pai.

– Como o conseguiu? Eu temi que o tivesse perdido! – A jovem ofegou.

– Antes de navegarem para cá, o Sr. Holland me enviou uma carta em que me informava sobre sua existência e me entregou o anel como prova.

Thomas deu um passo à frente para se dirigir ao homem.

– Seu irmão o entregou a mim, Sua Graça, e eu o mantive seguro até que fosse a hora certa de contar a Brianna. Na época, eu não sabia quem era a família dela. Se soubesse, teria entrado em contato com vocês anos antes.

Seu tio encarou o anel por um bom tempo antes de pegar a

mão de Brianna e o colocar em sua palma, fechando os seus dedos em torno da joia.

– Eu o dei a Hugh quando ele tinha vinte e um anos. Foi um presente de irmão para irmão. Agora, ele é seu, minha querida.

A jovem levou a mão ao peito, mordendo o lábio para não chorar.

A mãe de Nicholas pigarreou.

– Talvez possamos nos acomodar à mesa e ouvir todas as histórias maravilhosas sobre os pais de Brianna durante o jantar.

Eles murmuraram concordâncias. Nicholas pegou o braço de sua esposa, deixando que os outros seguissem para a sala de jantar.

– Você está bem? – perguntou, segurando o rosto dela em suas mãos.

A jovem pegou os pulsos de seu marido e assentiu, piscando para afastar as lágrimas.

– Sim. Estou mais do que bem... – Agora, era o momento certo para lhe dar a notícia. – *Nós* estamos bem. – Gentilmente, ela levou uma de suas mãos até sua barriga. – Na verdade, *estamos* mais do que bem.

Os olhos de Nicholas se arregalaram.

– *Nós?* Você quer dizer...

Brianna riu ao ver a expressão de choque e de admiração em seu rosto.

– Sim, *nós* três...

Flynn deu um sorriso juvenil, o mesmo que, meses atrás, a fizera perceber que o amava. Quando ele sorria assim, ela sentia como se o sol estivesse rompendo as nuvens e o vento carregasse seu navio na direção certa... ao encontro de horizontes distantes.

– Contaremos aos nossos filhos histórias sobre rainhas piratas todas as noites – Nicholas prometeu.

Brianna riu.

– Nós contaremos?

– Sim. Eles precisam saber como a mãe deles é incrível; como ela é muito mais feroz do que Grace O'Malley.

– Estou lisonjeada – respondeu, incapaz de esconder a alegria que borbulhava dentro de si.

Seu marido continuou sorrindo de forma deliciosamente libertina.

O pai de Nicholas apareceu na porta da sala de jantar.

– Vocês vão se juntar a nós?

Brianna e Flynn compartilharam um sorriso secreto.

– Sim, nós vamos. Nós três.

– Três? – Daniel perguntou, confuso, quando passaram por ele.

Brianna não teria mais que enfrentar sozinha as aventuras que, daqui em diante, apareceriam em sua vida, pois tinha um homem que a amava com fervor e pelo qual também estava ferozmente apaixonada. Ela tinha seu pai, sua madrasta e tantos parentes novos que parecia que estava sonhando.

Contudo, nenhum sonho poderia ser tão bom, tão real e tão maravilhoso quanto este. Apesar de Brianna ter vindo ao mundo durante uma tempestade, o horizonte à sua frente não era nada além de brilhante e infinito.

Epilogue

Em um belo dia, três semanas depois, Nicholas levou Brianna para cavalgar. Ultimamente, estavam fazendo muitos passeios como esse e vagando por toda a zona rural próxima. Flynn estava feliz por sua ferida ter cicatrizado e por poder voltar a agir como si mesmo. Às vezes, eles andavam e conversavam, em outras, cavalgavam a uma velocidade vertiginosa, só parando quando seus cavalos precisavam descansar.

Nicholas sabia que sua esposa se sentia inquieta e que tinha a necessidade de continuar em movimento, de explorar o mundo em vez de ficar confinada em salas de visita e em salões de baile. No passado, ele teria jurado que poderia ter retornado a *Cornwall* e ficado aqui para sempre, satisfeito em se aposentar de suas aventuras marítimas, mas isso não era mais verdade. Compreendia a fome que Brianna sentia de navegar e de visitar praias estrangeiras. Era por isso que planejara lhe dar um presente especial hoje – não que ela soubesse quais eram suas intenções com o passeio.

Ele guiou sua montaria na direção do porto e Brianna se

manteve ao seu lado. Ela usava um par de calças e um colete, bem como botas de equitação pretas. Seu cabelo estava preso apenas por uma fita. A jovem não se importava com as fofocas que sua aparência causava.

Certa vez, chegara até a rir e dizer:

— Se minha família sabe que sou uma pirata e não se importa com isso, que mal pode haver em usar um par de calças?

Flynn também não se importava, preferia que ela estivesse confortável do que na moda. Sem falar que apreciava ver o formato do traseiro de sua esposa, uma visão que apenas aquele tipo de roupa lhe proporcionava.

Ao chegarem ao porto, desaceleraram e serpentearam em direção às docas. Uma dúzia de navios logo ficou à vista. Nicholas manteve seu rosto sem expressão enquanto percorriam o local, mas secretamente estudava cada emoção que passava pelo dela, não querendo perder, nem por um instante, o momento em que Brianna viria o que a esperava. Ela soltou um suspiro suave e sonhador, então, estendeu a mão e segurou seu braço.

— Nick! — A jovem apontou para um dos navios, fazendo-o sorrir.

Tinha sido difícil manter o presente em segredo, mas Flynn se saíra bem. Dominic ficaria orgulhoso.

— Por que não dar uma olhada? — incentivou.

Ela se pôs em movimento, instigando seu cavalo para a frente. Ele seguiu atrás lentamente. Quando a alcançou, seu sorriso se alargou.

Brianna desmontou e deu as rédeas a um rapaz, marchando até a prancha do navio mais próximo. Flynn entrou na embarcação em seguida, parando no convés do meio e admirando sua esposa, que examinou o navio da proa à popa antes de se voltar para ele com esperança e uma pergunta silenciosa em seus olhos.

Nicholas respondeu com um aceno de cabeça.

Brianna correu em sua direção e ele a pegou em seus braços, girando-a à medida que ela ria. A *Serpente do Mar* e sua capitã haviam finalmente se reunido.

– Ah, Flynn! – ela disse em um sussurro rouco.

Ele esfregou seu nariz na ponta do dela. Adorava quando sua esposa a chamava de Flynn. Nos últimos meses, seu sobrenome havia se tornado uma demonstração de carinho em vez da reprimenda que havia sido durante seus anos na Marinha.

– Está feliz? – perguntou.

Podia ver em seu rosto que ela estava, mas queria que Brianna entendesse o que o navio significava, não apenas para ela, mas para ambos. Eles pertenciam juntos, portanto, o mar seria uma grande parte de suas vidas. A história de sua princesa pirata estava longe de terminar. Algum dia, contariam aos seus filhos sobre as aventuras de sua lendária mãe, e eles, quer fossem meninos ou meninas, cresceriam com o barulho das ondas e os cantos dos petréis como sua canção de ninar, assim como tinha sido com Brianna.

– Sim, mas como a encontrou?

– O dono pomposo e arrogante de *King's Landing* a comprou depois que a Marinha a adquiriu durante um ataque. Ele supôs que seria um excelente presente de casamento para você. Como sou o melhor amigo do dito-cujo, concordei com ele.

Ela o fitou com maravilha e gratidão.

– Dominic resgatou o meu navio?

– Claro que sim, minha querida. Ele sabe quão importante

é o navio de um capitão. Nunca deixaria a *Serpente do Mar* ficar nas mãos inimigas por muito tempo.

Brianna lhe deu um olhar deliciosamente pecaminoso.

– Bem, *eu* acabei em mãos inimigas e não estou reclamando.

– Ah. Você gosta disso, não é? – Nicholas riu e roubou um beijo que o fez esquecer que eles não estavam sozinhos. Não conseguindo resistir, deslizou uma mão até o traseiro de sua esposa e lhe deu um aperto generoso que a fez gemer contra sua boca.

Vários marinheiros começaram a assobiar na direção dos dois e meia dúzia deles os encarou, suas tarefas agora esquecidas. Patrick, o grumete de Brianna, recém-chegado de Nova York, estava entre o grupo de homens. Ele sorriu para o casal. Ao seu lado, um marinheiro mais alto e mais velho, que era novo na tripulação, piscou ao ver o comportamento deles.

– Esse é o nosso novo capitão? Um tanto quanto libertino, não acha? – perguntou.

– Ah, *ele* não é o capitão – o rapaz respondeu. – *Ela* é. Ele é o primeiro imediato.

Brianna, dando um sorriso alegre para o homem ao lado de seu grumete, falou:

– Não se preocupe, eu sou rígida, mas não deixo de ser justa. – Então, virou-se para seu marido. – É melhor testarmos a cama da minha cabine. Venha, Flynn. Está na hora de cumprir o seu dever. – Ela passou pela tripulação, deixando a boca de mais de um homem aberta.

– Sim, capitã – Nicholas gritou atrás dela, pronto para obedecer a ordem *minuciosamente*.

Às vezes, era bom ser ele.

———

Oito meses depois

Gavin Castleton não tinha certeza se sobreviveria à noite. Quando a tempestade bateu nas rochas onde seu barco a remo havia naufragado, ele saiu, cansado, da embarcação, tropeçou e afundou na água gelada perto da costa.

Com os dentes batendo, obrigou-se a continuar caminhando ao longo da praia rochosa, em direção às falésias que escondiam uma passagem secreta. Era seu único refúgio, sua única chance de sobreviver. Agora, só precisava alcançá-la.

Gavin passou os braços pelo corpo, tentando se proteger do vento enquanto se aproximava. Então, adentrou a segurança da passagem de pedra. O vento e a chuva pararam de afligi-lo, embora ainda uivassem furiosamente do lado de fora, como se estivessem furiosos por o pirata ter conseguido escapar da ira deles.

Ele tinha que continuar... Só ir um pouco mais longe, isso seria o bastante.

Suas mãos entorpecidas tocaram as paredes da passagem enquanto encontrava o caminho em meio à escuridão. Com o tempo, o chão passou a se inclinar para cima e, por fim, Castleton encontrou a maçaneta que tanto procurava.

A antiga porta de carvalho cedeu e ele tropeçou em um cômodo empoeirado e quase tão escuro quanto a passagem que acabara de deixar para trás. Tremendo violentamente, franziu a testa para a lareira vazia do quarto esquecido. Por Deus, como desejava que alguém a tivesse acendido. Não que o esperassem aqui, neste cômodo, especialmente esta noite.

Ele arrastou seus pés doloridos pelo chão até chegar à porta ao lado e abri-la. O corredor estava escuro. Não havia sequer uma vela acesa. Relâmpagos brilharam do lado de fora, iluminando a casa ancestral de sua família. Apesar de não ver o lugar há mais de um ano, reconheceria os salões da antiga mansão em qualquer lugar.

Uma pontada de dor irradiou de seu ombro, onde havia sido ferido por uma lâmina. Suas roupas encharcadas de sangue e de água salgada começavam a endurecer, arrastando-o para baixo e o sufocando.

Gavin suprimiu um gemido, lutando para ignorar a exaustão enquanto contava as portas e continuava a se mover. Tinha que encontrar seu irmão, Griffin. Quando chegou à terceira porta à esquerda, o quarto de Griffin, caiu contra a madeira ao mesmo tempo que girava a maçaneta. A porta se abriu e ele cambaleou em direção à figura adormecida na cama.

– Griffin – gemeu, agarrando o ombro de seu irmão e o sacudindo. – Griff... ajude-me... – Seus joelhos cederam e tudo o que pôde fazer foi desmoronar no chão, tão fraco que estava.

A voz frenética de uma mulher rompeu a névoa que dominava sua mente:

– Quem é você?

Ele ergueu o olhar, vendo a figura feminina acender uma vela e, em seguida, a lamparina ao lado da cama. Quando a luz dourada se espalhou pelo cômodo, Gavin encarou, em choque, a bela jovem de olhos castanhos que vestia apenas uma camisola fina.

– Onde está... Griffin? – perguntou, sem fôlego.

– Griffin? Você quer dizer Lorde Castleton?

O pirata estremeceu. *Lorde Castleton...* Este era seu título por direito, contudo, havia dado às costas a ele.

– Sim, o maldito Lorde Castleton – ofegou antes de seu corpo se render à exaustão e cair novamente no chão.

A voz da jovem soou distante quando começou a perder a consciência.

– Ah, céus! Você está ferido!

Suas mãos quentes e gentis tocaram sua pele fria. Ele olhou para o rosto da mulher mais bonita que já tinha visto, então, desmaiou.

Biografia da Autora

Lauren Smith é advogada durante o dia e autora durante a noite, escrevendo histórias românticas ousadas sob a luz do seu smartphone. Ela sabia que estava destinada a ser escritora de romances quando tentou reescrever todo o filme Titanic só para salvar a vida de Jack. Conectar-se com seus leitores por meio de narrativas emotivas, envolventes, realistas e sensuais que se passam em diversas épocas é sua paixão. Lauren ganhou múltiplas premiações em inúmeros subgêneros de romance.

Para saber mais sobre Lauren, visite:
www.laurensmithbooks.com
lauren@laurensmithbooks.com